Ventania

Alcione Araújo

Ventania

EDITORA RECORD
RIO DE JANEIRO • SÃO PAULO
2011

CIP-BRASIL. CATALOGAÇÃO-NA-FONTE
SINDICATO NACIONAL DOS EDITORES DE LIVROS, RJ

A687v Araújo, Alcione, 1945-
Ventania / Alcione Araújo. – Rio de Janeiro: Record, 2011.

ISBN 978-85-01-09508-4

1. Romance brasileiro. I. Título.

11-3249
CDD: 869.93
CDU: 821.134.3(81)-3

Copyright © Alcione Araújo, 2011

Capa: Victor Burton

Imagem de capa: Wildcard/Wildcard/Latinstock

Texto revisado segundo o novo Acordo Ortográfico da Língua Portuguesa

Direitos exclusivos desta edição reservados pela
EDITORA RECORD LTDA.
Rua Argentina 171 – 20921-380 – Rio de Janeiro, RJ – Tel.: 2585-2000

Impresso no Brasil

ISBN 978-85-01-09508-4

Seja um leitor preferencial Record.
Cadastre-se e receba informações sobre nossos
lançamentos e nossas promoções.

Atendimento e venda direta ao leitor:
mdireto@record.com.br ou (21) 2585-2002.

Para Carolina, minha filha,
minha fonte de alegria e de luz.

Com agradecimentos a
Andréa, Du, Glória, Ivone, João e Marisa.

E gratidão a
"Ora, la Dulce donna mi apparve senza più veli,
In un pudore naturale... In tale confidenza passo
senza stanchezza." (*L'Allegria*, Giuseppe Ungaretti)

Lá vem Zejosé de novo! Terceira vez na semana. Banho tomado, cabelo penteado, camisa limpa, nem parece o moleque de sempre — a não ser pela bicicleta. Alguma coisa ele fareja nessa praça! Repete tudo que fez nas outras vezes: costeia a biblioteca como quem ronda, espiando pelas janelas. Na esquina, vigia a rua, a praça, e volta no mesmo passo! Procura o quê, se nunca entrou lá? O que esse fedelho, que nunca leu um livro, quer na biblioteca? Se viesse pegar livro pra mãe, não rodeava nem vinha três vezes. Pra ela não é; desde que ficou meio sistemática, não pega mais livro! É muito estranho.

Bastou ver o pirralho pra não redigir nem uma linha do que queria! Um parágrafo, e só falei dele.[1] Tentei voltar ao meu assunto, e a ponta do lápis quebrou, droga! Ando que nem vidraça rachada: se tocar, espatifo. Era o que faltava: um moleque nos cueiros acuando o bicho que vive em mim! E tudo porque não me livro da Pantera Loura, que esbagaçou meu coração. Ainda arranco aquela mulher do peito. Nem que seja a faca! O fedelho quer me desafiar!

Lá vai ele: roçando a parede, espia as janelas! Sabe que estou aqui e não olha pra cá! Por isso não estava no bando que passou há pouco. O Sarará e mais três chutaram a cachorrada que dormia na sombra, puseram

---

[1] Ia mal o que estava redigindo. Qual é a novidade de falar da minha vida? Gastei muito lápis e papel com isso. Melhor espiar esse garoto um pouco. Mesmo sem saber onde vai dar.

Manel Chororó pra correr aos gritos, mijaram no repuxo, que virou penico deles, tomaram a fieira de pacu que os guris vendiam, comeram o cacho de banana afanado por aí e foram no rumo da cachoeira! Zejosé fora da vadiagem[1] é novidade! Parou na porta, olhou pra rua, olhou pra cá — não pra mim —, coçou a cabeça. Voltou à esquina. Eu também tive vergonha na primeira vez: a biblioteca é tão afetada, que desisti. Gozado, Zejosé de galã encabulado! Conheço bem esse garoto: por que não foi à cachoeira e ronda a biblioteca? Foi motivo forte! Quero saber qual!

Corre por aí que tem dificuldade na escola. Todos aprendem, menos ele. Dizem que mal sabe as quatro operações e levou um ano pra escrever o próprio nome. O Bira, filho de Dorival sapateiro, disse que tem cabeça de pedra, não entra nada. Os colegas dizem que não entende nada, não aprende nada, é tapado. Último da classe, debocham dele, chamam de toupeira, burro, anta e outros bichos — pelas costas; ninguém tem peito de falar de frente. Zejosé é alto e forte pros seus 13 anos — o mais alto e o mais forte da turma!

As professoras se esforçam, se dedicam mais a ele que aos outros, e, quando perguntam sobre o que acabaram de ensinar, ele faz cara de paisagem, como se não fosse com ele, e não responde. Elas se preocupam: "Ao menos, você entende o que estou falando, Zejosé? Entende a pergunta, as palavras?" Ele baixa a vista num silêncio de pedra. Quando dá na telha, surpreende a professora e mexe a cabeça que entendeu! A classe silencia, pasma. Mas, se ela se anima e repete a pergunta, pra confirmar se aprendeu, ele não diz mais nada. Talvez a insolência seja pra se exibir, ou se livrar da arguição. Às vezes, a professora quase explode, mas se contém e continua a aula na esperança de recuperar a ovelha desgarrada adiante. Toda professora é abnegada e obstinada.[2] Luta pela sua ovelha — eu que o diga! Se for ovelha

---

[1] Incluir o Miguel Doido na lista dos que estavam na praça. Esta letra apertada não deixa espaço pra acrescentar nada. O bando tomou o picolé do Miguel Doido, que imitou um aleijado dançando todo torto e cantou: "Praga de São Miguilim/ Se não devolver fica assim."

[2] Nem toda professora é assim. Tive umas que mais esculacharam que ensinaram. Muito da minha ignorância devo a elas. Ao passar a limpo, usar frase mais justa. E não esquecer as que me ensinaram quase tudo que eu sei. Que é quase nada porque não estudei mais.

• 8 •

negra então, vai além do ofício, vira mãe! Busca maneiras de explicar, avança por etapas, repete devagar e pergunta a cada passo. Mas, com Zejosé, nada dá resultado. Os que se sentiram prejudicados por essa predileção reclamaram da repetição da matéria e do atraso do programa com a diretora, que o transferiu pro turno da tarde. Não mudou nada. Novas queixas, e foi chutado pra noite. Piorou. Não querendo que chegasse em casa à meia-noite, a mãe pediu que voltasse ao turno da tarde; a professora recusou. A turma da manhã, primeira a reclamar dele, teve que aceitá-lo de volta. Soube que um dia a diretora entrou na sala sem avisar e ficou pasma com sua arguição sobre ciências: "Não acredito! Não é possível! Esse menino, só a medicina!"[1]

Não se sabe como Zejosé chegou ao Admissão ao Ginásio! Fala-se até em milagre! Dizem as más línguas que foi pra retribuir os mictórios que a mãe doou à escola. Mas a diretora diz que a doação repôs as louças que ele havia quebrado. Também dizem que não há nada de novo, é aluno fraco desde criança, só piora com o tempo. Claro que tem vergonha de não saber nada, e fica humilhado de não entender nunca — também sofri por isso. Ficava arrasado, me sentia incapaz de tudo. Quando vinha a gozação, dava vontade de fugir, sumir no mundo, me jogar na cisterna. Sou ignorante, estudei pouco e esqueci muito do que aprendi. Só que tenho 47 anos; e Zejosé, 13 — podia ser meu filho! Mas não é. Deus não me deu filho, como não deu esposa. Não sou nem parente dele. Mas, se de fato não aprende nada, e essa coisa toda — escrevo aqui porque ninguém vai ler estas anotações, mas não digo isso por aí porque seria o roto falando do esfarrapado, e, depois, não tenho nada com isso —, mas, se é de fato meio burro, parece, no entanto, que Zejosé não tem má índole ou mau caráter, muito diferente de Sarará, o chefe do bando.

Pra se ver como é, uma noite ele invadiu a casa do seu Noronha, esgueirou-se até a varanda dos fundos, abriu gaiolas e viveiros e soltou os

---

[1]Parece exagero. Verificar com essa diretora se ela disse exatamente assim.

passarinhos — mais de sessenta! Seu Noronha[1] subiu nas paredes quando acordou de manhã! Furioso, foi de casa em casa, com a mulher e os filhos. Investigou Ventania inteira — Ventania é o nome da nossa cidade — e acabou batendo na casa de Zejosé, que se escondeu, mas depois criou coragem e enfrentou a situação. Interrogado diante dos pais, disse que soltou sim porque não aguenta ver passarinho preso. Houve polêmica na cidade, uns achavam que estava certo, e não devia ser punido; outros, que tinha assaltado propriedade particular, e devia ser preso. O delegado abriu inquérito, mas o pai executou a própria sentença: amarrou Zejosé no abacateiro do quintal por um dia e uma noite, sem água nem comida. Depois, obrigou-o a recuperar os pássaros. Ele armou alçapões por todo canto, grudou visgo em galhos, mourões e estacas, e passou dias vigiando, atrás de moitas e troncos. Em dois meses recuperou quase todos, que devolveu a seu Noronha, e prendeu outros, que soltou. Depois da confusão, falei com ele: sorria manso, educado, não parecia ter sido castigado, não tinha raiva ou ressentimento, culpa ou arrependimento. Um garoto tranquilo.

É silencioso e solitário quando não está na escola ou vadiando com o bando. Passa a tarde jogando bola sozinho no quintal — vejo daqui, de binóculo —; passa a bola de uma mão pra outra, da mão pro pé, e chuta contra a parede, onde desenhou a trave com giz. Segura-a na volta, ou emenda novo chute, numa sucessão sem fim. De perto, vi que, ao mesmo tempo, irradia uma partida de futebol imaginária, como no rádio, com gritos de goooo-la-ço! De-fennndeeeu! Pela linha de funnndo! Na traaaa-ve! Pe-na-li-da-de má-xi-ma! Só para ao anoitecer, quando o papagaio repete: "Vem tomar banho, Zejosé!"

É difícil dizer, difícil entender e difícil explicar, mas tenho simpatia por Zejosé. Talvez não devesse ser assim, pois o curso da vida deveria ter nos afastado. Por mais que queira esquecer, a cada passo sou lembrado do que o irmão dele Zé-elias me fez: a muleta entra no sovaco, esmaga a carne, rasga

---

[1]Seu Noronha vende verdura de porta em porta e ronca quando dorme. Por isso se desentendeu com a família inteira. Passou a falar com passarinhos.

a pele, afunda o osso, e a memória traz tudo de volta. Mas é justo dizer que Zejosé nada teve com o caso. Eram irmãos, mas um é um, o outro é outro. E ele era criança na época. Não viu, nem deve ter sabido dos detalhes.

Eu fazia despacho e recepção de composição, e ninguém na plataforma viu Zé-elias pondo pedras sobre o trilho, na curva da ferrovia, entrando na reta de chegada à estação. Da plataforma, eu via, por cima das árvores, as golfadas de fumaça avançando, até surgirem na reta, com o trem apitando. Foi quando vi o perigo em cima da linha. "Que Deus me ajude", pedi desesperado e, num arranco, disparei feito flecha, o mais rápido que meu corpo podia correr. O trem vindo de lá, e eu correndo de cá, a ver se chegava às pedras antes dele. Na mente, via o vagão descarrilar, revirar, engavetar, o trem entortar feito cobra, passageiros aos gritos, corpos voarem uns por cima dos outros, braços e pernas longe do tronco, o tronco da cabeça, sangue aos esguichos, cabeças rolando mato adentro. Cheguei um tico antes da locomotiva, me joguei no trilho e empurrei as pedras com o pé. O trem arrancou minha perna do corpo e arrastou-a enquanto eu rolava sobre os dormentes brita abaixo, a cada volta, só uma perna subia, rodava, batia no chão, subia, rodava, batia no chão. Senti a morte me espiar, mas a Zé-elias ela abraçou. O corpo do garoto se espedaçou pelas britas e dormentes. Depois de tantos anos, quando lembro ainda sinto um troço aqui dentro. Ao partir pras pedras, não podia imaginar que era a minha última corrida. Não digo isso pra me fazer de coitado, nem de herói; não sou de choramingar nem de bravatear. A vida muda como nuvem ao vento. Estou vivo, salvei muita gente, ganhei a muleta de presente e, depois, fui promovido a chefe de estação.

Enquanto treinava andar de muleta, era tratado como herói por parentes e amigos dele e dos passageiros salvos, autoridades e vizinhos, gente daqui e de fora. Achei que a gratidão poderia aliviar a perda. Mas, com o tempo, todos foram se esquecendo das pedras no trilho, se habituando comigo de muleta, como se tivesse nascido sem perna, como se fosse obrigação o que faz um filho de pescador e costureira. E me convenci de que era apenas mais um aleijado que a molecada chama de perneta. Pra minha mãe, que ainda era viva, Deus fez justiça ao levar Zé-elias. Entendi sua indignação, mas acho que justiça seria fazer crescer outra perna deste coto, não matar o menino que não sabia o que fazia. Se na dificuldade é que se conhecem as pessoas, a família de Zé-elias e Zejosé, que veio pra Ventania no início da mina, não me abandonou. Tive médico, hospital e muleta. Sem culpado pra acusar, não há como aliviar a perda. Eu era o culpado e a vítima.

O acidente faz parte das anotações que redigia[1] quando Zejosé... Lá está ele, tentando entrar pela porta do lado da biblioteca! Nem sabe por onde entra! O que quer o fedelho? Livro não é! A mesa do outro lado não deixa a porta abrir. Ele notou, e vai encabulado pra esquina. Larguei meu assunto pra falar desse garoto, mas ele quer entrar na biblioteca, tomar conta das minhas anotações, sabe Deus o que mais! É bonito, de boa família, mas não é meu assunto! As notas são pra falar de mim e de quem eu quero.[2]

Sou caçula de três irmãos, o único homem. Por decisão de minha mãe e esforço da família, único que fez o ginásio — até hoje o topo por aqui. Pro científico ou clássico, só na capital. Não havia recurso, e precisava ajudar em casa. Fui trabalhar com meu pai. Remendava rede, abria peixe, limpava, lavava, fazia fieira e vendia de porta em porta. Era duro, mas divertido. Ruim era o fedor de peixe. Por mais que me lavasse na água corrente, esfregasse bucha e sabão, e mergulhasse várias vezes, o cheiro podre não saía. Ninguém ficava perto de mim. Gente educada fingia cobrir a boca pra tapar o nariz, ou fingia tossir pra respirar. Outras se afastavam às pressas, mão na boca e ânsia de vômito. Nico barbeiro só cortava meu cabelo de máscara. Fedor é uma lepra. Muita gente achava que eu tinha mau hálito, tinha peidado ou estava cagado. Era chamado de Fedorento, Bufa, Podre, Fossa. As professoras viravam a cara pro lado quando iam à minha carteira, ou prendiam a respiração. Eu evitava chegar perto das pessoas; quando achegavam, eu recuava. Claro que ninguém queria me namorar, mas nessa época não sentia falta. Foi assim até concluir o ginásio. Fiz concurso pra

---

[1]Que, em boa hora, abandonei! Por que voltar a ela se agora está no rastro do garoto?
[2]Pronto, larguei a pista do garoto.

agente ferroviário do ramal da mina, fui aprovado e nomeado pra estação de Ventania. O fedor sumiu, a vida melhorou, e pude dar alguma alegria pro meu pai antes do fim — morreu do jeito que escolheu, remando bêbado na noite de lua cheia, procurando o redemoinho onde, na sua companhia, tinha morrido a primeira namorada, paixão da sua vida. Minha mãe, que viveu revoltada de cuidar do filho perneta, orgulhou-se de ver o mesmo filho com o uniforme de chefe de estação. Morreu ajoelhada, diante do oratório, vela na mão. Fiquei sozinho em casa.

Um dia o telégrafo cuspiu a mensagem: ramal desativado, aguardar instruções no posto. Ficamos estatelados, eu e os quatro funcionários, olhando um pra cara do outro — o responsável pelo suprimento de lenha e água, o fiscal de linha e sinalizador, o bilheteiro, também responsável pela carga, e o telegrafista. Difícil acreditar: sem o trem, a estação, os trilhos e nós não tínhamos utilidade! Nos primeiros dias, achamos que seria desativação temporária, e cada um chutava um motivo: inspeção, limpeza de trilhos, troca da tala de junção, reposição de dormente, avaliação de pontilhões, queda de barreira, sinistro sigiloso. Nas nossas esperançosas suposições, não faltou a mudança da ligação do ramal pra novo ponto da ferrovia principal. Todo dia, na hora de costume, nos reuníamos na plataforma pra ver se golfadas de fumaça subiam ao céu e colar o ouvido ao trilho pra ouvir o atrito metálico das rodas girando. Nada no céu, nada na terra. O tempo escorria lento, telégrafo mudo e trilhos vazios. Sem o que fazer, passávamos os dias na estação, uniformes impecáveis como manda o Manual do Ferroviário, em reunião permanente pra reavaliar as mesmas hipóteses, trocar previsões otimistas por explicações consoladoras e encobrir o que não queríamos admitir, apesar do fiscal-bilheteiro advertir: "Sem faturar, vai dar bode." Nesse caso, o bode tinha começado muito antes, quando a mina foi interditada. Caiu o movimento de carga, os trens vinham vazios e partiam cheios de desempregados — num deles foram minhas irmãs, seguindo os maridos na busca por trabalho, com filhos, trecos e tarecos. Fiquei só numa cidade que perdia o futuro.

Ficamos semanas ruminando hipóteses, nada de ordens ou instruções. Não passou mais trem, nem se ouviu o sinal do telégrafo. As pessoas não vinham mais pedir informações, o galpão de carga esvaziou, a estação dormiu. A população se queixa, mas não reclama, ou, se reclama, não age. Parece não ter sentido falta dos dois trens diários, chegada de manhã, partida à tarde. Passou a viajar de barco, jardineira e, alguns, de carro. Voltou-se a falar na recuperação da rodovia e na substituição da balsa por uma ponte — velhos sonhos, nunca realizados. Mas houve críticas à construção de rodovias, caras e dependentes de petróleo, pra substituir ferrovias, de operação mais barata. Mas, na estação, continuamos desesperadamente calmos, jogando cartas pra passar o tempo. No início, intimidados pelo olhar do povo, que sabia que recebíamos salários sem trabalhar, jogávamos de portas fechadas. Depois, quando a cidade soube de tudo, abrimos as portas e viemos jogar aqui, na plataforma. Gastei o fundilho das calças jogando buraco, perdi a voz jogando truco, o talento pra dissimular jogando sete e meio. E dama: tanto empurramos e arrastamos pedras que lixamos vários tabuleiros. Fomos pro dominó, até as peças ficaram cegas. Depois a barata, até desbotar as figuras dos dados. A vida parecia ter coalhado. Usei tanto o quepe de chefe de estação que o cabelo caiu, e pareço mais velho do que sou. A essa altura, um funcionário tinha morrido; e outro, aposentado. Dos dois restantes[1] exijo que assinem o ponto todo dia e ocupem seus postos — inclusive aos domingos, como manda o Manual —, mesmo sem ter o que fazer. Enquanto eu, chefe de vadios cumpridores do dever, passo o dia nesta plataforma. Daí dizerem que sei tudo que acontece na vida das pessoas. Não é verdade. Não se sabe tudo de ninguém...

As pessoas se surpreendem; é um espanto atrás do outro! É verdade que, no início, observava a cidade, a olho nu ou com binóculo, e conversava com quem vinha à plataforma e passeava na praça. Não via nada de especial. Até que aconteceu o que nunca imaginei pudesse acontecer comigo.

---

[1]Desde lá atrás, ao falar nos colegas da estação, pensei em citar os nomes, como homenagem aos amigos de todo dia. A dúvida é que os dois estão sempre aqui na plataforma, curiosos pra saber o que anoto. Vai que, um dia, um deles pega estas folhas — antes de ficar uma arara, eu já morreria de vergonha — e não goste de ver o próprio nome nesta lenga-lenga sem eira nem beira. Nem sei imaginar o que faria. Avaliar.

• 14 •

Fiz uma descoberta que ocupou meu tempo ocioso, mudou minha vida e me inundou de esperança e alegria. Meus dias, longos e entediados na plataforma, ficaram de repente cheios de encantamento. E tudo porque passei a ler livros!

Aos 43 anos, de muleta e quase careca, a vida recomeçou. Sempre atrasado, descubro tudo depois dos outros e tenho que correr atrás do tempo. Só não cheguei tarde a chefe de estação; mas, com uma perna, a alegria de ter vindo cedo chegou tarde. Desde que passei a ler, entendo melhor o que vejo daqui da plataforma — é estranho, mas a leitura tem me ensinado a ver! Descobri tarde o livro, mas em tempo, porque tenho a impressão de que a leitura aumenta o tempo da vida — parece que, quando a gente lê, vive a própria vida e a vida dos personagens. Não posso falar como quem leu muito. Me encantei com a revelação, mas não li tanto assim. É claro que veio daí essa vontade infantil de rabiscar — nunca tinha pensado nisso! Rabisco estas anotações sem ser escritor, jornalista ou professor. Nunca redigi nada, a não ser em código Morse. Nem sei escrever, toda hora empaco na gramática ou corro ao dicionário. Não sei pra que essas anotações vão servir quando acabar — se é que vou acabar. Ou sei e não quero dizer. Coragem pra escrever não é coragem pra mostrar!

A porta da biblioteca está abrindo! Zejosé está pronto pra entrar! Outra vez cria coragem pra... A cara sorridente da Pantera Loura ilumina tudo! Não, não deixa ele entrar! É menino, mas é homem! Não faz isso, Pantera! Eu enlouqueço! Perto de você, ele é um perigo! Ela está recebendo Zejosé na porta. Será que ele vai pôr pedra no meu caminho?

Com o binóculo, vejo os dois no salão. Lá está a Pantera Loura,[1] limpando os livros que tira de uma caixa. Ainda tem o sorriso iluminado com que o recebeu. Os lábios se movem, mas não ouço o que dizem. Não sei o

---

[1] É como chamo Lorena quando estou com ciúme. Lorena ou Pantera Loura depende do quanto ela esteja me torturando no momento. Não sei se é honesto, mas descobri que escrever anotações pode ser uma forma secreta de uma pessoa se vingar. Digo isso, mas o meu propósito é de ser fiel ao que vi, ouvi e vivi.

motivo da visita, nem o que há por trás dela, fico nervoso e agitado. Oh, meu Deus, preciso saber o que está acontecendo lá dentro.[1]

Lenço branco abaixo dos olhos, outro azul na cabeça, luvas pretas e avental na cintura, os encantos femininos encobertos pra se proteger da poeira, Lorena ergue os olhos do livro que está limpando ao ouvir o tranco da bicicleta subindo a calçada. Acompanha o ciclista pela janela. A luz da tarde invade o ambiente, revelando a nuvem de poeira em suspensão. Ele tem uns 13 ou 14 anos, é alto, forte, cabelo louro úmido, penteado rente à cabeça, rosto rosado, límpido e fresco de quem acabou de tomar banho e vestiu a camisa recém-passada. Encosta a bicicleta e anda junto à parede, espiando pelas janelas o interior da biblioteca. Ela parece reconhecê-lo, e se anima com a novidade da sua presença, mas intui que não vem pra ler, e sim perguntar sobre a utilização da biblioteca, empréstimo de livro etc. Ele vai até a esquina. Ela volta ao livro, sem deixar de observá-lo. A cada volume, avalia o estado da capa, da lombada e páginas internas, e empilha sobre a mesa. Ele olha a praça, a rua, coça a cabeça. Ela sorri, vendo-o voltar nos mesmos passos, espiando dentro. Supondo que é timidez, pensa ir lá fora recebê-lo, mas desiste pra não o assustar. Parece que vai entrar. Ela se prepara pra atendê-lo, ele passa direto como se voltasse à bicicleta, mas segue até a porta lateral e tenta abri-la. Lorena se livra das luvas e do lenço no rosto, e abre a porta com um sorriso iluminado.

— Bem-vindo! Entrou por essa porta, é de casa! — Ela diz, abrindo passagem. Ele entra, surpreso com a recepção. Ela fecha a porta e o segue. — Desculpa a poeira. Estou desencaixotando esta doação. Pode parecer bagunça, mas é uma festa pra nossa biblioteca!

Zejosé avança pelo corredor estreito. Sem a noção do tamanho do próprio corpo, que cresce a cada dia, esbarra numa pequena mesa. Garrafas de

---

[1]Fiz uma anotação na manhã que Zejosé foi, pela primeira vez, à biblioteca. Tempos depois, em conversas separadas com cada um deles, pude reconstituir o que houve lá dentro: os acontecimentos, as palavras, os gestos, as intenções, tudo. No entanto, a absoluta fidelidade desejável nem sempre é possível. Mas, ao ler o romance *A relíquia*, de Eça de Queiroz, descobri que sua epígrafe seria um bom álibi pra minha escolha. Diz ela que é aceitável estender "sobre a nudez forte da verdade o manto diáfano da fantasia".

água e café, copos e xícaras se espatifam no cimento-vermelhão; um pires gira no chão, prolongando o vexame. O rosto dele ganha um arco-íris de cores até se tingir de sanguíneo; ele gagueja com voz rachada: "Meu Deus! Droga! Desculpa. Não sabia que...! Eu não vi...! Estabanado!" Agacha-se e cata os cacos. Dobrada sobre a mesa, juntando o açúcar espalhado na toalha, ela o olha de cima, pensando no que fazer pra reanimar o visitante que hesitou a entrar. Diz que não foi nada, eram louças velhas. Abaixa-se e recolhe biscoitos no chão.

— Você se machucou?

— Não, não foi nada — ele sussurra.

Agachados, ela sente o calor da respiração dele e o rubor do próprio rosto.

— Deixa, vou pegar a vassoura. — De pé, embrulha os biscoitos e vai pro fundo do salão.

Ele segue com o olhar os passos rápidos da sandália aberta, que põe à vista a nudez branca do pé de unhas vermelhas. Ela volta com vassoura, pá de lixo e pano de chão.

— Deixa, eu varro, você é visita. — Ela tenta reter a vassoura.

Ele pega a vassoura e junta os cacos. Ela o vê com outros olhos. Em vez de mais um adolescente estouvado, querendo saber como emprestar livro, pode ser um leitor! Zejosé vai se tornando um garoto diligente, que junta os cacos com capricho. E de joelhos, é uma criança! Ela se apieda do rapaz bonito e desprotegido que surgiu na sua biblioteca.

— O baque foi forte; a coxa é que bateu na mesa?

— Não foi nada. — Ele faz pouco da dor, como os homens preferem.

— Rasgou a calça? Olha direito. Sujou? Vou buscar um pano...

— Não precisa. Rasgou não. Sujou também não.

Ao se levantar, mãos cheias de cacos, ele escorrega no cimento molhado, perde o equilíbrio e cai sentado. Cacos voam pra todo lado. Fica em pé num pulo, a mão esquerda sangra no lanho aberto como dois lábios. Com gestos ágeis, Lorena segura a mão com firmeza e arranca a louça enfiada na carne — ao se apoiar, a lasca cravou fundo. Ele sente a dor, mas não se assusta

Com a outra mão apalpa a nádega, ressabiado, e sente a umidade quente e pegajosa. Ela o olha por trás, a calça escura está empapada de sangue.

— Tem outro corte aqui. — Ele apalpa de novo, com uma careta.

— Quer ir pra casa? — ela indaga com voz doce. — Ou pro hospital? Vou com você. — Ele se cala. Ela diz com cauteloso pudor: — Se abaixar um pouco a calça, posso ver se ficou algum caco.

— Não tem nada. — Ele reage. — Nem dói.

— Você é valente — ela diz, levando-o pelo braço ao banheiro. O elogio apruma-lhe o corpo. Ela pede que mantenha a mão no jato d'água e volta ao salão. Ele tranca a porta. Sente um alívio, sozinho no banheiro.

Mas não se aguenta de raiva. Palavrões explodem na sua mente feito trovão, ideias zunem que nem raio. Apalpa a nádega, sente a umidade e o corte na calça. Tem vontade de sair dando mordida, cabeçada, chute, soco — soco não, que dói a mão —, coice, porrada, não sabe em quem. Que raiva de ter ouvido a mãe e vindo à droga dessa biblioteca! Acha que a mãe não gosta dele, não o entende, e enche o saco pra ele fazer o que ela quer. Não vai ler livro nenhum! Abaixa a calça, torce o tronco, vê a mancha de sangue na cueca. Que ódio dessa Lorena, pedir pra abaixar a calça, vê se pode! Ele abaixa a cueca. O talho, de dois dedos de extensão, arde mais que dói; o sangue brota mais lento. Essa Lorena é linda, mas também tem um nhenhenhém com livro! Quer que ela morra picada de cobra e escorpião, espetada num espinheiro. E vá se torrar nas brasas do inferno! Quando sair dali, vai arrancar os olhos de quem gosta de ler. Vê se vai perder tempo lendo história de caras que nem conhece! Quer viver as coisas que acontecem na sua vida! E quer fazer coisas, e não ficar sentado, lendo feito um velho. Sem saber o que fazer com os ferimentos, levanta a cueca e a calça — por sorte, de brim escuro. Agora mesmo, podia estar na cachoeira com o Sarará e a turma, dando mortais do alto da pedra, aparando a queda-d'água no peito e nas costas, deslizando corredeira abaixo, se divertindo ao sol! Mas está de calça e sapato na poeira da biblioteca, pondo sangue pela mão e a bunda! Vontade de estrangular quem vier falar de livro. Tocar fogo neste depósito de papel velho. Pronto, falou tudo. Mais calmo, é atraído pela água que se tinge de vermelho na louça branca. Lembra que o pai acha o Belizário o bonzão, o picudo, que tem tino comercial e ajuda o pai na loja — um cara que só fala em grana e carro! E a mãe vive elogiando o Guto, que não para de ler. Mas Zejosé não quer se empapuçar de ganhar dinheiro, nem usar óculos de tanto ler, e ficar branco feito cera, e não saber nadar, andar de bicicleta ou armar arapuca! A mãe é mesmo meio amalucada,[1] como diz o pai. Foi então que lhe deu uma bruta vontade de ir embora. Não dá mais pra mim, vou fugir de casa. Mas fugir pra onde? Batidas na porta o trazem de volta ao banheiro; ele abre.

— Dói muito? — pergunta Lorena, entrando com a caixa de primeiros socorros.

Ele nega. Ela limpa a mão ferida e estanca o sangue. Ele sente o ardor da água oxigenada fervilhando no corte; e sente mais o carinho da sua mão entre as dela — e enrubesce, como se fizesse algo errado. Com ela perto, sente seu cheiro suave, não sabe se de perfume, sabonete, pó de arroz ou de flores da manhã. O aroma delicado lhe dá o frescor de quem saiu do banho. Vendo-a, sem que ela o veja, seus olhos perdem a timidez e querem devorá-la.[2] Curvada sobre a mão dele, cabeça quase lhe roçando o peito,[3] a mecha de fios dourados escorre pra frente, oferecendo a pele rosada do rosto, que lembra pétala — tem de se conter pra não tocar — e parece mais corada que os lábios. E a nuca, tão protegida que nem o sol acaricia, é branca, lisa e fina. As costas, curvadas... Ele ouve sons e nota que Lorena falava sem parar, talvez achando que a tagarelice o distraísse.

— Sobrou da reforma — ela diz, referindo-se à caixa de primeiros socorros. — Agora, fica calmo, sei cuidar de ferido. Sei que valente também

---

[1]Perguntei a Zejosé três vezes se, de fato, o pai se referiu à mãe com a palavra "amalucada". Ele confirmou nas três. Mas, na conversa com o pai, não ouvi nada parecido. Talvez seja melhor cortar.
[2]Que homem confiaria num adolescente lindo que fala em devorar a sua amada? Esse garoto está me saindo... Nem sei! Ele que banque o garanhão, que vou me vingar sem piedade.
[3]Duvido que essa cabeça no peito não seja intencional. Talvez não se atreva a realizar o que o instinto quer. Mas a Pantera Loura seduz pelo prazer de seduzir, de ter homens aos seus pés. De qualquer idade, até de 13 anos!

sente dor; qualquer coisa, avisa. Foi tanto acidente na reforma que mandei fazer esta caixa e virei enfermeira. Cuidei de todos. Fui fazer curativo em casa de quem não podia trabalhar. Um, que despencou do telhado — por sorte, é baixo —, levei pro hospital. — Olha-o, sugerindo que, se ele quiser, pode levá-lo também. Ele desvia o olhar, ela muda o assunto. — Ando de perna roxa tanto me bato naquela mesa. Vou tirar dali. — Ele avalia a mão envolta em gaze. — Se quiser que cuide do outro corte...[1] Fica à vontade. — Ela sai, deixando a caixa, e fecha a porta.

Pouca gente sabe que se Ventania tem biblioteca é graças a Lorena, que fez o diabo pro prefeito assumir a ideia dela. Doou até a propriedade onde ficava o laboratório do pai, o Dr. Conrado, geólogo alemão, descobridor do veio de ouro que originou a mina. Pela ideia dela, bastaria à Prefeitura fazer a reforma do ex-laboratório, contratar a bibliotecária e prever no orçamento do município verba anual pra comprar livros — tudo por menos do que custava manter o cemitério. O prefeito disse que era cedo pra uma biblioteca, que, além de inútil, seria um desrespeito à população, de maioria analfabeta.[2] Pra ele, depois de aberto o curso ginasial, a cidade carecia era de mais uma escola primária.

Embora revoltada, Lorena não desistiu. Teve o apoio de Isauro,[3] tio de Zejosé e editor do semanário A Vitória, único jornal de Ventania, então em campanha de denúncias contra o prefeito. Com o título "Sono dos mortos vale mais que cultura dos vivos", publicada junto com nova denúncia de corrupção, a entrevista de Lorena foi uma bomba, mas não mudou nada. Garantiu a sobrevida de A Vitória, que, na edição seguinte, trouxe elogiosa avaliação da Prefeitura e entrevista com o prefeito, na qual ele diz que a biblioteca não é uma necessidade de Ventania; não vai contrariar a vontade do povo que o elegeu, e que carece de água encanada, esgoto sanitário,

---

[1] Ela se ofereceu pra fazer curativo na nádega dele! Mas não se atreveu a insistir. Se o garoto facilita...!

[2] Esse prefeito é um cretino, corrupto, só quer o poder pra roubar. Dá vontade de citar o nome, mas sou da arraia-miúda, e, se ele souber, manda me matar mesmo que esteja morto. Eu ou ele.

[3] Outro safado, que chantageia os grandes pra dar a um vagabundo ilustrado. Ele mesmo.

estádio de futebol e fonte luminosa — suas promessas de campanha. E citou o próprio exemplo: nunca leu um livro na vida, o que não o impediu de ser eleito e governar muito bem a cidade. Disse ainda que se preocupa com livro, leitura e biblioteca, porque põem minhoca no juízo das pessoas. A entrevista sepultou o sonho da biblioteca. Lorena caiu de cama. Mas não desistiu. Mal se recuperou, voltou a agir pra ressuscitá-la. O prefeito, que antes a recebia no gabinete, em respeito ao seu pai, passou a mandar dizer que estava em reunião. Na casa, a empregada dizia que não estava, e ele saía pelos fundos. Na rua, mudava de calçada e, no bar, metia-se no banheiro. Um domingo, Lorena o viu na missa e o cercou no adro da igreja. Ele foi claro: só usava recurso da Prefeitura naquilo que lhe desse voto pra deputado.[1]

Pela biblioteca, Lorena fez o que sempre evitou: pediu apoio ao tio, senador e chefe político da região.[2] Foi como mágica: o prefeito aceitou a doação da casa, pagou a reforma, aprovou a verba pra livros, que nunca saiu do papel, e não contratou a bibliotecária. Contra a própria vontade — queria cuidar do pai —, e a vontade dele, que não a queria metida em política, virou bibliotecária voluntária. Faz tudo sozinha, e sem ganhar nada!

Começou pela reforma, que transformou o antigo laboratório na biblioteca. Durante seis meses, ela usou calça, chapéu, botas, luvas de couro. Foi engenheira, mestre de obras, pedreira, carpinteira, tudo! Chefiava uns vinte homens! Dirigia o caminhão da Prefeitura, empurrava carrinho de areia, ajudava a carregar saco de cimento, telhas e tábuas. Gritava com uns, aplaudia outros, sabia falar com cada um, animava todo mundo e todos a respeitavam.[3] Vinha gente a essa praça pra vê-la trabalhar. Uns se encantavam com a filha do Dr. Conrado, que estudou na capital, trabalhar feito homem! Outros se escandalizavam de ver a bela filha do Dr. Conrado, em

---

[1]Deu certo. Foi eleito deputado.
[2]Outro ladrão safado. Mas a família de Lorena e ela própria mantêm higiênica distância dele.
[3]Pelo que apurei, todos se apaixonaram por ela, uns mais, outros menos. E todos penaram a dor de cotovelo. Ela não deu entrada pra ninguém. Quando não é Pantera Loura, é Santa Maria Egipcíaca!

roupas empoeiradas de homem, metida com braçais, subindo em telhado, pegando peso, em vez de cuidar do pai e da casa. Não faltou quem visse ambições políticas em tanto empenho por uma biblioteca!

Na festa da cumeeira, que todo mundo ajudou, Lorena comeu, bebeu, cantou e dançou com os trabalhadores. Depois, fez a campanha de doação de livros, iniciada pela biblioteca do pai. Alugou uma carroça por dez dias, e foi de porta em porta, pedindo livros, revistas e jornais. Se a tinham como impulsiva, irreverente e rebelde, virou esquisita, por conduzir a carroça pela cidade. Foi muita agitação pra pouca doação, mas Ventania inteira soube da biblioteca! Onze pessoas fizeram ficha de leitor.[1] Foi um desgosto pra Lorena quando o senador exigiu que a biblioteca tivesse o nome dele, placa de bronze descerrada por ele, inauguração com discurso dele, banda de música e plateia arrebanhada a troco de passeio de ônibus, bandeirola e prato feito. Ela alegou mal-estar e não apareceu — mais uma afronta pra sua fama! Mas acho que o tio perdoou: é dele a doação que Lorena está desencaixotando. Ou teve medo de perder voto ficando contra ela.

Ao sair do banheiro, Zejosé surpreende Lorena tirando o lenço azul da cabeça. Ela sorri encantadora, e louras madeixas escorrem feito cachoeira costas abaixo. Os olhos azuis cintilantes confirmam a alegria de receber o único jovem, além do míope Guto, a entrar na biblioteca nesse mês. A poeira baixou, e o salão não tem vestígios do desastre de Zejosé.

— Ainda dói? Se quiser, tenho Cibalena. Pena não ter cafezinho pra brindar sua primeira visita, como sempre faço. É que da garrafa... — Zejosé diz que a dor passou e o sangue estancou. Ele gira o olhar admirado pelo salão de dez estantes paralelas, três mesas de leitura; num canto de cortina na janela, o birô de Lorena, com jarra de flor, máquina de escrever Royal e arquivo de aço. Dobrando os joelhos, vê-se, pela janela, a praça, a estação e a plataforma, onde redijo estas notas. Fechando o giro, o olhar reencontra o sorriso de Lorena, que conclui a frase: — ...térmica só restaram cacos!

---

[1]Não estava nessa lista. Ainda não era leitor, nem tinha o que doar.

— Vou falar com a mãe. Ela compra outra. Ou dá o dinheiro — Zejosé se desculpa.

— Não era patrimônio da biblioteca — diz ela sorrindo. — Trouxe de casa, como tudo aqui. Não se preocupe, trago outra. E, se ainda não tinha quebrado pratos e garrafas, era hora de começar! Foi bom ter sido aqui. Aliás — ela abre os braços —, seja muito bem-vindo! — Sorrindo, ela reavalia pra menos a idade dele e o leva à porta. — Vamos começar de novo! — propondo refazerem a entrada. Com pompa gaiata, estende a mão. — Bem-vindo à Biblioteca Municipal! Prazer, sou Lorena. Ele hesita, dá a mão sã, e ela aperta os três dedos frios e moles da inibição de Zejosé.

— Prazer, Ezequiel José — ele sussurra.

— O falado Zejosé! — Ele abaixa a cabeça e, sem poder enfiar a mão no bolso, como é seu costume, põe ambas pra trás e tateia o traseiro. Com o bico do sapato, risca o contorno do ladrilho. — Sua mãe é ótima leitora; sempre pegava livro... — Ela nota que, pelas costas, ele apalpa a mão ferida. — Dói? — Ele nega. Ela indica a cadeira. — Sente-se. — Ele recusa e cruza os braços. Ela desiste de sentar. Ele curva-se pra frente e risca o ladrilho.

— A mãe me mandou vir aqui... Quer que eu leia livros.

— Sua mãe era quem mais tirava livros. Você também gosta de ler? — Lorena sabe a resposta, mas faz questão de ouvir dele, que levanta a cabeça e gira o olhar sem rumo.

— Não.

Ela dá risada. Ele não entende que ria pelo motivo que todos o criticam. Ela completa:

— Mas gosta de futebol, que eu sei. E de nadar, de empinar pipa, de andar de bicicleta...

— Como é que sabe? — Ele ri, aliviado.

— ...de andar a cavalo. Sei porque também gosto. E gosto de nadar, de jogar bola...

Zejosé dá risada pela primeira vez — risada de incredulidade, superior, masculina, enquanto Lorena é tomada por inesperada alegria infantil

• 23 •

— ...de andar de bicicleta, de pescar, de ir ao cinema. De tomar sorvete, de cozinhar, de cuidar da horta... Gosto de tanta coisa! De namorar,[1] de ler. Gosto pra chuchu de ler!

Ele para de rir e olha pra mão ferida. Ela muda de tom.

— Dói?

— Não — ele responde rápido e curioso. — Nunca vi mulher jogar bola. Futebol ou vôlei?

— Me convida, e vai ver uma mulher jogar bola! Jogar futebol. Eu sou meia-armadora.

Ele dá outra risada, ela também. Ele, com presunçosa incredulidade; e ela divertindo-se da presunção dele. Se ela mente, ele não quer ser ingênuo. Nesse jogo, não se sabe quem ri de quem. Da tensão inicial surge em Zejosé a desconfiança infantil.

— Joga aqui, em Ventania? Com quem? Onde?

— Nunca joguei aqui. Não me convidam. Aqui, pelada é só pra homem. Bato bola em casa; um bate-rebate no muro. — Ela sente que ele não acredita no que ouve. — Agora que me conhece, vai me chamar pra uma pelada?

— Meia-armadora? — Ele sorri sem responder. Ela confirma. Desconfiado, ele testa: — Joga mais apoiando, como meia de ligação, ou no ataque?

— Quer me testar? — Ela ri. — Meia-armadora apoia a defesa e cria jogadas de meio de campo pra ligar a defesa ao ataque. Quer ver uma meia-armadora jogar, me convida. E você, joga de quê?

— Atacante. E qual é o seu estilo? Passes de longa distância, como o Gerson?

— Não, curtos. Mas posso surpreender, lançando em profundidade. Como Didi!

— Viu Didi jogar? — Ele a observa num silêncio desconfiado, de quem não se convenceu.

— Várias vezes. Na primeira, ele fez um gol histórico! Um golaço!

— Quando? Onde? Que jogo? De folha-seca? — Ele não contém a paixão e a curiosidade.

---

[1] É de matar de raiva a leviandade com que ela diz essas coisas! Parece que está se oferecendo!

— Num dos jogos de inauguração do Maracanã, antes da Copa do Mundo. Seleção de São Paulo contra a do Rio de Janeiro. Didi fez o primeiro gol do Maior do Mundo, que veio abaixo. Duzentas mil pessoas, imagina! Seis de junho de mil novecentos e cinquenta. Eu tinha vinte anos!

— São Paulo ganhou de três a um — ele diz, empolgado. Eu tinha dois anos! Li numa *Manchete Esportiva* antiga e num jornal velho. Quantos anos você tem?

— O que é isso, Zejosé? Um cavalheiro não pergunta a idade de uma moça!

— Ah... Desculpa.

— Mas, se satisfaz a curiosidade do amigo, posso dizer: tenho trinta e um.

— Sabe dar a folha-seca?

— Até que bato bem na bola, mas a folha tem caído fora do gol. Continuo treinando.

Divertindo-se, Lorena espera que Zejosé fale, mas ele está mudo de encantamento, os olhos brilham, o peito arfa. Ela vai à pilha de caixas.

— Se importa se eu desencaixotar livros? — Ele dá de ombros, ela repõe os lenços na cabeça e abaixo dos olhos, calça as luvas e volta a trabalhar. Ele a observa, fascinado.

— Ninguém de Ventania viu Didi jogar. Uns dez já foram ao Maracanã. Aqui se ouvem jogos pelo rádio e leem-se jornais atrasados. — Ele a observa trabalhar. — Aí tem livro sujo, rasgado... É tudo velho e usado?

— São velhos, não usados. Mas, pra nós, são novos. A biblioteca não tem nenhum destes.

— E são bons? Qualquer um entende? Falam de quê?

— Olha este. — Ela mostra o volume, e lê, em tom caricato — Discursos do senador Costa Rego, trigésima sétima legislatura, mil novecentos e trinta e seis. Deve ser pior que óleo de rícino. — Ela sobe na mesa, abre o livro, lê em voz dramática, poeira subindo da página: — "Do alto desta tribuna, sinto sopesar a responsabilidade de representar o meu povo humilde e heroico, bravo e gentil..." — Ela tosse sufocada, desce da mesa e, fingindo distração, fecha o livro com força: o jato de poeira cobre o rosto dele, que se afasta, tapando o nariz. — Tivesse que ler isso, morria na página dois. É só baboseira de político. Eles pegam alguém pra escrever e leem sem entender nada.

— Então, por que aceitou? Vai pôr na prateleira? Alguém lê uma coisa tão ruim?

— Shhh... Falei porque é meu amigo, não vai espalhar. É doação do senador que dá nome à biblioteca; por acaso, meu tio. Livro de graça, amigo, é bênção! Mesmo ruim. Não leio esse tipo de livro, mas a biblioteca não pode ter só o que eu gosto. Aqui tem todo tipo de livro. Esses vão pras prateleiras, pra serem lidos por quem gosta de discurso, política, história. Todo livro é assim: uns gostam, outros não. Ler sem gostar é tortura. Mas ler um livro bom é um prazer, um sonho, uma alegria! Você nem imagina!

— Sabe se gosta antes de ler?

— Não sei adivinhar! Começa-se a ler, como se come um prato que não se conhece: tem que provar, experimentar. Se na primeira garfada dá ânsia de vômito, larga e corre pro banheiro. Mas, se desce bem, vai pra segunda, e assim por diante: uma linha de cada vez, uma página de cada vez, um capítulo de cada vez, um livro de cada vez...

— Já estou bocejando.

A risada de Lorena contagia Zejosé. Riem à vontade. Ela tira o lenço do rosto pra respirar. Riem como bons amigos. Ele vai à pilha de livros e pega um volume empoeirado.

— Posso ajudar?

— E sua mão? — Ela pergunta surpresa. — A poeira vai entrar pela gaze... — Antes que conclua, ele está de pano na mão, pronto a começar. Mas não resiste e sopra poeira nela, que se protege atrás da estante, de onde acena o lenço branco. Às risadas, eles começam a limpar os livros. Ela o observa. — Um garoto bonito e divertido não gostar de ler?![1]

Ele não responde, vermelho feito pimentão. Sente-se como uma criança quando dizem que é bonito, sem saber o que fazer, e o que dizer. E a censura por não ler o deixa tenso.

---

[1]Precisava repetir uma coisa que todo mundo sabe, que Zejosé é bonito?

— Não gosta por quê, Zejosé?

— Sei lá... Não gosto.

— O que você já leu? Já leu algum livro?

— Não. — Ele sorri envergonhado.

— Não leu e não gosta! Tenta me dizer, com sinceridade: por que não gosta?

— Não sei. — Ele fica sério e tenta ser sincero. — Acho chato.

— Como sabe que é chato se não leu? — Lorena o encurrala.

— Pois é... Não sei. Vejo a minha mãe... ela lia o tempo todo. Na escola também leem.

Torcendo o pano que tem nas mãos, Lorena vai até a janela, olha pra fora e volta.

— Em que série está, pra não ter lido nada?

— Admissão ao Ginásio. É tudo chato pra burro.

— Quero entender o que diz, Zejosé. — Ela fala com veemência. — Pra mim, não faz sentido. Veja se pode me ajudar. Se nunca leu um livro, como pode achar chato?

Ele abaixa a cabeça, embatucado. O bico do sapato roda no ladrilho. Ela espera, de olho posto nele. Depois de um tempo, ele diz com voz tímida e suave:

— Melhor eu ir embora.

— Não, Zejosé! Por favor. É um prazer ter você aqui. Desculpa, não quero te chatear. Só queria entender por que não gosta de ler. Se não quiser falar, vamos mudar de assunto.

— Nunca li — ele diz baixo e doce. — Não gosto. Todo mundo fica nervoso quando digo isso. Você também. Não entendo o que está escrito. E ficar sentado dá sono. É chato.

— Entendi. Agradeço sua sinceridade, e desculpe ter sido enérgica. Você é um cara educado. Não vou deixar de te respeitar porque não gosta de ler. Não se obriga ninguém a nada. Ler por obrigação dá menos prazer. Então, deve estar aqui porque sua mãe pediu.

Ele ergue a cabeça, apoia a mão ferida na outra, com gratidão olha nos olhos de Lorena.

— Ela tem mania de livro. — Lorena o olha firme. Encabulado, sussurra: — Ela é doente.[1]

— Ela não é doente, Zejosé. — Lorena volta ao livro, enternecida. — Apenas não está bem. Mas é uma mulher forte e inteligente. Vai ficar boa.

Em silêncio, ele pega o pano e um livro, pronto a ajudar, mesmo sem entender por que limpar um livro chato em que a leitora morre na página três. Ao conferir, num rápido olhar, se a bicicleta está na calçada, o devaneio o arrasta pro laranjal do Tenório, onde frutas suculentas vergam galhos carregados. E à beira do rio, onde chupa laranjas doces como mel, olhando o sol se pôr num estardalhaço vermelho-amarelado. Mas o olhar de Lorena lhe queima o rosto. Ao voltar da ilusão, mostra o livro, como se estivesse pensando nele.

— Quanto tempo um cara leva pra ler um troço destes? Um ano, dois? — O riso não a deixa responder. Ele se admira. — Puxa vida, quatrocentos e cinquenta páginas!

— Eu levaria uns dez minutos, até a página três. E adeus! Mas, se fosse um livro bom, e lendo sem pressa, umas três ou quatro horas por dia, eu leria nuns oito ou dez dias.

— Se fosse um cara que nunca leu um livro, e que não sabe nada de nada, quanto tempo?

— Pra ler, basta saber ler. Claro, sem vontade, melhor não ler. Mas, se não tem vontade, pode ter curiosidade. O cara pode perguntar: puxa, o que tem nesse tijolo, que, há tantos séculos, uma pessoa escreveu e até hoje outras leem? Vai que ele abre um, de curiosidade. Se for o livro certo, ele lê até o fim, e vai abrir o segundo, o terceiro, e por aí vai...

— Qual é o livro certo pra um cara, que não sabe nada, ler pela primeira vez na vida?

Lorena estremece com o frio na espinha. Por instantes, supõe que o garoto confiou a ela sua cabeça, que ele acha vazia mas que é apenas inocente, pra

---

[1]Dizem que é sistemática, mas não se pode acreditar em tudo que essa gente diz. O importante é que está viva e, embora prefira a reclusão, quando sai de casa chama atenção o quanto é bonita e sacudida.

• 28 •

que o ajude a ocupá-la com conhecimentos, ideias, emoções e tudo o mais. Assustada, se indaga se, afinal, criar uma biblioteca não inclui isso. Mas, pra não se acovardar com a responsabilidade, consola-se pensando que bibliotecária é como chefe de estação: recebe o leitor, embarca o livro e despacha a viagem.[1] Decidida, vai à estante, tira um volume e entrega a Zejosé.

— Minha intuição diz que deve ler este. Se não gostar, não entender ou achar chato, me diz que penso em outro. — Zejosé avalia a capa da pequena brochura. — Não existe livro pra quem não sabe nada, porque não há ninguém que não saiba nada.

— *Os meninos da rua Paulo*.[2] — Ele lê a capa, olha-a decepcionado. — Mas é pra criança?

— Não. É uma história sobre crianças escrita por um adulto.

— Como é o nome dele? É estrangeiro? — Ele pergunta decepcionado.

— É húngaro. Pronuncia-se Fe-renc Mo-lnár. Se quiser, pode ler aqui. — Sem jeito pra manusear o livro, ele vai à última página e confere o número. Ela o observa, apreensiva. — Não posso oferecer café nem água, mas, se tiver alguma dúvida, estou às ordens, pode perguntar. — Ele olha a contracapa. Vira e olha de novo a capa como se quisesse adivinhar a história. — A história é bonita, sensível e emocionante — ela explica, temendo que se sinta tratado como criança e começando a se arrepender da escolha, além de outros medos: o caco de louça pode levá-lo a ter raiva de livro; talvez não volte à biblioteca, nem fale mais com ela; nessa idade, nunca se sabe: não é criança nem adulto. Facilita a decisão dele: — Se quiser ler em casa, pode levar emprestado, basta preencher a ficha.

Ele solta as páginas presas como cartas de baralho. O livro é fino, mas ele não se anima. Parece avaliar o tempo pra ler cada palavra, cada página. Lorena deixa-o livre e volta à limpeza. O pedido da mãe, a simpatia da

---

[1] Claro que comparar bibliotecária com chefe de estação é coisa minha. Se Lorena não tem clareza sobre a função da bibliotecária, sobre chefe de estação é que não sabe nada. Não tenho a experiência dos escritores que não misturam sua vida e suas ideias com as das personagens. E a comparação ficou horrível. Ao passar a limpo, fazer uma melhor.
[2] Ela também me deu esse livro pra ler. É emocionante!

bibliotecária e a ponta de curiosidade que acaba de beliscá-lo sugerem que tente ler. Mas, indeciso, põe o livro sobre a mesa junto à janela, senta-se, apoia o rosto na mão sadia e fica olhando pra capa, quase a penetrando.

É tão grande a torcida de Lorena, que parece desafiar o sonho da bibliotecária e biblioteca juntas. Finge trabalhar pra aliviar a expectativa, mas a curiosidade obriga a acompanhar tudo, mesmo de relance. Ele abre o livro, lê a folha de rosto, move os lábios devagar. Aos olhos dela, a janela emoldura Zejosé com um halo de luz em volta da cabeça, como nas figuras sagradas dos santinhos. O cabelo despenteou, mas a camisa não amarrotou, dando-lhe um ar de pureza. O enigma do livro dá o tom grave; a mão enfaixada, o dramático. Pra ela, aquela imagem do garoto lindo lendo lembra vitral de igreja.

Orgulhosa de ter o livro na estante, agora teme que ele não goste. Se não gostar, é porque não deu o livro certo. Falta-lhe sensibilidade de bibliotecária e intuição de mulher que poderia ser mãe dele. Desapontada, aplica-se no trabalho, evitando olhar pra ele. E pensa no absurdo que seria oferecer o livro ao gosto do leitor, que só leria alguns livros — aqueles de que gostasse. Mas como saber quais sem ler os demais? E conclui: ler-e-não-gostar é parte do jogo! Decide não se preocupar demais em como a leitura poderá afetar Zejosé. As pessoas vão afetá-lo, diz a si mesma, a vida vai afetá-lo, o mundo vai afetá-lo — não se sabe como, nem o quanto! Talvez a leitura seja o que menos o afete por não substituir o professor, o padre, os pais; o livro não substitui ninguém! Se sentir necessidade, ele pode conversar com quem quiser — ela já se pôs à disposição.[1] Afinal, pensou, livros não são revelações divinas, nem profecias ou verdades infalíveis; não ensinam a viver, não condenam, nem salvam o leitor. Lorena se convenceu de que a leitura, como a arte em geral, é indispensável à vida das pessoas, ainda que não saiba bem pra quê.

---

[1]Cinismo descarado dessa Pantera Loura! Não bastou se oferecer lá atrás, tem a insolência de repetir! Separar essa ousadia da Pantera Loura do que Lorena disse sobre o livro e a leitura, que são coisas sérias!

Zejosé vira a página e, movendo os lábios, começa a ler o Capítulo I. Ao olhá-lo, Lorena se dá conta do prodígio à sua frente. O livro, de 1907, escrito em húngaro, idioma pouco conhecido, por um autor de 29 anos, conta a história de garotos da distante Budapeste. Hoje, um dia de 1961, mais de meio século depois, um garoto de 13 anos lê a mesma história, em português, idioma pouco conhecido, numa biblioteca de Ventania, cidade perdida no mapa. Comovida, pensa que valeu o esforço de criar a biblioteca pra um dia ver um menino de Ventania ler um livro em bom estado, em ambiente asseado, num silêncio quase palpável. Sem sair de sua cidade, ele viaja de graça a outro país e outra época. Eis uma boa razão pra trabalhar, conclui feliz. Tem fé na magia: se Zejosé entender as palavras de Ferenc Molnár, a imaginação vai incendiar seu espírito, e ele vai se apossar das palavras, que passarão a ser suas, assim como a história e as personagens. E vai se emocionar como os leitores da Hungria e do mundo todo. Uma emoção que atravessa países, idiomas e épocas surpreende e intriga. O tempo passa, as pessoas mudam, a história e a emoção permanecem. E a palavra, frágil como bolha de sabão, resiste ao tempo, às mudanças, a tudo enfim, se revela tão forte e poderosa, que parece eterna.

Zejosé levanta o braço, indicador esticado, como se chamasse a professora na sala de aula. Lorena vai até ele, que está com dificuldades nos primeiros parágrafos. Não sabe o significado de infrutíferas, cintilante, bico de Bunsen, reação química, pianola, vienense, XII, bondinho de burro e trombeteavam. Ela mostra ilustrações na enciclopédia e o ensina a consultar o dicionário. Ele presta atenção, sorri agradecido pra ela e volta a ler — mais por decisão que por envolvimento. Lorena acha que o encontro dele com o livro não foi improvisado, teve preparação e solenidade, como ela acha que deve ser: ele tomou banho, vestiu camisa limpa, calçou sapatos e penteou o cabelo. No entanto, o que mais a atraiu foi o cheiro, não sabe se de sabonete, de algum perfume ou do homem que brota de dentro do menino.[1] Mas não quis se aprofundar...

---

[1] É assim que Lorena provoca o meu ciúme. Se continuar assim, vai ser a Pantera Loura pra sempre.

Zejosé lê e relê "Nemecsek sabia que isto era apenas o sobrescrito e que o recado estava no verso. Mas, como era um rapaz de caráter, não quis absolutamente ler uma carta destinada a outrem". Apesar de estranhar o nome Nemecsek, ele quase consegue perceber um sentido geral e vago, mas não os detalhes, algumas palavras, nem o que querem dizer. Pela quarta vez, empaca na página quatro. E não quer pedir ajuda a Lorena — sente que ela o espiona. Pra animá-lo, sua mãe tinha dito que Lorena parece artista de cinema. E, uma vez, no Empório, o pai disse que ela é um avião. Ao sentir o olhar dela arder no seu rosto, volta a ler "Nemecsek sabia que isto era apenas o sobrescrito e que o recado estava no verso. Mas, como era um rapaz de caráter, não quis absolutamente...". Ela é linda e perfumada, do tipo que Sarará chama de gostosa. Achou esquisito ela ser meia-armadora e não acreditou muito nessa história, mas está confuso. Lembra do pai dizer que é filha de um graúdo da mina. Se for verdade que joga bola, acha que, ao menos ao falar com ele, ainda tem jeitinho de mulher, educada, carinhosa e meiga, que o faz pensar em Carmela — que costuma ter um cheiro parecido com o dela, não sabe se de perfume, sabonete, pó de arroz ou de flores da manhã, que dá o frescor de quem saiu do banho. De novo sente seu rosto arder "Nemecsek sabia que isto era apenas o sobrescrito e que o recado estava no verso. Mas como era um rapaz...". Ela tem o pescoço branco e lisinho como o de Carmela quando faz rabo de cavalo. Lembrou, com um arrepio, a sensação de roçar a língua molhada na de Carmela quando roubou o beijo na beira do rio. Carmela o lembrou Durvalina,[1] de pele cor de jambo, aveludada por penugem de pêssego, que o arrasta pra trás das portas. As mulheres, puxa vida — ele pensa —, põem um cara louco! Sente saudade de Carmela, que não vê há dias, e jura que, na próxima vez que a encontrar na saída do colégio vai criar coragem e pedir pra namorar — ele não sabe que o pai de Carmela proibiu-a de vê-lo e pôs o irmão mais novo pra levar e buscar a filha no colégio. O rosto arde "Nemecsek sabia que isto era apenas o sobrescrito e que o recado estava no verso. Mas como era um rapaz...".

---

[1]Empregada da casa dele que, dizem, nasceu sabendo tudo de sedução.

Lorena se alegra por achar que Zejosé está do outro lado da sua cortina imaginária, sinal de que começa a se envolver com a história — quem lê fecha a cortina pra avisar que está num mundo todo seu —, quando ouve apitos de barco e latidos, e corre a fechar as janelas. A leitura pra ela tem que ser silenciosa e solitária — solidão cheia de vidas, silêncio vibrando de emoção. Mas os latidos e apitos não perturbam Zejosé, protegido por sua cortina imaginária. Ela tira luvas e lenços, lava as mãos no banheiro, vira na cesta as bolachas salvas do desastre e põe a cesta na mesa de Zejosé, que sorri, agradecido, e pergunta o significado do nome dos personagens Boka, Csele, Weiss, Csónakos etc. Ela diz que nomes não devem ser traduzidos. No início se estranha, mas logo se habitua. Volta a limpar livros. A luz do sol recuou sobre a mesa, Zejosé não tocou nas bolachas.

Havia anos que Ventania não recebia trem, passageiro ou carga. Na estação, tínhamos perdido o ânimo pra jogar; pra conversar, nem se fala! O clima ficou tenso. Desde então, vivo o problema de chefiar sem ter o que fazer! Ninguém atende quando peço pra capinar o mato que cobre o trilho e tanger o gado que pasta ali; ou pra consertar a cancela da passagem de nível, repor a parte arrancada dos trilhos e descobrir a enterrada; pra vistoriar trechos onde faltam dormentes, postes do telégrafo e parafusos no pontilhão. Alegam desvio de função. O ramal da mina virou ruínas. Sem poder criar tarefas, cumpro e exijo que todos cumpram o horário de trabalho. Passo o dia aqui, na plataforma. Às vezes, dou um giro na praça, mas evito zanzar por aí; não pela humilhação da muleta, a que me habituei, mas pelo cansaço: com o ócio, o peso sobe, e fica penoso andar. Ainda mais que passei a cozinhar e me tornei um glutão. Um bom partido, como dizem as meninas-guerreiras da Coreia:[1] cozinho, lavo, passo e arrumo a casa. A novidade é que, com quase quatro anos de estrada desativada, criei coragem e cruzei a praça. Fui ver o que fazia a moça que

---

[1] Só mesmo as baleadas meninas da Coreia do Norte me acham bom partido! As afetadas da Coreia do Sul torcem o nariz pra mim, cobram mais caro e pedem pagamento adiantado. Aqui, ó, pra elas!

toda manhã abria e ao anoitecer fechava o lugar onde Zejosé está sentado diante do livro na mesa. Na calçada, rodeei, costeei e espiei pelas janelas, como ele fez. Ao ver o cimento-vermelhão, me animei — evito assoalhos de madeira, cada passo estronda na cabeça como paulada em sino. Nunca tinha entrado numa biblioteca, nem visto tantos livros juntos, limpos e organizados. Fiquei deslumbrado!

Até então, tinha lido partes de um livro ou outro — nunca inteiro. Como a *Antologia nacional*, no Admissão ao Ginásio, os de ciências, história e geografia. No catecismo, li a *Imitação de Cristo* e trechos da Bíblia — tenho os dois lá em casa. Estudei as apostilas do concurso pra agente ferroviário, o Curso Básico de Radiotelegrafia, o Manual do Chefe de Estação e Locomotiva Diesel. Li gibis do Fantasma e Mandrake. Descobrir a biblioteca foi como Galileu olhar as estrelas com o telescópio e ver que a Terra se move. Atrasado na vida: descubro mais tarde e aprendo mais velho. Nasci de novo aos 43 anos!

Aquele mundo de livros me contagiou, e brotou uma emoção confusa, de alegria e também de culpa e arrependimento. Eu tinha vivido boa parte da vida vendo o tempo passar na plataforma e, anos depois de inaugurada a biblioteca, ainda não sabia que estavam ali, me esperando pra oferecer o que escondiam, sem precisar de escola, professora ou dinheiro. Bastava abrir, ler, e tudo o que guardavam seria meu! Logo entendi a função da moça que toda manhã abria e ao anoitecer fechava aquela casa: era a guardiã do conhecimento dos homens, e agradeci a existência e a inspiração da moça visionária!

Vadiando entre as estantes, meio perdido dentro de mim, me deparei com um rosto sorrindo acolhedor e dois olhos azuis brilhando pra mim! Um arrepio me varreu o corpo, e tive a impressão de estar diante de um desses seres fantásticos, sei lá, fada, sereia, duende, bruxa, santa, encantadora de serpentes. Ou uma dessas mulheres belas e poderosas, sobre as quais li depois, como Cleópatra, Nefertíti, Dulcineia, Helena, Frineia, que enlouqueciam reis, imperadores e generais. Por elas, eles guerreavam, se matavam e mandavam matar. Mas logo vi que se tratava de uma princesa de poderes mágicos, capaz de pôr um livro na mão de algum analfabeto que entre ali, e ele ler e entender tudo! Então, na primeira vez que pisei na biblioteca, me apaixonei por Lorena! Digo apaixonei sem saber se aquele arrepio tocou o sentimento que não sei o nome e que me leva ao delírio! Ao decifrar esse delírio, fiz três descobertas — tardias, como sempre. Uma foi a leitura de romances. O tédio que sentia numa cidade[1] que nunca teve teatro e o cinema fechou foi sacudido por heróis, aventureiros, santos, amantes, bandidos, tiranos, conquistadores, generosos, invejosos, de vidas alegres, românticas, tristes, felizes, apaixonadas, arriscadas, miseráveis, agitadas por viagens, caçadas, paixões, traições, nascimentos, naufrágios, brigas, vitórias, assassinatos. Parti de uma estação sem trens e, sem uma perna, rodei o mundo. Geleira, deserto, montanha, rios, mares, metrópoles, aldeias. Ao saber como pessoas de várias épocas vivem, sonham, amam e morrem, me senti parte do mundo, mesmo vivendo num fim de linha. Parece estranho, mas hoje sinto menos falta da outra perna. E, desde que sou leitor, não sou mais só eu, acho que incorporei o espírito dos personagens, vivi o que eles viveram. Em vez de um homem, é como se fossem vários em mim — sem deixar de ser eu! Outra descoberta é este desvairamento por Lorena, que tenho chamado de paixão. Sinto e sei o que é, mas não sei falar desta sandice que me anima a vida e tira a paz! A terceira foi o descobrimento da pessoa que há numa mulher. Claro, sabia o que é mãe, avó, tia, irmã, prima, amiga, amante, vagabunda, puta, mas a pessoa de uma mulher, como Lorena, que é todas essas sem ser nenhuma delas, foi uma revelação. Lorena é única porque tem em si todas as demais mulheres. As duas — a paixão e a mulher — vieram juntas, na mesma pessoa. É demais pra um homem só.

Tenho vivido esses anos apaixonado por Lorena, que nunca deu sinal de que percebe. Parece que nem desconfia, muito menos compartilha. Mas sabe, desde o meu primeiro arrepio — a fêmea intui a intenção do

---

[1] Nico barbeiro, que foi duas vezes à capital, diz que "é uma cidade de braços caídos e olhos no chão". Acho que boceja também.

macho antes que ele se saiba interessado. Não corresponde porque não se interessa pelo homem que sou. Fiz tudo pra chamar atenção, elogiei, agradei, insinuei convites, ofereci presentes. Ela agradecia, escapava com desculpas graciosas, preservando a função de bibliotecária, o que sugeria me recolher à de leitor. O que recolhi mesmo foi a paixão, ao fundo de mim, e recolhida está até hoje.

Lorena sempre me tratou bem: é gentil, prestativa, responde as minhas perguntas, indica livros resumindo o enredo, fala da vida do autor e da época. Quando acha que devo ler algum livro que hesito emprestar comenta cativante umas passagens, dando tom sensacional às arriscadas, induzindo ao riso nas divertidas, fazendo-se fervorosa nas apaixonadas. Esboça, com traços de compreensão madura, o perfil das personagens centrais com detalhes instigantes que acendem a curiosidade. Fico louco pra ir pra casa e começar a ler — ainda que prefira ficar, junto dela, ouvindo-a falar, quem sabe contando a história toda só pra mim. Mas ela diz que não pode matar as surpresas; eu é que tenho de ler, com as minhas emoções, que são diferentes das dela. Diz que oferece o aperitivo; o prato principal, leitor e autor devem compartilhar em mesa farta e bem-posta. Quando vou pra casa, a tristeza de me afastar dela só é aliviada pela curiosidade de ler o livro.

Como disse, quase quatro anos depois da estação ser desativada entrei na biblioteca, onde agora Zejosé está diante do seu primeiro livro. Ao sair, levei meu primeiro livro; estava, como ele deve estar agora, hipnotizado, mente perturbada, emoções confusas, sentindo o chão flutuar e com vontade de me atirar nos braços dela e apertá-la com estremecimento, ou correr e me jogar no rio, ou sei lá o quê![1] Razões diferentes nos levaram ao primeiro livro, as reações deveriam ser diferentes. Há tempos que sua mãe, Dasdores, pedia que fosse à biblioteca; e ele a enrolava. Até que a conversa desta manhã o assustou. À tarde, ele tomou banho, vestiu roupa limpa e, finalmente, foi à biblioteca.

---

[1] Exagero! Por que um garoto de 13 anos, bonito, ativo, com o futuro pela frente, teria vontade de se atirar sobre uma mulher, ou se jogar no rio? Zejosé não é um quase cinquentão, quase aposentado, celibatário e solitário. Reescrever tudo isso. Bem... não sei. Preciso pensar melhor sobre isso.

Dasdores, nascida na Sexta-feira da Paixão, Dasflores, na primavera, e Dasalmas, no Finados, são filhas do professor Torquato, reputado professor da capital, dono de vasta biblioteca. A casa era frequentada por luminares das artes, ciências e letras, em saraus que aliavam a conversa inteligente à fruição musical, gastronômica e etílica. Desde cedo, as três irmãs circulavam nessas reuniões e, sem participarem da roda, conviviam com figuras notáveis. Dasdores não era de ler, se entediava com as músicas e não entendia os assuntos tratados. O pai criticava seu descaso por um curso superior e zombava do seu despreparo pra perceber as manifestações de inteligência, a ironia fina e o humor brilhante dos encontros. Não era diferente com Dasflores e Dasalmas, que disfarçavam. Com sofrível rendimento escolar, o coração de Dasdores batia forte nos filmes românticos, nas novidades da moda, nas horas dançantes e no olhar dos rapazes com seus ternos de tropical inglês, gravatas francesas e carros alemães, que, mais tarde, se casariam com outras garotas. Dasdores foi pros braços toscos de Ataliba, seu marido até hoje. Dasflores se casou com um banqueiro, que floresceu; e Dasalmas com um industrial, que faliu.

Perto de morrer, o professor decidiu deixar sua biblioteca a quem da família cultivasse o prazer da leitura e da curiosidade intelectual, costumes que não palpitavam no coração do trio herdeiro. A herança ficou, então, pra um sobrinho, que ruminava textos gregos, digerindo altas filosofias. Surpresa com a decisão que lhe subtraía livros — que não lhe subiram ao espírito, mas eram parte da paisagem doméstica —, Dasdores tentou anular o inventário e deserdar o primo. Em vão. Mais tarde, o herdeiro vendeu a biblioteca a uma universidade americana; explicou que não tinha onde pôr tanto livro, e a grana acalmara os surtos filosóficos. Dasdores arrependeu-se de não ter dado ouvidos às críticas do pai, surdez que lhe subtraiu o legado. Pra se redimir, aplicou-se como leitora. Descobriu uma vida nova, e o arrependimento por não ter lido antes. Porém, a vida de esposa, dona de casa e mãe sugava as energias; hoje, é a saúde que a deixa frágil. Quando abre um livro, é pra cochilar duas páginas adiante. O que não a impede de ler, num ritmo de bêbado, cai, levanta, segue aos tropeços.

Sabendo como é difícil criar tarde um hábito novo, quer que Zejosé comece logo. Empacado na escola, quem sabe a leitura não o salva?

Dasdores tem uns oito ou dez anos menos que eu e uns oito ou dez anos mais que Lorena. Aparenta mais. A bibliotecária é jovial, iluminada como manhã de sol, tão cristalina que a alma salta pelos olhos. Dasdores é um rio sereno à flor d'água, sombrio e turbulento no fundo. Magra, alta, semblante de entardecer com canto de cigarras. O rosto anguloso teve maçãs rosadas, mas perde viço, empalidece e acentua o contraste com as sobrancelhas e os longos e finos cabelos pretos. A beleza enigmática e a opaca sensualidade ocultam a Dasdores verdadeira, que ela própria sufoca, talvez temendo ser quem é.

Vimo-nos várias vezes. No dia do acidente, o mesmo da morte de Zé-elias, levei um susto, parecia mais morta que ele: toda mãe que perde filho é *mater dolorosa*! Depois, no hospital da capital, onde cuidaram do meu coto; na recuperação; e quando me doou a muleta, na volta a Ventania — o hospital pediu de volta a cadeira de rodas. Depois que voltei a trabalhar, nos víamos na estação toda vez que viajava à capital pra tratamentos e exames. Embarcava de salto alto e roupas de seda deslizante. Fala baixo, com poucos gestos, mas expressivos. Dizem[1] que se casou e aceitou morar em Ventania por acreditar que o marido era sócio da mina — tinha um cargo administrativo! Esposa resignada, mal suportou a tristeza. Fechada a mina, tentou convencê-lo a voltar pra capital. Inútil.

Desgostosa com a cidade, evitava sair de casa. Quando saía, andava depressa, cabisbaixa, mal respondia os cumprimentos. Com a morte do primogênito, quem sabe o predileto, sangrou de tristeza e pôs luto fechado. O recolhimento ficou rigoroso, deixou até de ir à missa, e só saía em extrema necessidade. Logo prendeu-se ao quarto, e seu estado vem se agravando. Por mais que faça consultas e exames, não há um diagnóstico. Os sintomas combinam debilidade física, cansaço, tonteira, dores itinerantes, ideias fixas e inclinação pela devoção monástica. Dasdores tem vivido quase o tempo todo na cama.

---

[1]Quem 'dizem'? Devem ser as tais más-línguas! Como há más-línguas por aqui! Eu, inclusive!

Faz tempo que a doença não a deixa, ou que atrai a doença. Toda vez que fico perto dela, sinto coisas estranhas, calafrios, arrepios. Minha mãe, que sentia o mesmo quando ela nos visitava, dizia que era a presença da morte. Dasdores está viva, mas dá a impressão que preferia estar morta. Se alguém indaga se não seria autossugestão, ela não abre mais a boca. Se ela vai aos detalhes do sintoma, falando em desânimo e angústia, e supõe na visita silêncios de dúvida, sobrancelhas curvas de espanto, pescoços tombados de ironia ou sorrisos céticos, pede imediatamente pra ficar sozinha, alegando cansaço e urgência de repouso. Agradece a visita, despede-se e some. Ai de quem ousar, como fez padre Pio — e só fez uma vez! —, sugerir, em vez de remédios e repouso, uma caminhada na beira do rio, numa manhã de sol, seguida de suculento almoço com carne sangrando! Foi ouvir o padre, bem-intencionado mas pouco sensível às nuances humanas, e Dasdores começou a tremer e suar frio. Pediu licença pra repousar — ele que volte outro dia! O padre nunca mais a encontrou em casa na visita aos enfermos. Foi pra lista dos proscritos, e ela não pisou mais na igreja. Encomendou um genuflexório e, ajoelhada no quarto, fala direto com Deus, que, pra ela, é mais poderoso e menos enxerido.

Num feriado que estava menos indisposta — nunca está bem, seu melhor é menos indisposta —, atendeu ao pedido do marido pra receber o prefeito. Saiu da cama, tomou banho, vestiu-se com recato adequado à saúde e passou pó de arroz. Animado, o prefeito disse que, pela aparência, nada tinha de doente: "Quem esbanja saúde pode brincar de doente; a senhora vai ter vida longa!" Azul de raiva, Dasdores silenciou em respeito. Ele insistiu que lhe faria bem a atividade física; e pôs a Prefeitura às ordens. Ela saiu da sala trêmula e suando frio. Nunca mais recebeu o prefeito ou fez menção à sua existência.

Médicos da capital, versados em psiquiatria e psicologia, sugeriram que poderia estar mesmo doente, mas de mal bem mais grave do que pensa! Ela fugiu dos especialistas! Quem convive com Dasdores diz que ela quer atenção, que lastimem sua saúde e sejam solidários ao seu sofrimento. E não quer se assustar com sombrias previsões do futuro! Dasdores é um ser complexo.[1] Parece uma atriz que representa uma personagem em agonia. E indago se um escritor é capaz de escrever personagem mais inteligente que ele.[2]

Quando acorda menos indisposta, Dasdores senta-se junto à janela da sala pra ver passar os vendedores apregoando seus produtos. Uns trazem balaios de alface, couve, agrião, couve-flor, cheiro-verde, salsa, pimentão, ou animais carregados de tomate, batata, cenoura, pepino, berinjela, beterraba, ou de banana, manga, laranja, goiaba, abacaxi, mamão; ou carroça de queijo, requeijão, mel de abelha, doces de frutas, ou carne de boi e porco, linguiça, toucinho; ou carregam fieiras de peixe fresco[3] e varas de frangos presos pelos pés. Surgido depois que fecharam o mercado municipal, o desfile é abagunçado e barulhento; o vendedor corre da porta de um lado à janela do outro, pra atender os pedidos de pechincha. Intrusos, como vassoureiros, vendedores de passarinhos e amoladores de faca, e forasteiros, como músicos, loucos e mendigos, também seguem a procissão. O que lhe agrada. Dasdores indica a Calu, que manda a filha, Durvalina, chamar o vendedor ou correr até ele pra cheirar, apalpar e provar. Mas, não demora, Dasdores, zonza de desgosto, cobre nariz e boca com o lenço, cerra os olhos e aspira fundo.

— Oh, Deus! Não aguento mais, Calu. Manda entrar tudo pelo portão dos fundos e me diz o preço. — Levanta se lamuriando, abanando e balançando a cabeça.

— Calu, olhos grandes à flor do rosto, a apoia com zelo respeitoso e sem aflições. Humilde de coração, calma e prestativa, não se assusta com fantasmas, sabe mais da vida do que se permite falar.

---

[1] Dizer complexo é dizer muito e dizer nada. Mas o dramaturgo Henrik Ibsen fez um personagem dizer que um outro é complexo. O outro ficou profundo e enigmático. Como é a Dasdores que conheço.
[2] Perguntar a Lorena se um escritor pode criar personagem mais inteligente do que ele.
[3] Vendi muito peixe em porta e janela. Foi antes de fecharem o mercado, quando trabalhei pro meu pai.

— Ai, Cristo! Vamos, que ajudo. Vai ver foi a zoada que tonteou a senhora. Durvalina, Dondasdor baqueou. Manda levar pros fundos e fecha a janela. Foi tontura, Dondasdor?

— Sabe Deus, Calu. Qualquer coisa acaba comigo!

— Não fala assim, Dondasdor, que é soberba. Deixa estar que disso Deus cuida.

— Já passa da hora de eu ir pro bom lugar! — Dasdores suspira como se se despedisse.

— Então, vamos voltar pro quarto. Durvalina já arrumou. — Amparando-a, Calu não ouviu, não entendeu, ou não quis entender o que a patroa disse.

— Quem falou em quarto, Calu? — Reage Dasdores. — Passa da hora de doar a alma a Deus! — repete, explicativa, e suspira impaciente com o esforço. Calu mantém a calma da experiência. Durvalina fecha a janela, a sala silencia em sombras.

— A vida não é nossa, Dondasdor. A Deus pertence. O quarto está limpo e arejado....

— Janelas escancaradas? — Assusta-se Dasdores, olhar atrás de Durvalina: — E a claridade, que me cega? A poeira, que me sufoca? A zoada, que me ensurdece?

— Fechei tudo, dona Dasdor! — gagueja Durvalina. — Puxei as cortinas, arrumei do jeito que a senhora gosta! A mãe viu. Não foi, mãe?

— Se ela não quer ir pro quarto, melhor. No quintal tem ar puro e o sol da manhã...

— Vou pro quarto! Mal respiro, e quer me arrastar pro quintal, Calu? Exposta ao sol e ao vento? Não tem compaixão? — Vai pro quarto em passos hesitantes. Calu segura o braço, mais pra conter do que apoiar. Durvalina as segue, aparvalhada.

O quarto austero, de teto alto e piso de tábuas largas do decadente casarão, é iluminado pela chama trêmula da vela de dois castiçais dourados sob o crucifixo de raios dourados. Genuflexório e cômoda, usada como farmácia e oratório, com Bíblia, livros, remédios e louças. Alta e solene, a cama lembra sombrio altar ou túmulo de algum herói. Tudo sugere castigo do corpo e salvação da alma. Dasdores deita-se, e Durvalina a cobre.

— Tira o cobertor, meu anjo! Vai me matar de calor. Basta o lençol.

Calu obedece e finge ralhar com a filha. Dasdores suspira. Súbito, senta-se na cama, assustada.

— E Zejosé, meu Deus? Foi pra escola, Calu? Cadê meu filho, Durvalina?

— Não sei, Dondasdor. Eu mesma não vi ele hoje não — diz Calu, de olho em Durvalina.

— Onde foi, não sei — diz Durvalina. — Tomou café e saiu de bicicleta. Sem livro nem nada.

Dasdores enfia os dedos pelos cabelos, aspira fundo, murmura pra si mesma:

— Não foi à aula de novo! Deve estar com a corja. Que será de você, Zejosé? Não sei o que fazer! Meus nervos em pandarecos! Esse menino vai me matar de desgosto, vocês vão assistir!

Tocam as badaladas de finados. As três se aquietam.[1] Calu cai de joelhos, Dasdores reza pela alma desencarnada, Durvalina vaga o olhar de velas a crucifixo. Sobre os doídos repiques, Dasdores sussurra:

— Quem está indo, Calu? — Orando, Calu não ouve. — Que seja boa alma, e não sofra mais. Você sabe, Durvalina? — A garota nega. — Ainda vão dobrar por mim. Agora, preciso repousar. — Calu sai, a filha a segue. Dasdores fecha os olhos e suspira como se fosse o último. — É hora de Deus me chamar. — Mãe e filha saem. — Obrigada, meus anjos.

Mãos cruzadas sobre o peito, Dasdores sussurra como uma prece:

— O que fazer pra ele estudar? A mãe pode pôr o filho no mundo, e não pode fazê-lo estudar. — Olha pra cima. — Maria, derrama sobre mim

---

[1]O toque de finados me dá uma tristeza que dói no peito. Ouvi o do meu pai e da minha mãe. Depois do acidente, antes de ser levado pra capital, estava sem minha perna em cima duma cama, uivando de dor, sem saber se iria viver ou morrer, quando ouvi o toque do enterro de Zé-elias. Ressoou dentro do meu corpo, e assim até hoje. Pra Dasdores também é um momento sentido. Sua irmã Dasalmas nasceu sob os toques de finados. As festas de aniversário dela têm sempre essa tristeza ao fundo.

sua luz de mãe de Jesus, pra fazer meu filho estudar e saber escolher o melhor caminho! O pai não estudou, eu não estudei. — Reza em silêncio. É tomada de dúvida. — Será que sou boa mãe? Ou vou ser castigada por não ter estudado como meu pai queria? — Olha piedosa pro crucifixo. — O Senhor levou o meu Zé-elias, e não me revoltei; protege o irmão dele agora, Senhor. — Benze-se, cobre-se e dorme.[1]

Acordada, Dasdores usa máscaras e golpes teatrais pra proteger sua frágil personalidade dos ataques do mundo. Livra-se dela no sono pro encontro consigo mesma. Torna-se quem é, livre pra devanear. Dormir é a trégua da felicidade. Ao acordar, a máscara cola de novo no seu rosto e a esconde das agressões; e quem sabe também dos prazeres.

Zejosé entra em casa suado e ofegante — eu o vi, pouco antes, na rinha do Olavo.[2] Ao passar pelo quarto, tem a impressão de ouvir o sutil ronco[3] da mãe. Empurra a porta devagar e entra na ponta dos pés, ansioso pra confirmar o que parece ter ouvido. A intuição lhe diz que a frágil saúde da mãe é parte das suas fantasias. Mas, sem prova, argumento ou apoio adulto, é mera presunção. Zelosa dos seus achaques, Dasdores não admite que durma durante o dia, talvez temendo que o sono seja uma traição ao seu compromisso com o padecimento, além de desmerecer suas queixas de insônia. Confirmado o ronco, Zejosé chamaria um adulto pra ouvir e teria a prova de que ela dorme de dia. A intenção é desacreditar as doenças de Dasdores juntando provas de que ela tem saúde, não pra desmentir, mas pra convencê-la a viver a vida com alegria e sem medo. Mas, dentro do quarto, em vez de dar o flagrante, sente o impacto do corpo estirado na cama, rosto pálido e trêmulo à luz das velas. Fecha os olhos e aperta as pálpebras, repelindo o que vê. Tateando móveis, chega à cama e, então, abre os olhos. Deita-se devagar e se aninha ao lado da mãe, que, acordada pelo

---

[1] Reconstituí a cena e seus diálogos a partir de conversas com Calu, Durvalina e a própria Dasdores.

[2] Igual Zejosé, também gosto de briga de galo. Vejo-o sempre na rinha do Olavo, a única de Ventania.

[3] Ao passar a limpo, mudar para "forte arfar".

• 43 •

arfar na nuca, estremece e resmunga coisas como "arrepio", "assombração", "cruz-credo". Ele reage com ironia:

— Desculpa, mãe. Achei que estava dormindo.

— Dormindo, eu?! — Senta-se e ajeita travesseiros no encosto da cama.
— Ah, quem me dera! Estava des-can-san-do! — Suspira e dá a face pra beijar. — Não preguei o olho esta noite! — Ele toca os lábios no rosto dela e a provoca, só pra vê-la espernear.

— Ouvi seu ronco.

— Ronco! — Ela reage com desdém e ressentimento. — Antes fosse! Bem que gostaria de aliviar este corpo maltratado! Mas Deus não me poupa. — Após breve pausa, vai à forra. — O que faz aqui na hora da escola? Por onde andou pra estar vermelho feito pimentão?

É raro Zejosé responder de pronto. Há sempre a pausa pra voltar de alguma órbita espacial, ou de onde se recolhe pra devanear. As ausências são entendidas como desdém ou provocação. Olha o teto, o móvel, o chão ou, como agora, pra mãe, com ar de paisagem.

— O quê, mãe? Não ouvi... Ah, aonde eu fui? Dar uma volta. De bicicleta.

— Aonde você foi andar de bicicleta? Não mente pra mim. Foi fazer o quê, Zejosé?

— Na beira do rio. Ver briga de galo. Na rinha do Olavo.

— Briga de galo, Zejosé! — Horroriza-se Dasdores, cobrindo o rosto com as mãos. — Meu Deus! O que há de útil numa briga de galo? — Ele olha pro teto. Ela quer arrancar o que há na cabeça dele. — Eu gostaria de saber qual é a graça de ver duas aves se atacando. O que há de interessante? Anda, me conta! Eu lhe fiz uma pergunta, Ezequiel! Responde!

Olho no teto, ele fala devagar, ocultando a insatisfação que se revela à medida que fala:

— Tinha um galo vermelho parrudo, crista alta, rabo alaranjado, cada esporão deste tamanho, bico torcido, maior que meu dedão. Abria as asas, subia um metro, e caía em cima do galo preto — um mutuca fracote, tão galocha que só trouxa apostou nele. Jogaram os dois no rodo sem emparelhar! O vermelhão esfolou, rasgou e furou o preto, que zanzava tonto,

• 44 •

sangrava de pingar, mas não desistia. Quem apostou nele berrava, batia palma, animava o bicho quase morto. Esquisito, o preto não sabia que era mais fraco: bancava o valente, atacava, revidava. Aí o galista tirou o vermelho do rodo. Disse que seu galo só brigava parelho. A briga acabou. Aí o preto caiu duro. Morreu sozinho no rodo.

Num silêncio pasmo de olhos arregalados e mãos sobre a boca, Dasdores sente repulsa.

— Que horror, meu Deus! Você se diverte com uma matança assim, Zejosé?

— Por que não? — Desafia. Está revoltado. — Não podia tirar o vermelho! Tinha que tirar o preto. Ficou, morreu — já estava morto; brigava porque não sabia que era fraco.[1]

Dasdores não entende a revolta do filho, nem a razão de tirar um galo ou outro, mas admira sua compaixão pelo mais fraco. Afofa-lhe o cabelo e o penteia com os dedos.

— Por que não foi à aula, querido? — De costas pra mãe, ele olha pra vela acesa, o rosto tremeluzindo. — Por que não foi à aula? Responde a minha pergunta, Zejosé!

— O quê? Que pergunta? Não ouvi.

— Por que não foi à aula hoje, nem ontem, anteontem, nem a semana passada? Não minta, nem se faça de criança. Você tem 13 anos! E estou falando sério.

— Só se lembram de mim e da minha idade pra acusar o que faço de errado. Ninguém fala no que faço de certo. Certo aqui, só Zé-elias. Porque tá morto!

— Respeite a memória do seu irmão. Por favor!

— Toda hora é reclamação, xingamento, sermão — ele diz, no mesmo tom dela.

— Não reclamei, nem xinguei. Perguntei por que não foi à aula. E quero uma resposta! — Ele olha pra vela acesa, devaneia. Ela o pega pelo cabelo,

---

[1]Zejosé não mentiu nada. Contou exatamente o que aconteceu. Mas achei certo tirar o galo vermelho.

gira-o até ficarem cara a cara. — Então, quer dizer que não vai mais à escola? — Irritado, ele responde de imediato.

— Eu já disse, mãe. E disse pro pai também. — E livra seu cabelo da mão dela.

— Não levanta a voz! Você não está no campo de futebol, na beira do rio ou numa briga de galo! Está no quarto da sua mãe doente, que não suporta gritos. Fale no meu tom!

Ele arruma o cabelo em gestos rápidos e responde, no tom baixo e lento da mãe:

— Não gosto daquela escola. Não gosto das professoras, não gosto dos alunos, nem do que ensinam lá. Não quero passar a manhã trancado com aquela gente, que só reclama de mim, goza a minha cara, me enche o saco. Não sei o que há de errado comigo, mas eu não quero saber daquela escola! Não quero ir mais lá!

O tom exasperado de Zejosé assusta Dasdores. Ele nunca tinha sido tão claro e objetivo. Ela sente que fala sério e sente a gravidade da situação. Mas não sabe o que fazer.

— Houvesse outra escola em Ventania, você não estava lá. Mas, desde que fechou a mina, é a que resta. Seu pai não tem como mudar de cidade. Nem pela minha saúde, nem pelo seu estudo. Temos que viver aqui. E você tem que estudar. É nessa escola, ou nada.

Dasdores sente a cama estremecer, ouve o soluço abafado e vê o corpo de Zejosé sacudir. Afaga-o, contendo o próprio choro, até sentir a gota quente rosto abaixo. Não quer se derreter em lágrimas. Repete mentalmente como fervorosa oração: "Não se comova, Dasdores! Seja firme. Seu filho tem que estudar. E lágrima não vai levá-lo à escola."

— Não tenha medo de sofrer, querido. A dor sempre chega um dia. A gente aprende com ela. Não se vira adulto sem dor. E você vai ser adulto. Chorar é uma bênção. Alivia a dor de viver. Chora o que tem pra chorar. Quando secar as lágrimas, vai voltar à escola.

Depois de soluços e suspiros, as lágrimas cessam. Em calmo desespero, ele desabafa:

— Tudo que eu faço é errado. Não faço uma droga duma coisa direito. Quê que há comigo? Nasci só pra errar? Sou um cara errado? Quem nasce direito dá certo; e quem nasce errado? Pra que serve um filho que nunca acerta? Um cara que erra tudo precisa viver?

Dasdores aperta o filho entre os braços, cobre-o de beijos, rolam na cama entre murmúrios: "ninguém é marcado", "nasceu de mim", "todo mundo erra", "ninguém é porcaria", "sei nada da vida", "medo do futuro". Entre bruscas recusas, doces abraços, repelões ressentidos, lençóis e colchas se amassam, enrugam, embolam até que, molhados de lágrimas e suor, ela senta na cama, ele no colo, cabeça entre o braço e o seio, à luz trêmula. Ela bebe água fresca e lhe dá na boca. Na calma precária, fala baixo e afetuosa:

— Você é o menino da mamãe. Tudo que a mamãe fala, tudo que faz, é por amar esse menino mais que tudo na vida. Ama os olhos azuis, o cabelo de ouro, o corpo de homem do menino dela. Por amar, ela sofre e adoece. E o menino não ouve o que ela diz. Acha que pode seguir a cabeça dele. Mas a cabeça do menino não sabe o que é melhor pro futuro dele. E a mamãe não está falando da escola, está falando dos amigos. Ela sabe que o menino vai dizer que não tem irmão e precisa de amigos. Ela concorda. Todo mundo precisa de amigos. Não de amigos maus elementos. Foi se juntar aos maus elementos e sumiu da escola, se meteu com carro roubado. — Ela não consegue falar. Repete mentalmente: Vamos, Dasdores. Não chora. Se de fato ama seu filho, diz o que tem pra dizer. É pro bem dele. Choro não ensina nada. Voz embargada, ela retoma: — Quando foi trabalhar com seu pai no Empório, sumiram mercadorias — os maus elementos não saíam de lá. Não sabemos mais o que fazer, querido. Seu pai está decepcionado, triste e envergonhado. — Engasga de novo. Repete: Fala tudo, Dasdores! Assustado, ele muda de vida. Fala! Ela segue num fio de voz: — Seu pai acha que você é preguiçoso, não quer estudar nem trabalhar. Se for a sua escolha, ele lava as mãos; não vai mais brigar com você. Mas pede que procure outro lugar pra morar. — Ela reúne forças e segura o choro.

A cama treme, o corpo de Zejosé sacode, ele soluça. Dasdores afunda o rosto nas mãos, o longo cabelo escorre, cobre a cabeça e o peito. Ele fala com o rosto contra o lençol:

— Qual foi escolha que eu fiz? Eu não escolhi fazer tudo errado! Não escolhi ser mau elemento nem fugir da escola. Eu não sei por que tudo isso aconteceu. Eu também não escolhi nascer, não escolhi meu pai nem minha mãe, nem viver nesta cidade. Não escolhi os amigos, não havia outros querendo ser meus amigos. Eu não escolhi nada, e me expulsam daqui! Pra onde vou? Onde vou viver? Quê que eu faço da vida, mamãe?

— Fica calmo, querido. Agora, você falou como um adulto. Lembro que seu irmão...

— Meu irmão! — Ele senta num pulo e soca o travesseiro, aos gritos. — Meu irmão, meu irmão! — Dasdores encolhe-se na cabeceira, tapa os ouvidos e fecha os olhos. Ele grita. — O que meu irmão escolheu? Escolheu morrer? Por que pôs as pedras no trilho? O que vocês disseram a ele? Pra procurar outro lugar pra morar? — Chorando, deixa o corpo cair na cama.

Após um tempo, Dasdores enxuga lentamente o rosto do filho com o lençol.

— Pra onde ele vai me mandar, mãe? — ele sussurra.

De novo ela segura o choro. Repete pra si mesma: Lágrima alivia, não resolve. Seja mãe, seja dura! Seu filho não pediu pra nascer, e vai se perder. Só você pode salvá-lo.

— É pro seu bem. Pra ver se muda de vida. — Seja mãe, seja dura. Não se derreta. — Se estudar, pode ficar aqui. Se não, seu pai decidiu: vai viver do seu jeito, onde quiser.

— Pra onde vão me mandar? — ele suplica num sussurro.

— Seu pai não disse. Talvez pra um internato na capital. Castigam duro indisciplina, desobediência, nota baixa, atraso, falta de educação. Vai penar, filho. Melhor nem pensar.

Ele abre a mão sobre a vela acesa, testando sua resistência à dor. Dasdores não vê.

— O que deu em você pra socar o travesseiro? Eu ia dizer que Zé-elias gostava da escola.

— Meu irmão era bom. Eu não sou.

Dasdores sabe que Zejosé faz um jogo de provocação, mas teme não ser só jogo. Repete: Sem lágrima, Dasdores. Seja mãe, seja dura. Não se deixe chantagear. Nem que ele tenha pena de si mesmo! Ela aspira, retém a emoção, fala com firmeza:

— Ele não era bom, nem você é mau. São diferentes. Seu irmão partiu como anjo, você é quase rapaz. Voz ficando grave, barba apontando, o pomo de adão... Vai ser um homem de bem, vai ter profissão e ganhar a vida com honestidade. Vai se casar, ter sua família e ser feliz. Pra conseguir tudo isso nos dias de hoje, é preciso estudar. Não sei até quando vou estar neste mundo... — Ele pega a mão dela; ela se apega à oração mental. Ele põe a mão sobre a dela, a dele é o dobro. — Mas, estando aqui, vou lutar junto com você. E hoje você vai fazer uma coisa que lhe peço há muito tempo. Vai fazer por mim e por você...

— Fazer o quê, mãe? Olha aqui. Será que não entende? Estudar não é pra mim, mãe. Não é mesmo, não tem jeito. Não vou conseguir nunca. Estou perdido mesmo.

— Por que não é pra você? É diferente dos que aprendem? Vai fazer o que eu pedir?

— Sei lá! Eu não aprendo nada. Nem entendo o que eles dizem. Não sei pra que serve aquilo. A escola não foi feita pra um cara como eu. Não vale mais a pena tentar.

— Você pergunta, mas não pensa no que vai ser sua vida! Não se preocupa com o futuro?

— Pensar o quê? Sei lá do futuro. Quem sabe do futuro? Preocupar como? Com o quê?

— Devia se preocupar, filho. Senão, quando for se preocupar, vai ser tarde demais.

Silêncio. Ele põe a mão sobre a chama. Ela puxa a mão rubra, sopra e beija várias vezes.

— Vou dizer ao seu pai que amanhã você vai à aula. E vai concluir o curso ginasial.

— Se o pai quer, eu vou embora. Não pra droga de internato nenhum. Vou fugir daqui.

Dasdores fica paralisada, quase perde o fôlego. Zejosé nunca tinha falado em fugir.

— Fugir? Pra onde? Quem vai cuidar de você? Quer me enlouquecer, me matar? Nem pensa nisso, meu filho. Eu não estou me sentindo bem... Oh, Deus! Pra onde, querido?

— Sei não, mãe. Nunca sei nada direito. Eu sou confuso. Sou errado. É melhor ir embora.

Ela suspira — seja mãe, eduque seu filho. Ele tem que entender, e não socar travesseiros ou chorar — e o olha apavorada. Ele a desafia com o olhar. Ela corre os dedos pelos próprios cabelos, acomoda-se no encosto da cama, fala devagar, contendo a emoção:

— Seu pai te ama, não duvide disso! O sonho dele era que estudasse. Tantas vezes deu um jeito pra você passar de ano! Ficou abalado ao saber que detesta estudar. Então, quis que ao menos aprendesse a ganhar a vida e te levou pro Empório. Não o quer mais lá. A paciência esgotou. Pedi que deixasse você mais este ano só estudando. Ele não queria, mas aceitou. Agora, você com notas péssimas, nem vai mais à aula. Ele está sendo duro, mas tem suas razões. Será que você é mesmo pior que outros estudantes da sua idade?

Ela se cala, ofegante; o choro refreado. Ele a olha duro. Ela volta à reza mental, enquanto diz:

— É o filho que vou deixar no mundo. Quero que ao menos aprenda a conviver, que entenda uma pessoa antes de acolher ou afastar. Se não dá pra amar o próximo como a si mesmo, pode-se entendê-lo e, quem sabe, se entender. É um consolo que sobreviva ao seu irmão e a mim, e faça o que não pudemos fazer. Vai fazer o que lhe pedi?

Ele a olha como se voltasse de longa viagem ao Alasca. E, ao pousar, se atrapalha.

— Fazer? Fazer o quê, mãe?

— Ir à biblioteca. Já lhe pedi não sei quantas vezes.

— Eu fui, mãe. Três vezes esta semana. Não gostei e não entrei.

— Tem que entrar, filho. Fala com a Lorena. Ela é inteligente, educada, linda feito uma pintura. Quando eu lia, me sugeria livros. Peça uma indicação, e leia o que ela indicar. — Ele a olha como se viajasse ao Alasca ou aos anéis de Saturno. — Vai procurá-la? — Dasdores gostaria que a leitura lhe desse alguma formação. Falar e escrever corretamente, por exemplo. Acha que nessa idade é que se toma gosto. Se gostar, poderá aprender até a pensar. E, se for visto com livros, quem sabe o pai não muda de ideia. Zejosé viaja do Alasca a Saturno. Ela evoca, quase pra si: — Meu pai, o vô Torquato, vivia pra ler, pensar e falar. Amava o conhecimento e fazia palestras sobre vários assuntos. Morreu sem saber que me orgulhava dele. — Suspira fundo. — O nome dela é Lorena. Você vai lá?

— Vou. Vou sim, mãe. — Ele pousa em seu corpo, de volta de Saturno e do Alasca.

— Então toma um banho, veste uma roupa limpa e penteia o cabelo.

Dasdores beija o filho. Ele sai da cama e fala como se concluísse longo raciocínio:

— Eu sou como o galo preto!

Apaga a chama da vela entre os dedos e sai às tontas no escuro enquanto a mãe grita:

— Socorro![1]

Se soubesse escrever, contar uma história, e fosse mesmo escritor, tinha posto a conversa de Zejosé com a mãe antes de ele ir à biblioteca. Seria a ordem natural: a mãe pede a ele pra ir, e ele vai. Mas não redijo tudo no lugar certo. A ordem depende de conversar com quem estava presente pra saber como aconteceu, quem falou o quê etc. Exemplo: vou ter que voltar a falar com Calu. Dasdores pediu que as verduras entrassem pelos fundos e lhe dissessem o valor da compra. E Calu não volta. Como pagou as verduras?

Não! Não deixa o pirralho entrar!, continuei a gritar daqui da plataforma. Não faça isso! É novo, mas é homem! Não faça isso, Pantera! E a porta

---

[1]Claro que não assisti a essa conversa no quarto do casal. Conversei com Dasdores e Zejosé, um de cada vez. E, mais tarde, com Lorena. Antes, com Calu e Durvalina.

se abrindo, o rosto dela surgindo, iluminado... A Pantera Loura recebe na biblioteca o fedelho que nunca leu um livro! Nem sei das vezes que revi esta cena na memória pra ver se acredito no que meus olhos viram: Zejosé entra com ela na biblioteca, e eu, pregado nessa plataforma, não sei o que fazem lá dentro. Claro que ele vai pôr pedra no meu caminho! Pouco vale o binóculo. Depois de receber o pirralho com o sorriso de luz, ela... Vejo os dois no salão! Os lábios se movem, mas não posso ouvir... Sumiram! O que estão fazendo, meu Deus? Será que agacharam! A mão treme tanto que não consigo escre... Quebrei a ponta do lápis! Fui fazer a ponta na sala da chefia, e a perna tremeu tanto, que quase não chego lá. Deixa ver se... Continuam escondidos! Onde se meteram? Conheço bem a... Será que... No chão do banheiro? A insaciável Pantera enlouqueceu! Cuidado, eu não sou de pedra! Não sabe do que é capaz um homem apaixonado! Eu vou aí, Pantera, te mostrar!

Não vou. O que poderia fazer? Nem é minha namorada! Mas quero saber o que está se passando naquela biblioteca. Se o coração sangrar, que sangre! Claro que depois vou falar com cada um, fazer perguntas insinuantes, capciosas, preparar armadilhas. Só que isso demora, leva tempo reconstituir atos, palavras, gestos, intenções, detalhes. Sim, os detalhes! É no detalhe que vou saber até onde a Pantera foi com o garoto. Não aguento mais, vou agora! Chego de repente, pego os dois em flagrante e vivo a emoção do que estiver acontecendo com uma força que a investigação nunca terá! Há coisas que acontecem a um homem que ele precisa ver com os próprios olhos![1] E esta é uma delas!

Junto mais coragem do que na primeira vez que fui à biblioteca e cruzo de novo a praça pra ver o que faz a moça que toda manhã abre e ao anoitecer fecha aquelas portas. Louco de ciúme, a perna treme tanto, que mal aguenta meu peso, e vou devagar, invadido pela mulher que rejeita minha paixão, me faz sangrar de ciúme e arrebenta meu coração. Ela paga o preço de deixar a capital às pressas, largar faculdade, futuro profissio-

---

[1] Pensar melhor. Não estou certo de que um homem tem que ver a mulher que ama com outro.

nal, o namorado, amigos, colegas e voltar pra esta cidade, onde nunca vai realizar seus sonhos. Não é só o trabalho que a aflige. Nos longos dias que passa sozinha na biblioteca e nas noites solitárias que frita[1] na cama, não para de pensar na vida. É estranho pra quem é tida como impulsiva, irreverente e rebelde. Essa obsessão está até na sua maneira de ler, que se tornou a minha depois aprendi: a cada atitude da personagem, se pergunta o que faria se estivesse em seu lugar e como se sentiria se fizesse o que ela fez. Não se poupa quando erra, fingindo que nada aconteceu. Não teme olhar-se no espelho sem disfarces, enquanto eu, a perna bambeia a cada metro de praça, quase me derruba, e me obriga a soltar o peso na muleta, que cavuca o sovaco, e a dor grita que sou um aleijado, e não posso ir mais depressa. Vou devagar, e vou possuído por ela, até chegar lá.

Tudo começou com a interdição da mina, que o pai dela descobriu e registrou. O homem quase enlouqueceu quando viu o portão ser lacrado. Não dormia, nem comia. Emagreceu, ganhou olheiras e cara encovada. Toda noite ia a pé da mina à fundição, de lá ao pátio onde juntaram as máquinas, e o povo chama de cemitério, do cemitério voltava à mina, falando e gesticulando sozinho feito um zumbi! Mas desgraça não vive solteira.

Leonor,[2] mulher dele, quinze anos mais nova, vai à capital contar à filha que ama outro homem. Chocada com a infidelidade de quem a educou pra ser fiel, ela deseja que a mãe seja feliz. Mas à revelação não se segue a presumida separação. Passa o tempo, e a mãe segue na casa e na cama do pai. É terrível guardar o segredo: dizendo ao pai, trairia a mãe; calada, trai o pai. Sem poder dividir a aflição com amigas do pensionato e achando que não tem direito de pedir à mãe que se explique ao pai, desabafa com Enzo,[3] o quase noivo, que fica estarrecido. Pra ele, traição não se perdoa; o pai deveria expulsar Leonor de casa por desonra ao lar. Pede que Lorena se afaste da mãe. Ela lamenta a insegurança de Enzo, que, formando em

---

[1] Fritar, como se frita bife, virando a carne de um lado pro outro. No caso, o corpo na cama.
[2] Não ouvi Leonor. Quando comecei as entrevistas, já tinha tomado a decisão que deu no que deu.
[3] Não sei como se escreve Enzo, Henzo, Emzo, Hemzo, Einzo, Heinzo, Eimzo, Heimzo. Parece italiano.

• 53 •

medicina, irá tratar a dor humana. Quando Leonor volta à capital, ela sugere à mãe que vá viver com o homem que ama. Com medo de ser vista como adúltera, Leonor não se decide. Sem querer se envolver, ela encoraja a mãe a fazer o que supõe ser menos sofrido pra todos: separar-se! Incrível ousadia, dizer à própria mãe pra ir com aquele que ama! Eu devia largar esta soberba besta e dizer a mim mesmo que Lorena deve ir com quem ama! Minha cabeça entende, mas o coração sangra...

Leonor, então, deu o tiro depois da facada, resumiu Esmeralda, empregada de Lorena, de quem arranquei os detalhes no Surubi de Ouro.[1] Era de manhã quando Leonor entrou com as malas na sala e deu adeus ao marido, depois de 35 anos de casados. Disse que ia embora com um engenheiro[2] demitido da mina. Dr. Conrado tremeu, suou e, sem voz, pediu que não fosse naquele momento. Ela não teve piedade.[3] Cruzou a sala, ele quis retê-la, ela escapou num repelão e entrou no carro que a esperava na porta. A Pantera teve de quem herdar a obstinação com que larga tudo pelo homem novo. O pai teve um ataque, infarto, síncope, colapso,[4] e foi levado às pressas pra capital.

O impacto da agonia do Dr. Conrado perturba Lorena: dias e noites no hospital, médicos regateando esperança de vida num quadro irreversível. Mão na mão do pai, ela se sente sobrevivente do naufrágio familiar e culpada por ter dado a sugestão que levou àquele desfecho.[5] Quando, enfim, tem alta médica — inválido, com perda total da fala e parcial da audição[6] —, surge a questão de pra onde ir. Dr. Conrado nunca gostou

---

[1]Louca com cerveja, a preciosa Esmeralda esticou a história em vários capítulos, todos com novidades espantosas que só ela sabia, e só contava no Surubi de Ouro, a língua molhada de brama.
[2]Não consegui saber o nome dele. Tudo era tão sigiloso que nem Esmeralda nem Lorena souberam.
[3]Mulher apaixonada não enxerga nada que não seja a paixão, revelou Esmeralda na quinta garrafa.
[4]A essas alturas, Esmeralda já não distinguia pato de ganso, muito menos os ataques cardíacos.
[5]Embora se sentisse culpada, disse que não se arrependia de ter sugerido à mãe se separar. É curioso!
[6]Incapaz de fazer as necessidades básicas, emite apenas sons guturais e ouve mal — é o dito mouco.

da capital, só ia lá ver a filha por dois, três dias. Pra ela, se o pai pudesse escolher, voltaria pra Ventania — e ela junto! Mas Enzo acha que ele não tem ideia de onde está, nem vai notar se ficar na capital — e não aceita que a mulher com quem vai se casar no fim do ano, ao se formar, volte a viver a mil quilômetros dele.[1] Ela quer dialogar, mas ele encerra o assunto ao dizer que nunca viveria numa biboca![2] O impasse se agrava. Várias vezes ele sai do pensionato batendo portas e volta, dias depois, sem mudar de ideia. Apesar de todo o apoio e carinho de Enzo durante a doença, ela usa de todos os meios pra convencê-lo e, depois de muita discussão, bate pé no dever de filha única: vai voltar pra Ventania e cuidar do pai enquanto ele viver. Será apenas por um breve tempo, acredita Enzo.

Quando, dois meses depois, Dr. Conrado volta a Ventania, metade do seu corpo não tem vida, é só peso pra outra metade. Mas Lorena veio com ele carregando o corpo inteiro.

Com uma perna bamba, o peso na muleta dobra, me canso e nunca chego à biblioteca. Mas, se olho pra quem foi abandonado pela mulher, teve a mina fechada e vive com a metade do corpo, não posso me queixar de ter só uma perna e ser rejeitado pela mulher que amo. Sem falar que ainda tenho estas anotações pra me distrair de tudo isso![3]

Chego, enfim, à biblioteca. Não rondo nem volteio; não vigio nem espio; abro a porta, e lá está a... Pantera Loura, ou Lorena?... Com rosto e cabelo cobertos por lenços, limpa um livro, e, na mesa junto à janela, Zejosé move os lábios lendo outro livro! A luz que entra pela janela, refletida na poeira suspensa, dá um tom etéreo ao salão silencioso, que lembra a candura e o recato das figuras sagradas dos vitrais de igreja. A Pantera Loura sumiu na poeira de onde Lorena surgiu envolta em véus e lenços, como ninfa pura

---

[1]Inventei essa distância pra Ventania ficar longe da capital, cujo nome não revelo. Ah, Ventania também é inventado. Não sou besta de deixar pista pra gentalha ofendida se vingar.

[2]Falo mal à beça da minha cidade porque conheço. Mas odeio que forasteiros falem. Soube por que esse cara não sai da capital: louco por cinema, frequenta cineclube e discute filmes. E biboca não tem cinema.

[3]Claro que as anotações sobre a travessia da praça, e o que aconteceu na biblioteca, só foram feitas depois que voltei à plataforma. Foi um esforço enorme, que exigiu muita atenção e memória.

• 55 •

e casta. Zejosé virou o anjo que desceu do céu pra ler o livro dos homens. Em pé na porta, e antes mesmo de saudá-los, lembrei o que disse o médico militar que tratou a dor lancinante que sentia na perna decepada. Pra ele, era a dor fantasma na perna fantasma. Calejado no trato de mutilados da Segunda Guerra, me mandou sentar diante do espelho e encarar o coto por meia hora diária, até o cérebro aprender que aquela perna não existia e parar de fazer doer o membro que não existe. E a dor sumiu! Então disse a mim mesmo, encarando Lorena: a paixão, que ela ignora, é fantasma e dói feito a dor fantasma; agora, é me olhar no espelho, que vai passar. Então entrei e fechei a porta atrás de mim.

— Boa tarde a todos! Feliz de ter dois leitores ao mesmo tempo? — disse e estendi a mão a Lorena. Ela se livrou do lenço e da luva, apertou minha mão sorrindo e sussurrou:

— Desculpe a poeira, são mais livros pra biblioteca. Claro que fico contente de ver os dois aqui pela primeira vez. Mas vou ficar feliz ao ver as mesas cheias de gente lendo, estudando, se divertindo, e as estantes cheias de obras de referência, livros novos...

Enquanto Lorena sonha, olhos luzindo de alegria, brinco com Zejosé sobre o curativo.

— O que estourou na sua mão?

E ele, num riso pálido:

— Cortei.

Caçoei:

— Faz a barba com navalha?

O sorriso abre-se, o rosto cora, os olhos buscam Lorena. Encoraja-se:

— Foi caco de louça.

Ela sorri, cora-se, repõe o lenço sobre nariz e boca, calça a luva. Sinto um ar vagamente cúmplice no silêncio que se insinua e me dou conta de que falei alto, alheio ao aviso *Silêncio, por favor*. Sem graça, sussurro-lhe:

— Desculpa. — E justifico a presença. — Vou dar uma olhada num livro. — E me protejo atrás das estantes.

Percorro a prateleira tateando lombadas de brochuras amareladas, de capas duras desfiadas, de vários tamanhos, surrados semidestruídos e

• 56 •

conservados seminovos. Vários exemplares de *Candido, ou o otimismo* e de *Zadig, ou o destino*, de Voltaire — li os dois. Muitos de Victor Hugo, poesia a maioria, e os que li: *Os miseráveis* e *O corcunda de Notre Dame*. De Balzac, que toma quase metade da estante, li *A prima Bette, O primo Pons, Eugênia Grandet, Beatriz, O pai Goriot, A mulher de trinta anos*. O vazio na prateleira, entre o último de Balzac e o primeiro de Marcel Proust, me deixa ver, sem ser visto, parte do salão. Lá está Lorena, de um lado, Zejosé, do outro, tão atentos em limpar e soletrar livros, que me envergonho do que suspeitei que estivessem fazendo — o ciúme cria alucinações! Mas é real: está diante de mim a criatura que me alucina, que entra e sai dos meus sonhos quando quer, me leva ao desespero ou à euforia! O coração dispara quando a vê! Quando tirou o lenço, ficou linda como uma princesa, feliz de nos ver juntos na biblioteca. Claro que, ao me dar a mão, sentiu que tremia, mas nunca me deixa saber se sente a minha mão ou se me vê. Acho que, pra ela, deve ser melhor que eu não exista. Por que não me deixa existir e ser apaixonado por você? Como não percebe o homem que sou, tendo lido tantos livros? Fosse eu personagem, teria mais atenção. Admiro sua sensibilidade pra perceber personagens de romances. Entende antes de julgar, e se compadece antes de condenar. Lembro de defender um cretino: "Não acha que, apesar de tudo, ele tinha razões pra fazer o que fez?" Surpreso com a complacência, pensei nos meus motivos pra falar do cretino quando queria falar dela.[1] Insistiu, "Pensa no abandono em que vivia, no desespero de não ter saída!" — e eu pensava no meu desespero de abandonado por ela, embora falasse do abandono que teria levado um cretino a fazer cretinices pra concordar com ela e ser retribuído com migalhas da sua bondade universal. Mas meu senso de ridículo sufocou o conquistador que havia em mim. E até hoje ainda não sei se o amor é alguma coisa que se pede ou se oferece.

Vim pra cá no aperto, mas não é a primeira vez que me escondo atrás de livros. Quando sou atacado da vontade de vê-la, me meto atrás duma

---

[1]Estou doido? Em vez de escrever a cena, passei a conversar com Lorena. Reescrever o parágrafo.

estante. Daqui, não me canso de olhar pra ela. Admiro o respeito que tem pelos livros, o cuidado com que limpa cada volume, avalia o estado da capa, folheia umas páginas. É tanto carinho, que dá uma ponta de ciúme dessa devoção a objetos sem vida. Inútil saber que a devoção é pelas vidas imaginárias que o objeto preserva. A ponta de ciúme reacende a paixão, e vem a mágoa da rejeição, que se junta à aflição de vê-la tão linda e tão perto sem poder lhe tocar nem dizer o que sinto, e vem a angústia do tempo, que não para, e me perco num turbilhão...

Vendo-a pela lacuna entre Balzac e Proust, me vem à cabeça que a única chance de eu existir pra ela seria eu ser escritor. Já pensou o que ela não faria se eu fosse, por exemplo, o grande... O grande... O grande Ernest Hemingway? Um cara que escreveu livros emocionantes como *O velho e o mar* e *Por quem os sinos dobram*, e outros, que não li? O que ela iria fazer se eu fosse Ernest Hemingway em pessoa, visitando esta biblioteca, fumando meu charuto cubano e falando em inglês? Imagina se não ia me ver! Um cara bonitão, rico, que sai nas revistas com aquela cabeleira branca, queimado no sol da África e das arenas da Espanha, em viagens de caçadas, pescarias[1] e touradas.[2] Ela ia se descabelar, e me tratar como o sultão de Bagdá![3] E, ao saber que eu, Ernest Hemingway, ganhei o Nobel, ia se ajoelhar aos meus pés, em estado de choque por conhecer o grande Hemingway, orgulhosa de eu ter visitado a biblioteca. Ia me olhar ofegante, boca entreaberta, à espera do beijo, que não daria, por ser casado com Katharine Hepburn.[4]

Tivesse o dom de escrever, teria também Lorena. Pra filha de engenheiro e ex-namorada de médico, essas profissões não têm charme. Lorena só vai se interessar por quem tenha uma atividade diferente, como a de bibliotecária,

---

[1]Eu também gosto!
[2]Nunca vi, mas sei o que é um touro bufando no traseiro.
[3]Não sei o que é sultão, nem se Bagdá tem um. Sei que Nico barbeiro respeita o sultão de Bagdá!
[4]Sei lá se Ernest Hemingway é casado com Katharine Hepburn! Sei que ela é a única mulher no mundo à altura de Lorena. Apaixonei por ela quando assisti à *Sinfonia do amor*, um filme que conta a vida do compositor Robert Schumann. O cinema era perto do hospital onde trataram meu coto. Foi a única vez que fui ao cinema, e a primeira que saí na rua de muleta. Está certo, mas o que isso tem a ver com esta anotação? Cortar quando passar a limpo.

que escolheu. Quem se importa com a idade do escritor, se é feio ou careca? Leitor não pensa no corpo do escritor, que, pra ele, é um ser diáfano, puro espírito, alma pura. Tirando Lorena e uns poucos, ninguém sabe o nome do autor de um livro que tenha gostado! Mas, se eu fosse escritor, com um livro meu numa estante destas! Trezentas páginas, capa dura, capaz de ficar em pé sozinho, entre *A comédia humana* e *Em busca do tempo perdido*![1] Imagina, eu, entre o genial Balzac e o genial Proust! Hum...! Baixa o facho e volta ao capacho, perneta de Ventania!

Mas, cá entre nós, uma brochura singela já seria ótimo! Que ficasse em qualquer lugar da estante, em qualquer estante! Imagina: eu, tendo um lugar meu nesse céu de astros e estrelas! Pra Lorena, eu seria outro homem! Como ela disse que a falta de uma perna não faz ninguém pior nem melhor, com meu livro ela iria descobrir o homem amoroso que sou e certamente se apaixonaria por mim. E viveríamos uma paixão arrebatadora!

De trás dos livros, vejo a plataforma, e a cadeira vazia, que me espera. De longe, é estranho que alguém passe o dia lá, anotando! Não entendo por que... Meu Deus, então é isso! Acabo de entender...

Sinto calafrios, as mãos tremem e mal consigo escrever. Relato o que sinto agora, aqui na plataforma, ao anotar o que aconteceu hoje na biblioteca. Ao ver a cadeira vazia, tive um instante de clareza, e revelou-se o segredo que se escondia de mim! Enfim, entendi por que gasto os dias nesta plataforma, anotando o que ninguém vai ler, como se fosse uma prece salvadora. Eu não sabia, não tinha consciência de que tudo que faço é pra tocar o coração de Lorena. Ao fazer anotações no alto desta plataforma e diante da biblioteca, estou posando de artista pra que ela me veja como escritor. Esses delírios vaidosos em praça pública apenas mancham a atividade do criador! Preciso repetir a mim mesmo que não sou escritor! O que faço é, com boa vontade, redigir relatos de ocorrências, sem imaginação nem criação, em palavras pobres e estilo tosco. Anoto fatos da vida. Pronto,

---

[1]Entre a obra de Honoré de Balzac e a de Marcel Proust. Deste último, li o primeiro volume. É uma pedreira. As frases são tão compridas, e tudo tão minucioso, que o tempo para mesmo, e ele encontra o tal tempo perdido que buscava. Fiquei fascinado, mas só tinha um volume dos sete

• 59 •

falei! E volto a contar o que mais aconteceu na biblioteca enquanto estive escondido na brecha entre o Balzac e o Proust.

Vendo Lorena por trás da estante, confirmo que só vai se interessar por mim se me tornar um escritor. Pra ter chance, fazer o que sou incapaz: escrever um livro! Mas não posso abandonar uma ideia que pode dar sentido à minha vida. Mas, como realizar o impossível? Vê-se o absurdo de dar sentido à vida! Tivesse talento, iria escrever personagens fabulosas em enredos maravilhosos. Mas sou curto de imaginação, leitor iniciante e sem traquejo com o idioma. Mas, se não sei criar, posso falar do que vivo e vejo, relatar fielmente o que observar de cada pessoa, quando trabalha, namora, almoça, janta, descansa, se diverte, em linguagem simples e estilo fácil. E dessas anotações arrancar o livro que vai encantar Lorena! Sei que escritos que não exigem arte nem talento criativo, de viajantes, historiadores, exploradores, aventureiros, são esquecidos rapidamente. Não quero um livro pra ficar famoso, rico ou eterno. Meu livro vai existir pra conquistar o coração de uma bibliotecária! Gosto de pensar que ela vai limpá-lo com cuidado, folhear com atenção, arrumar com carinho, depois de ter lido uma, duas, dez vezes, comentado cada passagem, cada personagem, elogiado minha sensibilidade, e pedir uma dedicatória, que decorei meses antes, mas vou redigir com hesitações, cenho franzido, olhos cerrados pra parecer criação de improviso. Depois de rabiscar meu nome e devolver, ela vai suspirar e abraçar o livro... O estrondo da muleta batendo nas estantes até o chão me fez tirar a cabeça de entre Balzac e Proust, onde surgiu o rosto de Lorena.

— Precisa de ajuda, Philadelpho?

— Não. Foi a muleta que caiu — respondi, abaixando pra pegá-la, tonto, molhado de suor. Quis fugir dali direto pra plataforma. Ela me chamar pelo nome todo foi um tiro na alma! Sempre me chamou de Delfos — como todo mundo —, caçoando que tenho o poder do oráculo grego. Mas, na frente de Zejosé, preferiu ser impessoal e me tratar como o chefe da estação! O sangue me subiu à cabeça como onda de conhaque. Peguei um livro qualquer pra voltar ao salão, quando vi que estendia de novo a cesta de bolacha a Zejosé, que, de novo, recusou sorrindo. Ela, então, pegou a mão ferida — é pura intuição, mas acho que ele tremeu —, avaliou com calma o curativo — ele fica perturbado — e sorriu. Minha cabeça ferveu, mas segurei, e me fixei nele. A penugem rala do rosto se adensou sobre o lábio, no queixo e perto da orelha. Os olhos, duas bolas de gude azuis, de inocente vivacidade, ficaram intensos como se tivessem alma e ganharam expressão: baixam, desviam e encaram com intenções claras. Ao chegar ao salão, ouvi sua voz ir do grave ao agudo e se firmar no tom rachado de balido de cabrito. Parece mais sensível, mas não sabe o que sente. Espigado, taludo, lembra adulto; não é criança, mas ainda não é homem. Quando Lorena se afasta, a gente — eu e ele, que não me vê —, adivinha as roupas de baixo nas marcas da saia e vê as pernas do joelho pra baixo. Fiquei surpreso com o olhar do garoto nos meneios lânguidos; e intrigado quando, súbito, ele se virou pra janela, em brusca renúncia à ginga de Lorena — não sei se por culpa, medo, ou ambos.

Talvez os grandes olhos negros da menina Carmela e sua boca rasgada o tenham atraído à janela. Como numa tela, imagens recentes lembraram sensações que, outra vez, o afastaram do livro. Andando de mãos dadas atrás do hospital, a sensação de roçar a coxa de Carmela sob a saia do uniforme. Ao tomar-lhe a bola, roçar sem querer seus seios, como peras embaladas em espuma. Ao entardecer na beira do rio, a sensação de beijá-la de surpresa no rosto de pétala, que lhe custaram um tapa no rosto e dez dias de mal. Zejosé se encanta com as sensações consentidas, desfrutadas em silêncio, partilhadas em segredo. Fascinado pelo corpo da mulher, se agita numa curiosidade ansiosa e insaciável, de quem quer vencer o medo do que não conhece. Não há nada que Zejosé deseje mais, nem que mais o atemorize, do que a mulher. É assim que observa a Pantera Loura.

De volta ao salão, me deparo com... Lorena ou a Pantera Loura? Depois do que vi da brecha da estante, não sei mais quem limpa o livro com o rosto e a cabeça cobertos por lenços. Na mesa junto à janela, Zejosé move os lábios diante do mesmo livro, talvez da mesma página. A luz do entardecer, refletida na poeira suspensa, dá ao salão a cor terrosa dos mineiros ao saírem do fundo da mina. Lorena, a ninfa pura e casta, e Lorena, a Pantera Loura, sumiram na poeira de onde surgiu Lorena, a dona de casa envolta em lenços e panos de limpeza, e seu filho Zejosé, punido com leitura por desobediência. Talvez o clima de limpeza, arrumação, tenha me levado a devanear que estávamos na intimidade da nossa casa. Eu, o escritor, a ler grandes obras, ela, a bibliotecária, a arrumar estantes, ele, nosso filho, iniciando-se nas letras, e o aroma de comida vindo da cozinha me deixam tão feliz, que sinto a perna inteira e no lugar. Ela para a arrumação, vem por trás e me beija o pescoço, a orelha, o rosto, chega à boca, e nos beijamos apaixonados! Um espirro de Lorena me devolve à biblioteca, e apresento o livro que quero emprestar. Vejo, então, que é *Madame Bovary*, de Gustave Flaubert. Ela olha a capa, depois me olha e desafia com um sorriso irônico de outra vez?.

Confirmo inseguro, sem uma boa razão pra reler um livro que incendiou nossas conversas. Ela vai à mesa e faz anotações na ficha sempre falando.

— Ótimo! Bovary diz que a mulher não chega à liberdade por meio de religião, dinheiro, homem, casamento, sexo, filho, literatura, loucura, nem pela morte! Merece várias leituras. Vou ler mais uma vez.

Enquanto ela fala, olho à volta. O pó flutua no salão, crescem as pilhas de livros limpos, e ainda há três caixotes lacrados. Zejosé me olha curioso. Na lata de lixo, restos de biscoitos, cacos de louça e de garrafa térmica — seu lugar está vazio na mesa. Deixo a biblioteca avisando que volto. Vou à praça, no Bazar Tomires, compro uma garrafa térmica. Volto, entrego a Lorena, que agradece, de olhos brilhando, e convida pra um café, assim que relermos *Madame Bovary*. Despeço-me dela, e Zejosé me acena de mão enfaixada.

Volto aliviado e envergonhado à plataforma. Minhas suspeitas eram falsas. O ciúme me traiu. Meu Deus, o que não se faz por ciúme! Lorena e Zejosé são um casal improvável, e inaceitável pra mentalidade de Ventania. Fosse ele o mais velho, a cidade acharia natural. Mas, se brotar paixão entre eles, ninguém separa! Mesmo renegados, ficarão juntos. Nada destrói a paixão, só ela mesma. Volto aliviado, não tranquilo. Se os dois estão vivos, tudo é possível. Só me resta ficar no banco de reservas. O sol está caindo, o céu sem nuvens vai escurecer. Devagar, a muleta maltrata menos. Estou animado pra voltar às anotações. Delas, vou tirar o livro que vai me dar o amor de Lorena[1] como prêmio.

O exemplar de *Madame Bovary* lembra um lado cativante da leitura, o de saber como as pessoas são, o que pensam, o que fazem de suas vidas e o que o mundo faz da vida delas. Quando leio, penso nas diferenças e semelhanças entre mim e elas, e logo estou pensando na pessoa que eu sou. Dá a impressão que, se lesse mais, saberia mais de mim e, quem sabe, a vida seria outra. Parece que há várias vidas em cada leitor, e ele escolhe que vida viver. As surpresas das viradas e reviradas da história jogam o leitor de um lado pro outro, levam-no à frente e o trazem de volta, e, no meu caso, com o fascínio adicional de antever Lorena comentando a história com inteligência e graça. Peguei este livro pra fugir de um aperto, não quero reler as peripécias amorosas de Ema Bovary.[2]

Aliás, na primeira vez que li *Madame Bovary*, quando fui devolver o livro puxei conversa com Lorena pra que falasse da história. Com delicadeza, ela tentou escapar, repetindo que não é necessário haver coincidência de opiniões, o interessante é ter percepções diferentes e, se houver conversa, não é pra se chegar a um acordo. Somos diferentes, ela disse, olhamos o mundo de modos diferentes, sentimos a vida de jeitos diferentes, logo, temos dos livros visões diferentes. Como é do seu feitio, fez questão que desse minha opinião primeiro. E ouviu com atenção, balançando a cabeça, como quem segue o raciocínio e parece concordar.[3] Me senti prestigiado ao ver meu entendimento de iniciante ser considerado. Disse o que tinha entendido da história, que, resumindo, foi mais ou menos o seguinte: Dona Bovary se casa com um médico do interior, achando que vai ter vida boa, alegre e rica. Ele é um chato, ela se decepciona e se entedia com o cotidiano. No

---

[1] A ignorância me levou a isso. Essa parte deveria estar logo depois que Zejosé entra na biblioteca porque é a que segue imediatamente. Inverti tudo. Ao passar a limpo, pôr na ordem certa.

[2] Pois é: faz que vai falar de uma coisa e fala de outra. Cortar o parágrafo inteiro quando passar a limpo.

[3] Ela tem esse jeito gracioso. Ouve, faz que concorda, eu me animo e solto as besteiras. Depois com aquele sorriso encantador, ela arrasa com tudo, na maior delicadeza.

lugar da inocente doçura, brota sua verdadeira índole: só quer saber de luxos e paixões. E vira amante de um jovem, que vai estudar fora, e ela fica mal. Mas ela, que é da pá virada, quer sempre mais, não importa se é proibido. Surge outro cara, ela vira amante dele também. É insaciável: mal realiza um desejo, cria novos. Pra ser elegante, vai se endividando. Cega do espírito, não mede consequências e perde os limites. Quer fugir com o cara, mas ele também vai embora, e ela entra em depressão. O tal que foi estudar volta, e ela se arrasta pra ele de novo. Eis que tudo vem à tona: ela se desespera com a própria falta de escrúpulos, de princípios e a degradação a que chegou. Mas, em vez de enfrentar os problemas, se mata. E a filha vira operária da fábrica de tecidos. Fiquei horrorizado. Uma mulher casada enfileira homens e não paga as dívidas! Por que não se separou? Dona Leonor, mãe de Lorena, foi mais digna. Bastou descobrirem a verdadeira Bovary, a sem-vergonha esqueceu que tinha uma filha e escolheu se matar! A morte é a saída? Mulher sórdida, essa Bovary! Mas o livro é belo, e o autor profundo.

Então ouvi Lorena, que fala sem arroubos de certezas, nem vestígios de imposição, voz serena, quase humilde, de sóbria convicção. Começa repetindo sua ideia da ingenuidade do consenso e a riqueza das percepções variadas. Sobre arte, ela diz, não há verdade. Há quem atribua os desvios de Bovary à leitura de fantasiosas histórias românticas — absurdo, diz, um romance não é tão poderoso, o juízo é que pode ser fraco[1] ou propenso. Lembra que, na época, há pouco mais de cem anos, era justa a crítica do autor à falsa moral da sociedade.[2] Toda mulher como Emma Bovary era punida com a desonra pública. Todo mundo a olhava com desprezo, achava que deveria continuar casada e se resignar a ser infeliz. Mas Bovary pode ser uma sugestão pras mulheres que querem ser livres: liberdade

---

[1]Cervantes escreveu um livro de cavalaria, que eu amo, e disse que seu herói, Dom Quixote, endoidou de tanto ler histórias de cavalaria. Dom Quixote é genial porque é doido, não por ter lido histórias de cavalaria.

[2]Lorena disse que o livro foi um escândalo na França, e o autor, Gustave Flaubert, foi processado por ofensa à moral. No Tribunal, ele disse, pra se defender: "Madame Bovary sou eu." Debochado, esse Flaubert! — dizer que a devassa é ele. Mas, afinal, é verdade que a Bovary nasceu na cabeça dele.

sem responsabilidade pode resultar em desastre! A dívida, que piorou a situação, é outra sugestão: pra ser livre precisa ter renda própria e saber administrá-la. Enquanto ela fala, o livro que eu tinha acabado de ler vai se transformando na minha mente, como a lanterna de proa ao iluminar a correnteza, as águas divididas criam novas ondas e cores, invisíveis de dia, novos rumores, ritmos e música. O enredo se amplia, o cipoal de palavras se dilui em clareiras ensolaradas seguidas de novas sombras; as personagens ficam mais instigantes e contraditórias, mais humanas e vivas. Meu entendimento da história foi incorporando o que ela dizia e ampliando minha visão do enredo e das personagens.[1] Quando ela disse que todo mundo olhava Bovary com desprezo, lembrei os olhares pra minha muleta: eu odiava o desprezo e a compaixão! Finda a conversa, devolvi o livro — é a triste hora de despedir de Lorena. O consolo é levar comigo uma história mais bonita, profunda e humana — sem renunciar à que li. Entendi que ganho mais de uma história se juntar outras leituras à minha. Se relesse *Madame Bovary* nos dias de hoje, talvez passasse a desprezar os homens! Vou devolver este livro sem reler.

Depois do café feito pelo Tibúrcio, o colega telegrafista,[2] olho a vista da plataforma: Ventania é uma nesga de terra estirada à beira do rio. Coberta pelo mato, a linha do trem, serpente verde do abandono, divide a cidade ao meio. O sol mantém o calor do mormaço, mesmo ao se pôr, como agora. No arruado de terra mais afastado, pros lados da mina, a brisa, rara nessa época, levanta a poeira marrom-amarelada, que pousa sobre as casas de meia-água e sufoca a copa das árvores. Nas ruas próximas, calçadas com largas pedras irregulares, a poeira diminui, e o cheiro de peixe invade portas e janelas. Do lado do trilho oposto ao rio, sobressai o casarão da família de Zejosé, com quintal de mangueiras e abacateiros. No mesmo, mais adiante, o solar dos Krull, de Lorena e Conrado, é a moradia mais imponente da

---

[1] Meu Deus, que poder Lorena tem sobre mim! Ela não, o meu amor por ela! Como controlar isso?
[2] O outro colega é o Anastácio, fiscal de linha e sinalizador. Não queria revelar o nome deles porque são curiosos e poderiam ler estas anotações. Mas, se disse um, digo logo o outro também!

cidade, no centro de terreno arborizado, cercado de muros altos. Do outro lado, à beira do rio, galpões, quase todos em ruínas, guardam cargas vindas de barco, a serem distribuídas pelas cidades vizinhas. Um caminhão aqui, uma Rural Willys ou jipe acolá, um carro de boi ali, um de passeio aqui, e muitas bicicletas. Boa parte da população que restou na cidade é idosa. Gente sem raiz, que vendeu o que tinha pra se aventurar na mineração, ou veio depois pra se empregar na mina. Sem dinheiro pra partir quando foi fechada, ficou aqui, envelhecendo. Hoje, arrasta-se pelas ruas, ou senta em cadeiras na calçada pra falar da cidade que foi um paraíso no passado.

Semanas após o fechamento da mina, desempregados e famílias entupiam vagões, deixando casas vazias, sonhos suspensos e a cidade sem futuro. A estação era um formigueiro, todos querendo ir embora ao mesmo tempo, brigando por passagem no trem que partia toda tarde. Os ex-funcionários graduados chegavam na hora da partida, não perturbavam porque iam na primeira classe. Já os peões enchiam a plataforma mal o sol nascia. Ninguém imaginava que tanta gente vivesse dia e noite debaixo da terra feito tatu! Quietos, calados, olhar dócil, mulheres tristes, crianças às pencas, malas, trouxas, sacos, redes. Tão apáticos, que tudo parecia previsto, parte de um destino conhecido. Como davam trabalho! A toda hora tinha que impedir embarque de porco, bode, galinha, cachorro, bicicleta, colchão, papagaio, o diabo! Como essa gente tem tralha, meu Deus! Por isso, choram nas enchentes e ventanias: "Eu não tinha nada e perdi tudo!" Mas há os ladinos: um tentou enfiar a canoa pela janela do vagão; quando proibi, quis me subornar com um casal de marrecos! Mas, um dia, senti na pele a dor da partida. Vistoriando o embarque, dei com minhas irmãs atrás de malas e trouxas, com maridos e os cinco filhos. Iam pra capital e, de lá, pra onde houvesse emprego. Perguntei por que não avisaram — esperariam na chefia —, ficaram com medo de me prejudicar e que eu sentisse vergonha delas! Ainda me arrepio quando penso na dor de perder o emprego!

Mas há tempos desencarnei o chefe da estação. Não iria me grudar no visgo da memória. Sou outro homem, com novo ânimo e muito trabalho pela frente. Prepare-se, Ventania, aqui vou eu! Logo vai saber que te olho com o olhar penetrante do escritor, a mão dura do escritor, o coração generoso do escritor, a cabeça aguda do escritor! Vai saber aonde pode chegar um homem sem perna! Não perde por esperar, Ventania do chão de ouro e céu de prata! Aqui vou eu, pra arrombar suas entranhas! Você não me escapa, Lorena Krull! Vai saber do que é capaz um escritor! Você, que ama livros e nunca amou escritores, vai se apaixonar por um deles! Vou me apossar da sua alma, Lorena Krull![1]

— Não quer ver o pôr do sol? — É a voz de Lorena Krull, que cruzou a praça até meu ouvido, mas a pergunta é pra Zejosé, que prende o livro no bagageiro da Phillips.[2] Ela tranca a biblioteca, monta a bicicleta e sai pedalando. Ele a segue, sentado meio de banda.

Três esquinas adiante, Lorena cruza a rua, e o bando surge de bicicleta, Sarará à frente, depois Buick, Andorinha e Piolho, que, surpresos, barram o avanço de Zejosé pedalando em círculos à sua volta e zombando:

— A cachoeira foi legal pra burro! Lordeza é essa, meu chapa? Fiu-fiu!

— Zejosé reage:

— Com inveja, sua besta? Papai aqui pode!

— Eles ficam ácidos:

— Aonde vai, ô luxento? Rezar? O Prinspe[3] quebrou a mão! O saco estourou na mão dele.

Zejosé para com um pé no chão e ri, sem responder. Preferia que Lorena não o visse com o bando, e que eles não o vissem com Lorena. Sentado no selim com o pé na calçada da esquina, Sarará assiste à cena com sorriso enigmático. Adiante, Lorena pedala sem notar que vai sozinha. Buick fecha o cerco, uma mão no guidom, outra equilibra o galho onde uma cobra se contorce, cabeça girando no ar, língua ávida.

---

[1] Quanta vaidade! Não escreveu nada e já se gaba e faz ameaças! Ponha-se no seu lugar, idiota! Cortar tudo.

[2] Essa bicicleta, que Zejosé chama ora de magrela, ora de camelo, é o que há! Tem roda Dunlop, pneu-balão com câmara, freio a varão, dínamo com farol de duas lâmpadas, bomba original de bico fino, campainha Lucas, selim de três molas. Ah, se eu tivesse perna...!

[3] Pela sua beleza, há meninas que chamam Zejosé de Príncipe. Pra outras, dez minutos de papo e o Príncipe vira Sapo — tal a ignorância. No bando, por inveja, ironia ou ignorância, é Prinspe.

— Sai pra lá com esse bicho! Não enche o saco! — reage Zejosé, descendo da magrela.

As bicicletas giram, o cerco aperta com provocações:

— Se borrando de medo, Prinspe? O prinspe virou frozô! Virou Mané Chororó? Então, não tem medo de cobra!

— Para com isso, Buick! — adverte Zejosé. — Essa cobra é perigosa! Quê que há, cara!

Rodando, Buick mantém o galho sobre a cabeça de Zejosé, que larga a magrela no chão e gira de punhos fechados, ameaçando o carrossel de bicicletas com coices e pontapés. Acerta Andorinha, que cai da bicicleta. Só de calção, ele levanta rápido e, sem corpo pra brigar, tenta desmoralizar Zejosé passando a mão na sua bunda:

— Prinspe, frozô da bundinha branca!

— Zejosé parte pra ele aos socos e chutes. Andorinha tropeça ao recuar e cai junto ao bagageiro da magrela. Zejosé chuta-o duas vezes. Buick e Piolho pedem calma, dizem que é brincadeira, tentando apartar. Sarará observa impassível da calçada.

Onde está, Lorena ouve os gritos e volta às pressas. Andorinha tira o livro do bagageiro e corre agitando-o:

— Olha com que o Frozô limpa a bunda!

— Às risadas, Piolho e Buick — chuchando como lança o galho com a cobra — giram à volta de Zejosé. Moradores surgem em portas e janelas, passantes param pra ver. A mão de Zejosé é uma trouxa de sangue. De volta à esquina, Lorena vê Andorinha jogar pro alto páginas arrancadas do livro:

— Quem quer limpar a bunda!

— Ela salta da bicicleta e corre feito barata tonta atrás das páginas voadoras, fustigada pela lança de Buick, que se diverte com o pavor que causa. Doido pra retomar o livro, Zejosé ataca pra se defender ao cruzar a rota dos ciclistas, berrando:

— Para com esse troço besta, Sarará! Sacanear quem é do bando?!

— Estrila não, meu chapa — reage Sarará. — Não é mais dos nossos. Sua mãe me enxota da sua casa, e você não dá as caras! Acha que é do bandó nessa lordeza frozô! Vá se danar, Prinspe!

Zejosé pega Andorinha, dobra-o com uma gravata e arranca o livro — ele foge se lamuriando. Lorena junta as páginas do livro, enquanto, por trás, Buick ergue a agitada cobra sobre sua cabeça. Zejosé dá um tapão no galho, que voa longe, a cobra cai sobre as pessoas. Entre gritos e correrias, Buick a persegue. Lorena lembra a Zejosé que deve devolver o livro no estado que o recebeu. Ele toma dela as páginas e, com cuidado pra não sujar com o sangue da mão, as desamassa e guarda dentro do volume, dizendo:

— Eu colo tudo. Se não ficar bom, a mãe compra outro.

Lorena avalia o curativo:

— Dói? — Mas Zejosé está olho no olho com Sarará, que enfia nos dedos o temido soco-inglês. Lorena sopra: — Vamos sair fora.

Buick acha a cobra e pega a bicicleta. Ao sinal de Sarará, o bando se afasta. Andorinha grita: — É Prinspe Frozô ou Zejosé Chororó?

Piolho passa por Lorena e suga, entre dentes:

— Gostosa!

Ela lhe dá as costas e conduz Zejosé até as bicicletas, caídas no chão. Ele prende o livro no bagageiro. Saem pedalando.

De binóculo, vejo que vão pelo caminho da curva do rio, beirando o laranjal do Tenório.[1] Pedalam depressa, aos pulos na costela da vereda, cabelos ao vento, o rio ao fundo. Até que param e encostam as bicicletas na cerca.[2] Ele tira uma das meias, que ela rasga e refaz o curativo. Depois, ele se abaixa e atravessa a cerca. No outro lado, levanta o arame farpado pra ela passar. Apesar do medo — ou por ele — de ser flagrada na propriedade alheia, Lorena se alegra de recuperar o prazer juvenil de roubar fruta no pé, tendo, agora, Zejosé como cúmplice. Na pressa furtiva, avançam pelo laranjal, com mímicas e riso abafado. Ninguém diz que acabaram de se conhecer. Ele está orgulhoso de liderar as ações, o que nunca acontece. Suculentas tentações,[3] as frutas vermelho-amareladas vergam galhos carregados. Ele tira a camisa, amarra as mangas, abotoa o peito e faz um saco,

---

[1]Tenório é herói da Segunda Guerra Mundial e fantasia de Tarzan no carnaval. Sabe tudo de laranja!

[2]Impossível deduzir o que dizem, e esqueci disso nas entrevistas. Mas pelas ações dá pra imaginar.

[3]Nem eu resisti, dia desses varei a cerca e, aos pulos, colhi uma dúzia.

que enche de laranja. Ela arrepanha a saia à altura do joelho,[1] onde junta frutas. Entre risos, arrancam as cascas com unhas, dedos e dentes, mordem e chupam. O suco escorre da boca ao rosto, ao peito e ao corpo, lambança que molha a blusa dela e o curativo dele.[2] Voltam correndo às bicicletas e dividem a carga nos bagageiros. Alegres, pedalam na direção do rio. Vou perdendo-os daqui, até que somem nos baixos da margem. Se pudesse, iria correndo pra lá! Mas, puxa vida, é lindo o entardecer visto daqui!

Não vi o que fizeram daqui pra frente. Fiquei besta de se entenderem tão depressa, sendo tão diferentes. Pra ser sincero, é a primeira vez que sinto ciúme. A sensação é de cair num abismo. Ela nunca me deu chance de ver o pôr do sol na beira do rio! E, na primeira visita, o garoto ganha atenção, curativo, bolacha, leitura caricata, cúmplice pra encarar Sarará e roubar laranja, e o pôr do sol! Ainda tive que apurar, com um de cada vez, o que aconteceu depois do laranjal. É sofrido reconstituir, e penoso escrever sobre esse encontro dos dois.[3] Tudo que eu queria na vida era estar no lugar dele.

Na beira do rio, a dupla encosta as bicicletas carregadas de laranja e senta-se — ela de blusa grudada no corpo pegajoso, ele de peito melado. O sol inicia a descida de adeus e puxa a noite pro céu. Talvez pra retribuir as gentilezas da bibliotecária, Zejosé move duas laranjas pra explicar o pôr do sol e as rotações da Terra. Ela ouve com curiosidade.

— Bacana, Zejosé! Lembro de um professor dizer que a Terra é uma bailarina, que roda em torno de si mesma e, ao mesmo tempo, dá voltas em torno de um ponto do palco, que seria o Sol. Sua explicação com as laranjas é melhor. A bailarina roda no mesmo plano; com as laranjas, a Terra gira no espaço. Quem entende as rotações da Terra e explica tão bem não é um zero total. Não há ninguém que não saiba nada, Zejosé!

— Foi meu vô que ensinou — diz ele tímido e orgulhoso do avô. — Não aprendi na escola.

---

[1] Isso merece detalhes. Não viu, inventa! Grandes parágrafos pra nada, e economiza quando surge um joelho!
[2] Nenhum dos dois falou nisso, mas ela de blusa molhada e ele sem camisa! Olha a sensualidade selvagem! Felizmente, não deu pra sentir pelo binóculo. Mas posso imaginar...
[3] Foi inventar, agora aguenta. Tem que descrever tudo. Com detalhes!

— Então não diga que não aprende nada! Não só aprende como ensina feito o professor.

Ele abaixa a cabeça, mãos com as laranjas pra trás, e risca o chão com o bico do sapato. Ela pensa comentar o encontro com a turma do Sarará, mas acha inoportuno. Vendo que ele tenta esconder o sorriso, ela se anima a sondar seus segredos:

— Seu avô te ensina muitas coisas?

— Hum, hum. — Ele confirma sorrindo. E completa, chateado: — Mas nada serve pra escola.

— O que mais ele ensinou?

— As fases da lua, se vai chover, se vai ter ventania, a hora de plantar e de colher. — Anda de um lado ao outro. — Se o capim vai crescer, o milho vai minguar, o ovo vai gorar, se o sal vai molhar. — Vai à beira d'água, olha pro rio. — Ensinou onde pescar quando o cardume sobe o rio, e se é peixe miúdo, essas coisas. Não tem nada da escola. — Volta a ela. — Meu vô pesquisa ventania e enchente. Tem uma prateleira de livros como a sua! — Joga as laranjas pro alto, elas cruzam no ar, apara-as com as mãos trocadas e joga de novo, e assim sucessivamente, num sincronismo digno de um malabarista profissional.

— Sabe mesmo todas essas coisas? — Ela indaga admirada; ele confirma. — Sabe um bocado, rapaz! Então, por que sua mãe se preocupa tanto por você não aprender nada?

Ele para o malabarismo e olha pro rio; depois compara os pesos de uma laranja e outra.

— Ela tem vergonha de mim. Não sou inteligente como Zé-elias, meu irmão que morreu. Não sei nada das coisas da escola. Ela fica triste porque no futuro não vou ter emprego.

O futuro!, pensa Lorena,[1] é esse medo da mãe que tortura o garoto! Ninguém lhe diz que o futuro é incerto e a ameaça é sempre presente. Ele sofre

---

[1] Anotei exatamente o que ela me disse, mas perdi a droga do papel. Era mais ou menos o seguinte: com medo do futuro, Zejosé deixa de ver a vida como uma dádiva do presente e passa a vê-la como um calvário.

com a vergonha de não aprender, o desprezo dos colegas e a impaciência dos professores! Se não vai ter futuro, talvez prefira mesmo não ser nada e viver tranquilo. De volta das suas ruminações, ela se depara com o brilho azul de expectativa dos olhos de Zejosé.

— Como não aprende se sabe tanta coisa que o avô ensinou? Disse ao seu pai que sabe quando o milho vai minguar e o capim crescer? O que o dono do Empório achou disso?

— Acha que não posso brincar de estudar. E pergunta a chance de eu ser engenheiro, médico ou advogado. Ele mesmo responde: "Zero, zero, zero! Nunca vai ser nada na vida!"

Lorena olha pro céu. O estardalhaço de vermelhos e amarelos despacha o dia. Mas algo a aflige: quem espera o desastre amanhã pode renunciar a tudo hoje. Na sua idade, o suicídio pode ser uma fantasia como uma heroica aventura, ou a paixão por uma princesa. Ele a olha esperando a reação. Vai pedir que diga alguma coisa, mas ela pergunta:

— E o que você acha de tudo isso?

Não era o que ele esperava. Bate uma laranja na outra. A voz sai carregada de emoção:

— Sei lá. Não sei mesmo. Acho que só dou a eles preocupação, raiva, vergonha e tristeza.

Lorena procura rapidamente um tom leve e esperançoso.

— E o avô. Como é mesmo o nome dele? Continua ensinando as coisas interessantes?

— É Canuto. Seu Canuto. Todo mundo conhece. Ele quer me ensinar meteorologia.

— O quê, Zejosé? Você falou esse palavrão sem gaguejar? Me-te-Me-te-ro-lo-lo-gi-a?

— Meteorologia! Estudo da atmosfera, previsão do tempo, essa coisa toda.

— Meu Deus! Você entende essas coisas complicadas? Ele ensina, e você estuda?

— Quando fica aqui, ensina. Mas ele viaja. Faz medição pra prever o tempo. Gosto de ir com ele. Levo as malas de instrumentos: barômetro, anemômetro, higrômetro, tudo isso.

— Quando vai com ele, falta às aulas?

— Não vou mais com ele, porque tem aula...

— Então vai à escola! Pensei que... E o que acha da escola? Das aulas, da professora...?

— Não gosto da escola. — Muda de assunto, animado. — Sabe, Lorena, qualquer um pode fazer previsão do tempo no olhômetro, como diz o vô, sem instrumento nem nada. Não é cem por cento, mas dá pra prever a chuva. Olha o céu: está claro, tempo bom; escuro, vem chuva. — Ela ri; ele fica sério. — Olha as nuvens: nem toda nuvem é chuva. Se for *cumulus nimbus*, vem pancada: muita água em pouco tempo. De dia, *cumulus nimbus* fica em cima da terra; de noite, em cima do rio...

— Tem *cumulus nimbus* querendo virar pancada nesse céu estrelado, professor?

Os dois caem na risada. Perdem o clima pra continuar a conversa. Recostada no barranco, cabeça sobre as mãos cruzadas, ela olha o céu, no lusco-fusco. Pingos de luz piscam no cinza-azulado de lua pálida. De pé, ele arranca a casca da laranja usada na explicação.[1] Por causa do curativo — solto, sujo, úmido —, tira devagar os pelos e fiapos. Estende a fruta em gomos a ela, que reparte e devolve a metade. Saboreiam em silêncio.

De repente, ele se levanta e, com um grito, corre pro rio, de calça, sapato e curativo, dá um salto-mortal e se lança no escuro. Lorena se assusta até ele ressurgir, agitando os braços e incitando-a a cair n'água. Mas ela prefere o céu. Em saltos seguidos, ele mostra intimidade com o rio. Faz várias acrobacias, sem, contudo, atrair a atenção dela. Afasta-se com braçadas firmes. Quando olha, Lorena não vê mais o giro dos braços brancos à volta da cabeça loura. Ela sabe que garotos de beira de rio são bons nadadores e conhecem os segredos e riscos do fundo e da margem, de redemoinho e peral, de correnteza e tráfego de embarcações. Mais calma, ela volta a sondar os mistérios do céu.

---

[1] Duas frutas quase iguais, que diferença faz se, na explicação, foi o Sol ou a Terra? Cortar essa bobagem!

Tomada pelo sentimento de plenitude, um arrepio lhe varre o corpo. Está feliz depois de um dia de alento pra biblioteca. A alegria de abrir as caixas e limpar os volumes doados, a visita de Zejosé, que renovou a esperança de atrair jovens, e até a minha presença.[1] Mas não é esse o ânimo de todo dia. É difícil, às vezes parece impossível, convencer a cidade da utilidade de uma biblioteca — e dá vontade de fechar tudo e ir pra casa. Mas, obstinada e apaixonada pelo que faz, Lorena não desiste. Mas não se sabe até quando...

Num frio de presságio, esquece as estrelas e procura por Zejosé. Nada vê. Ouvido atento, levanta-se e olha até onde a vista alcança. À beira d'água, vasculha o escuro tentando identificar os ruídos. Nada indica sua presença. À volta não há casas, embarcações, ninguém. A camisa e as laranjas estão no lugar, a bicicleta com o livro no bagageiro. Sente um calafrio, repele os maus presságios e atribui à queda da temperatura. Pensa no vigor do garoto, corpo esculpido em peladas, cavalgadas, caminhadas, e sua familiaridade com as armadilhas do rio. Senta-se e se deixa encantar pela beleza do céu; emoções recentes abrem o porão da memória, e a vida aflora...

Apesar do tempo decorrido, a saudade de Enzo ainda dói. Quantas vezes olhou o céu ao lado dele, sentindo seu cheiro e o calor da sua respiração! Ainda tem nítida a sensação de acariciar sua barba espessa, e da sua mão grande envolvendo a dela. E lhe vem à mente o rosto viril e grave de Enzo, os olhos castanhos suaves, o olhar franco, transparente, meio infantil. Seu riso alegre quando dançava, ele conduzindo com passos seguros, e a mão firme nas costas dela. E brotam imagens das festas e bailes, de bares e amigos. As incontáveis sessões de cinema, seguidas de longas discussões sobre filmes. A saudade aperta e vem com emoção de vida que passou, de tempo que não volta, de amigos que não vai rever e de uma cidade que se distancia no tempo. Mais que saudade de Enzo, saudade de namorar, sentir a emoção de estar amando, de se vestir, esperar por ele, de beijar.

---

[1] Foi o que disse na entrevista. Acho que não se referia a mim como homem, mas ao leitor da biblioteca.

É uma mulher sem namorado, quase sem amigos, vivendo numa cidade provisória, em situação temporária, que, no entanto, se prolonga não se sabe até quando. O pai é mais forte do que se pensou e resiste, apesar de tudo, surpreendendo a todos. Embora não admita nem para si, a situação a incomoda. Vão-se os anos, e sua vida segue estacionada, à mercê da vida do pai, também estacionada. Como se fossem vegetais — ideia forasteira, que repele com força, mas que insiste por ser sua! Ama o pai, venera-o, mas... E sua vida? Até quando... Não quer pensar nisso: irá com ele até o fim, não importa quando. O sonho de ter profissão, casar, ter filhos... De que vale saber o que sabe, ser bonita como é se... Senta-se e se surpreende com a visão noturna: iluminado pela luz da lua, o corpo branco e seminu de Zejosé se ergue das ondas. Alto, esbelto, músculos palpáveis, apenas de cueca branca, caminha pra ela, que, no impulso, quer abraçá-lo molhado, mas, inibida pela timidez desajeitada dele, se detém. Embaraçada, pergunta o que aconteceu. Ele responde ofegante, mãos pra frente, evitando dar-lhe as costas, pelo temor do sangue da nádega estar visível, sem pensar que o rio o lavou.

— Correnteza forte... A calça e o sapato prendiam... Tive que tirar... Dentro d'água.

— E o curativo foi junto! — ela diz, os dois riem. — Deixa ver. — Ele estende a mão, o sangue brota no talho. — Vamos à biblioteca, e faço outro. — Ele recusa. — O que vai dizer em casa de roupa molhada? — Ele dá de ombros. Ela vira no chão as laranjas da camisa. — Pensa uma boa explicação. — Ele abaixa a cabeça. — Parabéns! Você nada muito bem!

Ele sorri orgulhoso, e nega o risco. Mete os dedos no cabelo e pega a camisa que ela dá.

— Fui do outro lado e voltei.

— Sem parar? Nada muito bem! E vem com papo de zero total! Deixa de onda, Zejosé!

Ele abotoa a camisa, puxa pra baixo pra cobrir a cueca. Ela caminha pra bicicleta.

— Vai cruzar a cidade desse jeito?

Riem ao montar. Ele pega o guidom com a mão direita. Um fio de sangue escorre na outra, que mantém pra cima. Ela parte, e ele atrás. Dois fachos de luz cruzam a noite.

Lorena está contente por ter visto o pôr do sol na companhia de um garoto que a ajudou a fugir da disciplina espartana, a apagar a vaga lembrança de Enzo e a indiferença pelos homens de Ventania, embora apreensiva de ter atrasado a rotina dos cuidados com o pai.

Indolente de dia, à noite Ventania dorme, menos os que, das cadeiras da calçada, vigiam a vida alheia por trás do afável "Boa noite!". Na esquina de sua casa, Zejosé despede-se.

— Até logo, Lorena. Obrigado.

Ela pedala em círculos à sua volta.

— Obrigada a você, pela companhia. Faça logo outro curativo. E não deixe de ler o livro.

— Vou colar as páginas primeiro. E desculpa pela garrafa térmica.

E, cada um com seus pensamentos, tomam o rumo de casa, sob o olhar dos moradores. Zejosé não sabe como vai explicar o sumiço das roupas e do sapato. A mão lateja, mas a apreensão perturba mais. O sangue escorreu e sujou a camisa e a bicicleta e deixa rastro nas pedras da rua. Entra pelo portão dos fundos, tendo o cuidado de apagar o farol e não fazer barulho. Pedala nas sombras do quintal, desviando de árvores e galhos, dos canteiros, dos lençóis e colchas nos varais, do quarador, da cisterna, da parreira e do laboratório. "Vem tomar banho, Zejosé!", grita o papagaio, alardeando sua presença! Ele salta da bicicleta, guarda-a atrás do forno e tira o livro do bagageiro. Puxa as fraldas da camisa e avança rente à parede, evitando as janelas. Sob fraca luz amarelada, Durvalina, dobrada sobre o tanque, canta enquanto lava panelas, alheia aos gritos de "Vem tomar banho, Zejosé!". De repente, vê surgir do escuro o branco vulto de cueca, a mão vermelha cresce pro seu rosto. Vai gritar, a boca é tapada pela mão grudenta, e ouve, dentro da orelha, o rosnado pra calar. Deixo os dois atracados aqui pra contar o que há entre eles.

Durvalina passa dias na casa de Dasdores pra ajudar sua mãe, a empregada Calu. É quase uma agregada. Alivia o trabalho da mãe e alivia a mãe dos temores pela fogosa filha, que passa o dia sozinha em casa. Pele cor de jambo, aveludada por penugem de pêssego, aos 17 anos Durvalina parece uma mulher vivida pros 13 de Zejosé — meninas viram moças antes dos meninos virarem rapazes! Como toda fêmea, sabe seduzir: Durvalina não se esconde, não se poupa nem se intimida. Curvada sobre o tanque, na ginástica do molha-esfrega, finge ignorar Zejosé, posto à sua popa a calculada distância. No vaivém do bate e torce, o vestido de algodãozinho surrado sobe e desce, mostra e esconde os altos da entreperna, onde se oculta o segredo. Em cada posição, ela sabe exatamente o quanto oferece de coxas carnudas à trêmula curiosidade dele. Debruçada sobre a bacia de legumes, que descasca, raspa e pica, a dádiva além do decote são tenros seios de róseos mamilos roçando o tecido — e, na proa, Zejosé, paralisado de fascínio. Raspa a cenoura a faca e, com olhar desafiador, sorri de lábios úmidos e narinas arfantes. Sua presença cria tal agitação na plácida inocência de Zejosé, que lhe invade os sonhos com uma serpente enrolada em seu corpo, a maçã entre as pernas, fruta na ferida aberta. É dela a cara que se intromete no retrato da *miss* que saiu de maiô na revista e se tornou a muda parceira dos exercícios de fazer justiça com as próprias mãos, na quietude do banheiro, de onde sai zonzo, corpo esgotado e pele enrugada por longos banhos. Impetuosa, ela penetra na vigília das raras aulas a que assiste sonolento, como um anjo de asas negras que passeia pela classe de nádegas nuas, murmurando coisas de arrepiar. Seu corpo estremece e leva-o a fantasiar, delirar e desvairar pelos mistérios do sexo, os segredos da carne, os tremores, os arrepios, os fluidos. A vigilância atenta de Calu, distraída de Dasdores, maliciosa do tio Isauro, cúmplice do avô Canuto, inibe um gesto concreto com Durvalina. Ao contrário, evita-a, foge dela. E ela sabe jogar o jogo. Avança e recua, oferece e nega, dá e toma, usando os regateios da sedução. Se uma sombra de medo ou culpa o perturba, consola-se com o cínico argumento de que é ela quem mancha de pecado a sua alma inocente. Como sofrem as almas inquietas de 13 anos! Então,[1]

---

[1]Fosse escritor, não interromperia a história, deixando o casal grudado, e desgrudá-lo pra continuar.

Zejosé surgiu seminu do quintal escuro, cobriu a boca de Durvalina com a mão vermelha e rosnou no ouvido dela que calasse a boca. Em voz baixa e aflita, quer saber se procuraram por ele e se o jantar foi servido, enquanto o papagaio repete "Vem tomar banho, Zejosé!". Sem poder gritar, ela grunhe qualquer coisa que ele não entende, mas sente os lábios dela se moverem sob sua mão, os dentes mordiscarem seus dedos, a língua se enfiar entre eles, o corpo recuar até colar no dele. Ele alivia a mão, ela responde:

— Já servi a janta. Que foi na mão? Virge Maria, é sangue!

— Corre no meu quarto e traz uma muda de roupa pra mim! Calça, camisa, cueca, meia e sapato. Ninguém pode ver. Não, traz só um calção. Só um calção. Escondido. Anda!

Imóvel, Durvalina olha nos olhos dele. "Vem tomar banho, Zejosé!" Ela recosta seu corpo relaxado sobre o tenso corpo dele.

— Cortou, foi? Com o quê, faca? E o que andou fazendo pra vir pra casa de cueca? Tomou banho pelado no rio? Hum... Que gracinha! E roubaram sua roupa...?

— Para com isso! Vai logo, anda! É só um calção, hein!

— Não vou não. Mãe me mata! E você se prepara, viu? Seu pai vai te esfolar.

— Não vai por quê? Ninguém vai saber, Durvalina. É pra me ajudar! Não gosta de mim? Quer que meu pai me esfole? Puxa vida, Durvalina! É só pegar um calção e trazer aqui. Calçãozinho de nada. Não custa! Faz favor, Durvalina. Esconde quando passar na sala!

— Vem tomar banho, Zejosé!

— Eu, não. — Ela volta ao tanque. — Devia era cuidar desse talho!

— Então! Quero o calção pra cuidar! Olha a sangueira! Não sabe como dói quando lateja! Tem dó não, Durvalina? Se fizer isso pra mim, te dou este livro de presente.

— Pra que livro se não sei ler![1] Serve pra nada. Ao menos se fosse outra coisa...

---

[1] Se soubesse ler, esse sacana era capaz de dar *Os meninos da rua Paulo* pra ela. O amigo dele já rasgou páginas, e o livro nem é dele, é da biblioteca! Esse cara...!

— Que coisa? Eu te dou. Juro que dou! Não agora, nessa aflição. Por favor, Durvalina.

— Quem dá sou eu, seu besta! Sabe nada das coisas. Você cheira a cueiro.

— Se não quer pegar o calção, ao menos abre a janela do meu quarto, que eu pego. Faz favor, Durvalina. Deixa de ser ruim. É só abrir a janela, tem nada demais.

— Hum! — Ela muxoxa superior, vira-se pro tanque e volta às panelas.

— Você não presta pra nada! — ele diz com raiva. — Vai ver comigo!

— Aperta o corpo contra o dela, e se esfrega. — Abre a janela, que depois dou tudo o que você quiser.

— Vem tomar banho, Zejosé!

Calu surge na porta da cozinha. Eles se afastam num pulo. Ela estranha.

— Não entrou por quê? — à filha desconfiada. — Pra dentro! — Durvalina passa entre os dois e some na cozinha. A Zejosé: — Por onde andou, que ninguém deu notícia? Se prepare! Tem gente por aqui com você! — Passa a mão no pescoço e volta à cozinha.

Zejosé mete o livro debaixo do braço, prende a respiração, aperta a mão ferida até sangrar e entra em casa. Com expressão de dor e as pernas tremendo de frio, entra na sala de jantar no momento em que os três homens à mesa explodem numa gargalhada. Pela posição, o avô Canuto o vê primeiro, e o riso se fecha numa máscara de muda surpresa, levando tio Isauro a olhar na mesma direção. Na cabeceira, de costas pra porta, Ataliba, o pai, é o último a parar de rir. Vira-se transfigurado em raiva reprimida e olhar duro.

— Vem tomar banho, Zejosé!

Paralisado pelos olhares, Zejosé não consegue ir pro quarto como pretendia. Leva a mão ferida à altura do peito, aumentando a mancha vermelha na camisa. Canuto vai até ele — na passagem, põe a mão pacificadora no ombro de Ataliba — e beija-o na testa. Debaixo da luz, examina o corte na distância de sua miopia. Ataliba estranha a nudez e o sangue.

— Eu exijo uma explicação bem clara, Ezequiel. Não tenta me enrolar, senão vai ser pior. E, se mentir, vai ser pior ainda. Quero saber o que aconteceu com você hoje.

• 79 •

— Não foi fundo. — Canuto pisca pro neto e sopra no seu ouvido. — O curativo que tinha aqui ficou no rio! — Solta sua mão, volta à voz normal. — Fica calmo. Vou dar um jeito.

Enquanto Canuto, que acaba de chegar de viagem, tira das mochilas amontoadas uma caixa branca com a cruz vermelha, Ataliba inspeciona Zejosé olhando seu corpo inteiro.

— Onde estava pra chegar a essa hora, sangrando e de cueca? A família inteira preocupada! Quem você pensa que é pra nos fazer de besta? Não estuda, não trabalha, sai quando quer, volta quando bem entende. Você não é mais uma criança, Ezequiel!

Canuto senta o neto na cadeira. Com a caixa aberta, limpa o ferimento e faz novo curativo. Zejosé dá arrancos e geme de dor. O avô espera aliviar e reinicia. Ataliba continua:

— Pra fazer o que quiser, sem dar satisfação a ninguém, tem que ganhar o próprio dinheiro. Na sua idade, a gente — eu, seu tio e seu avô — estudava e trabalhava. Agora me diga o que andou fazendo pra voltar pra casa de noite, de cueca e de mão sangrando.

— Vem tomar banho, Zejosé!

— Eu lhe fiz uma pergunta, Ezequiel! — Zejosé não sabe o que dizer.

— Responde! Fique sabendo que minha paciência está nas últimas! Estou cansado! Já, já vou dar um basta!

Quer falar, mas hesita. Gagueja, mas não consegue. A boca está tão seca, que os lábios grudam.

— Eu respondo, pai. — Zejosé ora geme, ora grita, apesar do cuidado do avô. — Tá doendo...! — grita, com esgar de dor ao puxar o livro sob o braço. — Eu fui pegar este livro na biblioteca... A mãe mandou eu ler. Ai, vô, devagar! Aí, depois que peguei o livro, vim andando pelo cais, o sol ficou quente e tudo mais. Eu pensei, puxa, com esse calor e esse rio, só caindo n'água pra refrescar, e fui tomar banho no rio, ali no cais, em frente do Olímpio, alfaiate. Ai-ai-ai! Tá doendo, vô! Huhhnn! Aí o sol esquentou mais. Cheguei lá, enrolei o sapato assim na calça e prendi tudo no bagageiro. Aí, encostei a bicicleta na amurada do cais, desci uns degraus,

• 80 •

caí n'água e dei umas braçadas... Huhhnn! — Ele aperta os lábios de dor e sacode a mão ferida. O avô segura firme a mão. — Aí, quando subi os degraus, depois de mergulhar, levei um bruta susto: a bicicleta não tava na amurada. E nem a calça, o sapato, o livro, nada! Não tinha nada lá! Nem o livro da biblioteca! Sumiu tudo. O coração disparou. Ai-ai-ai-vô! Aí eu vi, lá na frente, um cara na bicicleta, um cara gordo, de chapéu de palha, e tudo lá no bagageiro, calça, sapato, livro, tudo. E pensei, puxa, cara, você não vai levar minhas coisas e mais o livro da biblioteca! E corri atrás dele. A sorte é que ele era muito gordo e não pedalava direito, tremia o guidom, a roda ia cada hora pra um lado. Aí, cheguei perto e gritei que a bicicleta era minha, e a calça, o sapato também, e o livro era da biblioteca. Mas o cara ia em frente, não dizia nada nem olhava pra mim. Aí eu pensei, puxa, cara, você não vai me roubar a bicicleta, a calça, o sapato e ainda o livro da biblioteca. Aí, corri do lado dele e dei um empurrão naquele corpo gordo, de chapéu e tudo mais. Ele perdeu o equilíbrio, a bicicleta caiu de lado, e ele também caiu no chão. Aí, pra levantar depressa, segurei no pedal, foi aí que os dentes de ferro enfiaram na minha mão; na hora, nem vi nem senti nada. Botei em pé e montei. O cara segurou o bagageiro. Aí eu pensei, esse cara vai me derrubar e vai me machucar. Aí pedalei com força e comecei a gritar ladrão, ladrão! Aí ele soltou e saiu correndo com a calça e o sapato. O livro salvou porque amarrei no bagageiro. — Sacode a mão. — Tá doendo muito, vô! Segurei o guidom com essa mão, e essa outra pingava sangue. Disseram que o cara é de um barco atracado.

— Não deixa molhar! — recomenda o avô, fechando o curativo. — Quando tomar banho, enrola a mão num pano e põe o braço nessa posição, com a mão sempre pra cima.

— 'Brigado, vô — ele diz dramático.

Canuto pisca pra ele e sussurra:

— O corte de trás sangrou. Cobre com a camisa e me espera no quarto.

— O avô põe a caixa sobre a cristaleira e volta à mesa. Ao peso dos olhares, Zejosé abaixa a cabeça.

A sala afunda em silêncio. Imóvel, olhando pro filho, Ataliba, cansado e envelhecido pra sua idade, alivia a raiva com suspiros consternados e ba-

• 81 •

lançar de cabeça. Sentado à mesa, na peculiar atitude de espectador, Isauro, pouco mais novo que o irmão, sem camisa, toalha em volta do pescoço, sopra a fumaça do cigarro pro alto e cofia a barba louro-arruivada. Tirando a mesa, Durvalina vira o rosto toda vez que passa por Zejosé.

— Vem tomar banho, Zejosé!

— Acha que alguém acredita nessa história? — pergunta o pai, irritado e desapontado.

— Mas é verdade, pai — Zejosé sussurra amedrontado. — É verdade. Eu juro!

— Eu tenho cara de idiota? Acha que é esperto, e todos nós estúpidos? Responde!

— Zejosé não jantou — sopra o avô a Durvalina, pra que deixe o prato e os talheres dele.

— Não, pai. Mas olha o livro da biblioteca! Olha minha mão! É verdade. Por essa luz![1]

Num ímpeto descontrolado, Ataliba parte de braço erguido. Zejosé recua pra parede, agacha e protege a cabeça com as mãos. Canuto grita, com peso e autoridade:

— Não! Bater, não! — Ataliba para o gesto no ar. Vermelho, olhos arregalados, Canuto baixa-lhe o braço. — Não é assim! Nunca levantei o braço pra vocês!

---

[1]Que espanto ouvir do próprio Zejosé os detalhes dessa cena! Não sei se inventou na hora ou quando voltava pra casa. Agora, ao redigi-la, estou pasmo com a caradura dele. É preciso coragem pra bancar a mentira. Se aos 13 anos encara a braveza do pai, a bondade da mãe, a experiência do tio, a cumplicidade do avô, e o que eu sei dele, é de se imaginar que, adulto, vai ficar calmo se tiver que encarar um tribunal. Mas não é bem assim. Nessa idade quase todos mentem. Eu menti várias vezes. Mas, se me apertavam, admitia — meu pai facilitava a confissão: me mostrava o relho, dizendo que quem fala a verdade não merece castigo. Intrigante no caso é que Zejosé não tinha razão pra mentir se tinha me contado o que houve na biblioteca. Por que mentiu se não houve nada demais? Será que, de tanto ser exigido sem responder, acha que o erro está na sua pessoa, e não nos seus atos? E, pra ocultar os atos, inventa histórias nas quais é sempre a vítima! Lembro que disse coisa parecida sobre Dasdores: será herança da mãe? Não. Ando especulando demais. E dessa vez a história nem foi aceita. O pai não acreditou. Isauro, editor do *Vitória*, habituado a mentiras, se impressionou com o sobrinho. E o avô, sempre complacente, se estarreceu. A mãe foi a única que acreditou. Será que ouviu com o coração?

Ataliba contém o impulso e respira fundo. Assustada, Dasdores surge na porta do quarto de penhoar preto e apoia-se ofegante no alizar. Isauro a olha siderado pela beleza dos negros cabelos soltos em contraste com a palidez.[1] Ataliba fulmina Zejosé com o olhar.

— Fosse verdade o que diz, merecia uns tabefes por nadar de cueca no centro da cidade! Mas não é verdade. Você virou um mentiroso. Desde quando lê livro, se mal sabe ler! É pior que Durvalina. Ela não sabe porque não foi à escola, e você foi! Antes de tirar livro de biblioteca, devia aprender a ler. E, antes de ler romance, devia era passar de ano na escola! — Dasdores abaixa a cabeça. — Daqui pra frente, eu vou cuidar da sua educação! Deixa sua mãe na cama, com as doenças dela. Chega de mentira, enrolação e enganação! Vou procurar saber o que houve com você hoje. E prepare-se: amanhã você vai à aula! Nem venha com desculpa! Vai cansado, com febre, dor de cabeça, dor de dente, sem fazer o dever de casa, sem ter estudado! Vai porque eu quero que vá. E, se não for, sei o que fazer. Não vou ter dó nem piedade. E, amanhã, vou à escola com você. Quero ouvir dos professores o que anda fazendo, por que não vai à aula se todos da sua idade vão! Pode enrolar a sua mãe e o seu avô, mas a mim, não! Comigo ou vai ou racha!

Zejosé se aninha nos braços da mãe, que o abraça apertado e sussurra:

— Toma um banho, querido, veste uma roupa limpa. E vem pro meu quarto. Vamos jantar juntos.

Batem palmas à porta. Durvalina atende. Isauro é chamado na sala. Ele se levanta, tira a toalha do pescoço, vai pra sala lamentando em voz baixa:

— Puxa, esqueci da reunião![2]

Zejosé olha pro pai num silencioso pedido de permissão pra sair. Ataliba olha pro filho, depois pra Dasdores, de novo pro filho. Balança a cabeça e consente com gesto brusco:

— Não ponha o pé fora de casa! E, amanhã, esteja pronto às seis. Vou à escola com você.

---

[1]Foi Zejosé que me falou desses olhares do tio pra mãe. Ele fica intrigado, mas não sabe dizer nada sobre isso. Claro que fiquei intrigado também. Coisa mais estranha!

[2]Esse Isauro é mesmo estranho e cheio dos mistérios. Preciso saber que reunião é essa.

Dasdores e Zejosé vão pros seus quartos. O avô reúne suas caixas e mochilas e sai pro quintal, onde fica o laboratório. Ataliba senta-se, apoia a cabeça na mão, cofia o bigode.

Como tudo na sua vida, foi por acaso que o ex-funcionário administrativo da mina, que agora cofia o bigode, virou negociante. No seu auge, a mina teve inesperada queda na produção. Estudada a causa, concluiu-se que se devia à desnutrição dos peões, que se alimentavam mal e viviam em alojamentos precários. Então a direção decidiu cuidar da nutrição deles. Sem querer tocar negócio alheio à mineração, propôs a Ataliba implantar o refeitório e, pra financiar, lhe adiantou o equivalente ao fornecimento de um ano de refeições pros mineiros. Ele topa, deixa a mina e assume o negócio, que é um sucesso. Pra garantir continuidade, ele compra no atacado e faz estoques, o que o leva a abrir o Empório, aberto à cidade. Mais sucesso. Logo o chamam pra ajudar em outro problema. Acidentes de trabalho e doenças na família têm causado queda da produção. O hospital de Ventania não tem recursos, e querem que os doentes sejam removidos pra cidades que têm hospitais equipados. Adiantam-lhe recurso pra comprar ambulâncias e contratar motoristas — a ser restituído em serviços prestados. Ele topa também.

Logo, outro problema: o número de peões solteiros cresceu mais que o de mulheres disponíveis, criando tensões que, nos fins de semana, são estopins de brigas, violência e vandalismo. Em reuniões sigilosas, a mina acerta com Ataliba patrocinar um novo bordel e a vinda de um plantel de mulheres. Ele poderá explorar o bordel desde que responda pela segurança, ordem e saúde do plantel. Ataliba topa, assegurada a mútua exigência de absoluto sigilo. O bordel surge nas franjas da cidade, à beira do rio, inaugurado com o inocente nome de Bar e Café São Jorge.[1] Tem quartos, salão, palco,

---

[1]Pra mim, foi uma alegria sem fim; pudesse, não saía daquele paraíso, cheio de mulher linda, bem-vestida, cheirosa e alegre, que nem notava que me falta uma perna. Noites e noites rodopiei pelo salão, abraçado àqueles anjos, esquecido que tinha uma muleta no sovaco! Estive com as mulheres mais lindas da minha vida, sem medo de que vissem o meu coto. Saudade daquele paraíso que me tratava como um homem inteiro!

sinuca e vitrola de ficha. É dirigido por Zulandir, testa de ferro de Ataliba, vindo da capital, que usa sapato branco, camisa preta, corrente no peito e chapéu-panamá. O Bar e Café São Jorge é um sucesso, causando rebuliço nunca visto na região! Em um mês, abala a paz familiar da cidade. Mas o padre Pio[1] encrenca com o nome, que chama de heresia iconoclasta![2] E açula as famílias e autoridades locais, inclusive Ataliba,[3] a protestar contra o que chama antro de pecado, exigindo não apenas a interdição, mas a sua demolição. Com costas quentes, Zulandir não se intimidou e defendeu a legalidade dos encontros entre adultos. Instado a se pronunciar, o juiz viaja, e, na sua falta, o delegado fica doente. Padre Pio é incansável: missas de luta, sermões de protesto, novenas combativas e procissões bélicas, com banda e coro, que param defronte de certas casas pra denunciar o *habitué* sigiloso flagrado por espiões na zona do bordel! Mas parece guerra perdida, a da oração contra o tesão: nada intimida os que se divertem nas noites quentes do Bar e Café São Jorge,[4] animadas aos sábados pelo *jazz-band* de uma cidade vizinha.

Ao longo da semana, os trens chegam lotados de mulheres cheias de malas. E, no fim de semana, de homens sem mala. Mas o sucesso complica a vida de Zulandir. A mulherada enche pensões, barcos e enfermarias vagas. Cabo Nogueira acomoda várias na cadeia; mas as que se abrigam na igreja são expulsas.[5] Inúmeras ficam nas ruas, nos bancos da praça, no balaústre do cais, sentadas nas malas, em atitudes lascivas com os passantes, fazendo propostas indecentes e convites obscenos. É mulher de toda idade, branca, negra, mulata, morena, a maioria loura e ruiva, em trajes de cores fortes

---

[1]Não gosto desse padre. Ele resolveu se chamar de Pio por causa do papa Pio XII. Em vez de pio, é pior.
[2]A cidade passou a usar a expressão pra traição conjugal, bebida, carteado, mentira, roubo, trambique etc.
[3]Ataliba não é sopa! Ficou dos dois lados da briga!
[4]Eu virava a noite, e de manhã estava animado na estação.
[5]Levei quatro lá pra casa. Foi um escândalo! As beatas protestavam de terço na mão em frente lá de casa. Eu dizia: "Jesus mandou dar de comer a quem tem fome e de beber a quem tem sede." Elas viravam de costas pra mim e continuavam rezando.

colados ao corpo. Vi, várias vezes, fazerem parede pra trocar a roupa em plena rua. Umas usam biquíni no rio, outras ficam nuas na cachoeira. Vira-mexe, se atracam. De noite, fazem sexo em becos escuros e, de dia, pedem comida nas casas. Ataliba doa arroz e feijão, que elas cozinham na beira do rio e comem com peixe fresco. Apesar da campanha do padre Pio, os pais de família inventam negócios nas ruas pra apreciar as mulheres, e operários se juntam na praça pra avaliá-las. *O Vitória* publicou reportagem sobre a invasão das piranhas. As fotos são escandalosas, mas o texto acalma os ânimos: diz que piranhas têm faro pra grana, e onde estão há prosperidade. E conclui que a invasão beneficia a todos.

Padre Pio sabe manobrar a repulsa e a hipocrisia das famílias. Acuadas pela depravação pública, elas se fecham em casa — e espiam pela veneziana! Em procissão noturna de velas acesas, o padre, louco de virtude, mostra a cruz pras invasoras e pede sua salvação com o ódio de quem condena. Pressionados, o prefeito e o delegado acusam Zulandir de fazer da cidade um bordel a céu aberto. E exigem que tirem de Ventania as lascivas e lúbricas,[1] ou o Bar e Café São Jorge será lacrado por atentado ao pudor e incitação à desordem. Exigem também mudar seu nome, que o padre entende como provocação.[2] Ataliba é convocado pela mina, que exige idêntica providência. Ele acata, mas sugere que se indenizem as mulheres pagando a passagem de volta. A sugestão é aprovada.

Logo, o batalhão de Zulandir — mulheres vestidas de beatas, de véu e cara limpa — se espalha na cidade a fim de convencer as invasoras a partir, e acompanhá-las à estação pra receber as passagens. Ao som do *jazz-band*, a estação ferve na festa do adeus, que vai até de manhã. Naquele dia, a cidade volta ao tédio. Na semana seguinte, Ataliba é chamado à mina. Informantes contam que braçais injuriados com os novos preços bloqueiam a entrada

---

[1] Lascivas foi o que disse o prefeito. Lúbricas quem disse foi o delegado.
[2] Com a profusão de heresias iconoclastas, o padre mudou o pecado pra provocação. Como cliente assíduo, achei inútil mudar o nome. Ninguém usava mais o nome do santo, que, com o escândalo, perdera discrição. Nós chamávamos de Coreia, por causa da guerra que, há oito anos, incendiara o país asiático. E a rua que ia até ele se chamava Paralelo 38.

da Coreia, ressuscitando o medo de violência e vandalismo. A mina exige redução a valor acessível. Ataliba argumenta que os preços subiram um pouco porque a concorrência diminuiu, mas não estão altos, os salários é que estão baixos. Como a mina não quer corrigir salários, acerta-se um subsídio: o empregado paga uma parte, e a empresa completa o que faltar. Resolvido o impasse, o bloqueio acaba, e a Coreia reanima.

Tudo ia bem pra Ataliba até que, lacrada a mina, os empregados se foram, o refeitório fechou, a remoção de doentes parou, as prostitutas deram adeus e a Coreia foi fechada.[1] Restou o comércio de retalho: secos e molhados, distribuição de bebida e combustível, entreposto de carga pra barco e caminhão. Ataliba não escolhe ramo, corre pra lá e pra cá ao sabor das oportunidades. Como aqui as coisas circulam mais que o dinheiro, aceita barganhas e permutas: boi por sacas de arroz, carga de milho por fumo de rolo, querosene por açúcar etc. Esperteza é não comprar e depois vender; mas achar a quem vender antes de comprar, comprar sem pagar, e nunca dizer os preços nem o quanto embolsa. Seu lema é: nada se perde, nada se cria, tudo se transforma em grana! Entre braçais e escriturários, Ataliba tem dez empregados, inclusive a voluptuosa Marisa, de carnudos lábios rubros na boca sempre entreaberta — daí o apelido Marisinha Boca Mole —, desejada pela população masculina ativa, o que infla a autoestima de Ataliba, que, depois da desavença com Zejosé, cofiou o bigode até cochilar com a cabeça apoiada na mão.

Na casa de Lorena, passa da hora do jantar do Dr. Conrado, e ela não chega. Habituada com essas situações, Esmeralda serve-lhe a sopa na boca. Com metade do corpo paralisado, ele ouve e entende, mas não fala nada. O geólogo alto, corpulento, corado passa os dias em silêncio na cadeira de rodas e, à noite, vai carregado pra cama. Dedicada e carinhosa, Lorena cuida pessoalmente de tudo que se refere ao pai, empenhada em aliviar

---

[1] Das coisas mais tristes da minha vida. Sofri quase como se perdesse a outra perna. Voltei ao tédio de sempre, que se agravava ao anoitecer: pra que se perfumar e vestir camisa nova? Era ouvir a hora de ângelus pra chorar feito bezerro desmamado. Ainda não sabia o que me aguardava: pouco depois pararam a estrada de ferro. Nem tive lágrima pra chorar.

os incômodos e proporcionar bem-estar no que lhe resta de vida. Quando está na biblioteca, ou nas raras e breves ausências, Esmeralda a substitui com idêntico desvelo.

Esmeralda tagarela com Conrado durante quase todo o tempo. Não lhe faltam histórias: as próprias, as de Lorena, do próprio Dr. Conrado, de pessoas da cidade, e as que lhe venham à cabeça — presentes ou passadas, sem censura ou adequação, incluindo os delírios alcoólicos, que não são raros! Já se irritou com a expressão impassível do ouvinte, mas se acostumou e hoje fala sem pensar na reação, embora às vezes se sinta falando sozinha feito louca — como agora, contando a história de uma paixão enquanto lhe serve *Borscht*[1] na boca. Entre uma colherada e outra, corre à cozinha pro gole de cerveja — Lorena proibiu beber no trabalho. De volta, apruma o corpo, move os braços como se abraçasse o parceiro e, com passos que lembram os de um tango, conta a história:

— Que homem, doutor! Aquele sabia pegar as carnes de uma mulher. Enquanto a mão fina apertava a minha, eu sentia a mãozona aberta nas costas, mão firme de macho que sabe o que pega. Era cada arrepio, doutor! Estremecia dos pés aos cabelos. Ia aonde ele me levava. Naqueles braços eu ia até pro inferno! Vez em quando uma perna se metia entre as outras, e se roçavam. Eu tremia! — Ele regurgita, ela para. — Não quer mais, doutor? Não gostou da sopinha? Ou foi minha história? Será que a dança tonteou? — Diverte-se. — Eu bebo e o senhor é que fica tonto? — Sorri maliciosa. — Foi ciúme, querido? Já disse: quer ficar curado, é só apaixonar por mim! — Oferece a sopa, a boca está fechada.

Ela o livra do babador, limpa sua boca e ajeita seu corpo na cadeira. Ao levar o prato, vê, da janela, Lorena chegando de bicicleta. Corre à cozinha, esconde a cerveja, lava a boca e volta em tempo de empurrar a cadeira e abrir a porta. Lorena entra animada e lhe passa as laranjas. Faz festas no pai, beija-lhe a testa e desculpa-se pelo atraso. Ele pisca em resposta — mover a pálpebra é a forma de se comunicar com a filha, única pessoa que o entende. Ela põe a nona sinfonia de Beethoven na eletrola e interroga Esmeralda.

---

[1]Demorei a aprender a escrever esse nome. Besteira, é uma sopa de beterraba gelada!

— Hoje foi um dia quente. Fez refresco pro papai?

— Fiz. De tangerina.

— E o que comeu no jantar?

— Fiz a sopa fria de beterraba. Comeu até vomitar.

— Vomitar, Esmeralda? Papai vomitou? Vomitou ou regurgitou?

— Regurgitou.

A música ocupa o espaço. Lorena senta-se junto ao pai — os olhos dele brilham ao ouvir Beethoven — e, carinhosamente, arruma seu cabelo branco, branco, branco.

— Deu o banho? Esmeralda! Puxa, papai está de xixi! Quantas vezes já lhe disse...

— Fez agora, então! Acabei de trocar a fralda, Lorena! Foi o suco. Eu troco de novo.

— Amanhã avisa o seu Nico pra vir cortar o cabelo dele. Que hora deu o banho?

— Às seis. Pelo sino da igreja.

— Amanhã dá às cinco. Os dias estão abafados. Troca a fralda enquanto tomo banho.

Lorena beija o pai e vai pro quarto. Esmeralda leva a cadeira ao banheiro, sussurra-lhe:

— Amanhã continuo a minha paixão pelo marinheiro. O senhor vai se divertir! — Limpa, troca a fralda e escova os dentes de Conrado. Depois, leva-o pra cozinha, onde prepara o jantar. Amplo fogão a lenha no centro, coifa de cobre subindo ao teto e fogão elétrico na reserva. Mesa pra 12 empregados, e, na parede, a boca do forno de alvenaria, que se estende pra fora da casa. A cozinha dá ideia do casarão: oito quartos, quatro salas, cinco banheiros, três varandas —, onde vivem Lorena e o pai, pois Esmeralda não dorme lá.

Dr. Conrado descobriu, registrou e foi o dono da lavra de ouro. Mas, não tendo recursos pra exploração, tentou se associar a fazendeiros e negociantes locais, que fugiram do negócio: acharam o capital alto, o prazo de retorno longo, e o que os assustou foi o preço do ouro ser decidido no exterior. Dr. Conrado submeteu-se ao contrato de exploração de um grupo estrangeiro, consolando-se com participação no lucro. Suspeitando que recebesse a menos e sem acesso às contas, honrou o contrato nesses anos todos. Poderia romper, mas teria que indenizar os sócios. E depois, sem capital e sem sócios, teria que fechar a mina, criando um mar de desocupados, o que não queria. Os sócios é que a fecharam sem aviso, alegando "cotação internacional em queda, e custo de mineração em alta", conforme relatório. Pronto a reabri-la, Dr. Conrado contratou advogados da capital, reuniu os sócios e ouviu explicações não convincentes. Tentou dissuadi-los, ficaram impassíveis. Falou do desemprego e explosão social, não se comoveram. Cogitou ir à Justiça, os advogados recuaram: o contrato previa a paralisação.

Após o jantar, finda a nona sinfonia, o casarão se encolhe no silêncio. Antes de ir pra casa, Esmeralda ajuda Lorena a passar o pai da cadeira à cama. Ela pega um livro na mesa de cabeceira, abre na página marcada:[1]

— Quando dormiu ontem, papai, o comandante Marlow pilotava o barco a dois quilômetros do posto de Kurtz. Era noite, a floresta estava nas sombras e selvagens se moviam nas margens. Surge um tronco no rio e, apavorados, os homens a bordo param de trabalhar. O barco é atacado por flechas. Em reação, peregrinos atiram no matagal. Um negro cai perto de Marlow, que fica com os sapatos encharcados de sangue. O vapor apita, tudo silencia. Bem, papai, o senhor conhece essa história como ninguém, e acho que só quer ouvir pra ver se sente a emoção das outras vezes. Ou lembrar-se do tempo que lia.

---

[1]Lorena diz que esse livro não é por acaso. É *O coração das trevas*, do inglês-polonês Joseph Conrad, que conta histórias da vida no mar, marinheiros, negociantes, aventureiros, homens corajosos, ambiciosos e sinistros em misteriosas viagens a portos remotos, florestas sombrias, com naufrágios e tempestades. Desde menino, ele lia livros de Joseph Conrad — o nome é coincidência, seu pai não sabia nada do escritor. Louco por aventuras, Dr. Conrado correu mundo em cargueiros. Depois de estudar geologia, partiu pra aventura da busca do ouro. Ela quer que o pai resgate vivências do passado pra alimentá-lo do que o presente não dá a quem virou um observador da vida. Pra ela, a viagem de barco selva adentro em busca de um homem poderoso e brutal que se esconde pode reavivar a memória do pai.

Ela lê com voz serena. O olhar dele se ilumina.

"Nós, os dois homens brancos, debruçamo-nos sobre ele e seu olhar rebrilhante e inquisidor nos envolveu. Tive a impressão, na verdade, de que iria nos formular uma pergunta em linguagem inteligível, mas morreu sem emitir um único som, sem mover um só membro, sem crispar um músculo. Apenas, no último instante, como que em resposta a um sinal que não podíamos ver, a um sussurro que não podíamos ouvir, franziu fortemente o cenho numa carranca que deu à sua negra máscara mortuária uma expressão indizivelmente sombria, pensativa e ameaçadora. O brilho interrogativo do olhar rapidamente esmaeceu numa opacidade vazia. 'É capaz de pilotar?', perguntei bruscamente ao peregrino. Sua expressão era de dúvida, mas agarrei-o pelo braço e ele imediatamente compreendeu que eu queria que pilotasse, sabendo ou não. Para dizer a verdade, estava desesperadamente ansioso por trocar meus sapatos e meias. 'Está morto', murmurou o camarada, profundamente impressionado. 'Nenhuma dúvida quanto a isso', respondi, puxando feito louco os cordões dos sapatos. 'E, por sinal, suponho que Mr. Kurtz também esteja morto a esta altura.'

Naquele momento, era o que realmente pensava. Sentia um extremo desapontamento, como se descobrisse que estivera me esforçando para encontrar algo desprovido de substância. Não estaria mais decepcionado se tivesse viajado toda aquela distância com o único objetivo de conversar com Mr. Kurtz... Conversar! Atirei um dos sapatos para fora do barco e dei-me conta de que era exatamente isso que eu vinha buscando: uma conversa com Mr. Kurtz. Fiz a estranha descoberta de que jamais o imaginara agindo, mas sim discorrendo. Não dizia a mim mesmo 'Agora nunca mais o verei', ou então 'Agora nunca mais apertarei sua mão', mas 'Agora nunca mais o ouvirei'. O homem apresentava-se a mim como uma voz. É claro que eu o associava a algum tipo de ação. Não havia escutado em todos os tons de inveja e admiração que ele recolhera, trocara, trapaceara ou roubara mais marfim do que todos os outros agentes reunidos? A questão não era essa. A questão estava em que, sendo ele uma pessoa bem-dotada, dentre os seus talentos, aquele que sobressaía de forma proeminente, dando-lhe o sentido de uma presença real, era sua habilidade no falar, suas palavras — o dom desconcertante e inspirador da expressão, o mais nobre e mais desprezível dos dons, torrente palpitante de luz ou fluxo enganoso emergindo do coração de uma treva impenetrável.

Dr. Conrado dorme. Lorena fecha o livro, ajeita-o na cama e cobre-o. Vai pra sua cama, ao lado, recosta-se, pega outro livro,[1] abre na página marcada e lê. Não consegue se concentrar e desiste. Imagens refluem em *flashes*: Zejosé surge rosado, cabelo molhado, bate-se contra a mesa. A mão sangra. Lorena quer pensar nos livros doados, mas a força das imagens atropela a vontade. Zejosé, mãos pra trás, bico do sapato no ladrilho. Ele ri: "Nunca vi mulher jogar futebol." Ele e o livro, à luz da janela, se fundem com imagens do tempo de estudante na capital. Numa festa com colegas, espontânea alegria. Dançando com Enzo. No cinema com a amiga. Com colegas no bar. Com Zejosé, bicicletas aos pulos, cabelos ao vento. Correm pelo laranjal. O pôr do sol. Ele saindo da água, de cuecas à luz da lua. De repente, a luz se apaga, e tudo fica às escuras, sem surpresas: é o corte de energia em toda a cidade. Põe o livro sobre a mesa, vira na cama e dorme.

Como prometeu, Canuto visita Zejosé no seu quarto e trata do seu ferimento na nádega.

— Pode puxar a calça. — O avô conclui: — Foi superficial. Por isso não sujou a calça.

— Obrigado, vô — Zejosé ergue a calça. O avô guarda os instrumentos na caixa branca.

— Agora, vê onde põe a mão e a bunda! — sugere Canuto, e os dois dão risadas.

— Vô! — diz Zejosé e silencia. Canuto espera. — Eu queria te dizer uma coisa...

— Não diga. Não quero saber o que fez pra se cortar. Seu pai quer saber. E vai te retalhar!

— Obrigado... Por ter segurado a mão dele...

---

[1] *A montanha mágica*, de Thomas Mann.

— Vem ventania aí. — Canuto muda de assunto; sensível, banca o durão. — Fiz medição no morro do Arrepio e na serra da Coroa. — Não sei quando, mas vem vento bravo aí.

— ...e por esses curativos — acrescenta Zejosé após um breve silêncio. — Vou fazer medições no alto. Talvez lance um balão. — Beija o neto e sai do quarto.

Pouco depois, com o exemplar d'*Os meninos da rua Paulo*, Zejosé cruza a sala, onde o pai cochila à mesa, e vai pro quarto da mãe. Atento à ideia de desvelar suas fantasias pra que a verdade salve sua saúde, vai na ponta dos pés e de ouvido alerta pra flagrá-la falando sozinha ou arfando forte.[1] Ela, que quase sussurra pra não agitar a cabeça e, segundo diz, correr o risco de alguma parte do cérebro se soltar, sobe o tom da voz quando está sozinha pra ativar a garganta e melhorar a circulação do sangue, conforme explica. E também, ouso dizer, pra não se sentir só, e se sentir vivendo ao se ouvir. Sozinha quase todo o tempo, falar consigo mesma refresca os assuntos e mantém o monólogo vivo — daí dizerem que é sistemática! Zejosé fica tão intrigado, que se esconde pra ouvir o que diz a mãe. E ela odeia ser espiada; se cisma que a espionam, perde a linha, esbraveja que a tratam como louca ou criminosa. Se for empregado, vai pra rua como traidor! Vira-mexe, cisma com um homem de chapéu na esquina, ou uma loura que entreviu da janela! Mas, o que a magoa mesmo é dizer que ronca. Não pelo ronco em si, mas por insinuar que dormia — ainda mais se o arfar for de dia. Pelas suas normas, dormir é um costume reprovável por ser associado a boa vida, bem-estar, prazer e saúde — o oposto da sua ideia de viver e da sua missão na vida, que são cumprir o dever, padecer e purificar. Em casos de virar a noite por doença, ou cuidar de bebê, admite que se diga descansar, que prefere a repousar. Aceita dizer que está lendo no quarto, rezando, pensando no filho, no marido, no mundo. Tudo, menos dormindo. Se admitir que dorme, não pode se queixar da insônia! Aceitar que acordou é admitir que dormiu. Por isso, nunca diz que sonha; se, às vezes, escapa, explica que é sonho velho, de quando dormia.

---

[1] Que ele chama de ronco mesmo.

Antes de bater na porta do quarto, uma cena de infância vem à cabeça de Zejosé: de travesseiro na mão diante da mesma porta, ouve gemidos lá dentro. Abre-a e flagra os pais em pleno ato sexual. Grita assustado. "Sai de cima da minha mãe, papai! Sai! Sai logo! Ou te mato com o travesseiro!" No frege armado, vê-se coberto pelo lençol, abraçado, carregado e, apesar de espernear, só é descoberto na sala. Em rápida sucessão, lhe vem uma conversa com a mãe, tempos depois, no mesmo quarto. Fascinado de vê-la penteando os cabelos, abraça-a apertado e pergunta se quando crescer vai se casar com ele. Surpresa, Dasdores diz que vai amá-lo sempre, mas é casada. Enciumado, ele quer saber com quem. "Com seu pai, meu querido", ela diz. Ele se revolta: "Logo com meu pai, que é feio e bruto?" Ela o abraça, põe no colo e o embala até que durma.

O quarto está em silêncio. Não ouve ronco, nem voz. Empurra a porta devagar, as paredes parecem tremer como as chamas dos castiçais. Ele vê a mãe, de quimono preto, recostada em travesseiros, lendo sob o abajur. A luz branca e a seda preta ressaltam sua palidez. Mal ergue o olhar, ela fecha o livro, abre os braços pro filho, que ali se aninha:

— Limpo e cheiroso, meu menino fica lindo! Não tem nada de galo preto. É o meu franguinho dourado. — Beijado, ele se esquiva num recusar-querendo. Ela faz cócegas, ele se desarma, e instala-se a lúdica intimidade entre mãe e filho. A debilidade da mãe, a condição de filho sobrevivente os une numa compensação à ausência do pai, ocupado com negócios e viagens. Num giro brusco, porém, seu corpo aperta a mão ferida. O grito cessa a diversão. Ele exagera na dor pra valorizar a sua capacidade de resistir.

— Me deixa ver, querido! — ela pede aflita. — Me deixa ver!

Ela sopra e beija a mão ferida, ele geme. Difícil mãe mais cuidadosa e preocupada com a saúde do filho. Hipocondríaca, e tendo perdido o primeiro, vive assustada com tétano, pneumonia, coqueluche, sarampo, catapora e toda doença infantil. Espirrou, ela aciona a lista de cuidados, panos com álcool no pescoço, no nariz, fugir da água fria e do sereno. Ao menor sinal de febre, Zejosé é preso no quarto, e tome chás, sopas e mingaus, mezinhas misturadas a poções da farmácia. Ele sente dor, ela o abraça e o põe no colo:

— Pronto, sarou. O vô fez um ótimo curativo. — Embala-o como bebê e sussurra um acalanto, quando vê o exemplar d'*Os meninos da rua Paulo.* — Foi esse que pegou na biblioteca? *Os meninos da rua Paulo.* Não conheço. Lorena indicou, ou você escolheu?

— Pedi livro pra um zero total ler pela primeira vez na vida. Ela deu esse. E disse que não existe livro pra zero total, porque não existe zero total.

Dasdores ergue as sobrancelhas, abre os olhos, divertida.

— Profunda! — e dá risadas. Vai pegar o livro, ele pega antes e foge do colo. — O que achou dela? Tratou bem meu amor?

— Achei bacana. Ela joga bola, sabia? Que maluquice, ficar sentada lendo tanto livro!

— É sobre o quê, essa história? — ela pergunta referindo-se ao livro. — Não posso ver?

— Sei lá. Ela disse que, se der vontade de vomitar, é pra largar e correr pro banheiro. Não quero que saiba o que vou ler.

Ela sorri e, de repente, se dá conta do corpo atlético do filho, solto na cama, o rosto à luz do abajur é de um rapaz bonito, o corpo de um homem. Sente-se possuída por um turbilhão de emoções, alegria, amor, ciúme, tristeza, saudade, perda, dever cumprido...

— E o que ela achou de você?

— Sei lá. Disse que sou falado. Que sou bonito. Mas, sabe, quebrei a garrafa térmica dela.

— Não acredito, Zejosé! Você quebrou? Como foi isso?

— Trombei na mesa, caiu tudo, e a garrafa espatifou. Ela disse que não era nada.

— Tem que comprar outra. Pediu desculpa? Ninguém ajuda a biblioteca! Disse isso a ela?

— Ela disse que tinha levado de casa. E vai levar outra. E, se eu ainda não tinha quebrado nada, foi bom ter começado lá. — Eles se divertem. Zejosé se anima, e ela cobra:

— Ótimo! Mas agora você vai ter que ler o livro. Você vai ler, não vai, querido?

Ele folheia o livro, sem responder. Houve tempo que ela o ajudava nas tarefas da escola, vigiava, exigia, cobrava. Hoje, diz que a saúde não permite, o que não alivia a sua culpa.

— Pra onde o pai vai me mandar? — ele pergunta de repente.

— O pai quer que estude, querido. Que faça o que todo mundo da sua idade faz. Ir à aula, se preparar, ter uma profissão, garantir seu futuro. Eu e o pai não vamos viver pra...

— Não vou com ele à escola amanhã. — Ele a interrompe bruscamente.

— Não fala assim! Seu pai está certo, quer o melhor pra você. Que vá à aula, que...

— Já disse que não quero ir mais lá. Com ele é que não vou mesmo! Nenhum pai vai lá. Ele quer me humilhar na vista de todo mundo! Eu não sou besta. Com ele, eu não vou!

— Pelo amor de Deus, Zejosé! Seu pai fica nervoso com razão. — Uma sombra cobre-lhe o rosto como uma máscara. — Se não for, tudo pode acontecer. Oh, Deus, queria tanto que entendesse, filho! Se não for com ele, meu querido, você vai pro internato na capital.

— Se tem que ir alguém comigo, por que não é a senhora? Com a senhora, eu vou.

— Eu não posso, filho. Mal levanto da cama. Fui à sala de jantar e fiquei tonta o dia todo.

— Então, não vou.

Recostada na cama, ela apoia a cabeça nas mãos, cabelo sobre o rosto, em silêncio. Ele tem raiva da doença da mãe. Desconfia que seja dissimulação, mas não entende por que ela age assim. A intuição lhe diz que talvez ela não se sinta querida o quanto gosta, e acha que, se fazendo de sofredora, vai receber mais carinho. Mas ele tem medo de que ela fique agarrada à teia de mentiras e fantasias e não saiba mais o que é real. Tudo que quer é destruir a teia. Talvez por isso tenha tanto medo de perdê-la. Não gosta de contrariar o que diz, nem de desobedecer às suas ordens. Dasdores afasta o cabelo do rosto, o olhar de infinita ternura pelo filho sugere a pouca importância que dá à sua pessoa; e o sorriso triste parece ironizar a si própria.

• 96 •

— Sabe, querido — diz mais baixo —, tenho medo que você entre um dia neste quarto e eu não esteja mais aqui. Talvez se desespere, mas não vai ser o fim do mundo. Ficar órfão vai ser um fato na sua vida, como a morte na minha. Sabe disso desde que seu irmão morreu. A vida é linda, mas pra vivê-la tem que se esforçar. — Pega a mão dele. — Vai ler o livro, não vai? — Ele assente, e ela sorri. — Qual foi a mentira que inventou pro seu pai?

Ele olha a mãe e pensa no retrato de casamento na sala de jantar, em frente ao seu lugar na mesa, de onde a olha durante as refeições. Está linda de véu branco, grinalda de flores, sorridente, pele rosada, olhos luzindo de felicidade. Hoje, palidez e olhos tristes no fundo das olheiras. Quando, às vezes, recupera o ânimo, veste-se e penteia-se, mal cruza a porta, o cansaço a manda de volta pra cama. Não é mais a mesma do retrato. E ele se pergunta o que aconteceu pra causar tanta mudança? Em todas as respostas o pai lhe aparece com alguma culpa. Zejosé vê o pai como um egoísta que nunca se pergunta se suas atitudes magoam, maltratam ou criam ressentimentos nas outras pessoas.

— Anda, Zejosé, responde! Qual foi a mentira que inventou pro seu pai?

Zejosé muda o olhar pra cômoda, o oratório, a Bíblia, os livros e os remédios.

— Eu tirei a calça, a meia e o sapato dentro d'água. A água levou. Foi depois da biblioteca, que fui tomar banho no rio. Mergulhei vestido, e não consegui nadar. Cortei a mão quando topei na mesa e a garrafa térmica quebrou. A senhora briga pra eu ler um livro, o pai briga porque peguei um livro. Eu erro sempre. Não faço nada direito. Ninguém vai com a minha cara porque só faço merda. — Irritado, ele pega o livro e sai do quarto.

— Não, querido! Espera. Vem cá, Zejosé! Vamos conversar. Não vamos jantar juntos?

Na sua cama, Zejosé abre o livro e tenta ler. Logo os olhos vão da página ao teto, em devaneio. Levanta-se e se olha no espelho. Ajeita o cabelo e avalia a penugem que surge na costeleta e no bigode. Volta a deitar e abre o livro A mão lateja. Vira e revira até achar posição confortável. Mas não consegue se concentrar. Imagens de um dia agitado invadem a leitura. Lorena sorri

"Não houve nada." Com olhar apaziguador, "Você é bem-vindo!" A mão tira o vidro da carne, "Valente aguenta o tranco!" Sua mão entre as dela, cabeça no seu peito, pele de pétala, nuca branca, "Um garoto bonito como você não gosta de ler?" "Não existe um zero total." Dedos arrancam a casca da laranja, lábios mordem e chupam, sumo escorre da boca. Pedalando ao pôr do sol. O quarto escurece, foi cortada a energia da cidade. Ele dorme sobre o livro, a mão ferida sobre a cabeça.

Mais cedo, após o jantar, bateram palmas. Durvalina avisou a Isauro que o esperavam na sala, ele saiu lamentando: "Puxa, esqueci da reunião!"[1] O moleque deu o recado.

Carneiro o espera nas sombras do Beco da Gamela com o livro de atas no cós da calça, sob o paletó. Magro, muito branco, testa larga, cabelo ralo, forte estrabismo atrás dos óculos de grossas lentes, sopra nervoso a fumaça do cigarro pro alto, de olho na esquina. Não demora, Isauro passa na rua assoviando. Carneiro espera um pouco, pisa no cigarro, sai do beco e segue Isauro da outra calçada. O ritual cumpre as recomendações de segurança. Na sombra de ruas quietas, ouvem-se os passos, de um à frente, o outro atrás, nas duas calçadas. Na beira do rio, Isauro entra furtivo nas ruínas de um dos galpões. Pouco depois, Carneiro vai e vem diante da fachada semidestruída, atento às raras janelas acesas e aos lampiões dos barcos atracados. Dá a última olhada pra um lado e outro. Entra. Quase todo o telhado do galpão desabou há tempos, arrastando a parte alta das paredes. No que restou coberto, as paredes estão úmidas e descarnadas. O que desabou entulha o galpão, e o piso, destruído na última enchente, tem poças de água podre. Vencido o acidentado trajeto, Carneiro chega a um cômodo da parte preservada. À luz de velas espetadas em garrafas, o esperam Isauro, sentado numa tábua sobre tijolos, e o negro Jedeão, com seu cabelo branco, sentado no que resta de uma parede.

— Viva a revolução! — saúda Carneiro.

---

[1] Lá, eu anotei: "Esse Isauro é mesmo estranho. É cheio dos mistérios. Preciso saber que reunião é essa." Pois fui investigar, e descobri que reunião era essa.

— Viva a revolução — responde Isauro.

Jedeão se limita a bater continência.

— Não mais deveres sem direitos[1] — diz Isauro.

— Não mais direitos sem deveres — responde Carneiro.

Cabisbaixo, Jedeão confirma com movimentos de cabeça.

— E como avança o socialismo no mundo, camarada Carneiro? — indaga Isauro, solene.

— A passos largos até a vitória final, camarada Isauro!

Assim começam as reuniões do diretório municipal do Partido Comunista de Ventania, do qual Isauro é presidente, Carneiro é secretário — revezando-se a cada eleição —; e Jedeão, militante, os únicos membros. Isauro senta. Carneiro e Jedeão o imitam. A luz bruxuleante cria reflexos de fogueira, velório e igreja nos rostos sombrios, e um clima de conspiração.

— Podemos começar? — indaga Isauro, solene. Os dois confirmam. — Então, vamos à leitura da ata da última reunião.

Carneiro tira o livro da cintura e lê compenetrado.

Embora não seja proscrito, nem ilegal, o Partido Comunista é o demônio nos púlpitos e sacristias de Ventania por professar o ateísmo; entre negociantes, por condenar a iniciativa privada; no meio político, por ser contra eleições e democracia, além de ser aliado do Partido Comunista da União das Repúblicas Socialistas Soviéticas, o PCUS, que, segundo relatório do último congresso, costuma eliminar os opositores. É rejeitado pela parte instruída da cidade por combater a liberdade de expressão e a família, pois, segundo consta, aparta as crianças pra serem educadas pelo Estado.[2] Os não instruídos não sabem do que se trata; a maioria analfabeta não vota, e quem vota recebe do patrão o envelope lacrado com as cédulas de votação e se limita a enfiá-lo na urna.[3]

---

[1] Soube mais tarde que as referências a direitos e deveres são versos do hino da Internacional Socialista, usados na saudação como princípios.

[2] Repito o que ouvi como o papagaio de Zejosé. Devia ter lido sobre o assunto pra falar com propriedade. Mas não tenho a menor paciência pra política. Só falo porque entrou de raspão na anotação de Zejosé.

[3] Chamam o envelope fechado de "marmita".

Comunista aqui é malvisto. Os três nunca se dizem militantes, nem na família, pra evitar discussões, conflitos e agressões! Isauro vive na casa do irmão, anticomunista ferrenho. Carneiro vive com a mãe, beata fervorosa, que toda noite puxa o terço na matriz. E Jedeão, ex-peão da mina, não tem família, nem emprego, e vive de pesca. O Partido nunca teve candidato, nem a vereador. Quando um dos dois se candidata, inscreve-se em outro partido pra ter alguma chance, revezando-se a cada eleição pra se poupar da campanha, exaustiva e humilhante. No outro partido, não se fala dos ideais comunistas pra evitar suspeita. Mesmo candidatando por outros partidos, nenhum comunista jamais foi eleito, nem esteve perto, o que, nas reuniões de avaliação, é atribuído à atual etapa do processo histórico na qual a correlação de forças beneficia os candidatos reacionários.[1] Pela necessidade de discrição e recomendações de segurança, o Partido não tem sede, nem endereço. O secretário — que reveza com o presidente — redige as atas e leva o livro às reuniões, e guarda em lugar seguro e secreto, assim como documentos, livros doutrinários, revistas, jornais e boletins informativos. As reuniões são feitas em lugares variados, de acordo com as recomendações da segurança, conforme as contingências, a estação do ano, a hora do início e término, o sigilo do tema e as urgências da luta política. Pra evitar que os dirigentes sejam vistos juntos amiúde, as reuniões são mensais, embora não aconteçam todo mês, e eles evitam se ver nos intervalos, até porque, fora assuntos do Partido, não têm interesses comuns. Em Ventania, o Partido é tão temido e odiado como desconhecido. Sendo secreto, sem ser clandestino, há discussões internas sobre o sentido político de um partido que se esconde, como seita ou quadrilha. Se faltam condições objetivas pra atuar, sobram convicção, entusiasmo e esperança num mundo em que todos têm os mesmos direitos e oportunidades pra realizar suas capacidades na plenitude, construir uma sociedade pacífica e fraterna, sem injustiças nem desigualdades.[2]

---

[1] Não entendo nada do que escrevi. Nem quero entender. Repito o que ouvi nas conversas.
[2] Dito assim, até que é bonito. Pelo que ouvi, tenho dúvidas se o bicho-homem quer mesmo isso.

Com esse sonho, eles quase me contagiaram anos atrás. Andei cedendo o salão da chefia e o galpão de carga pra encontros religiosos, reuniões de negociantes, times de futebol e festas de casamento. E o Carneiro me pediu pra usar o salão da chefia pra umas palestras. Cedi, e logo soube que só os três iam às palestras, que se estendiam noite adentro. Como responsável por tudo que acontece aqui, embora nada aconteça, fiz visitas de surpresa ao salão. Eram debates solenes, respeitosos e complicados sobre o que Carneiro lia num livro grosso, item a item, como versículos da Bíblia. Numa dessas visitas, eles encerraram o debate, e saímos juntos pelas ruas silenciosas. Foi quando Carneiro e Isauro — Jedeão nunca abre a boca — tentaram me atrair pro que chamam de luta científica e organizada contra as injustiças históricas do capitalismo, do qual eu era vítima sem saber, por não ter tido chance de desenvolver a consciência social e o espírito revolucionário. É a alienação, diziam em coro, que me leva à aceitação resignada da miséria que o capitalismo fez comigo desde que nasci, de pai pescador e mãe costureira, e com minhas irmãs, exiladas por falta de emprego, e com a exploração da minha força de trabalho por um Estado que paralisa uma ferrovia pra atender à lógica capitalista do lucro. Na empolgação da catequese, Carneiro incluiu minha perna nos danos causados pela classe dominante, o que levou Isauro a esclarecer, com fúria contida, que o acidente que me mutilou foi uma fatalidade; seu sobrinho Zé-elias não era da classe dominante, e sim da pequena burguesia, tradicional aliada e formadora de quadros progressistas. Corrigido, Carneiro fez, na minha vista, humilde autocrítica da sua equivocada interpretação histórica, concluindo pela inocência da família de Isauro e apontando o Dr. Conrado como o representante da classe dominante em Ventania. Foi a minha vez de reagir: como podia ser da classe que tudo domina um homem que perdeu sua participação na mina, fechada contra a sua vontade, e perdeu a mulher pro ex-engenheiro da mina, tendo se tornado um inválido, dependente da filha, a doce e bela Lorena![1]

---

[1]Acho que fui convincente. Quando mencionei Lorena, os olhos deles brilharam. Deu a impressão de que o pai é da classe dominante, mas ela é uma deusa acima do bem e do mal.

Como presidente, coube a Isauro dar a versão final: o Dr. Conrado é um mero lacaio do imperialismo, e paga o preço de entregar a riqueza nacional; os estrangeiros que fecharam a mina são agentes do capitalismo internacional, este sim, responsável pela miséria dos países subdesenvolvidos. Até concordei com a ideia deles de que, unido, consciente e organizado, o povo ficaria mais forte. E me animei a ir à reunião seguinte. Mas, quando Carneiro disse que a religião é o ópio do povo, aliena a classe trabalhadora da sua luta com a promessa do paraíso após a morte, vi que tinham escolhido inimigos poderosos demais. E me perguntei: como é que esses três, e os poucos mais que dizem estar nessa luta, vão vencer os ricos, que criam empregos; os políticos, que governam; o imperialismo internacional, que tem a riqueza do mundo; a Igreja, que nos livra do fogo do inferno; e Deus, que criou o mundo e o homem? Quem venceria tamanho poder? A batalha estava perdida, concluí. E não fui à reunião seguinte. Um dia a loja maçônica pediu o salão, e o trio foi pra outro lugar. Jurei não dizer a ninguém das nossas conversas.

Lida a ata, a discussão sobre a posição do diretório em relação à revolução cubana agita o secretário Carneiro e o presidente Isauro — Jedeão nunca tem opinião. Suado, olhar míope à cata de frases nas páginas, Carneiro fala com a solene retórica das tribunas:

— O camarada Isauro, secretário na diretoria passada, sabe que não há orientação recente do CC[1] pra conjuntura internacional. Sierra Maestra foi há dois anos, e o informe mais recente chegou há três: é a Declaração de março de 58, que acabo de ler. Não quero ser precipitado, mas, na minha avaliação, o CC não quer o nosso diretório bem informado!

— O camarada Carneiro não faz avaliação precipitada! Não é um revolucionário impetuoso. É calmo como sua ação, que alia a sensatez do burocrata à lógica do estrategista. Dito isto, indago: por que o CC nos enviaria informes se nunca enviamos informes ao CC? Informar o quê, se não há ação política! Não filiamos um militante, nem no auge da mina! Não

---

[1]É como se referem ao Comitê Central.

fizemos agitação e propaganda. Nunca pichamos um muro, uma parede, nem uma pedra! Quando foi que atraímos um único simpatizante?[1] Como fazer a revolução do proletariado em Ventania, camarada Carneiro? Com quem marchar pra vitória?

— Faço-lhe as mesmas indagações, camarada Isauro! Com mesmas ênfases e suspeitas!

— Camarada Carneiro, se vamos, enfim, realizar uma ação — pichação, que seja! —, há que tirar a posição do nosso diretório sobre o tema. Sem informes recentes, só nos resta buscar pistas nos antigos, e na Declaração. Duvido que algo tenha mudado nesses três anos!

— Se mudou, já recuaram. O Partido muda com os ventos! Mas permita-me um reparo à autocrítica do camarada Isauro: perfeita no conteúdo, mas um tanto passional na forma.

— Se a política muda como as nuvens, os partidos devem mudar com os ventos. Faltar ventos e sobrar nuvens, ou vice-versa, é negar a dialética. O que diz o camarada Jedeão?

Jedeão responde com admirados movimentos de cabeça, mas não se sabe se concorda ou não. Enquanto o camarada Isauro sorri por ser chamado de passional, e o camarada Carneiro se morde com sua ironia, aproveito pra confessar minha surpresa com a gravidade da reunião e a densidade dos temas. Achei que o diretório de Ventania trataria das prosaicas questões da cidade em agonia. Fiquei impressionado que as conclusões sejam consideradas pelo CC, na definição das estratégias de ação no país e no mundo. Incerto se o olhar vesgo de Carneiro olha pra ele ou Jedeão, Isauro pigarreia e retoma a palavra:

— É fundamental que os comunistas de Ventania decidam se apoiam ou não a revolução cubana. Encaminho proposta no sentido de avançar o debate: o camarada Carneiro, que conhece os informes, pinçaria os trechos alusivos pro diretório tomar posição. Aproveitamos pra fazer breve

---

[1] Não devem me considerar simpatizante. Bem que tentaram me atrair. Melhor cortar a parte que conto isso.

intervalo, e pro camarada Jedeão buscar umas bramas no Surubi de Ouro. Com tema árido e discussão árdua, a garganta seca: urge molhar a palavra!

— Aprovado — diz o camarada Carneiro.

Jedeão junta o dinheiro e sai. Carneiro põe os óculos na testa, os papéis no nariz e lê em silêncio. Isauro passeia os olhos pelo galpão. A lua que se vê nos vazios do telhado, a luz dos últimos postes e as velas acesas não dão a luz necessária à reunião. Os revolucionários parecem sombras movendo-se nas ruínas. Imagem, aliás, que serve bem ao tio Isauro. Culto e inteligente, era a última esperança de Canuto ter um filho intelectual, sonho que se frustrou com Ataliba. Isauro estudou direito, letras e filosofia, e não concluiu nenhum curso.[1] Gostava de ler, falou em ser escritor e nunca escreveu uma página. Foi chamado de preguiçoso, vadio e até de sistemático. Morou na capital pra procurar emprego, mas nada o agradou, e acabou voltando.[2] Até que vasta desilusão amorosa arruinou o que lhe restava de entusiasmo.[3] Caiu numa depressão profunda, que se dizia irreversível. Arrasado, Canuto concordou que fizesse uma viagem e lhe antecipou parte da herança, sob a vigilância contábil de Ataliba.

Isauro andou pelo Rio de Janeiro e São Paulo. Depois, Buenos Aires, Santiago, Caracas, Lima, Cidade do México, Los Angeles e Nova York. Depois, Lisboa, Madri, Paris, Londres, Roma, Berlim, Estocolmo.[4] Três anos depois, voltou a Ventania. Magro, barbado, fumando muito e bebendo mais, cansado, sem ânimo pra trabalhar, sem casa, nem dinheiro — e sem esquecer a paixão que o arruinou! O irmão Ataliba, que mora na casa do pai, aceitou a sugestão deste pra Isauro viver com eles. Também foi Canuto quem teve a ideia de atrair três sócios e criar o semanário *O Vitória*, primeiro emprego de Isauro, que gasta os dias entre o jornal, a bebida no Surubi

---

[1]Ah, se me dessem a chance de estudar tudo isso! Ia aprender tudo, nem que tivesse que comer livro!

[2]Tem uns caras, que vou te contar! Não querem nada, poxa!

[3]Disso eu tenho um medo que me pelo! Ai, Lorena, não faz uma desgraça dessa comigo. Tem dó de mim!

[4]Ninguém sabe o que ele fez mundo afora. Talvez nada.

de Ouro, a sinuca no Taco de Ouro, as mulheres da Coreia, as reuniões do diretório e a paixão que lhe rói lentamente a alma. Foi o barbeiro Nico que disse que Isauro é o fantasma dele mesmo, uma sombra movendo-se entre as ruínas de Ventania.

Nas ruínas do galpão, os três homens debatem suas convicções. Mais que políticas, são esperanças infindas e uma fé genuína de fazer do sonho realidade que dão aos três certa aura mística que infunde a presunção de poder, quem sabe de inspiração divina.[1] Como se o debate fosse, de alguma maneira, a realização das suas utopias e desse aos três uma secreta importância que a vida não deu. Mas eis que o camarada Jedeão volta trazendo a bandeja com garrafas de cerveja e copos. Servidos, os três brindam e bebem. A reunião recomeça. O camarada Carneiro comenta o que leu:

— Tudo é desencanto no Vigésimo Congresso. As denúncias ao camarada Stalin e a decepção pela repressão do exército soviético à rebelião húngara abalaram a fé revolucionária da direção nacional. Em grave desvio ideológico, o CC aderiu à orientação de evitar a Terceira Guerra Mundial, garantir a coexistência comunismo-capitalismo e defender a via pacífica pro socialismo nos países em condições pra tal. Esses são os fatos. Mas, se o camarada Isauro e o camarada Jedeão me permitem, gostaria de fazer uma colocação pessoal.

— À vontade, camarada Carneiro — diz o camarada Isauro, seguido pelo camarada Jedeão. O camarada Carneiro bebe um gole de cerveja e enxuga a boca com o lenço.

— Um revolucionário jamais admitirá a coexistência pacífica entre capitalismo e socialismo! E, se admitir, não é mais um revolucionário!

— Camarada Carneiro, a posição do Partido em questões internacionais é definida com base em análise da conjuntura e da correlação de forças. Sem a orientação do CC...

---

[1] Ao apurar esses fatos com os três, não me dei conta, mas agora, ao anotar, vejo que a discussão sobre temas que revolucionam a política e incendeiam o mundo se fez à luz de velas, nas ruínas de um galpão, numa cidade em via de desaparecer, a mil quilômetros de um pequeno centro de poder.

— É possível coexistirem socialismo e capitalismo, o cordeiro e o lobo, camarada Isauro?

— O radicalismo isola o Partido, camarada Carneiro. Foi por isso que o CC decidiu apoiar um governo nacionalista e democrático, que chegue ao poder em eleições livres!

— Mas o Partido é revolucionário, internacionalista e quer a ditadura do proletariado! Como apoiar nacionalistas democráticos e eleições livres? É contradição demais, camarada Isauro!

— Dialética existe pra superar contradições, camarada! O inimigo dos nacionalistas democráticos é o imperialismo e os entreguistas que o apoiam. Vencer essa gente pela...

— Revolução sem luta revolucionária, camarada? É possível revolução por eleição?

A energia é cortada. Diminui a luz dos revolucionários. Mas o debate não se intimida:

— Revolução se faz também por etapas, camarada! O nacionalismo pode ser um passo na luta do socialismo! Ele afirma a soberania da nação, livra-a do capital estrangeiro, permite o crescimento econômico e reformas na estrutura agrária. O avanço nacionalista acirra a contradição com o imperialismo. Nessa etapa, a burguesia alia-se ao proletariado, aos camponeses e à pequena burguesia urbana! A frente garante a eleição de governo nacionalista, e a democracia avança sem encarar riscos revolucionários prematuros.

— O camarada Isauro cospe no "Operários de todo o mundo, uni-vos" e adere ao nacionalismo! Acomodação preguiçosa contrária à marcha do comunismo internacional! Troca a luta armada por eleição, mantendo a aura da revolução; submete o trabalho ao capital e quer o proletariado aliado à burguesia industrial, vendida ao capital estrangeiro! O partido revolucionário virou reformista, nacionalista e aliado da democracia burguesa!

— A estratégia do Partido é apostar no desenvolvimento nacional, camarada Carneiro. Em face da correlação de forças, a via eleitoral é a saída em países imaturos pra revolução.

— Cuba, imatura pra revolução, camarada Isauro, derrubou a ditadura e tomou o poder! Negou a vitória por etapas! Como secretário do diretório do PC de Ventania, voto contra pichar a cidade e a favor da revolução cubana. Como vota o camarada presidente?

— A favor das duas. Está aprovada a ação do diretório de Ventania pela revolução cubana, na forma da pichação de muro, parede e pedra. O camarada Carneiro, secretário do diretório, relatará a discussão na ata e a enviará ao CC como o nosso primeiro informe.

— Assim será, camarada presidente — diz o camarada Carneiro.

— Viva a revolução! — diz o camarada Isauro.

— Viva a revolução! — repete o camarada Carneiro.

O camarada Jedeão aprova com movimentos de cabeça. E nada mais foi dito à luz trêmula das velas, nas ruínas do galpão. Carneiro é o primeiro a partir; pouco depois, parte Isauro e, apesar de ter chegado primeiro, Jedeão parte por último, apaga as velas e sai com a bandeja. E todos voltam à vida real.

— Acorda, Zejosé! — vozeou o papagaio na manhã silenciosa. — Acorda, Zejosé!

A luz do amanhecer, pela veneziana, ilumina o rosto de Zejosé. Com passos firmes e gestos decididos, Dasdores irrompe no quarto, abre a janela, falando com voz enérgica:

— Acorda, Zejosé! Depressa! Está atrasado!

O quarto se ilumina, ela puxa as cobertas, ele pula da cama assustado e arrasta o livro, que voa. Ele tenta pegar no ar e aperta a mão ferida. Geme de dor enquanto as folhas soltas flutuam pelo quarto. Ágil e objetiva, longe do seu tom sereno, ela reage irritada:

— Não acredito! Você destruiu o livro, Zejosé? Não é possível!

— Veio assim. Fui ler antes de dormir, soltou na minha mão.

— Não tem cabimento! Eu querendo que leia, e você destruindo livros!

— Não fui eu! Pergunta a Lorena! Ela sabe que não fui eu. Agora, virei culpado de tudo!

— Acorda, Zejosé! — grita lá fora o papagaio.

Ela segura a mão dele, examina o curativo e solta-a no ar.

— Junta as folhas e cola isso! É sua obrigação devolver inteiro. Agora, põe o uniforme, escova os dentes e penteia o cabelo. E sai logo desse quarto! Calu já serviu o café.

Ela sai pisando duro. Tonto de sono e aturdido pelo furacão, ele cata as folhas no chão e junta dentro do livro. Ela grita da sala de jantar: "Depressa! Ou vai perder a hora!" Ele abre a surrada pasta escolar, jogada ao pé do armário desde a última vez que voltou da escola, e retira, um a um, dois estilingues, bola de meia, calção de banho, caco de espelho, penca de bananas podres, anzóis de vários tamanhos, linha de pescar, saco de bola de gude, dois chicletes de bola, três piões, caixa de figurinhas de futebol, canivete de várias lâminas, duas traves pra jogar botão, caixa de fósforos com porcas e parafusos pra jogar botão, caixa com times de botão, pé de meia branca, pipa vermelha, linha de empinar pipa, página de revista com *miss* de maiô, e, no fundo, dois livros seminovos e três cadernos novos com capa suja e quina dobrada. Enfia *Os meninos da rua Paulo* e tudo o mais na pasta, que mal fecha. Veste a calça azul-marinho e a camisa branca com distintivo no bolso, calça, meia e sapato. Escova os dentes e penteia-se. Sai do quarto bocejando e se batendo nos móveis.

Na sala, senta-se no seu lugar, põe a pasta no chão, apoia a cabeça na mesa e cochila sobre pratos, xícaras e talheres. Calu entra, com bules de café e leite.

— Acorda, Zejosé! Hoje a cobra vai fumar! Não queria estar na sua pele.

— Acorda, Zejosé! — repete o papagaio.

Ele ergue a cabeça, vê Calu e solta-a sobre a mesa. Dasdores vem apressada do quarto, de *tailleur* azul-marinho, blusa azul-claro e lenço branco no pescoço. Serve-se de café.

— Seu pai viajou. Um barco encalhou perto de Matipó. O marinheiro veio oferecer a carga de mantimento a preço de banana desde que descarregue logo pra não afundar. Ele saiu de madrugada atrás de barco pra alugar. Disse que dessa vez faz o grande negócio!

Como um sonâmbulo, Zejosé pega a pasta e volta pro quarto. Com um grito, ela o para:

— Eu vou com você! Senta e toma café. — Ele volta. Solta a pasta no chão e a cabeça na mesa. — Vai sentir fome! — Ele olha pela janela aberta e admite que nasceu um novo dia.

Dois sapatos altos à frente, e dois vulcabrás atrás, marcham sobre a calçada que muda de terra a cimento, mato, cacos de azulejo, telhas e pedras.[1] Os sapatos altos param; voltam a andar assim que os lerdos vulcabrás chegam perto. Pisam o caminho da escola, que tantas vezes Zejosé trilhou. Ela vai decepcionada e apreensiva. Apesar dos gritos e ameaças, mais uma vez o marido está ausente. De novo, vai esconder a vergonha no lado oculto do coração e enfrentar as professoras pra defender o futuro do filho. Depois de uma noite agitada, sente-se tão frágil que mal respira. Mas juntou todas as forças pra agarrar com unhas e dentes o legado que quer deixar pra ele.

Atento às pedras da rua, escuras e irregulares, com o contorno demarcado pela grama verde, ele faz corpo mole, anda devagar e não diz uma palavra. Esse tem sido o caminho da sua aflição. Na ida, pelos deveres escolares que não fez, os pontos que não estudou, a tabuada que não decorou, o livro que não leu, o medo e a vergonha do castigo, o deboche dos colegas. Na volta, o coração apertado pelo medo do pai e da mãe por não ter ido à aula, ter brigado com o colega, quebrado a vidraça, ficado de castigo, levado suspensão, perdido o ano. Na ida, medo pelo que não fez; na volta, medo pelo que fez. Agora, olha pros muros manchados, pichados, de reboco caído, e pras cercas vivas de maracujá, chuchu e bucha.[2] O dilema da vida: cumprir a obrigação desagradável que garante o futuro, ou a diversão feliz do presente, que não cansa, não entedia nem entristece, como os convites do bando pra empinar pipa, mergulhar no rio, banhar na cachoeira, montar cavalo no pelo, pescar, jogar pião e bolinha de gude. Refaz o caminho de todo dia com o desconforto de ir ao lado da mãe, que o regride a criança. Teme que ela peça que o aprovem, como nas outras vezes. Não quer mais ser aprovado, nem perdoado, quer dar adeus àquele lugar e

---

[1] Um desassossego pra quem usa muleta, que, a seco, escorrega e desliza. Molhada, é um perigo.
[2] Onde se escondem cobras e lagartos.

àquelas pessoas. Aprendeu que escola não é pra ele. Prefere trabalhar com o avô, carregando equipamentos. Vender o jornal do tio Isauro nas ruas. Ou ser marinheiro — que prazer navegar! Ou limpar livros na biblioteca de Lorena.[1] Ou ir pra capital trabalhar como caminhoneiro.

Ela espia as cercas mortas, de arame, bambu e taboca, e os jardins de árvores frondosas e choronas curvadas ao chão; os cachorros bravos, ameaçando avançar sobre eles, ou mansos, lambendo preguiçosos as pulgas, assim como se coçam devagar os aposentados e idosos de pijama nas varandas, e as mulheres de cabeça branca, veias azuis na pele branca, olhos tristes e mansos espreitando das janelas, esperam, esperam, esperam o quê? Ela quer a morte antes dessa espera. Não aguenta mais a dor: não há canto no mundo onde possa sepultar a culpa de ter perdido o filho! Todo dia bate no peito e diz que foi descuido seu, que a culpa é sua, só sua, não a divide com ninguém, e nunca vai se perdoar, e nem Deus tem poder pra desfazer o que aconteceu. Não procura alívio nem quer esquecer. Precisa da voz silenciosa do filho, chamando-a de mamãe, que a arrasta pra dentro de si mesma, na vertigem de encarar a própria dor. Nunca deu o grito que seu peito pede. Vive com esse grito preso na garganta e a imagem que a atormenta: quando chegou pra ver o filho, ele já tinha partido, restavam pedaços do pequeno corpo sobre um pano, pedaços que não se juntavam como num quebra-cabeça, não armavam mais uma pessoa. Não suportou ver a terra sugando o seu sangue. E fez o que encheu a todos de horror: empapou as mãos naquele sangue e, com os dedos abertos, lambeu com a língua. Depois do que viveu, sente-se mais forte que um homem; não da força que vem do corpo, mas da vontade indomável de uma fera ferida.

Ao longo da marcha silenciosa, a memória serve a Zejosé os nomes e os atos que atormentam sua vida desde que entrou na escola. A professora Eglantina,[2] que ele acha que o odeia desde o primeiro ano: obrigou-o a ficar

---

[1] Garoto atrevido! Isso seria... Melhor nem pensar! Ainda bem que a biblioteca não tem como contratar!

[2] Está velhinha. Foi minha professora também. Uma fera, falava soltando chuvas de perdigoto. Mas aprendi.

em pé, cara na parede, porque jogou bolinha de papel nos colegas, soltou gaivota,[1] teve frouxo de riso etc. A professora Iolanda,[2] que dava cascudos, beliscões e reguadas pra ficar quieto. A professora Genoveva, a orientadora, que até hoje o manda ao quadro-negro pra resolver problemas cabeludos de matemática, pra ser humilhado pelas risadas da turma. A professora Carlota,[3] que nunca o tocou, nem castigou, mas o olha com um desprezo que ele se sente um verme. A professora Helena,[4] que parece gostar um pouco dele, não o castiga, mas não o defende como ele gostaria. A professora Selma,[5] a mais novinha, ele acha que gosta dele, pois sempre pisca o olho quando o vê de castigo. A professora Mercês, supervisora, o prendeu onze vezes na secretaria, lhe deu oito suspensões e quis expulsá-lo quando foi pego desenhando indecências na porta do banheiro. A professora Otília, diretora, que o tirou da fila pela orelha porque não soube cantar o hino nacional, e quase lhe arrancou a orelha ao saber que tinha contado piada picante, e o levantou do chão pelas orelhas porque ele quebrou a vidraça da janela com uma pedrada, e, quando ela, furiosa, o interrogou, ele riu debochado, fazendo farol pra turma. Quando um colega quis tomar o abacate dele, e ele reagiu, ela lhe deu três safanões e o obrigou a dividir a fruta com o outro — o abacate era de Zejosé, roubado num dos quintais deste caminho, e muito mais saboroso que os de sua casa. Virada a esquina, eis a escola atrás dos muros: dois andares brancos de janelas azuis, grandes árvores, portão de ferro, onde se move a nuvem azul e branca de crianças.

O prédio reflete o apogeu da mina, que tinha planos de formar os filhos dos empregados, inclusive fora do país, a fim de qualificar novos quadros.

---

[1]Soube que alguns chamam de aviãozinho de papel. Quem passou por uma sala de aula conhece!

[2]De voz poderosa, tinha o apelido de Maria Tomba-homem. Desordeiro vivia de braço roxo e cabeça quente.

[3]Como professora, não sei. Mas é uma bonitona, bem-apanhada, pernas longas, unhas cuidadas... Hum!

[4]Não conheço. É da nova safra.

[5]Novíssima safra. Foi preciosa na entrevista. Clareou a vida escolar de Zejosé. Ele a respeita e admira.

De teto alto e largas janelas, as salas, amplas, arejadas, iluminadas, são unidas por espaçosos corredores, entre pátios ensolarados e jardins arborizados. A mina cuidava de contratar professores preparados, comprar equipamentos e conservar as instalações.[1] Com a paralisação, a escola passou à administração pública. Diretoras, professoras e funcionários são nomeados na capital, por indicação política. É visível o abandono: muros pichados, jardins cobertos de mato, paredes descascadas, goteiras, tetos mofados, vidraças quebradas, banheiros depredados, esgotos entupidos. O mobiliário — carteiras duplas, armários, cátedra, todo de madeira de lei — está semidestruído.

Mãe e filho cruzam o portão junto com os alunos, que, atraídos pela presença dele, olham, apontam, falam e atrasam a entrada. Ocultando-se atrás da mãe, ele segue cabisbaixo. Como no início do dia na velha mina, a sirene toca, todos correm pras salas, e o pátio se esvazia.

No barulhento saguão, avançando rente à parede, Dasdores descobre um painel que nunca havia notado. Em letras azuis sobre azulejos brancos, lê: "Os Dez Mandamentos do Aluno: 1º Comportamento exemplar. 2º Aplicação sem limites. 3º Obediência aos professores. 4º Respeito na sala de aula. 5º Atenção nas aulas. 6º Capricho, ordem e limpeza. 7º Levar lições estudadas e prontas. 8º Não faltar à aula, senão em casos extremos. 9º Respeitar os professores e colegas. 10º Dar bom testemunho onde estiver." Finda a leitura, saguão mais vazio, relê no alto do vão central: "Pergunte ao sábio o que mais desejaria na vida, e ele responderá 'Saber mais'. Siga o exemplo do sábio." Ao se virar, vê um garoto, que, sentado de costas no corrimão da escada, atracado à pasta e à pilha de livros, desce desembestado e se estabaca sobre Zejosé; não tivesse ele pernas firmes, o impacto chegaria à mãe, no outro lado.[2] Ela se assusta, e Zejosé sorri pela primeira vez no dia. De cabelo arrepiado feito penacho de cardeal, o simpático garoto cata depressa seus pertences, enquanto fala com animação:

---

[1] Foi nessa época que estudei lá.

[2] No 3º ano, fui pra uma sala do 2º andar. Crueldade! Essa gente não sabe o que é subir escada de muleta!

— Puxa, Zezão! Legal você ter vindo! Acabei de rever a matéria com o Boi. — Vira-se polidamente pra Dasdores — A senhora me desculpa. O sinal tocou, e tive que usar o plano inclinado pra acelerar. Acho prudente a gente ficar longe da escada, vem aí o Boi — quadrúpede bem maior do que eu!

— Não me apresenta seu colega? — diz Dasdores a Zejosé. O garoto estende-lhe a mão.

— Prazer, senhora. Carlos Romero. Carlinhos pra uns, Carlito pra outros como seu filho...

Pesado volume azul e branco de gente-pasta-e-livros despenca pelo corrimão e desaba entre os três, os livros voando pelo saguão.

— ...este é o Boi, nosso colega — conclui Carlito.

Boi[1] se levanta, recolhe depressa os livros e sai ligeiro. Com pouco mais de 10 anos, Carlito é tido como o geniozinho da turma. Ele e o Guto, o "quatro-olhos" de 11 anos, têm as melhores notas. É amigo fiel e inconstante de Zejosé, por quem tem enorme admiração. Enfrenta riscos pra ajudar o amigo, que vive em apuros e não o poupa. Zejosé retribui à sua maneira, com carinho incomum, o que pode incluir grosserias e maldades, que Carlito sempre perdoa. Dasdores retoma a conversa assim que o Boi some:

— Carlito, você disse que reviu a matéria? Por quê? Vai ter alguma prova por esses dias?

— Sim, senhora, hoje! — A Zejosé. — Não sabia? De português. Prova final de semestre!

Dasdores pega Zejosé pelo braço e corre pra secretaria. Carlito grita apreensivo:

— Não vai fazer, Zezão?

— Vai sim, Carlito — responde Dasdores. — Daqui a pouco ele vai pra sala.

— Pra quê, Carlito? — responde Zejosé, virando-se pra trás.

— Poxa, Zezão, faz a prova! Sei umas coisas. Somos amigos. Conta comigo.

---

[1]Boi não chega a ser obeso. Comparado com a meninada, tem muito mais altura e peso, porém distribuídos. Achei o apelido inadequado, mas me lembrei que nem todo boi é gordo.

Carlito vê o amigo se afastar, lembra que também vai fazer a prova e sai correndo.

Dasdores e Zejosé são recebidos na secretaria com a fria cordialidade de quem veio tarde. Há tantos anos Otília,[1] Mercês[2] e Genoveva[3] dirigem a escola, e tão unidas, harmoniosas e inseparáveis, que parecem peças de um jogo de encaixar. À boca pequena, são chamadas pelos alunos de As Três Fúrias,[4] personificações da vingança, que têm asas de morcego, cabelos de serpente, choram lágrimas de sangue e correm atrás dos infratores com chicotes e tochas acesas.[5] Embora as conheça de longa data, encontre no dia a dia e cumprimente em janelas e calçadas, Dasdores acha que, na escola, as três ficam tão ciosas, compenetradas e distantes, que viram outras pessoas. Dona Otília, a diretora, dona Mercês, a supervisora, e dona Genoveva, a orientadora, não são as mesmas com quem cruza na missa de domingo, na costureira e na sapataria. Dona Genoveva, então, com quem já cantou no coro da igreja assim que chegou a Ventania, fica irreconhecível! Pra agravar a frieza, antes de entrar no assunto da visita, Dasdores diz que o filho precisa fazer a prova final de semestre que vai começar já. Pra quem esperava atitude oposta, é um mal-estar. No entanto, aceitam como um direito de aluno matriculado. Enquanto Zejosé vai fazer prova, Otília convida todas ao seu gabinete.

Zejosé anda nos corredores atento às esquinas e cruzamentos; dez passos após cada um deles, vira-se rápido, tentando flagrar o olho espião de Vito-

---

[1]Mandona, mantém o marido e três filhos sob as asas. Filha de Maria, foi uma das líderes do movimento do padre Pio contra A Invasão das Piranhas e pelo fechamento do Bar e Café São Jorge.

[2]Chamada 4M: megera, miúda, magra, míope. Casada, sem filho, se a turma faz bagunça, desata a chorar. O marido é alcoólatra, e ela morre de vergonha de carregá-lo toda noite bêbado pra casa.

[3]Solteira e solitária, é ótima professora de matemática! Aprendi muito com ela.

[4]Nome romano d'As Eríneas gregas. Foi dado por Carlito, que nega, mas em vão: é o único capaz de visitar enciclopédia — e o pai tem a *Britannica*! — , com ódio pelas três professoras, humor e inteligência necessários. Numa revista da biblioteca, tem a foto do quadro de William-Adolphe Bourguereau, onde as três atacam um cara. Deu pra sentir o que sofre o Zejosé!

[5]São chamadas também de Graça, Desgraça e Sem Graça, As Três Porquinhas, As Três Mosquiteiras, As Três Cavaleiras do Apocalipse, As Três Peneiras, As Três Leis de Newton, As Três Marias e outros menos notados.

rino, o inspetor de disciplina que inferniza sua vida. Temido e odiado pela diabólica onipresença de seus olhos verdes raiados de vermelho, capazes de espionar de vários pontos ao mesmo tempo. Os indisciplinados acham que Vitorino tem parte com o diabo: antes de surgir pra dar o flagrante, sente-se o cheiro de enxofre. Pra uns, é neurótico de guerra; pra outros, nunca foi à guerra: convocado, em vez de se apresentar, desertou nos grotões. De tudo o que se fala dele, é verdade que leva alho no bolso e, várias vezes ao dia, enfia discretamente um dente entre os lábios ou, quando está sozinho, joga pro alto e apara de boca aberta. O alho lhe tem dado vida tão longa, que ninguém sabe ao certo sua idade; há quem lhe dê mais de 100 anos. É verdade também que onde faz xixi nasce formigueiro — quem caçou com ele confirma. É verdade que nunca se casou, nem teve filho.[1] Sua casa, nos limites da cidade, tem parede de tijolo nu e chão de terra batida. Vive com a irmã Estela, que, dizem, conversa com a lua e canta num coral de estrelas, que ela trata como suas irmãs. Quem conhece diz que não se entendem as letras, mas a melodia é do céu. Quando há tempestades e ventanias, ele põe a irmã no colo e canta canções infantis. Em noites de lua cheia, Estela é vista passeando na beira do rio com esvoaçante camisola branca; alguns a viram andando sobre as águas do rio.[2] É pelas vezes que foi pego por Vitorino, punido pela diretoria e registrado no prontuário que Zejosé anda atento às esquinas e cruzamentos; dez passos após cada um deles, vira-se rápido, tentando flagrar o olho espião de Vitorino, os onipresentes olhos verdes raiados de vermelho!

A simpática professora Selma, que Zejosé supõe gostar dele, se alegra ao vê-lo na porta da sala, pedindo licença pra entrar. Apesar do atraso, ela concede e lhe dá duas folhas de papel almaço, e sussurra que a primeira questão, sobre gramática, está no quadro-negro. As duas seguintes, uma

---

[1]Misterioso, Vitorino! Há 18 anos, na época da guerra, ele e o grande amigo Petrônio, marido da dona Otília, vestiam camisas pretas e passeavam de barco com os alto-falantes virados pra cidade, tocando hinos fascistas.

[2]Por que falar da irmã dele? Ouvi essas coisas nas entrevistas, mas nunca vi nada, e acho estranho. Cortar!

com ditado e vocabulário, e a outra, de redação, ela vai avisar na hora. E deseja-lhe boa prova. No silêncio que assa os miolos da classe em prova,[1] ele busca com o olhar a carteira dupla com Carlito, que a guardou pra ele; mas, quando a prova começou, foi ocupada pelo Boi. Zejosé olha cada carteira. Pisca pro Piolho, único do bando ainda na escola, feliz ao lado do Guto. Dos bons alunos, tanto Belizário, que ajuda o pai na loja, quanto Bira, filho de Dorival sapateiro, têm amigos na carteira. Ele segue procurando até topar com os olhos negros de Carmela. Ela o encara firme e vira o rosto bruscamente; ele estremece. Continua, até constatar que todas têm os seus dois ocupantes, e senta-se sozinho.

Enquanto revolve a pasta à cata de um lápis, tenta ler a questão de gramática. Do seu lugar, Carlito o olha aflito. Zejosé não entende o que lê, nem acha nada pra escrever. Revira a pasta sobre a carteira: *Os meninos da rua Paulo*, estilingues, bola de meia, calção, bolas de gude, piões, figurinhas, canivete, meia branca, pipa vermelha, papéis, livros, cadernos e... enfim, o lápis! — e faz a ponta com o canivete. Carlito não sabe como ajudá-lo e se incomoda com sua calma. Ao preencher o cabeçalho, Zejosé sente que o ferimento incomoda. Depois, com o queixo na outra mão, olha o quadro-negro como quem decifra a esfinge ou um remoto hieróglifo.

No gabinete, Dasdores está de um lado da sólida mesa de reunião; as professoras estão do outro. Na cabeceira, Otília ouve a supervisora, de olho nas reações de Dasdores. A orientadora Genoveva tem à sua frente uma pasta, onde, às vezes, faz anotações. Óculos na ponta do nariz, a supervisora Mercês passa as páginas do prontuário, lendo um ou outro registro pra avivar a memória de Dasdores, que, com um lenço, mantém a testa seca.

— Até aqui foram ocorrências passadas, que a senhora conhece de outras reuniões.

— Falou-se aí no velho episódio do banheiro — lembra Dasdores. — Mas não se falou que meu marido mandou repor os mictórios danificados, que era a nossa parte no acerto.

---

[1] A turma do Admissão da manhã tem 26 alunos: 16 meninos e 10 meninas. A sala tem 20 carteiras duplas.

— Nem que seu filho continuou na escola, que era a nossa parte — esclarece Otília.

— Vocês pensam igual sobre qualquer tema? — indaga Dasdores. — Sempre concordam?

— Nunca discordamos! — orgulha-se Otília. — Graças a Deus. Odeio discussões!

— É impressionante! — Mercês faz coro. — Fôssemos irmãs, não concordaríamos tanto!

— Incrível! — arrepia-se Genoveva. — Às vezes, antes dela falar, já entendi e concordei!

— Não acham — Dasdores indaga cautelosa — que, às vezes, a discordância pode levar a pensar outras ideias, ainda não pensadas? E, talvez, encontrar soluções novas? Sempre ouço que a discussão ventila o espírito e areja a vida. O que as professoras acham?

O silêncio pesa. Otília olha o jardim pela janela, Genoveva folheia papéis da sua pasta e Mercês batuca com o lápis sobre o prontuário. Até que[1] Mercês retoma, repetindo:

— Bem, então, o que li foram registros de anos passados, que todo mundo conhece.

— Observei — diz Genoveva a Dasdores — que, em praticamente todas as ocorrências que a professora Mercês lembrou, seu filho Zejosé agia junto com o Bento...

— Bento Aniceto é o nome do Sarará, expulso no fim do ano passado — completa Otília.

— Então, vamos às ocorrências do primeiro semestre — propõe Mercês. — Faltou a trinta e oito por cento das aulas pra empinar pipa, jogar pião ou bolinha de gude ao redor da escola. Várias vezes — não há registro das datas —, chegou com os bolsos cheios de frutas colhidas em quintais vizinhos. Impossível dizer quantas vezes foi pego colando.

— Das provas que fez, em quase todas, de todas as matérias — acrescenta Genoveva. — Numa delas, fez uma gaivota da folha de prova, que

---

[1]Após sutis trocas de olhares e combinadíssimos sinais, é claro.

ao voar sobre a cabeça dos alunos, criou tamanho tumulto, que a prova teve que ser suspensa.

— Bem lembrado, Genoveva. Foi pego três vezes fumando no recreio. Em dezessete de março, três de abril, oito de maio. Por duas vezes, em cinco de março e onze de maio, foi flagrado espiando o banheiro das meninas. Em vinte e seis de março, soltou durante a aula um... um... É... um... É...

— Um o quê, Mercês? — exige Otília.

— Um daqueles barbantes que fedem quando queimam — tenta explicar Mercês.

— Ah! Peido-alemão! — esclarece Otília. E debocha de Mercês. — Hum... Até parece!

— Obrigada, Otília — diz Mercês. E continua: — Em seis de abril, assaltou a despensa da merenda escolar. Em nove de abril, pôs uma cobra na bolsa da professora Genoveva...

— Quase morri! Meti a mão na bolsa e rocei a carne fria e úmida — completa Genoveva.

— Eu avançada! — Otília bufa. — Soltava a fúria!

— Em quinze, também de abril, espalhou pó de mico na sala de aula. Em quinze de maio, quebrou as lâmpadas dos dois postes defronte da escola. Em vinte e dois de junho...

— Para com essas datas, Mercês! — ordena Otília. — Precisa disso não. Parece ladainha!

— Na quermesse de São João, soltou o porco que seria leiloado. Na correria, teve gente ferida, barraca destruída, louça quebrada, roupa rasgada e a renda roubada. A banda foi embora, a festa acabou e o porco sumiu.[1] Na última proeza, junto com Agenor Pereira...

— O Piolho — completa Otília. — É da gangue e ainda está aqui. Não por muito tempo.

— ...eles subiram no telhado e fizeram xixi na caixa-d'água da escola.

---

[1] A confusão foi além do muro da escola. A cidade se revoltou. Quase tocaram fogo no Empório de Ataliba.

• 118 •

O horizonte das cabeças baixas fumega. A turma queima a mufa. Carlito, o único a acabar, olha pra Zejosé, de quem dona Selma se aproxima a passos medidos. Ela vê a prova dele em branco, junta o que virou da pasta, leva pra uma carteira vazia, de onde avisa:

— Segunda questão: ditado e vocabulário. Vou ler cada palavra e repetir uma vez — uma vez, ouviram? — e passar à seguinte. — Ela pega uma folha de papel na mesa. — Todos de lápis e papel na mão? — Lê devagar: "Casa. Viajar. Xícara. Viagem. Chuchu. Caçarola. Opção. Expectativa. Soluço. Solução. Exceção. Ressuscitar. Ressurreição..."

Carlito escreve rápido e repete a palavra, em letras miúdas, num papelzinho ao lado. Dona Selma segue, mantendo o mesmo tempo de silêncio entre as palavras:

"Enxaqueca. Abacaxi. Chuca-chuca. Abalizado. Necessário. Fujão. Fugir. Xeque-mate. Sucessão. Xiquexique. Xepa. Sossego." Pronto. O ditado acabou. Agora, a segunda parte: repitam as palavras do ditado e, adiante delas, escrevam o significado. Por exemplo: a primeira palavra foi casa. Então, escreva: casa. E adiante: casa é isso, isso e isso. E, assim, com todas as outras. Podem começar. Eu aviso quando o tempo acabar.

Ela volta a passear pela sala. Por trás de Zejosé, vê nos enormes garranchos o resultado de seu esforço no ditado: "Casa. Viajar. Chícara. Viajem. Xuxu. Cassarola. Opção. Soluço. Solução. Resucitar. Resureição. Enxaqueca. Abacaxi. Xuca-xuca. Abalizado. Nesseçário. Fujão. Fujir. Xeque-mate. Sucessão. Xiquexique. Chepa. Sossego." E os significados de: "Casa — A casa da gente. A casa dos outros. Onde a gente vive. A casa de maribondu. De jão de baro. De sape. Viajar — viajar debarco. O vô vai viajar. Viajar pracapitau. Chícara..."

Dona Selma se afasta, Zejosé sente uma ferroada na orelha. Vira-se a tempo de ver Carlito fazendo mira no centro do U entre o polegar e o indicador, e o elástico do estilingue a balançar. Ansioso, procura no chão até encontrar o rolinho de papel dobrado ao meio. Arrasta-o com o pé pra perto. Estende a mão pra pegar... um pé feminino o esmaga. É dona Selma, que o olha serena, mas sem sorrir. Ele se aflige.

• 119 •

— Me mandaram isso na orelha. Doeu pra burro. Não sei quem foi. Só queria saber pra...

— Eu sei. Você também sabe. Se não ler, ainda não houve nada, mas se ler... Quer ler?

— Eu não! — Zejosé é a cara da inocência. — Queria saber quem me atacou à traição.

— Não sabe? Posso dizer. Pra isso, tenho que ler, e ele vai se enrolar. Quer saber ou não?

— Não quero enrolar ninguém. Está desconfiando de mim? Acha que estou colando?

— Não. — Ela disfarça o sorriso. — Sei que você não é disso. Nem ele.

— Mas minha orelha tá doendo pra burro. Deve estar vermelha.

Ela pega o rolinho de papel. Desenrola-o e, sem o ler, faz dele confete e anuncia:

— Última questão: redação; trinta linhas sobre o tema O Arco-íris. Podem começar.

A sala escreve em silêncio. No gabinete, Otília se empenha em esclarecer outra questão:

— Sabemos ensinar as crianças preparadas pra aprender. Não sabemos lidar com crianças violentas, agressivas, que sujam na roupa, que furtam, tímidas ou sensíveis demais, que não conseguem aprender...

— Alto lá, diretora! — Dasdores ergue-se. — Meu filho não está em nenhum desses grupos!

Aturdida, Otília fica sem resposta. Após uma pausa, Mercês retoma, pisando em ovos.

— Como mãe atenta e dedicada, a senhora sabe que seu filho não é um garoto como os outros de sua idade. Ele não se comporta como um adolescente normal...

— Que quer dizer? Que meu filho é anormal? Me diga o que entende por normal? Quem decide o que é ou não normal? A senhora? A diretora? O padre? O médico? O secretário de Educação? O delegado? A senhora se considera uma mulher normal, dona Mercês?

— Normalíssima, dona Dasdores! Mais que normal, sou um exemplo. Orgulho-me disso!

— E por que a senhora não tem filhos? A mulher que chama de normal não tem filhos?

— Pra que tocar nisso, dona Dasdores? — pede Genoveva. — Disse normal noutro sentido.

— E por que a senhora não tem marido, dona Genoveva? As normais não têm marido?

— Que culpa eu tenho — queixa-se Mercês — se Deus não quis me dar um filho? Eu fiz de tudo: viagem, tratamento, promessa, novena, raiz-forte e reza brava. E Ele não me deu.

— Ter ou não marido não é uma escolha — chora Genoveva, atrás de Mercês, pra consolar sua lágrima rasa. Por compaixão, protesta. — A senhora magoou a professora.

Faz-se silêncio. As professoras parecem três fúrias abatidas. Dasdores se acalma.

— Não quis magoar ninguém. Quis dizer que, mesmo sem filho e sem marido, vocês são mulheres normais. Por ser comum casar e ter filho, não quer dizer que seja o normal. Pode não ser comum o que está acontecendo com meu filho, mas ele é normal. Ou me provem que não! E ainda que não fosse! Vamos imaginar que ele não fosse normal! O que iriam fazer com os que decidirem que não são normais? Pra onde mandariam os tortos, os coxos, os vesgos, os diferentes? Pro asilo? Pro hospital? Pro hospício? Pra cadeia? Pro cemitério? — As mulheres se mantêm silenciosas. — Ninguém vai responder?

Entre soluços contidos, Mercês exaure um longo suspiro por não ter sido compreendida.

— Se Deus não me deu um filho, abriu meu coração pra amar meus alunos como filhos!

— Para, Mercês! — Otília explode. — Espera aí! Não é a primeira vez que diz isso, e eu não concordo. Mãe é mãe, e professora é professora! E aqui, nós somos profissionais. Vocês não têm filhos; eu tenho e digo: mãe é outra história!

• 121 •

— Amo meus alunos — geme Mercês. — Amo, amo, ninguém vai me impedir de amá-los!

Um silêncio compungido faz fundo aos soluços sofridos. Genoveva afaga os ombros de Mercês, afundada na cadeira. Otília bebe água e Dasdores enxuga a testa. Reanimada pela água fresca, Otília assume seu posto, e a conversa renasce do silêncio:

— Pra conversa não sair dos trilhos de uma escola pública, vamos voltar ao caso do seu filho, aluno do curso de Admissão ao Ginásio. Pelas provas que fez, ele não pode frequentar o curso ginasial nem o segundo semestre do Admissão.

— Ele tem o nível que vocês ensinaram. Nunca esteve em outra escola. Esta sempre foi uma ótima escola, concebida por gente de visão. Salas amplas, arejadas, iluminadas, pra mais alunos do que tem. Sendo a única, o que os meninos sabem ou não é o que vocês ensinam ou não. O futuro deles depende de vocês. Fosse eu, ia dormir preocupada com a responsabilidade. E tremeria se tivesse que decidir qualquer coisa da vida de um deles.

— Nós dormimos bem, dona Dasdores. E não trememos pra decidir nada. Quanto ao aluno que é seu filho: com o nível dele, não vai ser possível fazer a matrícula na primeira série do ginasial. E, por indisciplina, ele não vai poder frequentar o próximo semestre.

— Minha empregada e a filha dela são analfabetas, professora. Tento convencer as duas a estudar; nem ligam pra mim. Eu, que suplico pro meu filho estudar, vocês não deixam.

— Aprende-se de degrau em degrau. Não se estuda a equação de segundo grau antes de saber a de primeiro. Ensinar e aprender têm regras. Temos Os Dez Mandamentos do Aluno. O Conselho Escolar tem estatuto. A Secretaria de Educação tem normas. O país tem leis. Antes de nós, muita coisa foi decidida. Nós decidimos pouco. Aliás, quase nada.

Dasdores vai à janela. Olha lá fora e volta. Olha pra Genoveva e Mercês, mas está longe dali. Fala sem ressentimento e com humildade, mas sempre dramática e fatalista:

— Todos sabem que perdi meu primeiro filho. Só me resta Zejosé. Quem não tem filho não sabe que dor é esta. E minha saúde é precária. Sou uma mulher se consumindo; até quando, não sei. Estou presa à vida por um fio, que é meu filho. — Vai até Otília. — Você, que é mãe, pode entender. Pelo meu filho, eu vou aonde for preciso. Volto aqui tantas vezes quantas já vim, e mais, muitas mais, quantas forem preciso! Vou à casa de cada uma de vocês de manhã, de tarde e de noite, na segunda, no sábado e no domingo. Vou ao fundo do rio, ao céu, ao inferno, ao purgatório, ao fim do mundo! Vou à capital, aos amigos influentes e aos influentes que nem conheço. Vou aonde for preciso pra Zejosé estudar! Meu filho é normal e saudável, não tem doença contagiosa, nem matou ninguém. Só precisa ser educado. Aqui há vagas de sobra, e vocês são pagas com dinheiro dos nossos impostos. Não vou pensar no meu filho sem estudar. Quem são vocês pra resolver que ele não pode estudar, não pode ter uma profissão, nem um futuro digno?

— Nós ensinamos e avaliamos o que ensinamos. Quando falhamos, nos esforçamos pra melhorar. Mas há limites, nós sabemos. Além de dar as suas horas de aula, a professora tem outros encargos escolares, às vezes nos dois turnos. A senhora viu os alunos uniformizados e calçados. Muitos deles são pobres, sem meios pra calçar e vestir. É uma professora que, fora do horário de suas aulas, cuida da Caixa Escolar, seleciona aqueles que devem receber uniforme, agasalho e sapato. Ela assiste a cada um calçar e vestir. A senhora deve ter visto que todos têm material escolar. Duas professoras cuidam da Cooperativa Escolar; pra uns, vendem barato; pros mais necessitados, é gratuito. Outras duas fazem compras, preparam os alimentos e selecionam os que vão receber a Merenda Escolar, distribuída aos pobres. Outras dirigem o Centro Cívico: explicam as datas nacionais, preparam eventos, decoram a escola, hasteiam a bandeira, ensinam a cantar os hinos, a marchar, desfilar etc. Seis professoras tocam o Núcleo de Saúde e buscam quem tem cárie, sarna, pulga, bicho-de-pé, tosse, vermes. E explicam pras meninas o que é menstruação e como agir naqueles dias.

— Belíssimo trabalho, professora! Comovente! — conclui Dasdores.

— A senhora não citou, mas deve haver as professoras que cuidam da biblioteca.

— Não temos biblioteca — diz Otília constrangida, depois de um silêncio sentido.

— Cada sala tem seu armário — Mercês explica, aflita — com livros. Poucos, é verdade.

— À noite — prossegue Otília, sem muito ânimo —, corrigem provas e trabalhos, e preparam a aula do dia seguinte. A maioria é casada, e quase todas têm filhos...

— Melhor não falar do salário — ironiza Mercês. — Mas pode-se imaginar a maravilha!

— Há um ano — continua Otília —, pedi à Secretaria pra comprar um aparelho que tinha acabado de sair, o Fide Copia Junior. Com ele se prepara a aula do dia seguinte, escrevendo ou desenhando numa matriz, que faz cópias coloridas, bem impressas, que podem ser colecionadas. Os alunos ficariam motivados. Um ano, e nem resposta...

— Esquece, Otília! — sugere Genoveva. — Quem se interessa por pedido de professora!

— De onde vai sair a comissão do secretário, do deputado, da corriola? — protesta Mercês.

— Nós temos boa vontade, mas não temos como ensinar aos alunos diferentes.

— Preciso falar — pede Mercês. Curiosas, todas se voltam pra ela, que é firme: — Acho o Zejosé simpático, educado e sereno. Mesmo parecendo um bom garoto, fez tudo que está no prontuário. Este é o perigo da personalidade dele: não é o que parece!

— É dissimulado — acrescenta Genoveva. — Eu desisti de reclamar de quem não quer aprender. Agora, me dedico aos que querem. Tem muito aluno ávido de aprender.

— São impressões pessoais e subjetivas. Como provar que alguém não é o que parece ser? Como saber se alguém não quer aprender? E que importa o que ele parece ser pras senhoras? Bem, falamos bastante. Insisto em que meu filho é normal, só precisa ser educado. Quero lhe dizer, Otília, que nossa família tem um círculo grande de relações na capital. Podemos conversar sobre o aparelho de cópias. Quem sabe não encontramos uma solução como a dos mictórios? Outra coisa: eu gostaria de conhecer os estatutos do Conselho Escolar; é possível? Depois, mando buscar. — Curva levemente a cabeça a cada uma. — Bom dia, Mercês, Genoveva, Otília. E muito obrigada por tudo.

Em tons variados, as três retribuem o cumprimento. Dasdores vai saindo. Para e volta.

— Última pergunta. Por que os alunos não são estimulados a usar a biblioteca da Lorena?

Mercês e Genoveva abaixam a cabeça. Paira um silêncio no gabinete. Enfim, Otília diz:

— Nós achamos que é uma biblioteca amadora. Talvez um capricho de moça fina, inteligente e bem-intencionada. O acervo é muito fraco e inadequado aos nossos alunos.

— Entendi. Bom dia.

Dasdores sai. As professoras permanecem imóveis. Na sala de aula, Zejosé é o último a acabar a prova. Garranchos ilegíveis ocupam três das quatro páginas de almaço, que entrega a dona Selma. Ele vê os pingos de sangue espalhados pela prova e o curativo tingido de vermelho. Na porta, Carlito o espera, triste por não ter podido ajudá-lo, mas confiante de que tenha se saído bem na redação. Foi Zejosé quem, uma tarde na beira do rio, lhe ensinou o que é o arco-íris — e com o que aprendeu se saiu bem! Se ele aprende com o avô, avalia Carlito, vai dar banho! Zejosé sai da sala, e Carlito vai ao seu encontro.

— Poxa, Zezão, nem olhou pra mim! Tinha as duas primeiras e não sabia como passar! — Zejosé afaga os cabelos do pequeno amigo. — Mas meteu bronca na terceira, não foi? Eu repeti tudo o que me ensinou. E então, foi bem? Arco-íris, poxa! Você sabe tudo!

— Mas não sei escrever, Carlito. — Ele sorri, manso. — Que zarabatana na orelha, hein! Aquilo foi um tiro! — Andam, dando risadas pelo corredor. — Ainda tá doendo.

— Poxa, Zezão, você não dizia nada, nem olhava! Desculpa.

• 125 •

— Que desculpa, Carlito! Foi na mosca! Pior foi não usar. Ela pisou em cima na hora agá.

Zejosé vê Carmela no saguão e vai na direção dela. O amigo fica preocupado.

— Espera, Zezão! — adverte Carlito. — Tenho um troço pra te contar. Deixa ela em paz!

Ao chegar perto de Carmela, ela tenta se esquivar. Carlito olha de longe. Ele insiste:

— Oi, Carmela. — Sorri feliz Zejosé.

— Oi — ela responde assustada e nervosa.

— Virou a cara na sala. Agora, parece com medo. Não quer conversar comigo?

— Não. Quer dizer, não posso. Mamãe não quer. E o papai proibiu.

— Não quer? Proibiu por quê?

— Não se faça de inocente. Eles não querem que fale com um baderneiro, ignorante e burro como você.

— Eu, baderneiro... — Seu rosto vai de pálido a rubro — ...e ignorante? Eu, Carmela?

— Você, sim! Quem haveria de ser! E, por favor, não fique perto de mim.

— O quê? E você acreditou? — E seu rosto desbota de rubro a pálido.

— Claro. Nem precisava dizer, eu já sabia. E vou logo dizendo que sou obediente.

— Eu não sou isso, Carmela! Não é verdade. — O rosto cada vez mais pálido.

— Vai dizer que não sabia que é o pior aluno da escola, o mais indisciplinado e...

— Mas baderneiro, ignorante e burro, Carmela? Poxa! — Zejosé está chocado.

— Desculpa. Não posso ficar perto de você. Meu irmão vem me buscar.

— E quinta-feira, na beira do rio? Posso te explicar tudo isso.

— Estou proibida de falar com você.

Carmela foge. Zejosé não acredita no que ouviu e viu. Carlito se aproxima.

— Eu sabia. — Suspira Carlito. — De lascar! Liga não, Zezão. Tanta menina legal por aí...

Zejosé afaga os cabelos rebeldes de Carlito, que o abraça pelo ombro, e vão saindo da escola. Dasdores surge, interessada na prova. A conversa muda de rumo. Carlito se despede, Zejosé afaga-lhe o cabelo. Mãe e filho retomam o caminho de casa.

Avançam calados lado a lado, a passos firmes, num sol que arde na pele. Ela olha as cercas mortas de arame, bambu e taboca, e os jardins, de árvores frondosas e choronas curvadas ao chão, os cachorros bravos, ameaçando avançar sobre eles, ou mansos, lambendo preguiçosos as pulgas, assim como se coçam devagar os aposentados e idosos de pijama nas varandas, e as mulheres de cabeça branca, veias azuis na pele branca, olhos tristes e mansos espreitando das janelas esperam, esperam, esperam o quê? Que a vida possa abrir as janelas que estreitam a visão, pensa agora Dasdores, e descortinar novos horizontes, por onde se possa fugir do tédio, alegrar o dia a dia e se inundar de esperança no futuro. Ela está confiante. Gostou da conversa com as professoras e ficou orgulhosa com a própria desenvoltura.

Zejosé olha pros muros manchados, pichados, de reboco caído e pras cercas vivas de maracujá, chuchu e bucha, ainda sob o impacto do que disse Carmela — baderneiro, ignorante e burro! Entre o choque e a incredulidade, não sabe avaliar o alcance das três palavras juntas, mas sente sua reputação sangrar. Como se despencasse das grimpas de uma árvore, está desconjuntado. Sempre achou que toda família tem um filho travesso, que saliva ao ver a uva do vizinho e um dia pula o muro pra colhê-la. Os pais fecham os olhos, pois fizeram isso na mesma idade. Sempre achou que toda família tem um filho mais preguiçoso pra estudar, que enrola e adia pra começar. Com o tempo, muda, mas é natural que seja reprovado uma ou outra vez. Toda família tem um filho mais safado, descarado, quem sabe desavergonhado, ou até cínico. Ninguém o considera perigoso ou ameaçador. Toda família tem um filho ardiloso, meio chegado às pequenas trapaças — é do jogo; o que acaso aconteça resolve-se no jogo. Todo filho tem sua turma, e, na brincadeira, pode acontecer de levar pra casa um objeto daqui, outro dali. Ninguém o trata como um ladrão. Tudo o que lhe parecia um jeito inocente e inofensivo de viver de um menino de família meio preguiçoso e moleque tornou-se, de repente, sua inclinação inata, presente na sua índole; enfim, seu destino, inevitável. Vem-lhe à cabeça a marca NR de ferro em brasa cravando o couro do boi, no curral do Nelson Robes. Pressente que vai ficar marcado e se imagina o embrião de perigoso marginal, responsável pelo roubo de tudo o que desapareceu na cidade nos últimos anos. E antevê o início da inevitável carreira de crimes, o sombrio futuro de perseguições da polícia, tiros e mortes que culminam com o seu rosto de menino no jornal e, depois, atrás das grades, com a mãe de joelhos rezando o terço do outro lado. Ao pensar que nada adiantou o esforço de escrever a redação — pela primeira vez, o último a entregar a prova! —, sentiu sumir o que lhe restava de autoconfiança e quase se predispõe a começar logo sua vida bandida.

Dasdores olha as pedras da rua, escuras e irregulares, o contorno demarcado pela grama verde, e se lembra do que nunca dirá a ninguém: não foi em casa, nem na rua, mas na escola que o filho conheceu Sarará e Piolho, as companhias que o ajudaram a se desviar do bom caminho. Embora ache que a convivência dos diferentes seja saudável pra formação do adulto, sente o sabor da pequena vitória sobre aquele ar de superioridade das professoras. É o que lhe faz pensar que, afinal, a ausência do marido não fez tanta falta. Os sapatos altos pisam juntos com os vulcabrás a calçada, que muda de terra a cimento, mato, cacos de azulejo, telhas e pedras. Zejosé acha que, afinal, não foi ruim que o pai tenha viajado e a mãe ido com ele à escola. Sempre achou que o pai não se interessa por ele, e até o odeia um pouco por ser o filho que sobreviveu. A mãe o ama como se ele fosse o irmão morto, mas entende que esse também é um jeito de amar. Estão entrando em casa, quando Dasdores o pega pelos ombros.

— Fiz o que pude, querido. E vou continuar fazendo. Mas, pra saber como ajudar, você tem que encontrar o seu próprio caminho. — Na sua confusão interior, Zejosé a olha em silêncio. — Você promete que vai ler os livros que a Lorena indicar?

— Prometo — ele diz assustado.

Pra surpresa e alegria de Calu, que bate palmas ao vê-la, Dasdores anda despreocupada pela casa, cabelos presos, roupas claras, leves e vaporosas. Acerta a posição de um quadro, confere se aguaram as plantas, olha pra um bibelô com o interesse de quem nunca o viu. Parece que o sol da manhã maquiou-lhe um rosa sobre a palidez. Deixa a sala com leveza de garça e passeia serena pelos canteiros do jardim. Enfim, respira-se na casa! — é a sensação que contagia Calu, Durvalina e Canuto, que acena feliz do laboratório.[1]

Livre do uniforme, estirado na cama de roupa, sapato e curativo novo, Zejosé é tomado pelo sentimento de insegurança, medo e abandono,[2] como se o corpo tivesse encolhido e um buraco surgisse no chão. A cabeça confusa não se fixa em nada. Sente um bolo na garganta que não deixa engolir a saliva de tão seca, como se fosse chorar. O corpo estremece, mas não chora. Sente que vai vomitar e respira fundo várias vezes.[3] Aos poucos se acalma. Olha pro teto e parece ver as imagens que passam na sua cabeça.[4] "Dasdores, de luto, chora Zé-elias no caixão." "Carmela olha com desprezo pra Zejosé, atrás das grades." "Lorena arranca o caco de louça enfiado na sua mão." "Maracanã: jogam Cariocas e Paulistas. Didi mata no peito. Não é Didi, é Lorena. Didi chuta: gol! Lorena festeja." "Carmela diz: 'Estou proibida de falar com você.'" "Pelé recebe no pé, dribla um, dois. Pelé é Zejosé, que chuta: gol!" "Zejosé, bêbado, abraça Sarará, garrafa na mão." "Carmela diz: 'Eles não querem que fale com um baderneiro, ignorante e burro como você.'" "Lorena à noite na beira do rio: 'Sabe mesmo todas essas

---

[1]Fascinante, essa magia das mulheres! Só depois da metamorfose é que os homens se perguntam o que teria acontecido. Às vezes, quase nada, só uma mudança de ares, mas, às vezes, um vulcão entrando em erupção.

[2]Na nossa conversa, usou as expressões "medo do que vai acontecer", "sozinho" e "de saco cheio".

[3]Expressões dele.

[4]No filme que vi, saí com a impressão de que eu sonho e penso como um filme que passa dentro da cabeça. Só que no filme é tudo arrumadinho, e no sonho uma confusão dos diabos. Gostaria de assistir outros filmes.

coisas?' Ele confirma, ela se admira: 'Sabe um bocado, rapaz!'" "Carmela: 'Baderneiro, ignorante e burro como você.'" Irritado, ele se levanta e sai do quarto. Na sala, dá um soco na mesa e vai pro jardim. Ao passar pelo papagaio, ameaça:

— Seu sacana, delator! Vou te levar na rinha do Olavo, vai brigar com o galo vermelho!

— Acorda, Zejosé! — vozeia[1] o papagaio. Zejosé ameaça torcer-lhe o pescoço.

— Por me trair ontem, vai encarar o esporão e o bico grosso feito meu dedão! — vocifera, vendo, ao fundo, a mãe no jardim. — Ele vai te esfolar, te rasgar até você sangrar. Aí, arranco suas penas e te como cru, delator sacana!

— Arranca as minhas — sussurra Durvalina, entrando com uma braçada de roupa lavada.

— Não foi buscar minha roupa! Arranco mesmo suas penas! — reage zangado.

— Queria que me depenasse, me deixasse peladinha.

— Eu, no maior aperto, e não é capaz de fazer um favor! E diz que é amiga!

— Lavei a cueca com anil, ficou alvinha! — Ela puxa uma peça de roupa da braçada, leva ao nariz e aspira forte. — Agora, vou passar com água de cheiro. — O sorriso de lábios grossos tem um corpo que é pura sensualidade, que atrai o olhar de Zejosé como um ímã. — E a mão? Me deixa tratar dela. Não sabe que sou enfermeira? Vai ficar bom na hora.

Ao olhar pra mão, foge do ímã e vê Calu, da porta da cozinha, olhar sua mãe, que colhe flores no jardim. Dá um peteleco no papagaio, que faz um escândalo,[2] e vai pro quintal. Com a cueca no nariz, Durvalina o segue com o olhar, ao som dos palavrões do louro, até topar com o olhar da mãe, que

---

[1] O dicionário diz que papagaio não fala, vozeia!
[2] O que ele diz furioso não sai nem na revistinha do Carlos Zéfiro. Deve aprender com a Durvalina.

• 130 •

lhe toma a roupa, e ela foge encolhida. Calu sabe a filha que tem, nascida de descuido com ex-patrão. Zejosé entra no laboratório.

Dasdores volta à sala sobraçando rosas, margaridas, hortênsias, crisântemos e palmas, quando entra Isauro, vindo da rua. Estaca, extasiado com o que vê. Ela também para. Olham-se em silêncio, com olhar penetrante que tem a ousadia dos que se supõem sozinhos. Habituados a conversas sem palavras, as entranhas sobem aos olhos e sucedem-se ardentes cintilações e suaves enternecimentos. O diálogo, quase sem gestos, tem a volúpia de corpos que se desejam sem nunca terem se tocado. Seus poros arfam.[1]

— Que flores lindas!

Isauro se admira com palavras surdas ao que está acontecendo: o coração aos arrancos, as pernas trêmulas, as mãos não encontram lugar e a respiração fraqueja. Com ela, ocorre o mesmo, porém seu medo virou pânico.[2]

— Acabei de colher.

Ela desvia o olhar às flores. O buquê estremece com as batidas do coração. Tenta sorrir, os lábios tremem. Olha atrás, avalia o quintal e a porta às costas, e volta aos olhos dele, que esperam, luzindo. Devoram-se, bebem-se, respiram-se numa atração vertiginosa.

— Que alegria ver você assim! — ele festeja, contendo a emoção. Lisonjeada, ela retribui com sorriso tenso, que não deixa ver os dentes. Ele insiste: — Esta se sentindo melhor?

— Fui à escola com o Zejosé! — Confirma que está bem e avança até a mesa, onde, um pouco mais natural, separa as flores. — Seu irmão viajou de madrugada.

— Soube no cais que alugou um barco. Quando volta? — A tensão inicial quase o paralisa.

— Não disse. — Ela tenta arranjos de flores, o que acalma um pouco.

Enlevados, não sentem a pausa se alongar. Beijam-se com os olhos e estremecem.

---

[1] Ele usou essa estranha expressão. Mas o que me chocou foi essa relação sob o mesmo teto. Deus do céu!

[2] Senti dificuldade de descrever o que aconteceu: as palavras dizem uma coisa; o corpo e as emoções, outra.

— Ele tem chance na escola? — O assunto doméstico parece aliviar os dois.

— Depende dele. — Arrisca um teste: — Oh, Deus, você veio almoçar e estou lhe atrasando!

— Fique à vontade. Não vim almoçar, nem tenho pressa.

É a reação que ela queria. Seu olhar se ilumina de gratidão, o dele com a luz da cumplicidade. Paixão e risco devem ser compartilhados — parecem dizer. Nasce em ambos um sorriso sincero e generoso. Ninguém diz que o rosto luminoso é da enterrada-viva, que se recusa a sair às ruas e, no luto da mortificação, quer partir antes da hora. Ainda guarda secretas reservas de vida! Mas, pra manter a imagem de renúncia, não deixa transparecer o enlevado prazer que sente. Trava o sorriso, cobre o rosto de sombras e ordena:

— Calu! Sirva o almoço, por favor.

Isauro não entende. Teme tê-la importunado e vai pro seu quarto, desapontado e assustado. Apreciando seu belo arranjo floral, Dasdores sorri com enigmática superioridade.

Pouco depois, Isauro é o último a sentar-se à mesa, onde Dasdores, Zejosé e Canuto comentam a redação de Zejosé na prova final de semestre. Desconfiado, o meteorologista acompanha com atenção a troca de olhares entre Isauro e Dasdores.

— Ele sabe o que é arco-íris — diz Canuto. — E, pelo que me disse, fez uma bela redação!

— Consola, ouvir isso — ela diz. — Pena que era prova de português, não de meteorologia.

— Isso é bom, cria uma polêmica. — anima-se Isauro.

— Não acho que seja assunto pra jornal — sentencia Canuto.

— Como não? — reage Isauro, impaciente com a vigilância do pai. — Se ele entendeu o que é meteorologia, sabe o que interessa do idioma.

— Não, senhor — retruca Canuto com uma irritação alheia ao diálogo. — Nada disso.

— O que interessa num idioma é entender e ser entendido — contesta Isauro.

— Se mal sabe o idioma, entende mal a meteorologia, a matemática, a história, tudo.

— Tem razão, seu Canuto. — Ela tenta aliviar o clima. — Acho que o curativo o prejudicou.

— É claro! Ele não devia nem ter feito a prova! — Concorda Isauro.

— Isauro! — Irrita-se Canuto. — Se não quer apagar o incêndio, ao menos não toca fogo no circo! Meu neto precisa crescer e virar homem. Não é assunto pro seu jornal nem pra outros interesses. A mão incomodou, mas ele gostou de fazer a prova. Pela primeira vez, foi o último a entregar, e acho que sem colar. Não foi, Zejosé?

Ele confirma. Canuto lhe pisca o olho. Dasdores e Isauro enfiam os olhos no prato.

— Ah! Tenho uma notícia que talvez não goste, Zejosé: proibiram a briga de galo!

— Finalmente! — Festeja Dasdores. — Ainda ontem ouvi uma história terrível! Boa notícia!

— Ótima! — Aprova Canuto. — Decisão da justiça ou da sociedade protetora dos animais?

— Do presidente da República! — diz Isauro. — Que também proibiu que *miss* use maiô!

— Homem estranho! — diz Dasdores. — Mas é bom proibir a crueldade contra os galos!

— O que vão fazer com eles? — Quer saber Zejosé. — E com as rinhas e os criadores?

Ninguém responde. Isauro dá de ombros. Canuto pensa. Dasdores espera.

— Se está proibido — sugere Canuto —, ficou ilegal manter rinhas, criar galos e pôr pra brigar. Mas, neste país, ser ilegal não quer dizer nada. Tudo segue acontecendo, só que escondido. A polícia vai prender um criador aqui, fechar uma rinha ali. Mas que juiz vai mandar um galista pra cadeia? Aí vem a corrupção: os galistas e donos de rinha pagam, e a polícia os deixa em paz. Os policiais fazem vista grossa, e ninguém vai preso.

• 133 •

— Pra que fazer lei se ninguém obedece? — pergunta Zejosé, e insiste.

— E os galos, vô?

— Fosse carne macia, iam pra panela. Devem voltar pros galinheiros, que andam sem rei.

Faz-se silêncio. Zejosé deixa a mesa. Dasdores e Isauro não tiram o olho do prato.

Mais tarde, pela janela, Canuto confirma que Isauro volta ao trabalho,[1] e Zejosé, descalço, de calção e sem camisa, vai pro quintal. Diante da trave pintada, a bola de meia vai e vem, chutada por ele e rebatida pelo muro. Colhida pela mão, é ajeitada pra novo chute. Mas pode também matar no peito ou na cabeça, ajeitar na coxa e chutar a gol. Ou, se vier no jeito, emendar direto a gol. E assim sucessivamente, com infinitas variações conforme a bola volte do muro. Se ela cai no chão, podem se seguir dribles rasteiros, giros em torno do próprio corpo e chutes a gol; ou pode ser levantada, com rapidez e habilidade nos pés, e, após algumas embaixadas,[2] o tiro a gol. Se for pega com a mão, voa à outra e volta aos pés, onde as embaixadas armam outro chute a gol. O jogo é livre de regras, afeito à criação improvisada, não tem placar nem disputa real. É a narração da imaginária partida que enche de emoção o bate-rebate solitário. O garoto lacônico é um fantástico narrador, mais vibrante que os da capital, que entreouvimos no vai e vem dos chiados da estática! Sabendo de cor a escalação dos times, é capaz de transmitir qualquer partida. Como admira craques de vários times, costuma fazer um escrete deles e irradiar seu jogo contra algum time de anônimos cabeças de bagre:

— É lance manual a ser cobrado por Tomires. Tomires lança pra Dequinha, que volta pra Tomires, que lança pelo alto para Gérson. Gérson mata no peito, no centro do gramado, põe no chão com categoria — esse sabe tratar a criança! —, faz o pião em torno do próprio corpo, livrando-

---

[1] Perguntei a Canuto se vigiava o par de cunhados, ele disse: "Meteorologista aprende a prever tempestades."

[2] Embaixadas são toques sucessivos na bola por baixo. Com o pé, a cabeça, o ombro, a coxa.

se do marcador. Avança pela vereda aberta à sua frente. Tenta bater outro defensor. Conseguiu batê-lo, e invade a intermediária do adversário, que recua, assustado com o rolo compressor. O Canhotinha ergue a cabeça feito um periscópio, em busca dos companheiros. Dida se desloca pela ponta direita, escapa do marcador, que o persegue. Gérson lança em profundidade. A bola faz uma curva nas costas do defensor. Sen-sa-ci-o-nal! Dida domina — esse também sabe tratar a criança! —, dribla o marcador e avança livre, livre, completamente livre, pelo flanco direito, num rápido ataque que surpreende a defesa adversária. Finge-que-vai-e-vai-mesmo. Passa por um, passa por dois — sen-sa-ci-o-nal! —, cruza o bico da grande área. Rondinelli pede bola na marca do pênalti. Gérson e Evaristo fecham pela meia-lua. Dida vai à linha de fundo. Entre as peeerrrrrnas do zagueiro, que cata cavaco fora de campo. Pompeia abre as asas da aeronave, fechando o ângulo. Rondinelli se desloca. Dida bate de efeito, bate direto ao gol... é goooooooolll!!!!!!! Go-laaaa-ço! Di-da, Di-da, Di-da, gol do artilheiro Dida entre as pernas do arqueiro Pompeia! Aos vinte e quatro do primeiro tempo. A torcida explode de emoção, o estádio estremece com a ovação. Três a zero é o marcador! Sinto cheiro de goleada no ar!

A agitação constante do bate-rebate ao mesmo tempo em que narra a partida é um exercício exaustivo. Zejosé passa horas, às vezes a tarde toda, entretido com o jogo, que envolve imaginação, fluência verbal, controle de bola e muito preparo físico.[1] O que, junto com a natação e as caminhadas, ajuda a explicar por que é alto e forte pra idade. Se o papagaio não disparasse a ladainha "Vem tomar banho, Zejosé!", ele ficaria jogando e irradiando até a noite. Vendo-o, dia após dia, nesse quintal, alheio ao mundo, às pessoas e aos seus problemas, me ocorreu que o destino de Zejosé poderia ser o futebol. Há três anos, o garoto Pelé brilhou na Copa do Mundo da Suécia, com 17 anos! Aos 15, já era profissional! Mas acho que Dasdores, tão apegada a estudos, não deve gostar da ideia: a carreira é incerta e curta. E

---

[1] Como nunca vi ninguém jogando esse jogo, talvez Zejosé tenha inventado o zejobol. Vale investigar.

não vou me meter onde não fui chamado. Tenho que descrever como as pessoas são, e não resolver suas dificuldades ou fazê-las melhor do que são. Isso é pra irmã Paula e outros corações bons e generosos, não pra mim.

No meio da tarde, o carteiro Nicolau, que tem permissão pra entrar de bicicleta pelo portão dos fundos, desvia do buraco no quintal, perde o equilíbrio e desaba com seus 130 quilos! Com ele, a correspondência.[1] Com o baque e o gemido surdo, Uhhhh, Zejosé corre pra ele, assim como o avô, que trabalhava no laboratório. Contorcendo-se no chão, e sem óculos, ele geme com dor em várias partes do corpo, sem conseguir se levantar.

Único carteiro da cidade, Nicolau entrega cartas e telegramas na sua bamboleante bicicleta, enfeitada como árvore de Natal ou pagode chinês, e, nas horas de folga, é um polêmico técnico de futebol. Irônico, divertido e de bom coração, é figura popular, querida e folclórica. Regulando idade comigo,[2] sua vida foi marcada por um enigma, que se tem chamado de coincidência. Nicolau é o único filho de seu Santo e dona Inácia, vizinhos e amigos do casal Lagoeiro e Constantina, pais de Jonas. Os dois bebês nasceram no hospital de Ventania, um num dia, outro no outro. A amizade uniu as festas de batizado, e um foi o padrinho do filho do outro. Foi se vendo aos poucos que Nicolau se parecia com seu Lagoeiro, e Jonas com seu Santo. As parecenças cruzadas apimentaram a língua do povo. No começo falou-se em troca de bebês no hospital, o que a reconstituição minuciosa dos dias internados revelou possível, mas improvável. Mas não parou aí.

Campo fértil pra fantasia, brotavam hipóteses mirabolantes e estapafúrdias. Não se sabe se chegavam aos ouvidos dos dois reservados casais. Com o tempo, a semelhança se acentuou, sem se notarem vestígios da fisionomia da mãe. Eram a cara do amigo do pai: forma do rosto, cor dos olhos, da pele e cabelo. No temperamento: um ativo, outro contemplativo; um falante, outro calado; um tenso, outro calmo; um risonho, outro sisudo.

---

[1] Ao atingir 100 quilos, a segurança proibiu usar a bicicleta. Mas a pé a entrega de cartas entra em colapso.

[2] Tenho 47, ele deve ter uns 45 ou 44.

Na compleição física: menino gordo filho do pai magro, e o magro filho do gordo; o alto filho do baixo, o baixo filho do alto. Na convivência de amigos e vizinhos, Nicolau foi se afeiçoando, de maneira natural e espontânea, a seu Lagoeiro, e Jonas, por sua vez, a seu Santo. No dia a dia, cada um agia como se tivesse dois pais e uma mãe, a sua. O povo, esquecido dos detalhes, passou a tratar tudo como coincidência. Os filhos cresceram juntos, educados como irmãos. Quando seu Santo morreu, os dois choraram abraçados. Logo, partiu Constantina: Jonas chorou e Nicolau o consolou. Depois, foi Lagoeiro: choraram juntos de novo. Por fim, dona Inácia se foi: Nicolau chorou e Jonas o consolou. Até que o próprio Jonas morreu afogado. Nicolau quase se afogou em lágrimas, mas sepultou o irmão e sobreviveu. Sozinho, passou a comer pela família morta.

Engordou de usar roupa sob medida. Embora generoso e bem-humorado, nunca namorou, casou ou teve filhos. Foi aprovado no concurso pros Correios e Telégrafos na mesma época que eu pra Ferrovia. Tem sido fiel ao cargo de carteiro,[1] assim como ao futebol, paixão de infância, que nunca jogou, mas sabe tanto, que virou técnico. Antes da paralisação, as cartas vinham de trem todo dia, e todo dia ele rodava a cidade — sete em dez cartas eram pra mina. Hoje, vêm de ônibus duas vezes na semana e são entregues no dia seguinte, em duas horas de pedaladas, metade delas a Canuto.

Depois de verificar que não houve lesão grave, Canuto lhe apalpa o corpo pra saber onde dói, e Zejosé procura os óculos, que voaram longe, junta as cartas espalhadas e encosta a bizarra bicicleta no abacateiro. Só então Canuto pede ajuda pra levantá-lo. Foi uma proeza levar o corpo dolorido de deitado a sentado no chão. Depois, puseram um banco por trás, e sentou. Pra ficar em pé, ele forçou um impulso. Praguejando, andou sem ajuda até o laboratório, onde o sentaram na cadeira de Canuto. Ofegante, suando e se abanando, recupera a fala aos poucos. Com gestos, pede a Zejosé o monte de cartas.

---

[1]Ou, como dizem os pessimistas, nunca foi promovido!

— Uhh... Minha alma tem que ser leve, né, seu Canuto? — Separa as do meteorologista, quase todas com o timbre do governo. — Uhh... Fosse pesada, eu nem me mexia. Uhh.

— Você tem alma de passarinho! — diz Canuto. — Nicolau, trovão que anuncia tempo bom!

— Uhh... O senhor só diz isso porque é meu amigo e gosta de mim. Uhh...

— Não gostasse, fechava os olhos pra sua bondade. Você estaria lá fora estirado no chão.

— Devia gostar mais, seu Canuto! E abrir mais os olhos. Suas cartas é que me derrubam. Parece que namora o Ministério da Agricultura inteiro! Uhh...

— Mais o Ministério da Marinha, da Aeronáutica e todos que usam a meteorologia![1] Se as cartas te derrubam, dê cá as minhas, antes que caia de novo e quebre a minha cadeira!

— Mas quero um particular com o senhor. — Dá as cartas. — Sobre aquele assunto, seu Canuto, que um dia ainda acaba comigo. Uhh! Só tenho o senhor pra conversar. Dois minutos, Zejosé! Depois falo com você sobre a Taça Ventania de Futebol, que inventei.

— Por favor, Zejosé: água pra um, café pra três — pede Canuto, e Zejosé sai. O silêncio toma o laboratório. O carteiro pigarreia, embaraçado. Canuto ataca: — Então, continua cometendo o crime de violar correspondência dos outros?[2]

— Pelo amor de Deus, seu Canuto, não fala assim! Falar em crime é pesado pra mim!

— O nome é este. Quem abre e lê carta alheia é criminoso. Ainda mais sendo carteiro!

— Tem piedade, seu Canuto. Olha como tremo. O senhor diz isso porque não é meu amigo, não gosta de mim! Eu só leio pro bem das pessoas, como

---

[1]Toda semana, Canuto envia relatório de dados das medições meteorológicas, usados nos três ministérios.
[2]Boato havia. Não acreditava, por ser colega de infância. São sempre misteriosas as razões da queda.

expliquei pro senhor. Não tiro vantagem nenhuma, nenhuma! Lembra do que disse? Eu abro e leio, é verdade. Uma fraqueza humana, a curiosidade! Mas, se a notícia é boa, fecho de novo e entrego a carta.[1] Só quando é ruim, deixo pra entregar quando a pessoa estiver num dia melhor, disposta pra enfrentar o desgosto. O senhor não imagina o trabalho pra entregar justo nos dias melhores! Juro, seu Canuto, nunca deixei de entregar uma carta! Todos recebem suas notícias! E leem justamente quando estão no melhor momento pra ler.

— É crime, Nicolau. Não importa se a intenção é boa. Não interessa se não tirou vantagem! Abriu, é crime; nem precisa ter lido. Polícia, julgamento, cadeia, e ponto final. E quem você pensa que é pra saber se a notícia é boa ou ruim, se a hora é boa ou ruim? Acha que é Deus? Um santo? Benfeitor da humanidade? É um criminoso, nada mais.

— Tem dó, seu Canuto. Está sendo duro comigo. — O choro brota. — Fala em cadeia sem a menor cerimônia. Eu sou uma pessoa impressionável. Ouço isso e não durmo à noite!

— Te dei uma semana ou daria queixa na polícia. Você jurou que ia parar. E não parou.

— É mais forte do que eu, seu Canuto. A curiosidade me derruba. Se o envelope tem uma letrinha redonda, escrita a caneta, eu não resisto. É batata: marido sumiu ou espancou, mulher traiu, tio faliu, sócio deu rombo, mãe adoeceu, filho está à morte, avó morreu, filha sem dinheiro, pai sem emprego. Pensa no infeliz que lê a carta: saber da desgraça de supetão, sem preparação! A pressão sobe, a cabeça explode, é o colapso, o mal súbito. A desgraça da carta pode ser a tragédia do leitor. Quanta gente morre lendo carta!

— E ainda mente! Vou te denunciar ao delegado agora. É denunciar, e perde o emprego!

— Não faz uma desgraça dessas, seu Canuto! Eu vou parar. Mas não agora. Só depois que o senhor me aconselhar. É um caso sério, seu Canuto.

---

[1]Abre em casa, com vapor da chaleira, e fecha com goma-arábica. Sem pressa, é o responsável pela entrega.

Uma situação difícil. Não posso ficar com isso só pra mim. Numa carta que abri, a pessoa que escreveu diz que...

— Para, para! Não quero saber o que diz a carta dos outros! Não diga mais nada, Nicolau!

— Mas, seu Canuto, é uma situação grave, a pessoa diz que vai...

— Não! Não quero ouvir! Não vou ser cúmplice do seu crime!

— Mas eu preciso falar, seu Canuto. Não posso ficar com a culpa de... A pessoa diz que...

— Não! Não ouço! — E tapa os ouvidos com as mãos. — É melhor você ir embora.

— Não, seu Canuto! — Ele grita e gesticula. — Pelo amor de Deus. O senhor tem que ouvir.

— Não tenho que ouvir nada. Esse assunto é seu, que lê cartas dos outros.

Sem saber o que fazer, Nicolau faz da caneta uma arma e, com mímica, puxa o gatilho. O rosto de Canuto é a expressão do susto. Nesse momento, Zejosé entra com a bandeja. Canuto finge que limpa as orelhas, e Nicolau gira a caneta entre os dedos. Canuto serve água aos dois e se serve de café. Nicolau fala com Zejosé:

— O prefeito aprovou a Taça Ventania de Futebol. Mas não com dois times. Ninguém aguenta mais ver jogo dos mesmos times, com os mesmos jogadores![1] É preciso ao menos três times daqui. Vamos fazer um terceiro, de gente nova? O prefeito vai ajudar.

— O quê? — gagueja exultante. — De gente nova? Da minha idade?

— Com gente nova! Corpo do seu tope. Mas é bom misturar.

— Misturar? Com mulher?

— Mulher? Tá doido? — Engasga-se com a água. — Misturar idades! Mas só homem, claro.

— Sei de uma meia-armadora, boa no passe curto, ótima no lançamento. Dribla bem, bate bem na bola, folha-seca e tudo! Jogou com o Didi, na inauguração do Maracanã.

---

[1]Tem o Mina, fundado pelos empregados da mina, e o Tarrafa, dos fora da mina. Um domingo, joga o Mina contra o Tarrafa; no outro, o Tarrafa contra o Mina. Nem os jogadores aguentam mais!

— Uma mulher meia-armadora? — Nicolau fica pasmo. — Você conhece? Daqui? Quem é?

— A Lorena, da biblioteca. Filha do doutor Conrado, da mina.

— A princesa das mil e uma noites?[1] Não! A deusa joga bola? Jogou com o Didi?

— Ela não gosta de falar nisso. Mas jogou. No Maracanã. De meia-armadora. É craque!

— Meu Deus! O mundo endoidou! É possível, seu Canuto, mulher jogar feito homem?

— Por que não? — Põe a xícara na bandeja. — Não quer gente nova? O campo vai encher pra ver a moça jogar. Isso não endoida o mundo! O que endoida o mundo você sabe...

— Craque, Zejosé? — Nicolau corta Canuto. — Por que não? Vamos botar a moça em campo! — Põe o copo na bandeja. — Não tem uma centroavante, que nem o Pelé? Conto com você pra arrumar nosso time, Zejosé. — Empolgado, Zejosé confirma. Ele volta a Canuto: — Acha que nossa meia-armadora vai entupir o campo de gente?

Canuto não responde. Limpa lentes da luneta, intrigado com o segredo do carteiro, que, apoiado em Zejosé, levanta da cadeira e anda pelo laboratório, soprando no ouvido dele:

— Permite um particular com o vovô, Zejosé? Vá chutar umas bolas no muro. E pensa nos nomes pro nosso time. Gostei da nossa meia-armadora. Quando acabar, passo lá.

Aturdido pela emoção, Zejosé sai do laboratório e volta. Pergunta ao avô se pode levar a bandeja e a Nicolau se quer mais água. O avô consente, Nicolau agradece. Ele sai trêmulo, as louças tilintam na bandeja. Canuto tranca a porta, parte pra cima de Nicolau.

— Se sabe que alguém ameaça matar alguém, seu dever é avisar a polícia. Eu não quero e não preciso saber disso, e você ainda vai ter que explicar

---

[1]Até carteiro se acha no direito de tratar de princesa, deusa etc. a quem não passa de uma Pantera Loura!

como ficou sabendo. Agora eu peço, por favor, que saia desta casa. — Canuto abre a porta e a mantém bem aberta.

— Mas, seu Canuto, pelo amor de Deus, eu não posso...

— Agora, Nicolau! Ou mando chamar o delegado e conto tudo o que me disse...

— O senhor não pode fazer isso, seu Canuto.

— Você é que não pode abrir e ler cartas dos outros. Saia daqui, Nicolau!

Nicolau caminha devagar pra porta. Antes de sair, espicha o olhar pra Canuto, que o encara duro. No quintal, Zejosé bate-rebate a bola, narra com vibração nunca vista:

— É falta na intermediária. Pelé vai pra área, à espera do cruzamento. Pepe vai pra esquerda. Zito se prepara pra cobrança. Coutinho se coloca ao lado dele, a meia-armadora Lorena do outro. O juiz conta os nove passos. Cinco homens formam a barreira, orientada pelo goleiro Gilmar. O tiro é da intermediária, mas o Santos tem bons cobradores. O árbitro trila o apito. Zito faz o corta-luz, e Lorena toca com categoria. A bola sobe, contorna a barreira pelo alto, faz uma curva, é uma folha-seca, uma folha-seca, uma folha-seca, a bola desce de repente, é gol, é gol, é gol!!! Goooooolaço de Lorena! A geral uiva, as arquibancadas tremem. Golaço da primeira meia-armadora de elenco masculino! Pelé, Zito e Coutinho festejam com Lorena![1] Genuína folha-seca do seu mestre Didi! Depois da caída brusca, a bola foi se aninhar no canto, indefensável. Gilmar tentou o golpe de vista! Um a zero pro Santos, aos doze do segundo tempo. Lorena!

Zejosé interrompe o jogo ao ver Nicolau sair do laboratório e montar a bicicleta. Logo, o avô surge na porta. O carteiro dá algumas pedaladas e para diante do meteorologista.

— Como vai se olhar no espelho quando tudo pipocar sem o senhor fazer nada pra evitar?

---

[1] Um fala em "botar a moça em campo" e indaga se "é possível que jogue feito homem". Agora o pirralho anuncia que ela "festeja com Pelé, Zito e Coutinho". A Pantera Loura está virando Maria Tomba-homem!

Sem esperar resposta, parte pros fundos. Canuto fica paralisado como se não entendesse o que ouviu. Desapontado com Nicolau, que não o procurou, Zejosé se aproxima, com a bola na mão. O avô põe o braço no seu ombro, entram no laboratório e fecham a porta.

Apertando a bola de meia na mão, Zejosé observa o avô calado, nervoso e incerto sobre o que fazer. Volta a limpar as lentes da luneta e larga; pega as conchinhas do anemômetro pra consertar e larga; faz anotações e larga. Anda a esmo pelo laboratório. Zejosé acha que a pergunta de Nicolau o atormenta. Até que o avô se lembra de antigo pedido do neto pra explicar o eclipse da lua. Animado, ele põe a lanterna num lado da bancada e diz que é o Sol, põe no outro uma velha boia esférica de caixa-d'água e diz que é a Lua. Pede a bola de Zejosé emprestada, diz que é a Terra e põe, na mesma linha, entre o Sol e a Lua. Fecha as janelas, liga a lanterna e pergunta o que acontece com a luz nos três. Zejosé diz que a Lua está sem luz porque a Terra está na frente. Ele quer saber a fase da Lua.

— Lua nova — diz Zejosé. — Olhando da Terra, não se vê nada dela.

— Por quê? — Canuto pergunta, vibrando.

— Sem receber a luz do Sol, a Lua fica escura, nem dá pra ver da Terra. Se ela não estivesse na mesma linha do Sol e da Terra, daria pra ver alguma coisa dela daqui, da Terra.

Canuto, então, tira a Lua da mesma linha do Sol e da Terra. Os olhos de Zejosé brilham.

— A luz do Sol chegou à Lua, ela foi iluminada, e a gente pode ver daqui, da Terra.

— E qual é a fase da Lua? — Sorrindo, o avô o desafia.

— Cheia! — responde Zejosé orgulhoso.

— Bravos! Resumindo: quando a Lua fica alinhada com a Terra, ela não recebe a luz do Sol, escurece e não é vista da Terra, mesmo estando na posição de Lua cheia. Você entendeu o eclipse lunar, que acontece quando o Sol, a Terra e Lua ficam numa reta.

— Bacana, vô! — Sorri Zejosé, tirando a bola de meia da bancada, que fica sem a Terra.

— Já, já não tenho mais nada pra explicar. Você já entendeu o sistema solar, a rotação da Terra, as fases da Lua, o movimento das marés, o arco-íris, as estações do ano, os tipos de nuvem, os ventos, as mudanças do tempo, os instrumentos usados na meteorologia, a massa de ar, o eclipse da Lua! O que mais quer entender? — se é que vou saber explicar.

— Existe eclipse de gente, vô? — pergunta Zejosé inseguro, olhando pra bola na mão.

— O quê? De gente? Não entendi. Como assim? — Canuto fica perturbado.

— Será que meu irmão não faz o meu eclipse? — E aperta a bola dentro da mão.

— Isso não existe, filho! Você tem luz própria, não é feito a Lua. E seu irmão está no céu.

— Todo mundo gosta mais dele. Gosto dele, mas por que não gostam um pouco de mim?

— Todos nós o amamos, querido. — O avô o abraça com carinho e sem jeito. — Não houve nem tempo pra amar seu irmão como a você. — Corpo duro, Zejosé mal se deixa abraçar.

— Posso fazer uma pergunta? — Zejosé foge do abraço. — O senhor disse que preciso crescer e virar um homem. Um cara baderneiro, ignorante e burro vira um homem?

— De onde tirou isso? — Intrigado, se aproxima. — Alguém te chamou dessas coisas? — Zejosé hesita. — Quem disse essa estupidez? — Ele não responde. — Quem disse isso? Você tem família; dependendo da pessoa, precisamos dar uma resposta à altura!

— Foi a Carmela. — Olhando a bola, que continua esmagando. — Acha que sou isso?

— E quem é essa Carmela?

— Uma menina. Que eu pensei que ia namorar...

— Ah, bom! Uma menina que não quis te namorar! Não merece resposta. Esquece!

— Se ela disse, tem gente que acha isso de mim. A família dela, a minha, sei lá...

— Quem ainda está na escola não pode ser chamado de burro ou ignorante. Isso é adulto que desistiu de aprender! Ela te menosprezou pra não explicar por que não quis namorar.

— E minha resposta? Um sujeito baderneiro, ignorante e burro pode virar um homem?

— Vamos falar sério. Você é um garoto inteligente, preguiçoso, endiabrado e sonso. Se decidir estudar, vai ter profissão, emprego, família, e pode ser um homem honrado. Agora, eu quero uma resposta séria: você está apaixonado pela Carmela?

— Não. Não sei. Nunca fiquei apaixonado, nem tive namorada. Ela ia ser a primeira.

De repente, Zejosé sai quase correndo do laboratório e bate a porta. Canuto fica atônito. No quintal, ele corre até o muro com a trave. Chuta a bola contra o muro com violência. Uma vez, duas, cinco, quinze, vinte! Ofegante e suado, apoia os braços no muro, a testa no braço e, de cabeça baixa, chora. Seu corpo estremece com os soluços. Após um tempo, mais aliviado da angústia que o atormenta, entra em casa.

Quieta a essa hora, Zejosé palmilha a casa feito gato. Da porta do quarto da mãe, ouve o pesado arfar e corre pro banheiro. Uma vez nu, avalia seus pentelhos com esperança mais que orgulho. Diante do espelho, puxa invisíveis fios louros da penugem sobre o lábio e o queixo, certo de que, esticando-os, crescem mais depressa. E pisca pra navalha, o pincel e o pote de barbear do pai — tão desejados quanto inúteis! Debaixo do chuveiro, lembra do curativo e arranca-o da mão, cumprida a missão de dramatizar o talho banal. Antes de se vestir, vê *Os meninos da rua Paulo* em cima da cama. Abre-o, e folhas caem no chão. Pelado, de quatro no chão, cata as páginas, ordena-as e tenta colá-las. Descobre que é mais difícil do que imaginava. Desiste. De camisa passada, cabelo úmido rente à cabeça, rosto rosado, límpido e fresco, monta a magrela e, pedalando, sai pelos fundos.[1]

---

[1]Depois de tomar banho, pôr essa roupa e mais todos os cuidados, pode-se imaginar pra onde ele vai!

Na biblioteca, "Que alegria, Zejosé!" Lorena o recebe com entusiasmo. Admirada, pega sua mão e examina junto aos olhos se o curativo era mesmo dispensável. Observa seu zelo com a aparência e crê que, dessa vez, não está apenas obedecendo à mãe. Evita perguntar pela leitura, mas quer saber se colou as páginas do livro, e se dispõe a recuperá-lo desde que o deixe com ela por uma tarde. Ele se diz o responsável e faz questão de cuidar disso. E, finalmente, fala do impulso que o trouxe ali:

— Quer jogar no time novo que vão fazer?

— O quê, Zejosé? Não entendi!...

— Pra disputar a Taça Ventania. Tem dois times, e precisa ter três.

— ...Ou entendi e não acreditei! Você está me convidando pra jogar num time?

— É. De meia-armadora.

— Claro que quero, Zejosé! Como quero! Nem acredito: voltar a jogar! Nem sei onde andam as chuteiras! Será que consigo? Depois de tanto tempo, dá um frio na barriga!

— É só treinar.

— Quando começam os treinos? Preciso ficar logo em forma.

— Não marcaram ainda. Eu aviso.

— Também vai jogar nesse time? — Ele confirma animado. Num impulso emocionado, ela o abraça.[1] Ele treme ao ver de perto a pele dela, aspira o perfume e sente o calor do seu corpo.[2] Ela beija rapidamente o rosto dele.[3]

— Estou feliz. Você é meu amigo! Obrigada, querido. — Ela recua o corpo e sorri. — Também tenho novidades. Vamos ter cinema em Ventania. Já assistiu a algum filme?

— Já. Era criança.

— Um amigo, querido como você, vai trazer o filme da capital. O filme, a tela, o projetor, tudo. Vou precisar da sua ajuda. Vamos ter que limpar o

---

[1] Cadê a compostura que se espera de uma bibliotecária?!
[2] São esses os sentimentos que a biblioteca deve causar a um novo leitor?
[3] Inacreditável: beijou o garoto! Trata-se mesmo de uma bibliotecária e um leitor numa biblioteca? Hum!

galpão, levar cadeiras da escola, das casas, bancos da igreja, tudo que der pra sentar. E vamos convidar todo mundo, encher o galpão de gente. Se for um sucesso, podemos ter outras sessões! Posso contar com você? — Ele confirma. — Vai gostar do Enzo, e ele de você. Depois de tanto tempo sem acontecer nada, futebol e cinema! E faço um convite. — Pega a bolsa, uns livros e fecha a janela. — Estava de saída pra cadeia. — Ele se assusta. — Hoje é dia de ler pros presos. Quer ir?[1] É uma hora de leitura. — Ele ri sem graça; a ideia não lhe agrada. — Vamos! Eles são divertidos. — Zejosé sai, ela fecha a porta. Ele vai, contra a vontade, sem saber por quê. Montam e pedalam. Ela canta uma canção e o incita a cantar. Bem que ele gostaria de cantar, mas a inibição não deixa. Os passantes admiram a alegria dela.

Num lado da praça, fica a capela erguida pelos peões pra protegê-los de desabamentos na mina; no outro, a Prefeitura e a Câmara de Vereadores; no outro, o mercado municipal, desativado; e, no último, o sobrado de dois andares onde convivem o delegado, dois investigadores, o destacamento — sargento, cabo e três soldados —, o carcereiro, às vezes o juiz, que, quando necessário, vem de outra cidade, e onze presos, em duas celas no térreo. No vão entre elas, e servindo às duas, latrina e chuveiro, com portas. As celas têm janelões gradeados, pra praça, onde os presos sentam-se pra apreciar o movimento, passantes param pra uma prosa, ou pra ouvir Carijó cantar as suas canções românticas.

Na cela maior, sentada num banco de tiras de couro feito por um preso, Lorena lê *Crime e castigo*, romance do escritor russo Fiodor Dostoievski. Num banco atrás dela, junto à parede, o cabo Nogueira, presença obrigatória, a princípio por segurança, depois por se envolver com a história. Ao lado dele, Zejosé, quieto e assustado, observa os homens com o canto do olho. Sete presos,[2] espalhados em beliches, bancos, no chão e na janela, ouvem a leitura, que reproduzo a partir do momento em que Raskólnikov,

---

[1]Não acredito! Ela vai levar o garoto pra cadeia!
[2]Falei com todos eles: Meia-meia, Carijó, Pereba, Homero, Jiló, Marinheiro e Garrucha. E também com os que não ouviam a leitura e ficavam na cela contígua: Dionísio, Foguim, Durval e Marreco.

o jovem ex-estudante de direito, volta à casa da agiota Alióna Ivánovna, com terríveis intenções:

"Como na visita anterior, viu a porta entreabrir-se, e, pela estreita fresta, dois olhos penetrantes apareceram na sombra, fixando-o desconfiadamente. Neste momento, perdeu o sangue-frio e cometeu uma falta que quase o traiu inteiramente. [Meia-meia, o preso mais jovem, sentado no chão, faz uma careta de expectativa.] Receando que a velha ficasse temerosa à ideia de encontrar-se sozinha com um visitante inesperado, cujo aspecto não era para infundir-lhe confiança, pegou na porta e puxou-a, para que ela não se lembrasse de fechá-la de novo. A usurária, percebendo isso, não reteve a porta, mas tampouco tirou a mão do ferrolho, de maneira que, com o puxão que ele deu, ela quase caiu. [No beliche, Carijó, o cantor, sorri.]

Como se obstinasse a ficar de pé na soleira, e não quisesse, de jeito nenhum, permitir-lhe a passagem, avançou contra ela. Com medo, ela deu um passo atrás e tentou falar, porém não pôde pronunciar palavra e ficou olhando o rapaz com olhos estatelados.

— Boa tarde, Alióna Ivánovna — começou com o tom mais natural possível, mas em vão. Gaguejava, as mãos tremiam-lhe. [Sentado na janela, o bexiguento Pereba sorri, como quem conhece a situação.] Quero... trouxe um objeto... Vamos entrar para que possa avaliá-lo... É preciso claridade para examiná-lo... [Meia-meia sussurra a Homero, o mais velho do grupo, que oculta a vesguice com óculos escuros: 'Quer atacar o mocó da veia.' Homero, que bebe as palavras de Lorena, ri e concorda.] Sem esperar que o convidasse a entrar, penetrou no quarto. A velha correu atrás e despregou a língua:

— Mas, cavalheiro, que quer? Quem é? De que precisa? [Homero sussurra a Meia-meia: 'A veia não tá morta, não. O cara vai se danar.']

— Vamos ver, Alióna Ivánovna... Conhece-me bem... Raskólnikov... Tome, trago-lhe o penhor de que lhe falei outro dia. — Estendeu-lhe o objeto. [Apavorado, Zejosé observa as reações do implacável Jiló, treze mortes, que dá sinais de odiar a agiota: ergue o lábio superior feito cão raivoso, eriçando o bigode.]

• 148 •

Ela lançou um olhar rápido sobre o embrulho, em seguida pareceu mudar de ideia. Levantou os olhos, fixando-os no intruso. Analisava-o com um olhar penetrante, irritado, desconfiado. Um minuto depois, o próprio Raskólnikov supôs notar-lhe um indício de zombaria nos olhos, como se tivesse adivinhado tudo. Sentia que perdia a cabeça, que tinha quase medo, um medo tão grande, que, se essa inquisição silenciosa durasse mais meio minuto, sairia correndo. [Pereba volta a sorrir do medo dele.]

— Mas o que tem para estar me olhando assim, como se não me reconhecesse? — exclamou de repente, zangando-se, por sua vez. — Se quer isto, tome-o; se não lhe convém, está certo. Irei a outra parte, pois não tenho tempo a perder. — Tais palavras escaparam-lhe sem querer, porém esse linguajar resoluto pareceu tirar a velha de sua inquietação.

— Espere, meu caro, vem tão imprevistamente...[1] Que é que tem aí? — perguntou, reparando no embrulho.

— Uma cigarreira de prata, de que lhe falei na vez passada. [Marinheiro assovia, sugerindo que tem muito valor.] — Ela estendeu-lhe a mão.

— Mas por que está tão pálido? Suas mãos estão tremendo. [Pereba dá risada.] Assustou-se com alguma coisa, meu filho? [Garrucha murmura pra si mesmo: O cara tá se borrando!]

— Estou com febre — replicou, gaguejante. — Como não estar pálido quando não se tem o que comer? — Ajuntou, com esforço. [Marinheiro sussurra: 'Vende a cigarreira, poxa!'] As forças abandonavam-no de novo. No entanto, sua resposta pareceu-lhe convincente, e a velha tomou o penhor nas mãos.

— Que é? — indagou, tomando o peso do objeto. Fitava-o ainda com os olhos perquiridores.[2]

---

[1]Tive que ir ao dicionário: de forma não prevista, não esperada; ou sem precaução, sem cautela. Então, fica assim: "Espere, meu caro, vem tão de repente, tão de supetão, tão abrupto, tão brusco, inopinado, súbito, repentino, extemporâneo"... e por aí vai. É mesmo difícil sair de repente do russo pro português.

[2]Tive que ir de novo ao dicionário: que investiga, indaga, examina, esquadrinha, ausculta, esgravata...

— Uma coisa... uma cigarreira... de prata, olhe.

— Espere, não parece de prata... ['É lata', sopra Meia-meia.] Oh, como está amarrada!

Aproximou-se da claridade (todas as janelas do quarto estavam fechadas, apesar do calor abafante, e, enquanto se esforçava para desamarrar o embrulho, virou-lhe as costas, deixando-o de parte, por um instante.

Ele desabotoou, então, o capote, desembaraçou o machado do laço... [Jiló sorri, Zejosé olha preocupado pra Lorena, que segue lendo, empolgada.] mas sem retirá-lo inteiramente. Limitou-se a mantê-lo seguro com a mão direita, debaixo da roupa. Uma fraqueza terrível apoderara-se-lhes das mãos. [Pereba dá uma risada.] De instante a instante, sentia que enrijeciam mais. Temia deixar o machado escapulir. Súbito, a cabeça começou-lhe a rodar. [Garrucha reprova com a cabeça, e Pereba gargalha.]

— Mas como ele amarrou isso? Está tudo embaraçado! — disse a velha, movimentando-se em direção de Raskólnikov. Não havia um segundo a perder. Tirou o machado de baixo do capote [Jiló ri, antevendo; Zejosé estremece; Garrucha murmura: 'É isso aí, homem!'; Homero sopra: 'Vai acabar com a veia.'], levantando-o com as duas mãos e, com um gesto seco, quase mecânico, deixou-o cair na cabeça da velha. [Zejosé fecha os olhos, trêmulo, e Jiló se diverte. Cabo Nogueira levanta-se indignado e volta a sentar-se.] Suas mãos pareciam-lhe não ter mais forças. Entretanto, readquiriu-as assim que vibrou o primeiro golpe [Garrucha sussurra: 'Se borrou todo, mas fez o que devia fazer!'; Pereba ri pra ele.]

A velha estava com a cabeça descoberta, como de hábito. Os cabelos claros, grisalhos e escassos, abundantemente oleados, formavam uma pequena trança, presa à nuca por um fragmento de pente. Como era baixa, o golpe atingiu-a nas têmporas. Deu um grito fraco e caiu, tendo tido, no entanto, tempo de levar as mãos à cabeça. Uma delas sustinha ainda o penhor. Então Raskólnikov malhou-a com toda a força mais duas vezes. ['Chega, homem!', protesta Garrucha.] O sangue corria como se jorrasse de um copo caído. O corpo fraquejou: recuou para deixá-lo cair, depois debruçou-se sobre seu rosto. Já estava morta, os grandes olhos estatelados

• 150 •

pareciam querer pular das órbitas. A testa e o rosto, inteiros, estavam contraídos e desfigurados pelas convulsões derradeiras. Colocou o machado no chão, junto ao cadáver, pôs-se imediatamente a remexer, precavendo-se bem para evitar sujar-se de sangue, aquele mesmo bolso direito de onde a tinha visto tirar as chaves da última vez. Estava na plenitude da sua presença de espírito e não sentia mais nem perturbações, nem vertigens, apenas suas mãos continuavam a tremer. Mais tarde lembrava-se de ter sido excessivamente cuidadoso, prudente e mesmo capaz de aplicar todos os seus cuidados para não se sujar... Encontrou, rapidamente, as chaves. Como da vez que as vira, formavam um só molho, preso a um aro de aço. Correu, logo depois, com as chaves nas mãos para o quarto de dormir. Era uma peça de pequenas dimensões. Via-se, de um lado, um imenso oratório, cheio de imagens piedosas; de outro, uma cama grande, limpíssima, forrada com um cobertor acolchoado, feito de retalhos de seda. A terceira parede estava ocupada por uma cômoda. Coisa esquisita: logo que começou a abrir este móvel, experimentando as chaves, uma espécie de arrepio percorreu-lhe o corpo inteiro. Um desejo tomou-o, de repente, de ir-se embora, deixar tudo, mas tal coisa não durou um segundo. ['Vai largar o ouro, pombas!', reclama Garrucha; Marinheiro completa: 'É otário, vê se pode!'] Era tarde para renunciar: sorriu, até de ter podido imaginar isso, quando outro pensamento, um pensamento inquietante, se apoderou dele. Pareceu-lhe bruscamente que a velha não estaria morta, que poderia voltar a si. ['A veia ressuscitou?', pergunta Meia-meia; Carijó dá risada.] Deixando a cômoda e as chaves, correu, pressurosamente,[1] para junto do corpo, pegou do machado e levantou-o ainda [Zejosé fecha os olhos.], mas não desferiu o golpe. Não podia ter dúvida quanto a isso: a velha estava morta. Debruçando-se para examiná-la mais de perto, verificou que tinha o crânio fraturado. Preparava-se para tocá-la com o dedo, porém conteve-se: não

---

[1]Tive que ir ao dicionário: que age com pressa, de forma apressada, impaciente, ansiosa. Então, fica assim: "Correu apressada para junto do corpo", correu impaciente, correu ansiosa para junto do corpo. Enfim, ao correr apressada do russo ao português, escorregou no correr, que já é apressado.

• 151 •

precisava dessa prova. Um lago de sangue formara-se no quarto. [Meia-meia faz uma careta.] De repente, notou um cordão no pescoço da velha e puxou-o, mas era forte e não rebentou. Ainda por cima, estava melado de sangue. Então, tentou tirá-lo pela cabeça, mas encontrou, nisso, um obstáculo. Impaciente, teria que se valer ainda do machado, para cortá-lo,[1] ferindo mais uma vez o cadáver ['Esse home é doido!', diz Pereba.], mas não teve coragem de decidir-se por essa brutalidade. Afinal, depois de dois minutos de esforço, conseguiu romper o cordão, chegando a marcar as mãos com a força que fez, sem contudo tocar no corpo. Em seguida, tirou-o. Como havia suposto, era uma bolsa que a velha trazia no pescoço. Havia ainda, no cordão, uma pequena medalhinha amarelada e duas cruzes: uma de ciprestes, outra de cobre. A bolsa ensebada, de camurça, com uma fechadura de metal e um anelzinho estava cheia de dinheiro. Raskólnikov meteu-a no bolso sem abri-la. Jogou as cruzes em cima do peito da velha e, dessa vez, carregando o machado, entrou precipitadamente no quarto de dormir. Movimentava-se com uma pressa febril. Pegou o machado e entregou-se ao 'trabalho'. Porém, as tentativas para abrir as gavetas continuaram infrutíferas. Não porque tremesse, mas porque se precipitava. Verificava, por exemplo, que tal chave não dava em tal fechadura e teimava, todavia, em introduzi-la ali. De súbito, disse de si para si, que esta chave grande e dentada que fazia parte do molho, com as pequeninas, não devia pertencer à cômoda (lembrava-se de que, na última vez, também pensara a mesma coisa), mas a algum baú onde a velha guardasse, talvez, a sua fortuna. Abandonou, portanto, a cômoda e lançou-se debaixo da cama, sabendo que as velhas têm, no geral, o hábito de esconder aí os seus cofres. ['Tá certo!', diz Homero.] E, realmente, encontrou uma caixa enorme de mais de um metro, coberta de marroquim[2] vermelho e tachas de aço. A chave denteada adaptava-se perfeitamente à fechadura. Quando a abriu,

---

[1]Cortar cordão com machado é matar mosca com canhão. E, em dois minutos, o cordão partiu com a mão!
[2]Tive que ir ao dicionário: couro curtido de bode ou cabra, ou, também, de vitela ou carneiro, em geral usado pra encadernar livros.

Raskólnikov percebeu, debaixo do pano branco que a cobria, uma peliça[1] de lebre, branca, guarnecida de vermelho. Debaixo dela havia um vestido de seda e um xale. No fundo, parecia não haver senão retratos. Começou por limpar as mãos ensanguentadas no pano vermelho. 'É vermelho: o sangue deve ser menos visível sobre vermelho', pensou e, de súbito, conteve-se: 'Senhor, será que enlouqueci?', conjeturou, amedrontado. Mas apenas remexia esses objetos, eis senão quando aparece, debaixo da pele, um relógio de ouro. [Marinheiro assovia feliz.] Começou a revolver tudo. Entre os retratos encontravam-se, realmente, várias joias, penhores que, provavelmente, não foram resgatados, braceletes, correntes, brincos, alfinetes de gravata... ['Lavou a égua', diz Meia-meia; Pereba completa: 'Agora, eu queria ser ele!'] Uns, fechados em estojos, outros, simples mas cuidadosamente embrulhados em jornais dobrados em dois e amarrados com cordões. Não hesitou um instante: pegou tudo e foi enchendo os bolsos do capote, da calça ['Que beleza!', diz Marinheiro; Pereba e Garrucha aplaudem.], de qualquer modo, sem abrir os estojos ou os embrulhos. Foi, porém, imediatamente interrompido nesse trabalho. Pareceu-lhe ouvir ruído no quarto da velha. ['Danou-se!', diz Homero.] Parou, gelado de terror. ['Vai virar nós!', diz Meia-meia.] Não, tudo estava calmo, devia estar enganado. Súbito, ouviu, distintamente, um ligeiro grito, ou melhor, um gemido fraco, hesitante, que cessou logo. E, de novo, um silêncio fúnebre reinou um ou mais dois minutos. Raskólnikov, de cócoras na frente do cofre, espreitava, com a respiração suspensa. De repente, num pulo, pegou o machado e saiu do quarto de dormir. No meio da sala, Lizavéta, com um grande embrulho nas mãos, contemplava, estupefata, o cadáver de sua irmã."

Lorena encerra a leitura sob reclamações e pedidos pra continuar. Perguntam o que vai acontecer, se ele vai fugir, se a irmã está armada, se vai chamar a polícia, se vai matá-la... Durante o vozerio, Marinheiro se aproxima discretamente de Zejosé e lhe oferece a miniatura de um barco, feito com palitos de fósforos.

---

[1]Tive que ir de novo ao dicionário: roupa ou colcha feita ou forrada de pele; no caso, de lebre.

• 153 •

— Pra mim? — Reage Zejosé, intrigado, segurando o delicado artesanato. — Obrigado.

— Eu que fiz — explica Marinheiro, voz baixa e mansa. — Você tem quantos anos?

— Treze.

— Idade do meu filho. — Zejosé põe o pequeno barco no bolso. A voz de Lorena se impõe.

— Na quinta-feira, vamos saber o que acontece com Raskólnikov. — Lorena acalma-os. Vira-se pra Homero. — E quando vai contar uma das suas histórias pra gente?

— Depois desse Dostoieve, vou calar o bico. O homem revira o fundo da gente! Eu conto causo sem monta. Coisas de beira de rio, curva de estrada, ponta de rua e boca de mato.

Os colegas discordam: "Mentira! É boa como a do livro!" O carcereiro ouve da grade. A janela fica dura de gente! Homero reage, envaidecido:

— O povo gosta, tá vendo? Quando tiver uma no jeito, abro o bico.

— Vou esperar curiosa. — Vai pra porta. — Quem quiser ler a história antes, pode pegar o livro emprestado na biblioteca. — Cabo Nogueira manda o soldado, do outro lado das grades, abrir a porta. Ela acena a todos. — Então, gente, até quinta-feira!

— O lourinho não vai ficar com a gente, não? — indaga Meia-meia sobre Zejosé.

Em meio aos risos, Zejosé sorri amarelo, e Lorena, protetora, abraça-o pelo ombro.

— Está louco, Meia-meia? O lourinho é meu assistente.[1] — E Zejosé ri, mais seguro.

Pelas palmas, acenos e agradecimentos, a leitura está empolgando. De saída, contente com o próprio trabalho, Lorena ouve retalhos de opiniões sobre Raskólnikov, confissões, comparações, discussões, risadas e palpites

---

[1]Um assistente que nunca leu um livro! Eu, sim, seria um assistente perfeito. Mas a vida não é justa.

sobre o que ele devia ter feito ou deve fazer com a infeliz irmã da morta, que entrou no lugar errado na hora errada.

Só ao chegarem à rua, Lorena nota o quanto Zejosé está atordoado e percebe o que fez ao levá-lo pra assistir à leitura na cadeia. E ainda convenceu o cabo Nogueira a deixá-lo entrar. Não por riscos à sua segurança — há um ano conhece os presos, sabe que respeitam a quem os respeita. Mas se dá conta de que, pra um garoto como Zejosé, ficar numa cela com condenados deve ser uma experiência assustadora. Ela própria se assustava nas primeiras vezes! E a cena que leu talvez não seja adequada à idade dele. Sente no corpo o veneno do arrependimento. Pedalando ao lado dele, observa seu rosto corado de menino-homem, que nem despenteado deixa de ser irresistivelmente belo e diabolicamente angelical.[1] Ensimesmado, avança cabisbaixo, quem sabe atormentado, ao menos confuso. O veneno do arrependimento se decanta em culpa, ela se apressa a falar:

— Então, o que achou da leitura? Gostou, não gostou, achou chata?

— Legal — ele responde num tom vago e descomprometido de quem não quer falar.

— Me desculpa, tá? Não é lugar pra você. Se ficou chateado, espero que me perdoe.

Zejosé a olha, como se fosse dizer alguma coisa. Ela o olha, esperando que diga. Ele se embaraça com o olhar dela. Ela continua esperando. As bicicletas avançam às cegas. Eles não conseguem tirar os olhos um do outro. Sem entender o que está acontecendo, ele sente o coração disparar.[2] Até que ela desvia o olhar. Confuso, ele diz, sorrindo:

— Gostei de ter ido. — Ele mostra o barco que tira do bolso. — Olha o que ganhei.

— Eu vi. Ele me deu um também. Você gostou?

— Gostei. O que eles fizeram pra estar lá? O crime deles, você sabe?

---

[1]A Pantera Loura ataca o anjo, irresistível e diabólico, de 13 anos de idade! Que Deus o proteja!
[2]Meu Deus! O ciúme me envenena o coração, a alma, o sangue. Pra que escrever isso? Eu morro de inveja!

Lorena não gosta de falar nesse assunto, mas vê uma oportunidade pra se explicar.

— Eles pagam dívidas com a sociedade. Sei o que alguns fizeram, mas prefiro não saber detalhes. Meia-meia roubou o barco onde trabalhava. Acho que tem pena curta. Marinheiro, o que faz o barquinho, matou a mulher. Jiló matou treze. Homero, que segue a leitura com mais atenção, era vendedor e dado a contar histórias. Inventou de contar as roubalheiras do ex-prefeito, foi condenado, acho que por falso-testemunho. Agora um advogado da capital vai defendê-lo. Não sei o que os outros fizeram. Teve medo deles?

— No começo. Depois, tive medo por você.

Lorena perde o controle e sobe na calçada com bicicleta e tudo. Os dois caem na risada, numa alegre cumplicidade. Quando voltam a pedalar, ela retoma o assunto.

— Como assim, sentiu medo por mim?

— Uma mulher e mil homens numa cela! — Ela ri, ele também, e dão mais risadas juntos. Findo o riso, seguem em silêncio. — Não foi medo deles, mas de ficar preso um dia.

Lorena se comove com a sensação de desamparo e fragilidade que Zejosé lhe transmite. Na rua, não pode olhar dentro dele, perguntar, investigar; enfim, desvendar o mistério daquele garoto, que a instiga, intriga e comove.[1] Acaba lhe dando uma resposta banal:

— Não pense nisso. Aquilo não é pra você. — Mal diz isso, vê o olhar decepcionado dele e entende que sua emoção vem do instinto maternal malogrado.[2] E irrompe a vontade de ficar sozinha. Impulsiva, despede-se rapidamente de Zejosé e vai embora. Ele fica dobrado na bicicleta, não reage, não entende, não pergunta e não sabe o que aconteceu.

A despedida brusca deixa Zejosé mais atordoado, abandonado e confuso. Pedala sem rumo, as imagens da cela e a voz dela lendo o assassinato se

---

[1] Em vez de desvendar o mistério do garoto, devia olhar pro espelho e investigar o seu próprio mistério!

[2] Enfim, uma ideia sensata. Por isso é que não se pode perder a esperança, nunca! Em nada na vida!

misturam com cenas e vozes da rua. A dor no peito, o bolo no estômago e o nó na garganta apertam, torcem e esmagam. Pedala cada vez mais depressa pra sentir o alívio do vento acariciando o peito e a sensação de liberdade dos cabelos soltos. Corre, voa, sem saber aonde vai, sem ver a paisagem nem saber onde está. Até que, como acordando de um sono, se vê diante do túmulo do irmão, no cemitério. Cansado e suado, livra-se da bicicleta, da camisa e dos sapatos e, seminu, deita ofegante, de braços abertos, sobre a lápide, onde Zé-elias sorri na foto. Depois, mais calmo, tira o barquinho do bolso e, suave e sereno, brinca de fazê-lo flutuar sobre o mármore enquanto diz, com voz baixa e mansa:

— Não dá mais pra mim. Também vou cair fora. Não sei nada, sou confuso, sou errado. Você é bom porque morreu. — Silencia. — Ah, você sabe o que é eclipse? Eu sei...

O sol inicia a descida ao horizonte. Desliza o barco sobre o rosto do irmão e pensa que, se morresse, também seria jogado num buraco da terra, e iam pregar ali seu retrato rindo, com nome, data e tudo o mais, como fizeram com Zé-elias — quem vê acha que ele vivia rindo! Com um monte de terra em cima, imagina Zejosé, vai ficar duro e mudo, sentir calor, frio, falta de ar. Se chover, vai ficar no barro, feito cachorro morto. Queria ser jogado no rio pras piranhas comerem. Ao menos, não tinha que aguentar gente que todo ano vem rezar e botar flor em cima, como o pai e a mãe faziam com Zé-elias. Melhor que não vêm mais. Só ele que, vez ou outra, visita o irmão, arranca o capim, limpa a lápide, conta coisas, brinca e dorme. Não demora, Zejosé não pensa mais. Dormiu.

Como faço toda manhã, estou a postos na minha plataforma, esperando que Lorena surja no outro lado da praça pra abrir a Biblioteca. É um momento feliz do meu dia, vê-la chegar linda, fresca, animada e, em silêncio, lhe desejar bom dia. Uns seis garotos, entre os quais Piolho, jogam pião na praça. Todos se esmeram pra lançar, cada qual mais estilizado, e, nos gritos da disputa, apontam o pião que gira sereno, silencioso, quase imóvel, por mais tempo no mesmo ponto. Eis que uns vira-latas se metem na área dos piões. Expulsos a gritos, chutes, lambadas de fieira e golpes de pião, os danados insistem.

A decadência limitou em seis os mendigos que a cidade é capaz de sustentar com a caridade pública; os demais tomaram outro rumo, sabe Deus qual. Mas não há limite pra cachorrada. Escorraçados, esfomeados, escaveirados, couro colado aos ossos e pulguentos, se multiplicam como ratos, infestando as ruas de bandos que fuçam monturos, esparramam lixo e doença, além das arruaças com ganidos, latidos e bruscas disparadas.

Não sei se me envolvi com a chegada de Lorena, ou me distraí com a disputa dos piões; sei que, de repente, rebenta um pandemônio de pipoco, ganido e correria de cachorro pra todo canto da praça. Amarraram espirais de espanta-coió[1] na carcaça dos animais e riscaram. No pânico do tiroteio, o estouro da cachorrada toma o rumo da biblioteca — justo na hora em que Lorena desce da bicicleta pra abrir a porta. Ao ver as feras atacarem, ela larga a bicicleta, bolsa e livros, encosta na parede e, apavorada, espera pelo pior.

Me jogo da plataforma e corro — só eu sei como! A muleta cravada a cada dois metros me lança adiante; cem vezes caio, cento e uma me levanto. Ao chegar, a ensandecida matilha pirotécnica solta bomba pra todo lado, corre em círculos diante de Lorena, estatelada contra a porta. Apoiado numa perna, despacho golpes de muleta pra todo lado, fazendo vira-latas voar, pipocando-se no ar, até que olho pra onde está Lorena, buscando a retribuição de herói salvador, e me deparo com Zejosé à frente dela, dando pontapés a torto e a direito, com bravura de legítimo protetor da princesa, que se protege abraçando-o por trás. Silenciado o espanta-coió, a cachorrada se acalma e se afasta ganindo. Ele põe a bicicleta de pé, junta bolsa e livros, enquanto Lorena abre a porta e nos convida a entrar, agradecendo a proteção. Radiante e orgulhoso da própria coragem, ele é o príncipe que adentra o palácio com a princesa! Envenenado pelo ciúme e inundado de inveja, volto à plataforma, suado, cansado, o sovaco dolorido, exposto ao deboche dos garotos, que param os piões pra me ver passar.

---

[1]Espécie de estalo ou traque, de ruído breve e seco, ligados um ao outro por uma fita de papel, que, uma vez acesa, os fez explodir em série. Coió é o mesmo que tolo, bobo, ridículo.

Num ataque de vaidade[1] aí pra trás, ameacei: "Prepare-se, Ventania, do chão de ouro e céu de bronze, que aqui vou eu pra arrombar suas entranhas! E você, Lorena Krull, que ama os livros e nunca amou um escritor, vai se apaixonar por um deles! Vou me apossar de sua alma, Lorena Krull!" Quanta presunção, meu Deus! Tanta ameaça, sem ter escrito uma linha! Por isso Deus não deu asa à cobra! O que está acontecendo é o contrário: não há um minuto do dia e da noite que não pense em Lorena.[2] E não é só pensar, é o martírio do ciúme. Cada cena que vejo é uma flechada no peito, cada fato que descubro, uma flechada nas costas. Depois, flechado de mal poder respirar,[3] tenho que pôr tudo no papel. É sangue sobre a ferida. Mas, repito sempre pra mim, não sofro inocente, nem em vão. Sei que, pra ela me descobrir, tenho que fazer alguma coisa extraordinária, um troço mirabolante pro qual eu não tenha dom, seja absolutamente incapaz. Tem que ser uma proeza à altura das que fazem as grandes personagens que ela ama. Escrever este livro, virar escritor, é a realização impossível que pode adoçar o olhar dela pra mim. Mas, até lá, a vida, que nunca foi fácil, vai ser um perrengue. Se antes ela tinha decidido que éramos leitor e bibliotecária, agora está mais distante. E, quanto mais se afasta, mais sangro. Virei vítima da minha ameaça: Lorena Krull está se apossando da minha alma!

Zejosé me atormenta de outra maneira. O garoto, que nunca teve namorada, conseguiu de Lorena o que não consegui em anos. Quando penso nisso, minha autoestima rasteja. O fedelho, que viveu a metade da metade do que vivi, tomou conta destas anotações, depois que abandonei o que redigia: "Esqueça sua história, Delfos", disse a mim mesmo e me animei: "É com ele que eu vou!" Ironia: nem existo pra ele, e ele é tudo pra mim. Virou o centro dessas anotações, e virei quase seu escravo. Dedico o dia e a noite à vida dele,[4] falando horas com a professora, dias com o tio, semanas com o avô, meses com a mãe pra juntar migalhas sobre o pirralho. Depois,

---

[1]Critiquei minha vaidade, lembrei meu lugar e decidi que devia cortar tudo. Mas até agora não cortei nada!

[2]Com esse exagero, quem vai acreditar no que está escrito. Menos, Delfos, menos...

[3]As flechas do cupido vão fazer de mim um São Sebastião-mártir do amor.

[4]Pensa em Lorena todo minuto do dia e da noite, e dedica o dia e a noite à vida de Zejosé?

sento aqui e escrevo cada letra, cada palavra, cada frase, cada parágrafo, cada página, sobre um menino que nunca leu um livro, que se lixa pra escrita, e está seduzindo a mulher da minha vida, sem que eu possa fazer nada, a não ser arrancá-la do peito, o que é impossível. Assisto a tudo com pavor de perdê-la, sem que nunca tenha sido minha. Fazer essas anotações é uma tortura e a descoberta de um prazer. O que um cara como eu estaria fazendo, plantado nesta plataforma, se não tivesse assumido essa missão impossível? Não sei. Mas intuo que, além de tortura e prazer, redigir tudo isso é uma forma de afirmação e de redenção.

Falo tão mal de Zejosé nessas anotações, dou tanta paulada e, no entanto, não tenho ódio dele. Não consigo ver um garoto como meu rival, vilão do meu drama. Pra mim, é cada vez mais difícil entender, e continua impossível explicar, mas o fato é que tenho simpatia por ele. O que não alivia o ciúme e a raiva de ficar com o mico preto na mão. Muitas vezes senti a tentação de me livrar do meu desgosto e salvar o que me resta de autoestima. Basta esquecer o rigor de só contar fatos acontecidos e comprovados, e soltar a imaginação pra inventar situações, mudar tramas, atenuar dramas e criar um desfecho mais favorável.

Poderia, quem sabe, afastar Lorena de Zejosé e propiciar circunstâncias pra que ela perceba o homem que eu sou. Exemplo: que um chefe de estação é o assistente perfeito pra biblioteca. Posso catalogar livro, preencher ficha de leitor, anotar empréstimo e devolução, e tudo o mais. Sei a posição de cada título na estante, li uma parte deles e vou ler muito mais. Poderíamos ter alguma convivência, e passear a cavalo pela Vereda das Flores, ou à margem do Riacho dos Espelhos, eu a tratando como uma princesa. Passear de barco, eu cantando canções de amor, ela admirada com o meu espírito romântico. Se fôssemos amigos, iríamos à beira do rio ver a lua cheia no céu estrelado, eu recitando versos líricos pra ela se arrepiar com a minha sensibilidade. Se tivéssemos intimidade, daria beijinhos na sua face, pra ela sentir o quanto sou carinhoso e imaginar os píncaros a que poderia levá-la. Se retribuísse o meu carinho, lhe sussurraria o desejo de dedicar a vida a fazê-la feliz! Se o enredo nos mostrasse casados, prepararia o peixe que eu mesmo pesquei pra jantarmos à luz de velas. Depois, com a cabeça no meu colo, leria histórias e trocaríamos ideias; no fim da noite, a beijaria na boca. De manhã, levaria o café na cama, como no romance do Hemingway. Eu teria escrito este livro, e ela, orgulhosa de ser mulher de escritor, me pediria um filho, que eu daria com prazer. Na falta do seu pai, seria seu companheiro e cúmplice, apoiando-a na batalha pra reaver a mina.[1]

Se a história tivesse final feliz, muita gente ficaria consolada e esperançosa. Eu poderia até ficar famoso e rico, mas não seria a história de um chefe de estação desativado, sem uma perna e apaixonado por uma mulher que não o quer. Lorena não o teria como proeza extraordinária, à altura dos grandes personagens. O esforço seria em vão, não adoçaria seu olhar pra mim. E não é comigo história com final feliz porque a vida não é justa.

Se renuncio ao conforto de imaginar, só me resta apurar os fatos. E os fatos, uma vez acontecidos, desmancham no ar, desaparecem. Restam vestígios e, às vezes, ralas consequências a serem interpretados. Quem chega depois se enreda entre as opiniões dos que presenciaram e as versões dos que têm interesses em jogo. E lá vou eu, pra baixo, pra cima, pra todo canto da cidade, a ouvir as pessoas! E me vi obrigado a trabalhar em casa também. De dia, escrevo aqui, na plataforma, lá organizo entrevistas, confronto opiniões, confiro datas, cruzo dados e passo a noite tão envolvido nisso, que acabo cozinhando pela madrugada adentro, pra garantir minha refeição — até gosto de cozinhar, não nessa hora! Além das tarefas de todo dia, varrer a casa, arrumar a cama e lavar a louça. Fica pro sábado e domingo lavar e passar roupa, limpar banheiro, arrumar cozinha e varrer quintal, que tomam mais tempo de quem usa muleta. A casa, pequena e aprazível, tem um jardim florido plantado pelas minhas irmãs, que eu cuido; dois quartos, um virou escritório; banheiro com corrimãos horizontais pra sentar ou ficar em pé sem muleta. A sala, onde dormia na infância, tem rádio e geladeira; a cozinha, fogão a gás. O quintal tem horta feita pela

---

[1]Se imaginação solta dá em xarope meloso e sentimentaloide, melhor escrever sobre fatos!

minha mãe, e vinte e duas árvores plantadas pelo meu pai. Mortos os pais e casadas as irmãs, Jovina veio ser a empregada. Desde que adoeceu, estou sozinho, justo no início das anotações. Pra ver como Ventania é um ovo, Jovina vem a ser mãe de Piolho, moleque do bando de Sarará. Os deveres de mãe solteira e a doença não a deixam marcar a volta ao trabalho. Até lá, cuido da casa, apuro os fatos e escrevo. Não abri mais o romance *Moby Dick*, de Herman Melville, que estava lendo.

Ao saberem que era solteiro, as pessoas indagavam por que não me casava: tinha bom emprego, casa montada, não bebia, não fumava, não jogava nem era mulherengo.[1] Havia até quem me considerasse bom partido! Cansei de ouvir isso, sem ter uma resposta clara pra dar. Casar parecia obrigação a que ninguém escapava, muito menos eu. Quando dizia que ainda não tinha aparecido a pessoa certa, me acusavam de exigente e recomendavam tomar tento com o tempo, que passa sem a gente sentir, e poderia me surpreender com a velhice solitária. Diziam que casamento traz filhos, casal vira família; e a casa, um ninho de amor onde a felicidade floresce, e essa coisa toda. Se eu dizia que pensava em casar, mas não tinha com quem, prometiam apresentar uma amiga com afinidades comigo que nunca aparecia. Quando acontecia de conhecer uma moça, ela se decepcionava logo. As mulheres daqui não se interessavam por um filho de pescador e costureira, tímido, calado, sem estudo nem assuntos palpitantes pra conversar. O tempo passou, e hoje a pergunta mudou, querem saber por que eu não me casei.

Depois do acidente, quase tive três namoradas. A primeira foi Rosa,[2] que era amiga das minhas irmãs. Morena tranquila e religiosa, não perdia a missa de domingo. Eu ia à igreja só pra vê-la. E chegava cedo, pra não ficar de coração miúdo quando a muleta ressoava pela nave; quase morria se o padre parava de falar até que me sentasse, com mil olhos em cima de mim. E ainda tinha o tempo de sentar, encostar a muleta na pilastra ou

---

[1]Era um santo. E, sem perna, um mártir. Santo e mártir não se casam.
[2]Pra não comprometer ninguém, as três aparecem com nomes fictícios.

estender embaixo do banco. Sem falar na dificuldade de ajoelhar, conforme o momento da missa. E tinha que ficar em lugar que Rosa passaria no fim da missa. Depois do encontro — será que ela acreditava que era por acaso? —, íamos a pé até a casa dela, conversando sobre as mudanças do tempo, se a cheia do rio poderia virar enchente, se haveria ou não ventania.[1] Ela ia a meu lado, mantendo cautelosa distância e passos desencontrados, pra muleta não baixar sobre seu pé. Tinha mania de tirar cravos e espinhas; ao ver uma dessas erupções, a boca enchia d'água de vontade de espremer — futucar minha cara foi nossa única intimidade. Um dia, me convidou pro piquenique da família numa cachoeira. Na manhã da saída, tive dificuldade pra subir na carroceria do caminhão, mais alta que o normal. Na quarta tentativa, os irmãos dela, pra ajudar, me levantaram. Não gostei. Pedi que me deixassem subir sozinho, mas eles, querendo ser gentis, insistiram. Perdi a paciência. Esperneei, empurrei, gritei e consegui me livrar dos braços impertinentes. Estava no chão, quando o pai dela desceu da boleia e veio solícito pra mim, oferecendo o lugar dele, com uma boa vontade piedosa. E foi levando a muleta, enquanto os filhos, reanimados, me carregavam pra boleia, alheios aos meus pedidos pra ir na carroceria. Viajei ao lado da mãe dela, cheia de cuidados comigo, enquanto lá atrás todos se divertiam e cantavam. Fiquei o piquenique todo mal-humorado. Na volta, ela quis saber por quê. Expliquei que detestava ser tratado como um coitado inválido. Ela me chamou de soberbo e ingrato, e passou a me evitar na missa de domingo.

Depois, foi Odete, bem mais nova que eu, linda e com jeito de menina, que, anos antes, tinha sido uma pouco estudiosa e distante colega de escola. Vaidosa e sedutora com seus olhinhos espertos e iluminados, era encantada consigo mesma e exagerava na maquiagem. À noite, rodando na praça de braço dado com amigas, estava sempre bem-vestida. Era tão linda, que a olhava sem desejos nem intenções, só pra alegria dos olhos.[2] Por isso,

---

[1]Enfim, os temas mais surrados da cidade.
[2]Duvido!

fiquei surpreso quando apartou-se das outras e veio a mim, que apreciava o *footing*, encostado numa árvore. Dizendo-se com saudade dos tempos da escola, perguntou pelos colegas, alguns que nem lembrava o nome e descrevia pelo lugar onde sentava, o tipo físico, a voz, as manias etc. Não entendia onde iria dar aquela conversa, que só revelava o quanto éramos distantes, quando sugeriu que fôssemos passear na beira do rio. Assenti desconfiado e mantive respeitosa distância entre nós. A fraca iluminação e as pedras, lisas e irregulares do calçamento, dificultavam firmar a muleta. Inseguro, andava de olho no chão, enquanto ela tagarelava sobre a mania das amigas de namorar garotos, ao passo que ela preferia homens vividos.[1] Eis senão quando a muleta escorregou na pedra, perdi o equilíbrio e desabei sobre Odete. Debaixo do meu peso, ela não gritou, chorou ou reclamou. Ao contrário, apertou meu ombro como se o abraçasse. Ao me levantar, esforçou-se pra ajudar sem necessidade. Em pé, sacudiu o vestido pra tirar a poeira e se esmerou ao limpar minha roupa, com gestos insinuantes. Me desculpei, ela se disse culpada de me levar a lugar inseguro.

Depois disso, as amigas traziam seus recados aqui na plataforma, ou levavam em casa. Convidava, ou sugeria, irmos a uma quermesse, passear na praça, ver algum barco aportar, visitar a mina abandonada, ver a lua na beira do rio. Como alguns passeios eram em lugares afastados, sugeria que fôssemos de bicicleta — desde o acidente, nunca mais tinha pedalado, me sentia tão incapaz de andar de bicicleta, que nem cogitava. No começo, fui na garupa. Um prazer abraçar a cintura dela, mas era difícil equilibrar a assimetria das pernas e incômodo levar a muleta na mão. Foi quando Odete me animou a pedalar. É preciso um impulso forte no único pedal, e preparar a pedalada seguinte com o mesmo pé — a perna cansa, e dói muito. Devo a Odete a redescoberta da bicicleta. Hoje, ando quando quero, mas prefiro deixar pra situações de necessidade.

A cada passeio, Odete se mostrava mais próxima. Não só no gesto carinhoso, mas também no aconchego físico. Ora sua mão tocava a minha

---

[1]Duvido!

e alongava o toque, ora pegava o braço da muleta e se estendia em afagos. Ora roçava o seio no meu braço, ora apertava e alongava o abraço de despedida. Em êxtase, mal acreditava que a menina linda e sensual dava demonstrações de interesse por mim. Mas, com o tempo, fui me convencendo de que havia até um sentimento, e ela era sincera. Eis que, na beira do rio, à luz da lua nova, ela beijou minha testa, várias vezes o rosto e chegou à boca. Foi a primeira vez que beijei a boca de uma mulher. Não foi tanto quanto diziam, mas muito mais do que já tinha sentido. Os corpos colados, beijei-a mil vezes, pra ter a sensação inteira do beijo, até que, à guisa de ver a lua sobre a água, ela girou e ficou de costas pra mim. Beijei sua nuca, a orelha, a outra, de novo a nuca até que, ofegante, ela virou-se e disse: "Eu te amo, Delfos. Casa comigo, meu amor!" Por um triz, no ímpeto da excitação, não topei. Um segundo no respiro do arfar, e o ar fresco me salvou. Desconversei, e, de repente, tudo me pareceu acelerado. Eu, casar com dois meses de passeios!

A experiência de homem vivido entrou em campo, e comecei a apertar o torniquete pra saber o que havia por trás daquele amor acelerado. Não foi difícil. Como toda mulher bela, ela era vaidosa e, como toda vaidosa, ingênua. Odete estava grávida de respeitável e bem-posto pai de família, com prole de filhos, que não queria ouvir falar em herdeiro de outra mulher. Revelada a verdade, ela abriu o jogo, certamente autorizada pelo pai da criança: "Não é de graça. Se o bebê ganhar uma família, vai ter recompensa. Senão, por que uma menina linda e gostosa ia se casar com um perneta feio e pobre?" Nunca mais falei com Odete, nem soube mais nada da sua vida.[1]

Depois foi Natália. Tinha 26 anos e podia não ser bonita, mas era alegre, prendada e divertida. Obcecada por casamento,[2] não perdia um na cidade. Fazia roupa nova, dançava a noite inteira e se jogava pra pegar o buquê. Como não podia ser seu par no salão, resolveu me ensinar a dançar. Ia toda noite pra casa dela, animado, mas encabulado. Ela punha discos

---

[1] É melhor calar, mas a língua é vingativa: um cara casou e sumiu, levando a recompensa.
[2] Alguém disse que, em Ventania, a mulher não ama o homem, ama o casamento.

• 165 •

na vitrola, pegava minha mão e, paciente e humorada, me ensinava os primeiros passos — eu dava mais pulos que passos, e fora do ritmo! Início de música, só dava eu pra um lado, ela pro outro. Mas aquilo foi ficando tão importante pra mim, que toda noite voltava pra casa contente, apesar do corpo moído. Por ideia dela, aprendi a me mover com a muleta rente ao corpo. Incansável, estava sempre pronta a repetir passos e reiniciar a música, sorrindo cúmplice a cada erro. Com o tempo, consegui acertar o passo ao ritmo da música. Com a dança fluindo quase sem interrupções, passei a sentir o calor do corpo dela junto ao meu. Depois, trêmulo com a estranha emoção que misturava medo e excitação, passei a perceber no meu corpo as formas do corpo dela. E sabia que ela sentia as formas do meu. Era a novidade que desconhecia: avançávamos mais no corpo do que na conversa. Sempre animada, Natália me iniciou em outros ritmos. Estava cada vez mais à vontade dançando, meu corpo se soltava no salão. Tinha a sensação de recuperar o prazer do corpo que a dor me fizera esquecer. Ela intuiu o que se passava comigo e me concedeu as primeiras intimidades com moça de família. Empolgado, me aventurava a inventar passos, que ela, bailarina maravilhosa, se esforçava pra acompanhar — num deles, girava a muleta no ar enquanto o outro pé pulava de um lado a outro no ritmo. Até que ela achou que deveríamos entrar no concurso de dança do baile de aniversário da cidade. Passamos a ensaiar quatro horas por dia, mandamos fazer trajes adequados, e a muleta foi decorada com papel e fitas coloridas. Nossa apresentação foi brilhante, o público aplaudia e gritava já ganhou! Havia pares sensacionais, vários casados, que dançavam juntos há anos, mas nós vencemos o concurso! Pra mim, foi a glória! Estava exultante. Até que, na entrega do troféu, o apresentador disse que a emoção era maior porque um dos vencedores era aleijado. O mundo desabou na minha cabeça. Não subi ao palco quando chamou os nossos nomes. Natália recebeu o troféu e disse: "Não existem aleijados, há pessoas que gostam de dançar e pessoas que não gostam", e jogou o troféu pela janela. No pasmo da plateia deu pra ouvir a louça[1] se espatifar nas pedras do calçamento.

---

[1] De louça vagabunda, o troféu era um casal, de fraque e vestindo longo, dançando valsa.

Com Natália, descobri o que nunca suspeitei: o corpo tem uma alegria que a dança deixa extravasar. A euforia leva a decisões. Uma noite, antes do encontro com ela, me preparei em casa, escolhi roupas, gestos e palavras pra dizer que queria muito que ela fosse minha namorada. Ela me ouviu calada, depois se disse comovida com meu carinho, mas seu coração pertencia a outro, a quem amava apaixonadamente e esperava um telegrama no qual ele diria estar livre pra ir ao seu encontro. Fiquei desolado. Hoje, agradeço a Natália por ter perdido o medo de salão de baile e ter virado um pé de valsa.

Contadas as histórias das moças de Ventania desde o acidente, não é preciso explicar por que continuo solteiro e cuidando da minha casa. Ao lembrá-las, me sinto mais perto de entender os medos que tenho de me declarar a Lorena, a única que me fez sentir a paixão. Talvez por isso esteja se tornando não quase namorada, mas quase personagem, como se tivesse sido criada pela minha imaginação.

Já me aconteceu, num domingo, que fiquei horas em casa, quieto de só ouvir o marulhar do rio chegando pela janela, redigindo uma passagem com Lorena,[1] e, de repente, pressenti a presença dela na porta, atrás de mim. Ao virar, senti um arrepio: era Lorena, em carne e osso, de chinelo, roupa caseira e um brinquedo na mão. Eu podia estar devaneando, delirando, sonhando ou enlouquecendo, mas era ela. Achegou-se com a intimidade de quem está em casa e me deu o brinquedo quebrado. Enquanto o consertava, ela me beijou o pescoço, a orelha, o rosto, e nos beijamos na boca, apaixonados.[2]

No fim da tarde, o coveiro conduz o grupo de pessoas que, rezando, avança pela aleia do cemitério. Dois homens levam um caixão azul de criança. Ao passar pela sepultura de Zé-elias, Zejosé acorda, espreguiça e boceja. Ao ver o cortejo, veste-se depressa, põe o barquinho no bolso e olha

---

[1]Pra quem se mete a escrever sem ser do ramo, cada palavra é uma caça à pulga no escuro; um suplício tornar a frase vagamente clara; um parágrafo pode tomar o dia todo; o sol nasce e morre, e eu labutando!

[2]Escrito, ficou estranho, místico, sobrenatural, sei lá. É a verdade, mas é melhor cortar.

pro grupo, que rodeou uma cova aberta. Lá estão Sarará, Buick, Andorinha, Piolho e outros do bando. Zejosé sente um calafrio ao ver Siá Boa, estranha mulher que, dizem, tem o poder de prenunciar a morte. Visita de Siá Boa é fatal: alguém da casa vai morrer.[1] Entre lágrimas, orações e algum grito de dor, o caixão desce. Zejosé avança uns passos, para a certa distância e observa o ritual. Sarará imita os presentes e joga um punhado de terra na cova. O coveiro conclui o sepultamento, e o grupo se afasta cantando. Sarará e a turma ficam por último, param e, em silêncio, encaram Zejosé, que vai até eles. A conversa é triste, tensa, em voz baixa e entrecortada de pausas.

— Quem era? Seu irmão? — pergunta Zejosé olhando nos olhos de Sarará, que responde com lentos movimentos de cabeça. — Qual? O Tininho?

— Doca — sussurra Sarará e abaixa a cabeça.

— O meu, Zé-elias — Zejosé faz um gesto de cabeça —, fica ali. Foi de quê?

— Tosse. E febre.

— Senta aqui — convida Zejosé, sentando-se numa sepultura.

Sarará estranha o convite. Olha pro bando, depois se senta ao lado de Zejosé. O bando se entreolha. Sem dizer nada, Buick se afasta. Piolho, Andorinha e os outros o seguem. Zejosé e Sarará ficam sozinhos. O sol afunda um pouco mais no horizonte, e o céu fica vermelho-amarelado. Zejosé tira o barco do bolso e, orgulhoso, mostra a Sarará.

— Ganhei.

Sarará leva a miniatura à altura do rosto e examina com curiosidade.

— Quem deu?

— Um amigo.

Sarará devolve o barco.

— Desde quando é amigo do Marinheiro?

— Muito tempo.

Sarará tira cigarro e fósforo do bolso. Oferece. Zejosé aceita. Fumam calados, sem se olhar. Fazendo o barco flutuar na fumaça, Zejosé fala como se continuasse alguma conversa interrompida há muito tempo.

---

[1]Visitava Dasdores quando Zé-elias foi atropelado. Se fecham a casa, ela reza na porta.

— Ainda quer dar o fora?

— Hum-hum.

— Agora, eu topo.

— Pra onde?

— Sei lá.

— Por que agora?

— Enchi o saco.

— Eu também.

— Queria sumir no mundo. — Silencia. — Melhor sumir que ir pra cadeia.

Sarará o olha nos olhos.

— Tem gente no seu pé?

— Não. — Zejosé evita o olhar dele. Mas Sarará olha-o. Depois de longa pausa, diz:

— Então, que dia?

Com a tragada, Zejosé engasga e tem forte acesso de tosse. Sarará debocha do fumante vermelho feito pimentão. Sem parar de tossir, ele joga o cigarro fora e se levanta com dificuldade pra respirar. Sarará também o acompanha, batendo nas suas costas.

— Assim que Doca começou!

Tossindo de perder o fôlego, Zejosé pega a bicicleta, mas não monta, conduz pelo selim. Os dois deixam o cemitério a pé, um tossindo e o outro rindo.

Faço aqui uma confissão: não gosto desse Sarará. Não devia dizer isso, mas é preciso advertir que, não gostando dele, vai ser difícil contar, com isenção, quem é esse Sarará, batizado Bento. A tendência é que só veja o lado ruim dos seus atos e sentimentos, e, com esse olhar viciado, prejudicá-lo como personagem e ameaçar meu compromisso de falar a verdade. Apesar de detestá-lo, não posso, nem quero, mostrá-lo apenas como detestável. Pode bem ser que o detestável seja eu! Preciso encontrar a maneira de mostrar, também, o lado bom dele — claro que tem! —, pra não virar a encarnação da maldade, o demônio — o que ninguém é. Deixo

• 169 •

aqui esta nota pra me lembrar de abrir a cabeça e os olhos, observar com rigor, ser compreensivo e até indulgente pra destacar as virtudes de quem detesto. No entanto, a verdade é que ainda não vi o lado bom dele; há risco do Bento virar um demônio!

Aonde quer que se vá, é impossível não notar a figura do mulato de cabelo de fogo, cercada de péssima fama. Ele tentou dissimular com boné e chapéu, e lhe perguntavam o que tinha aprontado pra andar disfarçado. A mãe tingiu seu cabelo de preto, parecia uma peruca, mais preta que a asa da graúna; bastou a molecada assobiar fiu-fiu, pra voltar a sarará. Uma vez, raspou a cabeça; no sol parecia um elmo acobreado. E nenhum disfarce atenuou sua fama. Desde então, nunca vai de um lugar a outro da cidade pelo trajeto direto, mesmo que seja a praça ou a beira do rio. Vai pelas áreas baldias, a linha abandonada do trem, as ruas vazias e becos ermos, entre muros e cercas vivas. E, aonde chega, mantém-se cabisbaixo, vira o rosto aos passantes, encobre-se pelo bando, atrás de árvores, em vãos de porta.[1]

É por rotas arrevesadas que ele se esgueira nesse entardecer, seguido por Zejosé, depois de aplacada a tosse. Com frieza e poucas palavras, Sarará explica um dos seus planos pra fugir de casa. Assustado, mas contido, Zejosé ouve respeitoso. Sabe da larga experiência do cúmplice em fugas de delegacia e cárcere privado em Ventania, e até na capital, onde evadiu do abrigo de menores. Sua ideia é embarcar como clandestino num barco; se não der, pagar vaga numa canoa e seguir coberto por uma lona. Viajar uns dois ou três dias até sair da área onde o pai de Zejosé negocia, e só então desembarcar. Depois, seguir de carona, ou a pé, até a capital.

— A pé? Até a capital? — espanta-se Zejosé, que até então ouvia em silêncio.

— A pé — confirma Sarará, implacável. — De dia e de noite. No sol ou na chuva.

---

[1]Com muito trabalho, liguei as meias-palavras do bando e, juntando dedução, intuição e uma pitada de má-fé, que, além de mínima, foi confirmada pelo que veio depois, reconstituí o que aconteceu.

Zejosé para, assustado. Sarará também para. Olham-se nos olhos. Sarará, baixo e atarracado, olha-o de baixo pra cima, que é seu jeito de olhar as pessoas; Zejosé, alto e esguio, de cima pra baixo. Sarará fala com voz calma e ameaçadora:

— Quantos dias caminha sem parar? — Zejosé não responde. — Quantos caminha no mato? Quantos dias fica sem comer? — Zejosé transido. — E sem água? E noites sem dormir?

Mãos pra trás, Zejosé risca o chão com o bico do sapato. Sarará assume atitude invocada, de aventureiro destemido. Sorri sádico diante da expressão apavorada do cúmplice, soca de leve seu peito e volta a andar. Zejosé o segue, ambos calados. Sarará tira o soco-inglês do bolso e brinca com ele nos dedos. Para de repente e volta-se pra Zejosé com seu olhar provocativo, de baixo pra cima, e fala num tom ironicamente afável:

— Fugir por quê? Tem pai, tem mãe, ninguém tá no seu pé. Foge não. E tem a loura do livro. Vai pra casa, vai. — Nas últimas palavras, o rosto afável ficou duro, impenetrável.

— Eu vou cair fora — reage Zejosé, irritado. — Não preciso de você. Posso ir sozinho.

Num gesto brusco, Sarará segura a mão que foi ferida e aperta. Zejosé uiva de dor, solta a bicicleta e vai se agachando. Ele se diverte com a dor do cúmplice.

— Ficou maluco? Pra que isso? Tá querendo o quê, Sarará? Vá à merda!

Zejosé sacode a mão enquanto ergue a bicicleta. Em brusca mudança, Sarará volta a ficar manso. Pega-o pelo braço e caminha, levando-o junto. Resmungando, Zejosé livra-se dele com um safanão e sopra a mão. Sarará tira o pião do bolso, acerta a fieira e joga. O pião gira na calçada como se estivesse imóvel; dorme, como dizem, e assovia levemente. Sarará o colhe entre o dedo médio e o indicador, e ele gira na palma da mão.

— Preciso ir pra casa — diz Zejosé, no selim. — Tá doendo! Vou fazer um curativo.

Enquanto o pião gira na mão de Sarará, Zejosé toma o rumo de casa, perdido nos próprios sentimentos. Está mais confuso depois do que acon-

• 171 •

teceu. Se Carmela o chocou, a reação de Lorena ao convidá-la pro novo time não o consolou; ela só pensava na vinda do tal Enzo. E, depois de levá-lo pra cadeia, fugiu dele, de repente, no meio da rua, sem explicação. Atordoado e desamparado, ele correu a abraçar o irmão morto. Mas nem no cemitério teve consolo. Lá estava Siá Boa, o anjo da morte! E ainda assistiu ao enterro do menino Doca. Por fim, a sinistra figura de Sarará, o Bento! E me pergunto: onde um garoto como Zejosé vai encontrar refrigério pra sua alma atormentada?

Ao largar Zejosé sozinho, Lorena se refugia na biblioteca. Angustiada, anda de um lado a outro, tentando entender o que aconteceu que a levou a agir por impulso, fugindo como adolescente do olhar de Zejosé; de onde vem a repentina vontade de ficar sozinha que a tomou? Um turbilhão de imagens, pensamentos e emoções confunde seus passos entre as estantes quando lhe ocorre que Zejosé a perturba. Apoiada na estante, vê, pela janela, o homem com cachos de banana verde nas costas. Lorena rejeita a ideia de que Zejosé a perturba. No entanto, sente que aquela criança an- gelical revolve nichos escuros de sua vida. O olhar de tristeza infinda com que a olhou se fundiu com o arrependimento de tê-lo levado à cadeia e, de repente, se sentiu esvaziada de vida, como se fosse seca, oca, sem nada, numa insatisfação assustadora. Que vida é essa, que não lhe dá o filho que tanto quer, espera e sonha? Tem pavor de pensar que nunca será mãe. A insatisfação vira desespero: que vida é essa que não lhe dá um pai pro seu filho? Senta-se à mesa; na janela, o homem oferece bananas verdes, ela recusa. Lorena rejeita a ideia de que a vinda de Enzo a está perturbando. Quando Zejosé a olhou na bicicleta, não era uma criança, mas um homem jovem, belo, viril e frágil que a olhava. Sentiu que ele ia dizer alguma coisa e, varada de arrepios, esperou ouvir o que não tem coragem de dizer nem a si mesma. Ele não disse. Em silêncio, manteve os olhos nos olhos dela. E ela, de coração disparado, continuou esperando. Até que o medo e a culpa tiraram seus olhos dos dele. Lorena tem vivido numa solidão devastado- ra, sente-se encolhendo, descarnando. Nunca viveu tão só. A saudade da capital dói. Enzo lhe traz a lembrança de dias felizes e noites alegres, dos amigos de faculdade, das conversas nos bares, de ir ao cinema, ao teatro e restaurantes. Lorena sente-se distante da sua própria vida, parece que nunca mais vai voltar à capital. Chega a pensar como vai ser se um dia voltar, o que passa pela cogitação da morte do pai — e imediatamente para de pensar. Vai ao banheiro, olha-se no espelho. O rosto está molhado de lágrimas. Ela lava-o, enxuga e retoca a maquiagem.

No fim da tarde, fui à biblioteca. Como sempre, finjo que escolho um livro pra ver Lorena antes de ir pra casa. Já tinha emprestado o título da semana, e parei na estante de periódicos. Que bela surpresa! Encontrei uma pilha de *Raio Vermelho*, revista mensal de grandes histórias — 600 quadrinhos! —, da editora Primavera, que li desde o número um na época de escola! Eram aventuras de Misterix, Kansas Kid e da fantástica Pantera Loura, cúmplice da minha solitária iniciação sexual. Peguei ansioso um exemplar. Na capa de cores vivas, a loura estupenda, metida num maiô de pele de onça, voa, agarrada ao cipó, entre árvores da floresta amazônica. Folheando-a embasbacado, quase me distraio de Lorena — estava ali pra amá-la com os olhos! Ela lia na sua mesa, linda e radiante. Olhei a revista, olhei Lorena e captei por que ela é a Pantera Loura. Alheia aos meus devaneios, ela falou animada do filme que o Enzo vai trazer da capital e pediu ajuda pra arrumar o galpão onde será exibido. E anunciou eufórica que vai jogar no novo time. Eu, que buscava consolo pra noite, fui pra casa me roendo de ciúmes da Pantera Loura. Não bastasse o fedelho, um Enzo pra azedar a vida! E a inveja por não jogar futebol!

À noite, na cama da mãe e recostado na cabeceira sobre o travesseiro do pai, Zejosé encontrou algum refrigério pra sua alma atormentada. Coladas as páginas soltas, lê em voz alta *Os meninos da rua Paulo* pra Dasdores, que, aqui e ali, corrige a pronúncia de alguma palavra. E, quando ele não sabe o significado, ela ensina a consultar o dicionário. A certa altura, para e pergunta à mãe:

— Que dia o pai volta?

— Quem sabe quando seu pai vai ou quando volta, meu filho?

A leitura se estende até o sono abrandar o entusiasmo de Dasdores. Ele insiste em dormir no lugar do pai, mas ela, incerta da volta do marido, manda-o pro próprio quarto, depois de resistir o quanto pôde. A contragosto, ele obedece, levando livro e dicionário. Deitado — o barco sobre a mesa —, volta a ler e a visitar o dicionário. Mudando de posição, lê sem parar até que a luz da cidade se apaga. No escuro, resmunga e dorme — a segunda vez no dia. Agora, em vez do irmão morto, dorme sobre o primeiro livro que lê.

— Acorda, Zejosé! — vozeia o papagaio, como se saudasse um novo dia.

Zejosé dorme até mais tarde, como se tivessem esquecido dele. Não apenas a ausência de Ataliba[1] alivia as tensões da casa, como a ideia, certa ou errada, de que as férias começaram contagiou todos, menos o papagaio, a quem ninguém dá ouvidos — só Zejosé, que, farto da marcação cerrada, sempre ameaça torcer-lhe o pescoço.[2] Ao acordar, relê o último parágrafo pra reavivar onde parou e, só então, se levanta. Toma café com a mãe, viçosa e perfumada, de roupas claras e leves, como quem saiu do banho. Ela fica radiante de saber que ele avançou na leitura antes de dormir. Animada com as novidades, presenteia-o com o dicionário que lhe deu o pai, o memorável professor Torquato.

Dasdores sai de casa prometendo desentranhar os nomes do Conselho Escolar. Seu plano é se reunir com todos os membros. Depois do café, Zejosé volta ao quarto e à leitura. Pra espanto da casa, lê sem parar e sem sair do quarto, afetando a rotina de Durvalina. Ela bate na porta uma, duas, três vezes, sem resposta. Bate forte e junta a voz lânguida: "Zejosé! Zejosé!" Ou "Zejosé, tá dormindo?" Ou "Acorda, pra arrumar o quarto!" A curiosidade atiça a necessidade, e a voz fica altiva: "Tenho mais o que fazer, Zejosé! Posso entrar?" A voz reage, lenta e distante: "Nããão." Durvalina inverte a ordem, ela entra, depois ele acorda: "Eu entro, arrumo, você pode dormir."

---

[1] Meu pai dizia que, quando o gato sai, os ratos fazem a festa.
[2] Bicho chato, esse papagaio! Eu não aguentaria uma semana! Mandava passear ou dava formicida.

A voz fica mais alta e viva: "Não tô dormindo, sua burra! Não sabe que tô lendo um livro!" Ela se afasta. Na volta, entra no quarto sem bater.

— Me mandaram entrar — ela diz sedutora. Atento à leitura, ele não reage à presença.[1] Ela insiste. — Vai passar o dia na cama? Bem que queria me enfiar debaixo desse lençol!

Zejosé, que tem curiosidade sexual, mas se assusta com o fogo de Durvalina, descobre que o livro pode ser uma trincheira. Não, se a tentação for Durvalina! Como toda fêmea, nasceu sabendo tudo de sedução. Se ele se protegeu do ataque direto, ela se insinua por trás ou pelos flancos. Quando limpa gaveta, arruma mesa ou cata roupa suja, o abaixa e levanta cria um vaivém, que o vestido de algodãozinho surrado sobe e desce como a cortina de circo, ora mostra ora esconde os altos da entreperna com promessas delirantes. Ou, de frente, mostra o vale dos sinos na curva do decote ao juntar meia, sapato, estilingue, pipa e bola de gude espalhados pelo chão. Ela tem consciência milimétrica de quanto, em cada posição, oferece das coxas carnudas ou dos tenros seios à trêmula curiosidade de Zejosé, que, a essa altura, finge que lê, isto é, refugia-se no livro quando ela o olha de lábios úmidos e narinas que dilatam e contraem na pulsação do desejo. Não apenas dispersa a atenção dele como provoca turbulência na sua plácida inocência, com calafrios, arrepios, tremores e fluidos. Oh, Deus, como sofrem as almas inquietas de 13 anos! Quando o garoto afinal atende ao pedido da mãe, e se tranca no quarto pra ler, a tentação arromba a porta!

— Vai ter que sair daí pra eu arrumar a cama — pede Durvalina.

Ele tira os olhos do livro e os põe sobre ela com ar presunçoso.

— Não vê que estou lendo? Livro não é brincadeira. É coisa séria, entende? Seriíssima!

— Ué! Arrumar cama também é.

— Pra ler, é preciso ter crânio. Todo mundo tem que respeitar, fazer silêncio e tudo o mais.

— Sei! Depois, eu que aguente o esbregue!

---

[1] Duvido!

• 175 •

— Como posso concentrar o crânio na leitura se fica me aporrinhando com arrumação!

— E minha obrigação? Se não quer sair daí, caio fora. Depois se entenda com sua mãe.

— Tá bom, Durvalina. — Ele pula da cama e vê que veste apenas cueca.

— A cuequinha que eu lavei com anil! Que gracinha! — encanta-se Durvalina. Ele se enrola no lençol. — Não precisa cobrir. Não vi nada. Eu fecho os olhos, viro de costas, não vou olhar. — Ela fica de costas pra ele. — Pode vestir a roupa.

— Então, me dá a calça azul. — Ela entrega a calça sem se virar.

— Quer ajuda pra vestir? Não cortou a mão? Abotoo tudo de olho fechado, quer?

— A camisa branca.

— Já? — lamenta-se ao dar a camisa. — Pra que tanta pressa? — Ele se veste, pega sapatos e livros, e sai do quarto na ponta dos pés, batendo a porta. Ela abre os olhos furiosa.

— Fresco!

Livro e dicionário na mão, Zejosé entra no laboratório e dá bom dia ao avô, ocupado com medições, cálculos e relatórios meteorológicos, e apreensivo com as estripulias do carteiro Nicolau.[1] Canuto quer saber se saiu a nota da prova, o neto não sabe; onde estão Dasdores e Isauro, e ele também não sabe. Zejosé deixa o dicionário sobre a mesa, enfia o livro no cós da calça e sai, acenando pro avô. De volta ao quintal, sobe no abacateiro, senta-se no galho e recosta-se no tronco. Num giro de olhar, abraça a paisagem ao redor. Céu sem nuvens, sol ameno, brisa fresca. Dia lindo! Ele sabe que as condições do tempo são boas e duradouras. Pipas coloridas flutuam no ar. Ao longe, o rio, os armazéns do porto, a estação na praça, biblioteca — então, se vê daqui![2] —, escola, campo de futebol, cemitério, matadouro. Ao longe, ouvem-se motores de carro e caminhão,

---

[1] Uns ameaçados por não ler, outros por ler demais!
[2] A biblioteca está onde sempre esteve. Ele é que não sabia da sua existência.

apitos de barco, vozes de vendedores de frutas, leite, vassouras, balidos, latidos, berros, tilintar de cincerro no pescoço dos animais, passarinhos, galinhas e vozes humanas difusas. Nos vizinhos, crianças jogam pedrinhas em ovelhas e água nas mulas. Meninos de estilingue miram o traseiro dos animais. Só então Zejosé acomoda o corpo entre o tronco e o galho, abre o livro na página onde parou e põe-se a ler.

Lê por longo tempo, até que reflexos do sol em espelho passeiam sobre seu rosto. Tira do bolso um caco de espelho, responde à mensagem e volta a ler, até que um assovio o traz de volta ao abacateiro. Enfia o livro na cintura, desce da árvore e abre o portão dos fundos. É Sarará, de bicicleta. Num riso amarelo, pergunta se a mão sangrou, inchou ou roxeou. Zejosé mostra a mão sã. Ele se desculpa pela brincadeira[1] e convida pra tirar melducéu.[2] Zejosé queria ler,[3] mas se rende ao convite e às desculpas. Deixa o livro no laboratório, pega a magrela, cruza o portão e desaparece com Sarará.[4]

Depois de pedalar por ruas e becos, longo trecho paralelo à linha do trem e áreas baldias, o bando, que inclui também Buick, Andorinha e Piolho, se afasta da zona urbana. Na estrada de terra, o grupo segura na carroceria do caminhão carregado, que roda devagar, e avança sem pedalar. Adiante, sai da estrada, pedala mais um tempo e, semiencoberto por árvores e arbustos, desmonta, solta galões vazios que, afora Zejosé, traz no bagageiro. Depois de ocultar as bicicletas com galhos e folhagens, o bando de aventureiros segue a pé pela mata. De olhos claros e voz aguda, Piolho, aos 11 anos, é o mais infantil do bando. Pequeno e magro, longos cabelos ruivos cacheados — promessa da mãe por graça alcançada —, infestados de piolhos — hoje mortos, diz ele. O risonho Andorinha, que vive exibindo os dentes claros e retos que contrastam com a pele mulata. Obcecado pelo sonho de voar, andou pulando de telhados e árvores. Negro retinto, Buick é

---

[1]É brincadeira, esmagar a mão ferida do outro?
[2]Melducéu é como Sarará chama o mel do céu, um tipo de mel que se colhe no cume de árvores altíssimas.
[3]Duvido!
[4]Ler é difícil. Trancado no quarto ou no alto do abacateiro, há sempre alguém pra atrapalhar.

forte e troncudo, fala pouco, ri menos, é calmo e sereno. Nunca opina nem vota, sempre segue os outros. O nome veio do pai, chofer de praça, que, sempre bêbado, não abastece o carro e erra o destino dos raros passageiros. O bando avança pelo terreno irregular, Sarará à frente, Buick por último; entre os dois, revezam-se os outros três. O pé torcido aqui, passo em falso ali, queda acolá, adiante topada, tropeço, escorregão, galho na testa e espinho no olho, o pitoresco bando avança, entre troncos, arbustos, tocos e galhos soltos, na vasta capoeira de pastos, que aos poucos se adensa. Tudo em nome do divino sabor do sagrado melducéu.

Depois de atravessar um riacho, com água no joelho, o bando sobe uma elevação. Do outro lado, na descida da encosta, se depara com a tropa pastando: uns vinte animais, entre cavalos, éguas e potros, domesticados e bem-tratados. Embora não se aviste vivalma, moradia ou estrebaria, cresce entre os meninos o clima de apreensão. Falam baixo, gestos medidos, olhares acesos e ouvidos atentos. Sarará deixa escapar que as terras e os animais pertencem ao Dr. Conrado, hoje da sua filha, "a loura do livro, que é — poxa, é mesmo! — amiga de Zejosé!", conclui, espantado, enquanto Zejosé se fecha, confuso com a coincidência: "É certo invadir as terras e roubar os cavalos dela?", ele se indaga. Em seu socorro, Sarará diz que ela nunca aparece ali, o que não muda o sentimento de que é errado. Todos, menos Zejosé, têm cordas em volta da cintura, sob a camisa, que desenrolam. Sarará trouxe duas e dá uma a ele. Feitos os laços, o bando acua os animais, e cada um laça o seu preferido. Montam em pelo e partem a galope mata adentro.

Logo a mata se fecha numa floresta de árvores altíssimas, com copas ralas nas grimpas. O estirão cansou os animais e o bando, ainda mais Zejosé e Piolho, nada afeitos ao mato. Sem os laços, os animais são levados a descansar numa clareira. Enquanto esticam as cordas pra tirar nós, Sarará responde às perguntas de Zejosé e Piolho, os mais curiosos.

— Meu vô foi escravo nessa sesmaria. O pai, negro livre, também trabalhou aqui. Tiravam melducéu nessas árvores. — Cada um escolhe sua árvore na área, altura duas a três vezes a de um coqueiro. — O vô chamava mel-de-pau. O pai chama comida do Paraíso. — Passam a corda à volta do tronco da árvore e das próprias costas, e amarram as pontas.

— Atenção pro nó! — adverte Andorinha. — É nó firme, de marinheiro. Afrouxou, adeus!

— A mãe passa melducéu no beiço de anjinho que nasce — continua Sarará. — Pra adoçar a vida que vem. Ela disse que Doca morreu por falta de mel sagrado. O pai diz que melducéu é a recompensa pra quem chega quase no céu com seus braços e suas pernas.

O elo de corda rodeia as costas do menino e o tronco da árvore. Descalços, galões presos à cintura, o corpo pesa nos pés, com a sola virada pro tronco e as pernas arqueadas.

— Só não pode é ter medo — diz Sarará. — Com medo, melhor não subir. O medo derruba. O pai diz que, se der medo, cai na hora. Muita gente despencou e morreu. Pra tirar melducéu tem que ser macho. — Sarará abaixa a cabeça e reza contrito.

— Silêncio pra oração! — avisa Andorinha. Faz-se silêncio. Todos oram contritos.

Pra escalar, sobe-se um pouco a corda no lado do tronco, mantendo as costas na corda. Apoiadas na sola do pé, as pernas vão ficando retas, paralelas à árvore, e o corpo sobe. Ao pé de sua árvore, Piolho olha pro alto, mão em aba na testa, e treme.

— Deus que me livre! — e desamarra a corda. — Nem morto eu subo nisso. — E desiste.

— Nunca vai voar, piolho de cavalo! — debocha Andorinha.

— E você vai! Melhor piolho de cavalo do que valente morto — retruca Piolho.

Cada um na sua árvore, os quatro começam a subir. Sarará sai mais rápido. Depois Buick, seguido de Zejosé. Andorinha é o mais lento. Do chão, Piolho acompanha apreensivo. Cansado, Zejosé sobe mais devagar. A sola do pé dói, prensada contra o tronco. Ao olhar pra baixo, sente o risco da altura, o dobro da que senta pra ler. Os cavalos ficaram pequenos, mal vê Piolho, e nem chegou à metade! Não imaginava que fosse tão pe-

• 179 •

rigoso. Respira fundo, junta forças e continua, mas devagar. Não sabe por que topou essa doidice de Sarará. Após um tempo, olha as outras árvores: é o mais baixo de todos. Sarará subiu três quartos da altura. Na metade, Zejosé para. Não sobe nem desce. Nem consegue mais olhar pra baixo. Na sua cabeça refluem imagens do cemitério, de Zé-elias, Doca, Siá Boa. Vem o sentimento de que chegou a sua vez, vai morrer. As palavras de Sarará ecoam: "Deu medo, cai na hora!" Em pânico, Zejosé nem se mexe; mal respira. Reza baixinho.[1] Ouve gritos no alto e olha pra cima. Sarará e Buick estão sendo atacados por abelhas furiosas.[2] Gritam e batem no próprio corpo, em luta desesperada contra as picadas; tentam afugentar o enxame e se seguram na corda. Ao chegarem nas grimpas, amarram as cordas e, equilibrando-se nos galhos, vão até as colmeias, no meio das copas. Um passo em falso é a queda, e a morte. Se não forem rápidos, vão ser devorados pelas abelhas. Andorinha também chega ao cume. Antes que cheguem à fonte de melducéu, Zejosé não aguenta mais olhar. Fecha os olhos, com tonteira.[3]

Do chão, Piolho não enxerga o cume, mas vê Zejosé empacado no meio da árvore. De joelhos e mãos postas, ele reza. O pescoço dói de tanto olhar pra cima. Reconhece a voz de Andorinha, que grita: "Desce, Zejosé! Não para, não! Desce, desce!" Até suspira quando Zejosé se mexe pra baixo. Mais, e começa a descer. Num descuido, a corda cai, ele tem de se atracar ao tronco. E desce gemendo e chorando de ralar o peito, a barriga, o corpo todo na árvore. Piolho se desespera e reza com mais fervor. Enfim, Zejosé baixa na terra, trêmulo, olhos arregalados, mãos esfoladas, sola do pé escoriada, a camisa imunda e o peito ardendo. Dá graças a Deus por estar vivo. Olha pra cima, não resiste à emoção e chora convulsivo. Senta no chão, recosta numa árvore, fecha os olhos e reza.

---

[1]Quando me contou, muito tempo depois, voltou a ficar trêmulo e a suar. Teve que beber água pra continuar.
[2]Há quem diga que ali tem abelhas-africanas. Acho um certo exagero. Mas não queria estar na pele deles!
[3]Piolho sentiu que ele ia cair. Viu quando abraçou a árvore com mãos e pernas e encostou o rosto no tronco.

Sarará, Buick e Andorinha chegam ao chão com os galões cheios de melducéu, rosto e braços inchados das picadas de abelha. Tiram o ferrão uns dos outros, e o prevenido Sarará pinga limão. Pelo costume, quem não tirou o melducéu não pode saboreá-lo, o prazer do mel é restrito aos vitoriosos que alcançaram o cume e a quem eles ofereçam, desde que não seja desistente. Além da vergonha de terem desistido, Zejosé e Piolho ainda tiveram que assistir aos três, caras deformadas pelo inchaço, se deliciarem com o melducéu, incluídos caricatos exageros pra fazer inveja, provocar e tripudiar. Andorinha é implacável ao gozar os desistentes, até cruel com Zejosé, que se aquieta num envergonhado silêncio. Piolho, Buick e Sarará, mais solidários, até o defendem. Estão nessa festa quando um furioso enxame de abelhas ataca de surpresa. Aos gritos, o bando espavorido se dispersa na correria, pra se juntar na área onde estão os cavalos e montar o mais depressa que podem. Partem a galope. Ilesos até então, as ferroadas fazem um estrago em Zejosé e Piolho.

Adiante, certos de que se livraram das abelhas, param pra cuidar das novas picadas. Voltam a galopar e só param no pasto, onde soltam os animais e seguem pro esconderijo das bicicletas. A longa caminhada é penosa pra Zejosé, que lamenta a dor cada vez que a sola do pé toca o chão, sem falar do ardor no peito e nas mãos. O rosto inchado quase lhe fecha os olhos. Apesar de tudo, sente um alívio: cansado de fazer graça, Andorinha dá uma trégua e ele se acalma. Logo é tomado por um turbilhão de fatos e sentimentos. Peneirados e filtrados, fica a forte impressão: se no cemitério agregou à sua vida a verdade de que os outros morrem, ao buscar o prazer do melducéu sentiu a própria morte. Sua cabeça pode se distrair com o tempo, mas seu coração nunca vai esquecer o medo de morrer. Tem a sensação de ter perdido alguma coisa valiosa e conquistado outra preciosa — mas ainda não sabe seus nomes.

Ao entrar pelos fundos, Zejosé surpreende a mãe com *Os meninos da rua Paulo* na mão. Ela se assusta com o deplorável estado do filho. Calmo, ele explica que foi atacado por abelhas ao colher mel silvestre, e a camisa rasgou ao abraçar o tronco. Não tirou o ferrão, mas aplicou limão. Pronta

• 181 •

pra sair, ela examina por alto as picadas e admira a novidade do filho previdente. A boa impressão se soma à animação por ter obtido os nomes do Conselho Escolar e por ele ter concluído a leitura do seu primeiro livro — o que a levou a comprar um presente! Ele desmonta, ela nota as mãos vermelhas e as dores no pé a cada passo. Ansioso pra mudar de assunto, vê o livro na mão dela e se antecipa:

— Acabei de ler, mãe! Puxa, achei bacana.

Soa falso aos ouvidos de Dasdores. Uma súbita desconfiança se instalou. Mais que intuição feminina, o conhecimento de quem esteve nove meses no seu ventre e mamou outro tanto no seu seio. A desconfiança se torna imprecisa certeza, uma desesperança. Sem dizer nada, ela lhe abre passagem — o gesto formal revela a muda irritação. Ele avança desconfiado à sala de jantar, ela o segue, observando os braços, as mãos, o jeito de andar. Sentam-se. Folheando o livro, que acabou de ler nesta tarde, Dasdores o interroga:

— Se achou a história bacana, o que fez o menino Geréb, que a turma não achou bacana?

— Olha minha mão, mãe! Toda esfolada. A sola do pé também. Posso passar o remédio?

— Onde foi colher mel? Saiu sem almoçar e voltou agora?

— Eu digo, mãe. Antes, deixa passar o remédio. Arde pra... Uhhh...! Puxa vida!

— Antes, me responda: o que Geréb fez de tão grave? Você não leu?

— Quer saber o que ele fez? Ele... não consigo me lembrar... Uhhh...! Ele mentiu?

— Você mentiu! Geréb traiu os amigos dele. — Dasdores se levanta irritada e solta os livros sobre a mesa. — Tivesse lido, ia ganhar o presente que sempre pediu. Oh, meu Deus! Não sei mais o que fazer com você, Zejosé! Não leu, e ainda mentiu!

— Mas eu li, mãe. — Zejosé se agita, aflito. — Não lembro desse cara que falou, mas lembro do Boka, que tem 14 anos, um mais que eu, e já tem voz grossa. É o chefe do bando da rua Paulo. Mas não é valentão nem gosta

• 182 •

de briga. É inteligente, só diz coisa séria, sem bancar o sabido. Lembro do Nemecsek, o lourinho mais novo, o único soldado raso, que tem de fazer continência pra todo mundo. Mesmo assim, é orgulhoso de ser do bando. No quartel, que eles chamam de *grund*, quem não tranca a porta pode ir pra prisão. Não entendi essa parte, eles prendem os meninos? O Nemecsek reclamou pro capitão Boka que era o único que continuava soldado raso. Que todo mundo mandava nele, e tinha que obedecer. Aí, ficou emociona-do e chorou; um outro disse: "Chorou, tem de ser expulso!" E chamaram ele de bebê chorão. O capitão Boka falou com calma: "Se não parar de berrar, não pode vir aqui. Não queremos fedelhos. Se você se comportar bem, pode ser promovido depois." Um outro mandou ele fazer a ponta do lápis. O lourinho ficou triste, apontou o lápis e fez continência com a cara molhada de lágrima.

— Sabe quem o mandou apontar o lápis? — Dasdores o corta. — Geréb, o traidor! Não precisa contar mais. Você leu, mas não leu até o fim. — Dasdores se emociona. — Não sabe quem foi nomeado capitão, quem é o herói, quem adoeceu, quem morreu, não sabe que este livro é lindo e que chorei muito esta tarde. — Ela vai saindo. — Quando acho que vai tomar jeito, que está criando juízo, é mentira, mentira e mentira! Você não merece mesmo ler uma história de garotos inteligentes que falam a verdade. Nem sei pra que vou conversar com essas velhas do Conselho Escolar! Agora, lava as mãos, faz os curativos, toma banho e almoça. Depois, quero saber por onde andou.

— E o presente?

— Presente! Para de mentir! Leia o livro. Se um dia entender a história...! — Ela se afasta pisando forte, pega a bolsa e sai, batendo a porta.

Zejosé pega o dicionário e o livro, e se arrasta pro quarto. Mal senta na cadeira, Durvalina surge oferecendo ajuda. Ele aceita. Ela some e volta com bacia d'água e medicamentos. Carinhosa, o ajuda a tirar a camisa e os sapatos, e, sentada nos calcanhares, limpa a sola do pé com algodão e álcool, e aplica uma pomada branca. Ele geme de dor. Depois, faz o mesmo com as mãos. Solas e palmas empomadados, ele recosta na cadeira, ela se ajoelha no chão e cuida do peito. Os corpos se atraem, a respiração muda, mãos deslizam do curativo à carícia. Sobem à saboneteira, envolvem o pescoço, giram suaves à volta dos mamilos, metem-se pelo umbigo, descem ao túnel da calça, roça os pentelhos. Nascida gueixa, Durvalina tem arrepios com as delícias da servidão voluntária. Depois de um tempo, longo e prazeroso, o peito também fica branco. Pés, mãos e peito untados de pasta pegajosa, Zejosé está nas mãos de Durvalina quando chega a vez das picadas de abelha. Ela raspa o local com a unha. Pra enxergar o ínfimo ferrão, só olhando de muito perto, tão perto que os lábios, vizinhos dos olhos, acabam tocando a pele — o beijo é inevitável. Na fúria cega, as abelhas picam a esmo e espalham ferrão pelo corpo inteiro. Durvalina não se poupa nem se inibe de beijar a região de cada ferrão, mesmo depois de aplicar limão e vinagre. Como fez com as mãos no peito, esquadrinha o corpo com mãos e lábios, nos braços, pescoço, rosto, peito, até se deparar com... Calu, sua mãe, plantada na porta. Levanta num pulo, junta bacia e tudo o mais e sai do quarto às pressas.

Nos dias que se seguiram, tempo necessário pra curar esfolados, escoriações, inchaços e vermelhões, Zejosé não joga bola nem sai de casa. Apenas lê. Conclui a primeira leitura e lê a segunda vez.[1] Fica impressionado, e cada vez mais intrigado, como as coisas parecem de verdade, como se estivessem acontecendo na vida. Como um mundo que também está aqui e só alguns sabem. Quando a neve caiu, se perguntou onde andava o meteorologista! Mesmo sendo muito diferentes, acha que os garotos lembram Sarará, Andorinha, Buick. O lourinho Nemecsek é a cara do Piolho. Ficou admirado com a coragem dele — nisso é bem diferente do Piolho. Ele tinha medo da guerra, e, pra piorar, ainda adoeceu. Mas tinha tanta coragem, que foi capaz de fazer tudo com medo, e de fazer tudo doente! Depois que sentiu como se morre, e seu coração não esquece o medo de

---

[1] Quando toquei nesse assunto, ele ainda estava tocado pela leitura e não quis comentar. Disse que sonhou com as personagens, e ainda repete uns diálogos. E que não entende como as letras cutucam a mente pra virar uma história na cabeça de cada um que lê.

morrer, Zejosé diz que chorou com a morte de Nemecsek como se fosse o seu próprio fim. Não entende como um cara legal e amigo pode morrer; no entanto, morre; como aconteceu com Zé-elias. Parece que a vida não é mesmo justa. Mas ficou tão empolgado com a leitura, que ainda abre o livro ao acaso e lê algum trecho. Continua intrigado como as letras, pintadas no papel, escrevem as palavras, que se juntam nas frases etc., a gente lê tudo aquilo e, de repente, como se fosse mágica, tem uma história na cabeça, e não no papel! Enfim, lendo *Os meninos da rua Paulo*, Zejosé riu, chorou, divertiu-se, encantou-se, apaixonou-se pela história e quase decora o livro.[1] Ao contar pra Dasdores, mãe e filho riem e choram abraçados. E ela o presenteia com uma bola de futebol, de couro, 24 gomos, a Superball, da Copa de 58, que sempre sonhou.

Lorena já sentia falta de Zejosé[2] quando ele, cabelo úmido rente à cabeça, rosto rosado e fresco de quem acaba de tomar banho e vestir a camisa passada, encosta a bicicleta, anda junto à parede, espiando dentro da biblioteca, e entra com um livro na mão. Ela, que o seguia pela janela, larga tudo e corre a abraçá-lo. Vêm à sua memória imagens da última vez que o viu. Ele a olha, como se fosse dizer alguma coisa. Ela espera que diga. Ele se embaraça com o olhar dela, mas não tiram os olhos um do outro. De volta ao abraço, ela percebe que Zejosé a aperta um pouco mais[3] e, instintivamente, relaxa, entrega-se. De olhos fechados, sente a firmeza dos músculos, a respiração ofegante, o coração acelerado, o perfume alegre de banho recente. Com as curvas femininas coladas ao seu corpo, Zejosé sente um prazer desconhecido, que lhe arrepia os pelos. Ao descobrir que é um pouco mais alto que ela, brota vago e agradável sentimento de poder. Lorena, por sua vez, se sente colada ao corpo de um homem e, num impulso, beija-lhe o rosto.[4] Vermelho feito um tomate, ele hesita e retribui, roçando

---

[1] Decorou mesmo foi o significado de palavras que consultou no dicionário. Disse que no começo era chato procurar, mas, no fim, até se divertia ao saber o que certas palavras querem dizer.

[2] Ela nunca sentiu falta de mim. Nem do amigo. Nem mesmo do leitor!

[3] Zejosé disse que a pegou firme. Não acredito, é bravata de macho. Foi mais um ataque da Pantera Loura.

[4] Não disse? A Pantera Loura no cio ataca a presa adolescente! Ela não consegue se controlar!

ligeiramente os lábios na face dela. Olham-se rosto a rosto, os lábios dela se entreabrem,[1] ele mantém os seus cerrados. Como boia pro náufrago, ela vê *Os meninos da rua Paulo* sobre a mesa; dribla Zejosé e pergunta pelo livro. Quando ele diz que já leu, ela se empolga:

— Que honra! Um novo leitor nasceu em minhas mãos! Perdeu a virgindade comigo![2]

Ela dispara a perguntar, e ele a responder. Nem sempre concordam sobre as personagens e o enredo. E ela sempre chama atenção pra um detalhe, um diálogo ou uma palavra que ele não tinha notado. A conversa se alonga, estende e estica, com a palavra reanimada por água fria, café quente e bolacha fresca. Até que surge a indagação do novo livro que deve ler. Ele pede que Lorena sugira; ela não hesita. Vai às prateleiras, guarda *Os meninos da rua Paulo*, e volta com outro volume.

— Depois de heroísmo, traição, morte e amizade entre Nemecsek, Boka, Geréb, e os outros, acho que deveria ler esta história. — E lhe entrega o exemplar de *Robinson Crusoé*, escrito pelo inglês Daniel Defoe. Ele olha longamente a capa e depois folheia curioso. Ele está contente com a reação de Lorena. Criou um clima leve e alegre, diferente de outras vezes, em que o respeito e a própria biblioteca davam um ar grave. A conversa espontânea favorece a relação pessoal e a admiração mútua. Ela o convida pra passear na beira do rio, quer que a ajude a escolher o armazém onde vai ser exibido o filme que Enzo vai trazer. Fecham a biblioteca e saem pedalando — o novo livro no bagageiro.

Vão e voltam diante das ruínas dos armazéns. Às vezes param, descem e avaliam. Agrada tanto a Zejosé ser mais alto que Lorena, que agora anda colado nela, com um prazer a mais: sentir o perfume de flores matinais. Quase todos os armazéns se degradaram pelo longo tempo de abandono. Uns têm a fachada destruída, outros perderam o telhado e outros têm tanto entulho, que não dá pra limpar a tempo. Zejosé encontra um de fachada

---

[1] Pantera canibal quer comer o menino via oral!
[2] Sem limites, a Pantera Loura se orgulha da própria vulgaridade! Prefiro não comentar.

preservada. Desmontam — lá vai ele juntinho dela — e entram no depósito, quase sem paredes internas, todo coberto, e pouco entulho, ideal pra exibir filme. O fundo do armazém, que dá pra rua de trás, está intacto nos cantos, desde a junção com as paredes laterais, e destruído na parte central, onde deveria ser instalada a tela. Pra avaliar, saem pela porta do fundo e chegam à rua: na calçada oposta, casinhas esparsas num terreno vazio. Zejosé diz que ali moram trabalhadores do porto, do mercado e gente que espera embarcação pra seguir viagem. Dali, a tela, quando instalada, vai ser vista de costas, sem riscos de invasão de luz ou ruído dos terrenos baldios durante a projeção. Lorena se anima e diz a Zejosé que, pra aprontar o galpão, vai convocar os amigos que a ajudaram a construir a biblioteca.

— Que lindo ver o filme com a tela cercada pelo céu estrelado! Enzo vai adorar.

Diante do armazém, Lorena lhe agradece a ajuda e o convida a ouvir a leitura que vai fazer pra cegos. Ele prefere ir pra casa, ler o novo livro. E partem em direções opostas. Zejosé pedala pela beira do rio, sentindo a brisa fresca no rosto, quando uma menina faz sinal pra ele parar. Ele desvia o olhar, ela salta na frente da bicicleta. Ele freia. É Carmela, com um sorriso tão encantador quanto o da serpente que ofereceu a maçã a Adão.

— Me viu, não? Cara de quem comeu e não gostou! — Põe a mão sobre a dele. — Te vi passeando com a sirigaita da livraria. Biblioteca, eu sei! Tem vergonha, não? Podia ser sua mãe! Quê que há, não quer falar comigo? — Aperta-se no joelho dele. — Só porque disse que você é baderneiro, ignorante e burro?

Ela continua a tagarelar, Zejosé não ouve mais nada.[1] Só vê os grandes olhos negros e a boca rasgada, que não para de mexer em silêncio. E se agita curioso e assustado, com a mão dela alisando a sua, o púbis apertando seu joelho. E se lembra da vez que lhe roçou a coxa sob a saia do uniforme, da

---

[1]Transcrevi, letra a letra, o que Zejosé me disse. Mas não entendi direito. Parece que as três palavras deram um curto-circuito na cabeça dele. O que aconteceu fora da cabeça dele, Carmela e seu irmão Gil confirmaram.

vez que tocou o peitinho de pera, da tarde que a bolinou, ali na beira do rio, e ela pediu pra parar. E ele parou. Não entende por que ela está fazendo isso, mas não quer que pare de pressionar a carne quente e macia contra seu joelho. Naquela tarde, louco de vontade, não conseguiu continuar depois que ela pediu pra parar. Teve dúvida se ela queria mesmo que parasse. Talvez quisesse que ele mandasse brasa, mas deu medo e pediu pra parar. Ou pediu pra parar só pra ele mandar brasa, e depois a culpa ser dele, e ela ficar de vítima inocente. Ele parou, mas não quer que ela pare de se esfregar no seu joelho, nem que tire a mão do seu pescoço. Qualquer menina que pedisse, ele parava do mesmo jeito. Ele já aprendeu que as meninas às vezes querem que o cara respeite e às vezes não querem. O cara é que tem de adivinhar se é pra respeitar ou não. Naquela tarde, ele parou, e ela ficou um tempão abotoando a blusa do uniforme. Depois, ele foi dar um beijo no rosto dela, ela deu um tapa na cara dele. Quando chegou em casa, se arrependeu de ter respeitado. Prometeu que, numa outra vez, se ela pedir pra parar, ele não vai mais parar. Sentindo que ela alisa sua mão, passa a unha no pescoço, se esfrega no joelho, entende que, naquela tarde, ela queria que ele mandasse brasa. Agora, ele vai enfiar a mão na blusa dela, mas... A boca rasgada e os olhos negros gritam na sua cara, e ele volta a ouvir "Baderneiro, ignorante e burro". Zejosé a empurra e dá a primeira pedalada. O irmão de Carmela surge não se sabe de onde e parte pra ele aos socos e pontapés — ela e a bicicleta logo caem no chão. Maior e mais forte, Zejosé salta de lado e se defende da fúria desordenada do garoto. Carmela grita: "Cuidado, Gil, ele é louco!" Depois de vários chutes, Zejosé leva um soco na cara e, irado, prende o garoto numa gravata. Carmela grita: "Solta meu irmão, covarde!" O garoto arroxea, Zejosé o solta, monta a bicicleta e vai embora. Carmela socorre o irmão aos gritos: "Morreu! Morreu! Ele matou meu irmão! Pega! Pega!"

Zejosé vai pra casa, apavorado. Acusado de um crime, se vê em fuga, mesmo certo de que não matou ninguém. Cabeça atordoada, coração disparado e a garganta seca aceleram as pedaladas. Embora assustado, a consciência martela que o garoto não deve ter morrido pelo sufoco do golpe leve e rápido. Imagens da cadeia assombram seu pesadelo. A bicicleta sobe e desce calçada, pula e sacode nas pedras, o *Robinson Crusoé* cai do bagageiro. Passantes admiram a cena. Ele volta e enfia o livro no cós da calça. Ofegante, pedala mais forte. Tem certeza de que não houve nada com o garoto. Foi o escândalo de Carmela que o transtornou. Teme que a cidade inteira saiba que é o assassino. Entra em casa pelos fundos, mas não quer enfrentar o avô nesse momento. Imagina o delegado entrando armado casa adentro pra prendê-lo. Não sabe o que dizer à mãe e ao avô. Nem o que o pai vai fazer com ele. Entra no quarto e tranca a porta. Sente-se provisoriamente protegido. Deita na cama e fecha os olhos.

Quando vê a boca rasgada chamar Lorena de sirigaita e dizer que ela pode ser sua mãe, sente faltar o chão, cai num abismo. Não entende o que acontece no instante seguinte. É rápido como um relâmpago. Parece que a lembrança de fatos passados se mistura ao que acontece no presente. Zejosé insiste em que ouviu duas vezes seguidas as malditas palavras: baderneiro, ignorante e burro. E tudo o que falou, pensou e sentiu foi no curto intervalo entre a primeira e a segunda vez. Carmela e Gil insistem em que as três palavras foram ditas apenas uma vez; o que foi falado, pensado e sentido foi entre o início e o fim da frase. Apesar da estranha reação, e do susto que veio depois, o que choca Zejosé é o jeito vulgar de falar e agir com que Carmela o aborda na bicicleta, e a maneira agressiva como fala de Lorena. Não sabe o que aconteceu pra ela mudar tanto em tão pouco tempo. Antes nem queria falar com ele, depois chega oferecida, querendo saber por que não fala com ela e, de um jeito irônico e vulgar: "Só porque disse que você é bader..." Começa a achar que ela ficou ofendida ao vê-lo com Lorena, visitando os armazéns. Ou talvez seja o que sua mãe chama de ciúme: a pessoa odeia por amar. Mas não sofreu por isso. Carmela não é mais nada pra ele. Se um dia foi alguma coisa. Vai se acalmando e acaba dormindo. Ao acordar, constata que foi a Carmela quem morreu. Na sua lembrança. Então, pega o *Robinson Crusoé*, olha longamente a capa e depois, curioso, começa a ler:

"Nasci no ano de 1632, na cidade de York, de boa família, mas não originária dali, pois o meu pai era um estrangeiro, de Bremen, que se fixou primeiramente no Hull. Ele tinha um estabelecimento comercial, e, depois de abandonar o seu negócio, passou a morar em York, onde se casou com a minha mãe, cujos parentes se chamavam Robinson, uma família muito boa da região, e por esse motivo fui chamado de Robinson Kreutznaer; mas, por causa da habitual corruptela de palavras na Inglaterra, nós agora somos chamados, não, nós nos chamamos e assinamos o nosso nome como Crusoé, e assim os meus amigos sempre me chamaram.

Tive dois irmãos mais velhos, um dos quais foi tenente-coronel de um regimento inglês de infantaria em Flandres, outrora comandado pelo famoso coronel Lockhart, e foi morto na batalha contra os espanhóis, perto de Dunquerque. O que sucedeu com o meu segundo irmão eu nunca soube, do mesmo modo que o meu pai ou a minha mãe nunca souberam o que sucedeu comigo.

Por ser o terceiro filho da família, e sem ter sido criado para qualquer ofício, muito cedo minha cabeça começou a encher-se de divagações. Meu pai, que era muito idoso, transmitira-me instrução de qualidade, à medida que uma educação no lar e uma escola pública do interior permitiam, e encaminhou-me para o estudo do direito; mas nada me satisfaria, a não ser ir para o mar, e a minha inclinação para isso impulsionou-me fortemente a realizar o desejo, contra as ordens do meu pai e contra todas as súplicas e persuasões de minha mãe e de outros amigos, fazendo parecer que havia algo de fatal nessa minha natural propensão, a qual conduziria diretamente a uma vida de desgraça, que iria me acometer."

O assunto o interessou, apesar do nome das cidades — precisa consultar o mapa da Inglaterra na biblioteca. Consultando cada vez menos o dicionário, o seu dicionário, ele segue lendo pela noite, até a energia da cidade desligar.

Foi por esses dias que virei peixe e pescador. Correu a notícia de que o prefeito tinha aprovado a ideia do carteiro Nicolau, de criar na cidade mais um time de futebol pra animar a disputa nos jogos de domingo. Os dois existentes, Mina e Tarrafa, são antigos, os jogadores envelheceram sem se aposentar, e as partidas ficaram preguiçosas e sonolentas. É cada vez mais rara a vitória de um ou de outro, daí a quantidade enorme de empates, na maioria sem gols. E, pela notícia, o novo time deverá ter caras novas. Foi o que me animou. Eu sou uma cara nova.

O futebol sempre foi minha paixão, como de todo menino pobre de cidade pequena. E não só dos pobres. Quando criança, se não estava na escola, ou trabalhando com meu pai, estava jogando bola. Meia horinha bastava pra separar metade dos presentes em cada lado e dispor duas pedras em cada trave pra baixar um carrossel de emoções no terreno baldio. A pelada do sábado à tarde era sagrada como a missa de domingo de manhã, assim como, depois da missa, assistir aos empates do Mina com o Tarrafa, ou do Tarrafa com o Mina e, à tarde, ouvir a irradiação de algum jogo da capital, ou de outras cidades que o rádio pegasse. E foi assim, mesmo depois de adulto. Até que veio o acidente. O que mais senti quando perdi a perna foi não poder mais jogar bola. Não gosto de falar nisso por parecer piegas. Mas, pra não virar um amargo ressentido, nunca escondi de mim, nem dos outros, que não tinha uma perna. Pra mim, isso não era ver o sol negro. Mas ficar sem futebol foi triste, uma grande perda na minha vida. Parei de jogar, mas até hoje continuo assistindo aos jogos, ouvindo as transmissões e lendo o que sai nos jornais e revistas. Agora, ao ouvir falar no novo time, me veio uma vontade de jogar que não consigo controlar. Toda hora digo a mim mesmo que me falta uma perna e me sobra idade. Não adianta. Respondo a mim mesmo que goleiro não precisa de tanto preparo físico, nem corre o campo todo. Eu, quando cismo, sou de lascar o cano!

Nicolau me confirmou a aprovação do novo time, do qual vai ser o técnico. Disse que ainda não tinha selecionado ninguém e me animou a ir em frente. Dos interessados, há quem ele nunca viu jogar e até mulher, o que nunca viu em campo! E se divertiu: "Se não tiver futebol, ao menos tem espetáculo!" Me mandou falar com Zejosé, "o filho do Ataliba, do Entreposto; neto do Canuto do tempo, você conhece?".

Zejosé estava no quintal, irradiando um jogo enquanto chutava na trave pintada no muro uma Superball sensacional. Parou de jogar, pronto a me ouvir. Confirmou que Nicolau falou nisso um dia, mas sumiu, e não soube mais nada. Quando pedi que me preparasse como goleiro, ele riu, não da minha pretensão, mas de eu achar que é capaz de ensinar alguma coisa a mim ou a alguém. E, modesto, desconversou. Então eu disse que era sério e que confiava na capacidade dele. Depois de me ouvir, aceitou e até esboçou algum orgulho. Acertamos dias e horários — tempo a ser subtraído dessas anotações.

Mandei comprar na capital o uniforme completo, todo preto pra homenagear o goleiro russo Yashin, e um par de chuteiras — o pé esquerdo foi atulhar a prateleira de pés esquerdos, à espera de quem calce o meu número e não tenha a perna direita. Assim que chegaram, iniciamos o treinamento no quintal da casa dele, na mesma trave pintada, avivada por pinceladas de tinta branca. A novidade foi riscar a cal no chão, a pequena e a grande áreas, e a marca do pênalti. À falta de um método, começamos com chutes a meia distância, de bola parada. Depois de décadas sem tocar numa bola, foi difícil pra mim. Não consegui agarrar nada, mesmo Zejosé evitando chutes rasteiros — contraí o medo, que não tinha, de me jogar no chão, atrás da bola. Não vou nas bolas colocadas nos cantos, altas ou de meia altura, porque não sei me livrar da muleta a tempo de saltar. Restam as bolas no meio do gol — implacável, Zejosé nunca chuta ali. Me esforço, pulo, salto, corro de um canto ao outro, dou tudo de mim — e não pego nada. Sem preparo físico, paro toda hora pra respirar. Descanso mesmo, só depois das duas horas de treino, quando o papagaio grita "Vem tomar banho, Zejosé!", e vamos pro rio. Zejosé nada muito bem, e eu, filho de pescador, limpador de peixe, que sempre morou na beira do rio, nunca deixei de nadar, mesmo com um coto. Pra descansar e servir de trampolim, usamos a velha carcaça de barco afundado a duzentos metros do cais. Entre mergulhos, braçadas e conversas, tenho convivido com o garoto que seduz a mulher a quem amo. Não é fácil. Mas, como ninguém nasce com tudo o que precisa e ama, é preciso conviver com quem pode oferecer um pouco do que se ama e precisa. Se Zejosé não sabe nada, pra mim ele está com tudo. E, apesar de tudo, eu vou ser goleiro!

Num fim de tarde em que o papagaio grita sem parar "Vem tomar banho, Zejosé!", Canuto tenta acalmá-lo dando-lhe pedacinhos de banana no bico. Dasdores chega em casa irritada, prestes a chorar. Passou na escola e soube que Zejosé tirou nota três na prova de português. Canuto enrubesce de raiva ao ouvir a notícia junto com outro "Vem tomar banho, Zejosé!". Dá um peteleco no papagaio, que voa aos berros do poleiro à goiabeira.

— Três? — troveja o meteorologista. — Você disse três?

— Três, seu Canuto! — repete Dasdores, olhos úmidos. — Reprovado. Não vai pro ginásio.

— Como é possível? Ele fez uma ótima redação sobre o arco-íris! Só três? Eu vou lá.

Dasdores o detém, explica que todos já foram pra casa. Acalma-o com um copo d'água — ouve-se outro "Vem tomar banho, Zejosé!" —, mas não esconde a própria desolação.

— A reprovação atrapalha a conversa com o Conselho Escolar, que ia tão bem! Hoje visitei o quarto conselheiro, o Acácio. Só faltam dois, e agora essa...!

— O Acácio é do Conselho Escolar? O que aquela anta centenária sabe de educação?

— Foi sacristão a vida toda. Representa a sociedade junto ao Conselho. Criatura estranha, mora num museu, com escarradeira no chão. Me recebeu de terno cheirando a naftalina.

— E como reagiu às suas críticas?

— Eu não critico, seu Canuto. Faço uma visita de cortesia e aproveito pra falar da situação de Zejosé. Levo uma lembrancinha. Pra ele foi uma caixa de Corega, de fixar dentadura. Soube que não se acha em Ventania e mandei vir da capital.

— Visita de cortesia! — ironiza Canuto, decepcionado com a resposta da nora. — Amanhã eu vou fazer uma visita de cortesia à escola! — E vai saindo pro laboratório.

— Também vou — diz Dasdores, preocupada com as reações à ranzinzice do sogro.

• 193 •

Zejosé vem do quintal com o papagaio no dedo e o volume de *Robinson Crusoé* na mão. Canuto para na porta. Ele repõe a ave no poleiro. A mãe e o avô se olham, sem coragem de falar. Zejosé sente que o silêncio é por sua causa. Olha pra mãe, depois pro avô, depois pro livro, e o silêncio persiste. Então, vai pro quarto.

Na manhã seguinte, Dasdores e Canuto são os primeiros atendidos pela diretora, dona Otília, a orientadora, dona Genoveva, e dona Selma, a jovem professora. As Três Cavaleiras do Apocalipse estão desfalcadas da supervisora, dona Mercês, que não foi trabalhar, abatida por imbatível enxaqueca, rotineira e rotativa entre professoras. A conversa, se não é acalorada, é tensa, em parte por causa dos pedidos de Dasdores pro sogro refrear seus impulsos. Dona Otília pede que dona Selma comente a prova de Zejosé. Enquanto ela fala, a diretora observa a reação da mãe e do avô do aluno.

— A prova teve três questões. As duas primeiras sobre regras gramaticais, ortografia e sinônimos, a correção não tem interpretação. A redação avalia o conhecimento de ortografia, vocabulário, gramática, capacidade de expressar na linguagem escrita, capacidade de observação, conhecimento de outras áreas, imaginação, criação etc.

A clareza e objetividade da professora, além da serenidade e segurança, desarmam Canuto e Dasdores — Otília saboreia como vitória. Há um silêncio sem ação. Atenta, Selma está pronta a responder às perguntas. Dasdores rompe a paralisia:

— Professora, eu fiquei um pouco decepcionada com a nota três...

— Eu também. — Selma surpreende a família. — Esperava mais do José Ezequiel.

— ...Os outros alunos também foram mal?

— Não. A média da turma foi oito. Ele ficou bem abaixo da média. É que a prova foi sobre matéria vista em classe. E ele tem faltado às aulas...

Canuto faz um gesto de mão pra atrair a atenção.

— Uma pergunta, professora. Ele me disse o que escreveu sobre o arco-íris, e me pareceu que explicou muito bem...

— Eu também acho. Escrevi isso na prova dele. Ele sabe o que é o arco-íris. Mas não consegue expressar o que sabe na linguagem escrita. Perdão, interrompi o senhor...

— Fez bem em interromper pra concordar comigo. Mas a minha pergunta é: o que é mais importante, entender o fenômeno ou saber descrevê-lo?

— Os dois. Aliás, como saber se o fenômeno foi entendido se não souber descrevê-lo? E, quanto mais precisa for a descrição, ou seja, quanto mais se conhecer o idioma, melhor se descreverá o fenômeno. Isso vale pra linguagem escrita e oral. Acho que faltaram ao José Ezequiel intimidade e desenvoltura com o idioma.

— Concordo — diz Dasdores, pra alegria de Otília.

— Também concordo — diz Canuto, pra euforia de Otília.

— Eu intuía isso — completa Dasdores —, mas não tinha certeza, nem sabia explicar.

— A você também podem ter faltado intimidade e desenvoltura com o idioma — brinca Canuto, e o riso contagia o gabinete. — No entanto, a sua receita de estimular Zejosé a ler é perfeita, não é professora?

— Também acho — diz Selma. — Não só pra escola, pra todas as áreas da vida. O paciente que não sabe descrever com precisão o que sente dificulta o diagnóstico. E o médico que não sabe descrever os riscos da cirurgia pode estar sendo desleal com o paciente, sem intenção. — Ela pega a prova na mesa. — Esta é a prova dele, se quiserem conferir.

— Não há necessidade — diz Dasdores, levantando-se. Canuto a acompanha.

— Vejam ao menos as manchas de sangue. — Abre a prova com sangue. — Ele se esforçou.

— Ooohhh! — lamenta comovida Dasdores. — O sangue do meu menino!

— Foi mal, mas... puxa, fiquei orgulhoso! — confessa Canuto.

— Também me emocionei — revela Selma.

— Como foi que se feriu? — pergunta Otília.

• 195 •

— Em casa — se antecipa Canuto —, com a tesoura.

Mãe e avô agradecem e se despedem. Eu disse que dona Genoveva, a orientadora, estava no gabinete. Mas não fez nenhum comentário, não disse uma palavra; poderia não estar, talvez vítima, como dona Mercês, da rotineira e rotativa enxaqueca. E eu achava que uma orientadora tratava desses assuntos!

Na volta, Dasdores anuncia suas conclusões e decisões a um desolado Canuto.

— Agora é lutar pra não ser expulso pelo Conselho Escolar. Vou visitar os conselheiros que faltam e oferecer um jantar a todos eles. E criar coragem pra dizer a Zejosé.

O ânimo não muda. Mãe e avô caminham calados como se acompanhassem um enterro. Ao chegar em casa, Dasdores vai direto ao quarto do filho e o encontra estirado na cama, de costas pra porta, livro diante dos olhos. Ela se achega devagar, deita-se sem fazer ruído, o rosto na altura da nuca dele, que dorme. Acaricia-lhe o cabelo. Após um tempo, ele murmura com uma tristeza profunda:

— Levei pau, né, mãe?

Ela não responde. Abraça-o por trás e beija suas costas. Sussurra a canção de ninar:

> *Minha mãe, acorde de tanto dormir*
> *Venha ver o cego cantar e pedir*
> *Se ele canta e pede, dê-lhe pão e vinho*
> *Manda o pobre cego seguir seu caminho*
> *Não quero teu pão, nem também teu vinho*
> *Quero só que a vida me ensine o caminho*
> *Anda mais, Aninha, mais um bocadinho*
> *Sou um pobre cego, não enxergo o caminho.*

Ela silencia, o corpo de Zejosé estremece com o choro, que tenta conter Dasdores encosta o rosto nas suas costas e chora junto com ele. Murmura entre lágrimas:

— Você amava essa canção, querido. Na hora de dormir, vinha com o travesseirinho numa mão, a mamadeira na outra: "Chego do camino, mamãe." Eu cantava, e você dormia mamando. Depois de uma pausa, ele sussurra:

— Tô com medo, mãe. — Ela o abraça em silêncio.

— Não tenha medo, querido. Estou com você. — Ela volta a sussurrar a canção de ninar.

— Que dia o pai volta, mãe?

— Quem sabe? — Ela responde, sem parar de sussurrar a canção.

— Pra onde ele vai me mandar, mãe?

— Não sei, meu querido. Nem pensa nisso. É sobre o quê, esse livro?

— É... — Ele roda o corpo sobre o que lhe sobrou de cama e vira-se pra ela. — O barco do Robinson Crusoé arrebentou no rochedo. Morreu todo mundo. Só ele salvou e encontrou uma ilha em alto-mar. Agora, está explorando a ilha. Dá medo do que vai achar...

— Parece que está gostando...

— Não sei como vai sair da ilha. Ele nem sabe onde fica. Sozinho, acho que não sai... Se souber fazer barco... Mas como navegar sem rumo? Só se um barco vier buscar...

— Se ele gostar da ilha, não precisa sair. Pode viver lá.

— Sozinho? A vida inteira sozinho?

— A ilha pode ter índios, e ele ficar amigo dos índios...

— E se for índio que come gente?

— Como eu. — Rosna, morde-o e faz cócegas; ele se contorce às gargalhadas.

Perto da hora do almoço, Zejosé, livro na mão, entra no laboratório, atendendo ao chamado do avô, como sempre, envolvido com medições e tabelas. Canuto manda-o sentar.

— Fui à escola brigar por você, Zejosé. Voltei de olho roxo. Não sei se sabe, mas a professora te deu nota três na prova. Disse que você sabe o que é o arco-íris, mas não o demonstrou porque não sabe escrever. E a prova não era pra mostrar o que sabe do arco-íris, mas que sabe escrever. É bom

• 197 •

saber o que é o arco-íris, mas também é preciso saber escrever sobre o arco-íris. Acho que a professora tem razão. O que você acha?

— Ela é legal.

— Não perguntei o que acha dela, mas o que acha do que ela disse! Também gostei dela, e ela gosta de você, apesar da nota baixa. Mas não importa se gosta ou não gosta, o que importa é aprender, é saber, é o conhecimento!

— Eu não sei nada mesmo, vô. Não entendo as coisas. Sou um burro.

— Devia ter vergonha de dizer isso. De todos os animais do planeta, o homem é o único da espécie *Homo sapiens* porque sabe pensar, raciocinar, entender e inventar coisas. O burro não é da espécie humana.

Zejosé levanta-se e vai saindo. Canuto se irrita.

— Ei! Aonde vai?

— Vou... vou ler este livro lá fora.

— E me deixar falando sozinho? Volta e senta! Você vai me ouvir. — Zejosé obedece. — Se você é um fraco, eu posso entender e lhe estender a mão pra que fique em pé. Mas, quando diz que é burro, está querendo se ridicularizar, se diminuir, pra me chocar ou pra que tenha pena de você. Mas tudo é covardia de quem quer fugir das responsabilidades de ter nascido e estar vivo. Um homem que se recusa a ser homem mostra que é medroso e ridículo, e não o livra das suas responsabilidades. O marinheiro desse livro aí, o tal Crusoé: naufragou e foi dar com os costados numa ilha desconhecida, sozinho e desarmado. Quando se viu em perigo, não choramingou nem se fez de coitado; não se jogou no mar, ou tentou se matar, nem se fez de burro! Aprendeu sozinho a se defender do mar, do vento, da chuva, dos animais. Aprendeu sozinho a buscar comida, a construir casa, a fazer sua roupa. Aprendeu a conviver com a natureza. Ele era da espécie *Homo sapiens*. Por isso, virou personagem, e nos orgulhamos dele. Se não me falha a memória, só lamentava ter desobedecido ao pai. Sem querer se comparar, nem se envaidecer, mas, modestamente e sem recursos, seu avô tenta prever as reações da natureza pra salvar o trabalho dos homens e a vida deles. E você, seu Zejosé, você não é burro, só não gosta de estudar, e por isso está ficando ignorante. Você foi reprovado e pode ser expulso da escola. Seu dever é estudar, aprender e provar que pertence à espécie *Homo sapiens*. — Canuto abraça-o e beija-o na testa. — Agora, pode ir, filho, vai ler o seu livro.

Ao sair pro quintal, Zejosé sente na cabeça que os miolos parecem um bolo de minhocas vivas contorcendo-se agitadas; no coração, as emoções se batem como ondas de um mar revolto,[1] e está triste por ter sido reprovado outra vez. Sabe que a mãe sofre com isso. Desde que o irmão morreu, ela não anda bem do sistema nervoso. Ele se sente só, muito só. Dá até vontade de morrer. Mas, mesmo assim, tenta pensar. O avô tem razão. É um covarde, e gostaria de ser corajoso, embora covarde. É um ignorante, e gostaria de saber muito, embora ignorante. Mas o que fazer pra ser tão diferente do que é? Enfia o livro na cintura e sobe no abacateiro. No seu refúgio nas alturas, acomoda-se entre o galho e o tronco, e põe-se a ler. Os riscos de Robinson Crusoé na sinistra ilha o emocionam, sem o ameaçar. Sente-se seguro, a leitura é sua ilha de paz.

No fim de tarde, Carlito — o geniozinho da escola — visita Zejosé, aparentemente, pra não fazer nada juntos. Depois de passar a tarde lendo, ele sai com o garoto mais novo de sua classe na esperança de se livrar da aporrinhação dos adultos. Carlito, como sempre, prefere ir a pé, e Zejosé concorda pra não discutir mais sobre esse assunto. Vão pra beira do rio — aonde mais poderiam ir numa cidade que vive em torno do cais, do porto, da praça e...? Está bem, do campo de futebol, da igreja, do cemitério e desta plataforma vazia de uma estação ferroviária abandonada. Mãos nos bolsos, chutando uma pedrinha aqui, uma tampinha acolá, lá vão os dois, um louro, alto e forte, o outro moreno, pequeno e franzino, lado a lado, falando de mil coisas, pulando de uma a outra que nem pipoca na panela quente. Espírito ágil e palavra fácil, Carlito é um azougue verbal, que Zejosé, calmo e lento, nem sempre consegue acompanhar. E Carlito não é de esperar compreensão do ouvinte, vai em frente, sozinho ou mal acompanhado, encantado com a própria desenvoltura, orgulhoso do próprio brilho. Nas sombras do farol, Zejosé tenta, às cegas, catar as migalhas de conhecimento caídas da carroça

---

[1] De onde saiu esse mar revolto se nem conheço o mar? Deve ser de alguma leitura. Cortar!

cheia. Quando está aflito pra saber alguma coisa que não encontrou no dicionário, aproveita a pausa de respiração e solta a pergunta, encaixe ou não no assunto. Nesse trajeto, fez Carlito frear e mudar o rumo da conversa algumas vezes pra explicar o que é *Homo sapiens* e espécie, que ouviu do avô, e expressões que topou no livro, como classe obreira, Países Baixos, além-mar, contramestre, filho pródigo, óculos de alcance etc. De modo que, ao chegarem ao cais, Carlito tinha desacelerado, talvez pela garganta seca, a língua destroncada ou a boca cansada. Então foi possível sentar em silêncio na balaustrada e, olhando o rio, assistir à noite descer, acenderem-se as luzes amareladas dos postes, que atraíram mariposas e outros insetos. Mais que ver as águas, ouvia-se o calmo correr do rio. Nesses momentos, quem está triste sente a dor fina da melancolia, que deve ter tocado Zejosé. Num tom de voz baixo e denso, perguntou:

— Já ficou de saco cheio de tudo alguma vez, Carlito? — O amigo se espanta, não entende a questão. — Quis dizer se alguma vez teve medo de tudo dar errado. — Ele não responde. — Você está contente com sua vida, sua família, escola, cidade, tudo?

— Puxa, Zezão, eu só conheço esta vida, esta cidade, esta família e esta escola. E estou contente. Reclamo porque quero outras coisas. Mas, puxa, Zezão, olha a idade da gente! Não vivemos nada! Às vezes, fico doido pro tempo passar depressa, e ser adulto logo: acordar de manhã e fazer o que der na telha. Mas todo mundo diz que esta é a melhor fase da vida, que crescer só piora. Parece que você começou a piorar cedo!

— Se eu não fizer alguma coisa, o bolo vai desandar.

— Sei por que está assim. — Eis a razão da visita. — Tirou três e levou pau. A prova não foi difícil, mas não pude te ajudar. Sua mãe e seu vô foram à escola. Sabe pra quê?

Ele dá de ombros. A noite engoliu o rio. Eles olham as mariposas girar em volta da luz do poste. Ao sinal de Zejosé, eles descem da balaustrada e andam na direção da praça.

— Vão te expulsar? — Quer saber Carlito, ele confirma. — O que vai fazer? — Ele dá de ombros. — Se quiser, estudo com você. — Ele não responde. — Não pensa no futuro, Zezão?

• 200 •

— Não me vem com essa de futuro, Carlito. Sei lá do futuro. Não sei nem de hoje.

— Se pensasse, saberia. Devia pensar. E logo. Senão, quando for pensar, pode ser tarde demais. E pode acreditar. Pra ser alguma coisa na vida, tem que estudar. Se não estudar, boa parte da sua vida já está decidida. E não foi você quem decidiu!

Chegam à praça, na hora do *footing*, e ficam ao lado dos garotos da mesma faixa de idade, observando o desfile das moças, que, metidas nos trinques, vão e voltam, incansavelmente, na calçada entre o jardim e a rua. Em fila, na linha do meio-fio, os rapazes, em pé, avaliam e elegem as preferidas.[1] Se houver interesse mútuo, inicia-se a fase do flerte — troca de olhares com intenção e desejo —, que pode durar meses. Vai-se muita sola de sapato até a fase seguinte, de abordagem, que só começa depois que ela, e os pais, sabem a ficha dele, que inclui sobrenome, escolaridade, currículo profissional e amoroso. E também sabe dela, ao menos, se é ou não falada, ou de família sem eira nem beira. Dada a partida no namoro, o par passa a fazer o vaivém na calçada do outro lado do jardim, sendo proibido parar, sentar-se e encostar-se ao muro.[2]

Os mais novos são isolados no que as moças chamam de berçário: meninas nesta idade não fazem *footing*; as que fazem não se interessam. No berçário, aprendem a sutil técnica de conquistar mulheres — a ser usada na sua hora —, o que não exclui brincadeiras e molecagens. Com a gola da camisa levantada atrás, e a manga curta dobrada pra ressaltar o bíceps, Zejosé e Carlito postam-se no berçário. E o assunto é Carmela, que, transfigurada numa mulher bela e sensual, acaba de passar diante deles, a cara ostensivamente virada pro outro lado. Os olhos negros e a boca rasgada são o que resta da menina metida numa saia justa, decote ousado, sapato alto, maquiagem e cabelo duro de laquê — eis a magia feminina que deixa boquiabertos os dois garotos do berçário.

---

[1] Numa cidade formada de trabalhadores vindos de fora, não se sabe quem é quem. Esta é a maneira, aceita pelas famílias, dos jovens se conhecerem.

[2] Dizem que a intenção é cansar o par pra apressar as fases do portão, varanda, sala e — aleluia! — do casamento.

— Não acredito! — exclama pasmo Zejosé. — É ela? Ou fiquei besta?

— É ela, meu chapa! Que avião, brotou nos fundos do uniforme! Você não pressentiu?

O olhar, cobiçoso de um, enciumado do outro, devorador de todos, segue embasbacado as idas e voltas de Carmela, de braço dado com duas amigas. Desfila como uma rainha.

— Já teve namorada, Carlito?

— Não. Mas tenho irmã. A gente nunca sabe o que essas meninas têm na cabeça!

— Você viu? Virou a cara pra mim e dá bola pro cara do Volks. Quem é aquele cara?

— A placa do Volks é da capital.

A natureza humilha os garotos dessa faixa de idade. De repente, as meninas viram mulheres e só se interessam por rapazes mais velhos. Eles continuam garotos, desprezados, enciumados, humilhados. Zejosé se vinga:

— Virou mulher bonita, e tudo o mais... Mas nada disso acaba com o mau hálito.

— Puxa, Zezão! Dor de corno, ainda vá lá. Mas não fica bem falar um troço desses.

Eis que surge na passarela Manel Chororó, que preferia nascer mulher, e a vida lhe deu corpo de homem. Mas Chororó faz de si a mulher possível. Independente e altivo, dirige o único salão de beleza da cidade e sabe, como ninguém, se pentear, maquiar e adequar jeitos e trejeitos femininos à cabeça, tronco, membros, face e músculos com que veio ao mundo. De índole alegre, trata com serenidade e elegância zombarias, piadas e chacotas. Mas não tolera escárnio ou humilhação. Sobe nas tamancas, faz escândalo e, se for o caso, não foge do embate físico. Daí gozar do privilégio de fazer *footing* de braço dado com moças, como se fosse uma delas. Zejosé tem motivos pra lamentar que o talento de Chororó ajudou Carmela a virar a estrela da praça nesta noite, e se abrir feito paraquedas pro cara que, além de ser da capital, tem carro novo! Embora deslumbrado com a súbita exuberância de Carmela, pra poupar o amigo Carlito, refreia o entusiasmo e evita comentar cada vez que ela passa olhando pro outro lado e deixando no ar um rastro de perfume, sensualidade e tentação. Mas não tem como poupá-lo quando ela se aparta das amigas e vai em direção ao cara da capital, encostado no Volks. É demais pra Zejosé!

O impacto da metamorfose de Carmela impôs um silêncio pasmo e impotente entre os dois, até que uma confusão, certamente provocada por mulher, quem sabe invejosa do seu sucesso, fez Manel Chororó subir nas tamancas e gritar, de mãos nas cadeiras: "Você é melhor do que eu no ruge e no pó, mas no remelê-xê-ó-xó, eu duvi-dê-ó-dó!" Se a infeliz reage, era o escândalo. Mas sumiram com ela, e tudo se acalmou. Breve calma. Logo soltaram na calçada um cachorro enrolado em fitas acesas de espanta-coió. A série de estouros endoidou o pobre cão, que rodava em torno de si mesmo ou corria espavorido de um lado a outro, enquanto as pessoas, aos gritos de pânico, fugiam em debandada. Num instante, o *footing* acabou e a praça esvaziou.

No caminho de volta, Carlito tagarela sobre mulheres, no esforço de aliviar o ciúme do amigo, calado e sombrio. Despedem-se diante da casa de Carlito, e Zejosé segue sozinho no silêncio da rua mal iluminada. Anda três quadras, e faróis acendem nas suas costas, e buzinadas o assustam. No jipe: Andorinha na janela, Sarará no volante e Buick atrás. Chamam pra passear. Zejosé recusa, eles insistem, Andorinha e Buick descem e querem carregá-lo. Ele entra constrangido, o jipe parte.

Eles cantam e bebem cerveja no gargalo. Vendo Zejosé ainda assustado, Sarará o anima.

— Bebe cerveja, Zejosé! Dá cerveja pra ele, Buick. Fica alegre que nem nós; a gente não é amigo? E você tem mais o que festejar que nós.

— Tenho nada pra festejar. De quem é este jipe? Desde quando tem carteira?

— Deu cerveja pra ele, Buick? Dá, Buick! Bebe, meu chapa. Fica que nem nós.

— Dá cerveja pra ele, Buick. Larga de ser fominha, cara! — repete Andorinha.

Ziguezagueando na rua de terra, o jipe avança pra saída da cidade.

— Tá indo pra onde, Sarará? — Quer saber Zejosé.

— Caçar — responde Andorinha, rindo. — A gente vai caçar onça.

— Vou dizer por que tem mais o que festejar. Quem tem amigo que nem nós tem de alegrar. Devia era agradecer. Sabe o que seu amigo aqui fez pra você? Dei um corretivo no tal Gil. — Sarará dá risadas. Andorinha e Buick o imitam.

— Gil? O irmão da Carmela?

— Ele mesmo! Quase caiu duro quando viu os dentes do soco rindo na minha mão!

— Ficou maluco, Sarará? Você fez o quê? Espancou o cara com soco-inglês?

— Ficou roxo de porrada. — Andorinha e Buick caem na risada.

— Poxa, Sarará! Isso vai dar o maior galho! Dá até cadeia! Que dia fez isso?

— No outro dia que ele te pegou à traição. Amigo meu não leva desaforo pra casa.

— Bebe aqui pra festejar. — Andorinha põe a garrafa na boca de Zejosé. Ele recusa.

— Para aí! — pede Zejosé. — Para, que eu vou descer!

— Cala a boca! — Sarará esbraveja. — Acha que manda aqui? Não vou parar, nem você vai descer! Larga de ser cagão, meu chapa. Não preciso de soco-inglês pra ele.

Zejosé está apavorado. Num gesto amigável, Buick oferece a garrafa. Ele aceita e bebe. O jipe roda numa picada distante da zona urbana. Logo para, e Sarará apaga o farol.

— O que vai fazer? — Quer saber Zejosé.

Sarará exige silêncio. Faz sinal a Buick, que desce, levanta o mourão que prende o arame farpado e abre uma passagem. O jipe passa. Buick embarca, a passagem fica aberta. Todos estão tensos e atentos no silêncio. Zejosé bebe no gargalo. O jipe avança devagar pelo pasto. O gado dorme espalhado. Buick tira as ferramentas sob o banco — marreta, serrote, facão, corda, sacos — e divide com Andorinha. O jipe para, o motor é desligado.

— Novilho — lembra Sarará. — Senão não cabe.

Buick e Andorinha descem e se afastam. Resta a silhueta na noite de luar, que logo se desvanece. O silêncio envolve o jipe. Sarará abre uma garrafa com o dente e estende a Zejosé. Compartilham a bebida enquanto sussurram com longas pausas:

— De quem é o jipe? — Quer saber Zejosé depois de uma golada.

— Dum viajante da pensão. Devolvo na volta. É pra festa que vou dar. Quero você lá!

— Seu aniversário?

— Não. Anda tudo triste sem o Deco. Vou dar alegria pra mãe antes de sumir. — Ele bebe em silêncio. — Que dia vai ser?

— O quê? — Zejosé não entendeu.

— Tá doido? Pergunta é essa? Dia de sumir no mundo.

— Ah...! — Zejosé engasga com a cerveja. — Não sei.

Carregando sacos, as silhuetas de Buick e Andorinha ressurgem. Mais perto, vê-se que pinga sangue dos sacos vermelhos e úmidos, que são acomodados no assoalho do jipe. Sarará liga o motor, manobra e retorna. De volta à cidade, o jipe para diante da casa de Zejosé. Ele desce meio tonto. Na despedida, Sarará adverte:

— Marca o dia, meu chapa!

O jipe parte, Zejosé entra em casa com passos hesitantes. Pouco depois, outro jipe para. De roupa suja, barba grande, aspecto cansado, Ataliba desce com pequena mala e entra.

— Acorda, Zejosé! — Do poleiro, o papagaio anuncia que há um novo dia em Ventania.

Vestida de preto, Dasdores entra na sala pro café da manhã. Silenciosa e sem qualquer vestígio de maquiagem, dá sinais de recaída aos olhos de Calu, que a serve sem ousar dizer uma palavra. Isauro dá efusivo bom dia ao entrar e se arrepende ao ver que ela não tira os olhos da xícara. Sente a novidade no ar. Basta a pressentida presença de Ataliba pra casa se alterar. Os dois mantêm-se em cabisbaixo silêncio à mesa. A respiração tensa funde ameaça iminente, desejo latente e tristeza. Ao notar a aproximação de Canuto, Dasdores se apressa a falar, temendo que o cuidado excessivo possa ser suspeito:

— Ataliba chegou esta noite. Não acordou com o barulho?

— Era ele? — Alivia-se Isauro, fazendo-se surpreso. — Pensei que fosse Zejosé.

Ao olhar inquiridor de Canuto, o artifício, em vez de diminuir, faz a tensão crescer.

— E como foi a viagem? — indaga Canuto, sentando-se.

— Longa e cansativa — responde Dasdores. — Chegou exausto. Deve dormir até mais tarde. Não falou do negócio, mas o barco encalhado afundou...

— Com a carga? — Preocupa-se Isauro.

— Não sei — responde Dasdores, sem olhar pro cunhado.

— Certamente — lamenta Canuto. — Sem carga, talvez não afundasse. — Mais baixo e grave: — Ele já soube da bomba do Zejosé?

— Não. — Suspira Dasdores, cerrando os olhos. O silêncio pesa. Ela se levanta e pega a bolsa. — Preciso ir. Vou ver os dois últimos membros do Conselho de Ensino.

— Boa sorte! — Acena Canuto, atento à troca de olhares entre eles, que, afinal, não houve. Ela sai. A tensão cede lugar à intimidade entre pai e filho.

— Além da volta do seu irmão, quais são as novidades na cidade, seu jornalista?

— O prefeito vai torrar dinheiro público com um novo time de futebol. Nicolau carteiro, que é cabo eleitoral dele, vai ser o técnico.

— Quem é Nicolau, além de cabo eleitoral do prefeito? Que me diz dele?

— Um pobre-diabo. Distribui propaganda eleitoral junto com as cartas, come três pratos no almoço, três no jantar, e já bebeu dezoito cervejas em uma hora! O prêmio por engordar demais é trabalhar de menos. Se vai de bicicleta, cai na esquina, e não aguenta levantar! A pé, entrega duas cartas por dia! Faz-se de besta, mas é esperto. Não vê nada demais em ser técnico do Tarrafa e do Mina ao mesmo tempo. Mas por que a pergunta?

— Nada. Curiosidade.

— Outra novidade é que vai ter cinema! Limparam um galpão pra pôr cadeiras.

— Bom dia, *Homo sapiens sapiens*! — Canuto saúda Zejosé, vindo do quarto com cara de ressaca, mau humor e arrependimento. — Parece uma nimbostrátus! O que te amassou tanto? Dormiu na trouxa de roupa suja? — Zejosé senta-se. O avô sussurra: — Abre o sol porque seu pai voltou. — Com as caras que entrou, e mais a de assustado, ele volta pro quarto nos mesmos passos. Canuto e Isauro despedem-se e saem pro trabalho às risadas.

No quintal, Canuto olha pro telhado do laboratório e observa os movimentos do anemômetro e da biruta, indicando variações na direção e intensidade dos ventos. Entra no laboratório, deixando a porta aberta. Enquanto isso, Zejosé toma banho, veste camisa recém-passada e, de cabelo penteado rente à cabeça, rosto rosado, límpido e fresco, pula a janela e pega a bicicleta. Canuto espera de porta aberta sua previsível saída pelos fundos. Alegra-se ao saber que vai consultar mapas na biblioteca e pede que, ao sair de lá, ache Nicolau, no Correio, em casa, onde estiver, e o intime a vir imediatamente ao laboratório. Tem notado alterações no vento, e o carteiro há dias não traz sua correspondência. Pra agradecer a disposição do neto, lhe dá a bela rosa vermelha que colhe no jardim.

— Ofereça à primeira moça bonita que encontrar.

Com a flor na mão e *Robinson Crusoé* no cós da calça, Zejosé pedala a toda, e quase de olhos fechados, pra não ver mulher nenhuma pelo caminho. Na biblioteca, Lorena ouve os sons da bicicleta subindo a calçada e encostando na parede. Instintivamente, abre a caixinha de pó de arroz e, em gestos rápidos, retoca o batom e a maquiagem, ajeita o cabelo e corre pra entrada, onde ajeita a roupa, fingindo que arruma livros na estante.[1]

Ele entra de mãos pra trás, tímido e sem graça; ela abre o largo sorriso, olhos luzindo de alegria. Quando, junto dela, ele oferece a rosa sanguínea,[2] ela não se contém, as mãos batem palmas de felicidade, a garganta libera

---

[1] A Pantera Loura se prepara pro ataque!
[2] Não há uma história de amor que tenha lido que não tenha flores pra lá e pra cá. Que mania!

um Oh! de suspiro, gemido, quase grito, o corpo dobra-se levemente pra frente, e as mãos se apertam como o beliscão que acorda do devaneio. Só então colhe a flor e, sem tirar os olhos dele, aspira o perfume uma, duas, três vezes, cerrando os olhos a cada vez. Depois, com os olhos nos olhos dele, beija levemente as pétalas, uma, duas, várias vezes. Zejosé se entrega ao olhar dela como mergulho no abismo, com o fascínio de quem vê, pela primeira vez, uma mulher em estado de encantamento.[1] Ela prende uma pétala entre os lábios; sem saber como agir, ele estende a mão — ela entre-abre os lábios — e tira a pétala de lá.

— Que rapaz lindo você é, Zejosé! Nem sei como agradecer! Muito obrigada.

Ele leva a pétala à própria boca e mastiga. Ela dá uma risada. Ele também ri. Logo, estão às gargalhadas. E tudo não durou um minuto. Quando, findo o riso, ela põe a rosa na jarra de sua mesa, e ele tira o livro do cós da calça, o que parecia sublime se dilui no ar; sem a aura do desejo, volta a objetividade prosaica, como luz que acende no cinema ao romper a fita. Lorena entende que Zejosé não pode adivinhar as etapas de um percurso que nunca fez e, apesar do sutil desapontamento, se diverte com o riso nervoso que serve de cortina entre os dois momentos. Quem sabe a rota não deve impor o ritmo nem as estações de parada; ao contrário, deve viver a expectativa e compartilhar a emoção inaugural de quem nunca viajou.

Eles abrem mapas, atlas e o livro sobre a mesa. Indo e voltando no livro, ora um, ora outro, leem trechos das viagens e riscam as rotas com lápis suave. Robinson Crusoé, que se considera desobediente e azarado, segundo ele, o segundo é punição pelo primeiro, faz a sua primeira viagem aos 19 anos. Zejosé quer saber por que foi de navio. Ela explica que na época não havia avião, carro ou trem. Viajava-se a pé, a cavalo ou de navio. Lembra que há muitas histórias de viajantes e volta ao livro:

---

[1]Sinceramente, acho esses detalhes desnecessários, pra não dizer cruéis. Cortar ao passar a limpo.

— Na primeira viagem, Robinson Crusoé sai de Londres e vai à Guiné, na costa da África. — Ela o ajuda a localizar e riscar no mapa. — Londres está aqui, a Guiné, aqui. E volta pela mesma rota...

— Com três quilos de ouro! — Anima-se Zejosé, admirando as unhas vermelhas e cuidadas de Lorena. — Na segunda viagem, nesse trecho entre a Guiné e as ilhas Canárias. — Ele procura no mapa. — Canárias... Canárias... É aqui?

— Não. As Canárias estão aqui, a Guiné, aqui. Os piratas de Salé atacaram por aqui.

— Eles reagiram, e foi uma guerra de dois navios em alto-mar! Mas onde fica Salé?

— Vamos lá. Eu falo, e você localiza. — Ele sente o perfume dela, e cerra os olhos pra usufruir melhor. — Salé é no Marrocos... Noroeste da África. Noroeste é entre norte e o oeste... Faz fronteira com o Atlântico, o Saara, a Espanha, a Argélia e o... O...?

— ...Estreito de Gibraltar, achei! Poxa, então foi aqui, longe de Londres pra chuchu, que ele foi escravo por dois anos! Por isso, só pensava em fugir! Até conseguir!

— Foge de Salé no barco do sultão, pega a costa da África, passa pelo rio Gâmbia... Cadê o rio Gâmbia, Zejosé? — Ele está perdido entre o perfume e as unhas. Ela o observa, rindo em silêncio. Ele volta à realidade e procura ansioso.

— Aqui! Perto da cidade de... Banjul. Poxa, esse rio atravessa a África inteira!

— Depois, passa pelo rio Senegal, bem maior que o Gâmbia, e deságua no Atlântico, na ilha de Saint Louis. Sabe por que uma ilha na África tem nome francês? — No silêncio sem resposta, seus olhares têm um breve encontro. É a vez dela se apressar na fala. — Foi um entreposto fundado por navegadores franceses. — Põe o dedo na França. Eles iam daí até Saint Louis — olha a distância! —, reabasteciam os navios, e as expedições partiam. E depois do rio Senegal, Zejosé, pra onde vai o Crusoé?[1]

---

[1] Se ela tivesse dado uma aula dessas pra mim, não seria tão ruim em geografia! Não é justo.

— Pra Cabo Verde. Mas não chega lá. Pega uma baita tempestade, e a comida acaba. Aí o comandante português ajuda, e ficam amigos. Ele atravessa o Atlântico nesse navio, e chegam ao Brasil vinte e dois dias depois! Esse navio era uma lesma do mar!

— Não tinha motor, meu querido. Sem vento, para tudo.

— Ele mora aqui quatro anos, aprende o português, compra terra, planta cana e fumo.

— Não é engraçado? O inglês, que gostava de aventura no mar, vira um tranquilo agricultor brasileiro — até se naturalizou! —, bem pé no chão, e querendo ficar rico.

Ela dá uma risada, ele sorri por admiração e cumplicidade. Riem, olhando-se nos olhos. O sorriso se esgota, e seguem com os olhos nos olhos. Até que ele muda o foco.

— Aí os fazendeiros pedem pra ele buscar negros na Guiné. Ele topa. O navio sobe até perto da ilha de Fernando de Noronha... Cadê Fernando de Noronha?

— Aqui. — Indica Lorena. — Cruza a linha do equador em doze dias e vem a tempestade.

— Ele nem diz se foi furacão ou tornado. Um vendaval terrível. Eles sentam no chão e esperam a morte. O navio perde o rumo. Não sabem se estão aqui, na costa do Brasil, ou aqui, na costa da Guiné. Até que encalha. Eles pegam o bote, que vira, e todos morrem. Robinson Crusoé vai sozinho pra ilha, que ninguém sabe localizar.

— Acabam as viagens, e começa a luta pra sobreviver sozinho numa ilha desconhecida.

Lorena relê trechos do livro, verificando se todas as viagens foram vistas, enquanto Zejosé passeia os olhos pelos mapas.

— Ventania é mais sumida que a ilha de Robinson Crusoé! — Lorena ri. Ele procura alguma coisa, fixa-se num ponto, aproxima os olhos. — Olha, aqui está Ventania! Não sabia que estava no mapa! — Lorena ri de novo; ele vira e revira páginas do atlas, desdobra mapas. — Poxa, da Alemanha até Ventania, seu pai viajou que nem Robinson Crusoé!

Lorena fecha o livro e se curva sobre a mesa. Zejosé aponta o trajeto, ela segue.

— Muito mais, querido! Antes daqui, rodou o interior, fazendo prospecção de jazidas.

Ela risca de leve a rota desde a Alemanha; depois, hesitante, os percursos no Brasil. Zejosé se delicia com os cabelos roçando seu rosto, o perfume de flores matinais, a pele de pétala que, às vezes, roça seu braço e, na posição em que o decote se curva pra baixo, com o sutiã e o glorioso vale entre os seios.[1] As linhas das andanças do pai formam uma mancha cinza. Ela se emociona.

— A vida inteira procurando ouro! Viagens, sofrimento, desconforto, cansaço, fome, doença, riscos. Tudo pensando na família. Tive o que quis e o que nem pedi. Como agradecer? Como retribuir? Depois que minha mãe se foi com quem ela amava, sou a sua família, a única pessoa que lhe resta na vida, a única que ele ama no mundo. — Num gesto rápido, olha nos olhos de Zejosé com a chispa do desvario, do fogo onde arde solidão, carência, recusa a uma vida não escolhida, angústia com o fluir do tempo. Ele sente o peso do momento e mantém o olhar. — Sei dos riscos, mas vou confiar em você; não nas suas palavras, porque não sou tão ingênua, mas no seu coração. Com o pai semimorto, não tenho com quem falar. Desconfio das paredes da minha casa. Se você não for quem eu penso e trair meu segredo, gente poderosa vai te desmentir.

Ela suspira como se fosse revelar um velho e incômodo segredo:

— Esses dias, o pai me fez saber, por anotações e mapas, que a mina não se esgotou. Ninguém sabe disso, querido. Nem pode saber. Metade da jazida que descobriu está intacta, debaixo da terra. Ele nunca se afasta daqui, como se fosse vigia do que resta lá.

Lorena chora. Um choro manso e sofrido, que brota, sem revolta nem resignação, nos fundos do seu ser, talvez próprio do absurdo da vida, que

---

[1]Ele se acha esperto de gozar prazeres escondidos. Mas nada é escondido. Ela sabe de tudo, pensou tudo antes.

dá uma única chance, e só se aprende a usá-la depois que foi perdida. As lágrimas descem pelo seu rosto e escorrem em pingos sobre Zejosé, que as enxuga com beijos suaves e salgados.

Garoto, Zejosé não conhece o passado da mina pra aquilatar a extensão do que Lorena disse. Se a jazida não se esgotou, e metade do ouro resta lá, a história da interdição foi mal contada. Se a produção do ouro seguisse seu curso, não haveria a demissão dos trabalhadores, a estrada de ferro continuaria viável e não haveria razão pra ser paralisada. Ventania não teria vivido esses anos de empobrecimento e decadência.[1] A revelação, que à primeira vista parece familiar, pessoal e íntima, tem pólvora pra explodir o objetivo diletante destas anotações e seus escassos recursos pra investigar! E me sinto como o pescador que joga o anzol pra pescar o jantar e fisga uma baleia, que pode esmagá-lo.

Lorena se acalmou, parou de chorar e, com o rosto apoiado no ombro de Zejosé, olha através da janela.[2] Querendo livrá-la da tristeza, ele tenta mudar de assunto:

— Então, vai querer mesmo jogar no time novo?

— É claro! Mandei vir chuteiras novas da capital. Já começaram os treinos?

— Do time, não. Mas o Delfo[3] pediu pra treinar lá em casa. Se você quiser...

— Delfo treina? Ele joga? — Espanta-se Lorena.

— No gol.

— Que beleza! — O olhar se ilumina. — Fiquei arrepiada. Também quero treinar. Que dia?

---

[1]Eu ainda seria o chefe de estação, fazendo dois despachos diários, senão mais; não ficaria no ócio que fiquei por tanto tempo. Mas também não teria lido o que li, nem teria me metido a fazer estas anotações. O que quero, enfim, dizer é que eu seria outro homem, e Ventania outra cidade.

[2]Olhasse com atenção, me veria na plataforma fazendo estas anotações com o coração sangrando de tristeza.

[3]Estranho escrever meu nome como dito por outra pessoa e não poder dizer "eu".

Levantam-se animados, falando das proezas de Delfos.[1] Na despedida, olham-se nos olhos, enchem o ar de desejo e expectativa e se dizem "*Ciao!*".[2] Depois de visitar um dos dois últimos membros do Conselho de Ensino, Dasdores, com seu traje negro e sem maquiagem, está nos limites da cidade pra visitar o que considera seu trunfo pra evitar a expulsão de Zejosé. Avança pela rua de terra com um embrulho na mão, procurando de um lado e outro a casa de tijolos nus onde mora o homem de olhos verdes raiados de vermelho que guarda dentes de alho no bolso. É o temido e odiado inspetor de disciplina, que inferniza a vida dos garotos na escola. Os registros no prontuário de Zejosé são punições da diretoria aos flagrantes feitos por ele.

Uma mulher dança sem música, seguida a cada passo por um cachorro mudo, no seco gramado diante da casa onde Dasdores bate palmas. É Estela, a irmã, que, dizem, canta num coral de estrelas, conversa com a lua e, nas noites de lua cheia, passeia na beira do rio com esvoaçante camisola branca. Ela ouve as palmas e corre pro interior da casa.

Vitorino surge na porta, reconhece Dasdores e vai buscá-la na entrada, sem muro nem portão. Trocam umas palavras, e volta acompanhando-a. Entram na sala de terra batida, paredes de tijolos nus e móveis descombinados. Sente no ar estranho cheiro, que lembra enxofre. O vulto da mulher surge atrás da cortina. Seguindo a orientação que recebeu, Dasdores abre o embrulho, um violino de criança, e exibe diante da cortina. Após um tempo, a mão avança e pega o presente. Vitorino agradece. Dasdores senta, e a conversa gira por amenidades, até que ele ataca diretamente o assunto com voz grave e lenta:

— A senhora quer que fale bem do seu filho pra ele não ser expulso. Quanto vai me dar?

Dasdores fica vermelha com a objetividade de Vitorino e acha sinistra a lentidão da sua voz. Assustada, não sabe o que dizer. Ele espera num

---

[1] Bem que gostaria de detalhar o que foi dito. Mas seria extenso, e não quero ficar me promovendo!

[2] Foi Lorena quem introduziu esta saudação italiana, que ninguém conhecia por aqui. Herança de Enzo!

• 213 •

silêncio impassível. Tira um dente de alho do bolso e mete entre os lábios. De dentro, vem o som arranhado de um violino.

— Se o senhor desse uma sugestão... ajudaria — pede Dasdores, insegura ante os olhos verdes raiados de vermelho.

— Um conto de réis. É bom pra senhora, mil cruzeiros? — Ele a encara sem piscar.

— Vou dar um jantar pro Conselho na minha casa. O senhor vai falar nessa noite...

— Com janta, é melhor! — Ele a corta, faz curta pausa. — A Estela vai comigo.

— Ela? — Dasdores não gosta da ideia. — Bem, não me leve a mal, mas não seria...

— Então, não vou. Ela não fica sozinha. A senhora entende?

Dasdores estranha a humildade com que diz "A senhora entende?".

— Eu tenho pessoas que poderiam...

— Ela só fica comigo. — E, após uma pausa, acrescenta: — A senhora entende?

— Nessa noite, vão estar lá em casa os membros do Conselho... Ela precisa sentar à mesa, ou mesmo estar na sala? — Dasdores mede as palavras. Acha o "entende" dele irritante, assim como o som insistente do violino.

— Eu é que tenho que estar na casa onde ela estiver. A senhora entende?

— Entendo. Mas aqui ela estava lá fora e o senhor aqui dentro.

— Pode ser. Mas ela janta comigo. A senhora entende? — O violino silencia lá dentro.

— Vou providenciar o valor que pediu. Se importaria de dizer o que pretende falar?

— Ainda não sei. Digo quando a senhora trouxer o dinheiro.

Dasdores se levanta, ele a leva até a porta. Despedem-se. Ela cruza o seco gramado atordoada com o olhar de Vitorino, incomodada com a presença de Estela no jantar, apavorada com aquela família, aquela casa, aquele "entende". O violino volta a desafinar...

• 214 •

Na beira do rio, a caminho da casa de Nicolau, Zejosé passa pela aglomeração na porta da rinha do Olavo, encosta a bicicleta e assiste. A polícia retira os galos de briga dentro de engradados, que ficam na calçada esperando a viatura. Os três rodos estão encostados na parede. Alguns presentes reclamam que xadrez não é pra galo e a rua não é pra ladrão, e gritam pra soltar os galos. Outros se queixam do presidente da República, que, em vez de resolver os problemas do país, acaba com a diversão do povo. Zejosé olha as aves presas, tristes e abatidas. Num dos engradados, um animal lembra vestígios de um galo que viu brilhar num dos rodos do Olavo. Vermelho, parrudo, crista alta, rabo laranja, que foi posto pra brigar com um preto fracote e galocha. Ele subia alto, abria as asas e caía em cima do preto, que, estranhamente, não sabia que era mais fraco e revidava, bancando o forte. Sangrou até o vermelhão o destroçar. O galista tirou o parrudo da briga, e o preto morreu sozinho no rodo. Agora, que viu o bico grosso e torto, reconhece que é sim o próprio vermelhão, chucro, churriado e deprimido no fundo do engradado. Revoltado com a magreza dos galos e triste com o fechamento da rinha, Zejosé pega a bicicleta e toma a direção da casa de Nicolau.

Pedalando, lembra que ao assistir à briga admirou o vermelhão, mas se identificou com o preto. É duro o impacto de ver o vencedor, que se orgulhava de sua força, caminhar pra morte — mesmo fim do galo preto, que se recusava a ser fraco. Pela morte dos galos, ele acha que entendeu o avô. O *Homo sapiens*, que é capaz de pensar, tem a responsabilidade de se manter vivo. Tem que saber a hora de parar, de sair da briga quando perde. Mas não pode se esquecer de que a hora de parar chega pra todos, até pros vencedores. Galo e burro, que não sabem, morrem achando que estão vencendo ou vivem achando que vão vencer sempre. Quando Crusoé se viu em perigo, sozinho e desarmado, não se matou, usou a inteligência e a coragem. Aprendeu a se defender do mar e dos animais, a buscar comida, construir casa e fazer roupa. Crusoé provou que era *Homo sapiens*. Zejosé pedala pra casa de Nicolau orgulhoso de pertencer à espécie *Homo sapiens*.

Ataliba acorda tarde e, depois de tomar banho e fazer a barba, vai pro entreposto, onde trabalha o dia inteiro. A ausência, mais longa do que supunha, paralisou os negócios, que, em geral, envolvem mais barganhas e permutas que dinheiro vivo e, por isso, dependem de sua avaliação das propostas e oportunidades. Ainda mais que, sem capital pra fazer estoques, precisa ter a quem vender antes de comprar. Como em toda volta de patrão, os empregados, de balconista a carregador, com Marisa Boca-mole à frente, pularam feito pipoca pra atender o patrão. Mais triste que furioso, Ataliba bufa e solta fogo pelas ventas, não poupa palavrões ou agressões. Com tanta coisa a resolver, não dá tempo de almoçar. Só agora, às oito da noite, volta pra casa cansado e varado de fome.

— Vieram aqui me oferecer a carga de arroz, milho, café, açúcar, rapadura, couro e algodão — responde Ataliba à pergunta do irmão e à curiosidade da família reunida à mesa, após o jantar. — Tudo com venda certa pra cliente antigo, a preço baixo, mas que ainda me renderia o dobro do que queriam pela carga. Excelente negócio! E do jeito que eu gosto: pago aqui, recebo lá, não corro risco e embolso a diferença. — O palito dança na sua boca. — Mas nada é fácil na vida: exigiram que fechasse o negócio antes de começar a baldear a carga do cargueiro pro barco que levei daqui.

— E onde o cargueiro estava encalhado? — Quer saber Canuto, tomando o cafezinho.

— Perto de Matipó, dia e meio de viagem rio abaixo. Quando cheguei lá e tomei pé da situação, foi um susto. Era carga demais pra um "boca larga" de calado médio. O piso flutuava no nível da linha-d'água; qualquer marola molhava a carga, e não se via nada do casco! Pra forçar o negócio, os caras, que vieram de mala e cuia pro nosso barco, preferiam perder a carga inteira a me vender só o que eu salvasse. E se eu pagasse e depois não conseguisse baldear a carga antes do barco afundar?

— Perdia o que pagou? — pergunta Zejosé, preocupado.

— Perdia tudo. Fiquei angustiado. Passeei no meio daquela sacaria valiosa, que iria pro fundo do rio depois de ter custado suor e cansaço de todo mundo que plantou, colheu, ensacou, transportou. — Ataliba fala para todos à mesa e sabe que o ouvem com interesse, atenção e curiosidade. — Sentei sozinho na popa e olhei em volta: o sol nascendo, a água correndo mansa, a brisa fresca no rosto, e me acalmei. Aí, pensei: posso afundar junto com esse barco; mas, pombas!, passei a vida esperando o grande negócio; e não há grande negócio sem risco grande, e não se sabe quando vai aparecer outro! É pegar ou largar, Ataliba! É a hora da adrenalina. Todo negócio é calculado, pesado e medido, mas é sempre fechado meio às cegas.

— Dizem que é isso que vicia o negociante — completa Isauro, apoiado por Dasdores.

Ataliba aproveita a pausa e bebe um gole de café frio. Dasdores serve-lhe café quente em outra xícara. Todos acompanham os movimentos, calados, tensos. Ele continua:

— Nessa hora, tudo vem à cabeça: lucro, prejuízo, mulher, filho, alegria, felicidade, que nem vertigem. Voltei pro nosso barco, juntei os seis carregadores que levei daqui, mais os três marinheiros da tripulação e propus: se tirarmos a carga toda, dobro a diária.

— Poxa, diária dobrada! — Isauro se admira. Ataliba confirma com a cabeça.

— Eles foram ao cargueiro, avaliaram, discutiram e recusaram. Mudei a proposta: diária em dobro pra qualquer resultado! Aí, toparam. A decisão passou a ser só minha! Pensei no sonho de Dasdores de voltar pra capital. — Dasdores se surpreende. — Lá, Zejosé teria mais opções pra estudar. — Zejosé também se surpreende. — E pensei em mim, na chance de ter o meu negócio na capital. Virei negociante por acaso, seria meu salto profissional. Um homem acaba tendo a cara do seu ofício, e eu nunca quis ser um biscateiro.

— Que beleza, meu filho! Gostei disso. Fico orgulhoso de você. — Emociona-se Canuto.

Zejosé está de olhos arregalados. Isauro, surpreso; e Dasdores, perplexa. Ataliba toma um gole do café quente. Emocionado, não consegue conter um leve tremor nas mãos.

— Obrigado, pai. Aí, tive a intuição de que aquela carga era o grande negócio que esperei a vida inteira. Não por ser uma fortuna, mas porque ia nos levar de volta à capital. Fui até os caras e paguei o que pediam. Começamos a baldear a sacaria a todo vapor. Logo, me animei: com o alívio de peso, o barco afunda mais devagar. Mas o comandante me assustou; disse: "Vai lento assim, mas, de repente, afunda de uma vez!" A ansiedade cresceu, os homens passaram a trabalhar mais tensos, cautelosos e, por isso, mais lentos.

— Claro! Já pensou: de repente, afunda o barco, a carga e eles?! — assusta-se Canuto.

— E não fica nisso. No fim do dia, bate um vento muito forte... — continua Ataliba.

— E está vindo pra cá. Até chegar aqui, vai virar nossa conhecida ventania — diz Canuto.

— ...as ondas começam a crescer; e os barcos, a adernar. Fica difícil passar de um ao outro com saco no ombro ou na cabeça; e a água a bordo molha a carga. De noite, não dá pra estirar o fio de lâmpadas entre os barcos, os homens caem n'água. Depois o vento acalma. O alívio dura pouco: vem a chuva. É preciso usar uma lona pra cobrir a carga e o carregador. Cada passo é lento, medido. E o pior: a comida acaba. O café da manhã é peixe frito. Lá pro meio-dia, debaixo do temporal, o barco afunda. Sumiu num minuto.

— Ah, pai! — solidariza-se Zejosé.

— Não! — reage Canuto num protesto impotente.

— Oh, Deus — queixa-se Dasdores.

— Que pena! — lamenta Isauro. — E você não fez o grande negócio, mano!

— Não, não fiz. — Suspira Ataliba. — Este podia ser! Afundei nas águas do céu e da terra.

— Quanto da carga afundou, filho? — indaga Canuto. Zejosé levanta-se timidamente.

— Dois terços.

— Oh...! — Suspira Dasdores. Sem ser notado, Zejosé contorna a mesa devagar.

— Não deu pra içar? — pergunta Isauro. — Quem sabe não salvasse alguma coisa.

— Quem quer comprar açúcar, rapadura e algodão encharcados?

— Que prejuízo, meu Deus! — lamenta Canuto batendo a mão na cabeça. Perto de Ataliba, Zejosé, tímido e amedrontado, hesita em se aproximar.

— Perdi o que paguei pela carga, o aluguel do barco e as diárias dos carregadores. A carga salva cobre um terço das perdas. Mas não paga o orgulho de negociante e a esperança de voltar pra capital que ficaram no fundo do rio.

Zejosé vence a timidez e abraça o pai, que abre os braços e o acolhe comovido, olhos cerrados e pálpebras apertadas. Canuto e Isauro se comovem, Dasdores abaixa a cabeça. Parece que alguma coisa está mudando com Ataliba e na sua relação com a família.

Dias depois, em tarde amena no campo do Tarrafa, três atletas treinam chutes a gol com bola parada. Zejosé e Lorena chutam, e eu defendo. Há novidades nesse treino, que Zejosé transferiu de sua casa pro campo de dimensões oficiais. Que exagero, a área do gramado! O gol é gigantesco! Na vasta extensão de altura desmedida, sou um pigmeu sob o travessão. Se na trave que Zejosé pintou no muro eu não peguei nada, preparei o espírito pra não ver a cor da bola na trave oficial — 7,32 metros de extensão e 2,44 metros de altura!

Desde aquele treino, todo dia faço caminhadas e corridas; meu preparo físico tem melhorado bastante. Emagreci, aumentei a capacidade respiratória, canso menos e fico menos ofegante. Exercito os movimentos típicos de goleiro: saída da pequena área, escanteio, pênalti e tiro de meta. Estou perdendo o medo de me jogar no chão, atrás das bolas rasteiras, de soltar a muleta antes de saltar nas de meia altura e de usá-la nas altas.

Outra surpresa é a meia-armadora Lorena — linda, de cabelo preso, que tentação! Vale a pena jogar só pra ser do time dela! Leve e esbelta, seu chute não é forte, mas é colocado; e tem a rara capacidade de lançar a bola, com precisão, aonde quer. Pra mim, nessa trave que não acaba nunca, é quase impossível defender os chutes dela. E quando dá a tal folha-seca, então!

Como o pobre goleiro pode se preparar pra pegar uma bola que vem numa direção e, de repente, muda de rumo ao mesmo tempo em que faz uma curva descendente! Chama atenção a maneira elegante com que toca a bola, corpo ereto, braços abertos, cabeça erguida, olhando pro gol — lembra a garça no início do voo. E bate com a parte interna ou externa do pé, dependendo da posição da bola em relação ao gol e do efeito que pretende dar. Zejosé, com quem me acostumei a treinar, tem um canhão nos pés e menos precisão. Pro goleiro, a dificuldade equivale à da bola colocada.

Depois, Zejosé propôs um ótimo exercício. Ele e Lorena são adversários, mas ambos chutam contra o meu gol. Com a bola em jogo, um ataca e o outro defende — o embate é constante. Quem domina a bola pode até chutar direto a gol; o outro se torna defensor e deve impedir esse chute e tentar tomar a bola pra chutar a gol. Eu reponho a bola jogando-a pro lado, pra ninguém, e então começa a disputa pra dominar essa bola. Claro, o goleiro é exigido, mas, na disputa dos dois, cada um se exercita como defensor e atacante. Foi bonito ver a disputa dos dois, driblando ou roubando a bola do outro. Zejosé é mais duro nos trancos, desarmes e obstruções. Ela é leve, evita o corpo a corpo, defende a distância e dá botes certeiros. Mais ágil pra aproveitar as oportunidades, é esperta nos dribles de corpo. Só não gostava quando demoravam a chutar a gol, porque ficava parado, assistindo à disputa deles, meio fora do jogo. E o ciúme, sempre presente, cresce. O futebol é um esporte de contato físico de quase todas as partes do corpo. Jogadores se chutam, cutucam, tocam, pegam, chocam, esbarram, empurram, friccionam, esfregam, entrelaçam, agarram, sem deixar de ser homem e mulher! E, afinal, é o corpo da mulher que eu amo nessa intimidade em público! Mas, apesar disso, os treinos eram agradáveis, divertidos e eficientes. São ótimos jogadores, e, como goleiro, sou muito solicitado; a cada treino, me sinto mais preparado e animado.

O costume de irmos nadar no rio depois dos treinos não mudou com a chegada de Lorena. Ficou até mais agradável, animado e sensual: que beleza o corpo dourado naquele maiô preto! São as mesmas pernas longas e torneadas, que, de maiô, são mais sensuais que num calção de futebol. E mulher por perto excita a vaidade, o espírito, a inteligência, tudo. Ela encanta a vida. E mulher como Lorena dá sentido à vida. Calções e maiô criam uma intimidade agradável e difícil. Agradável porque a gente esquece que é a filha do Dr. Conrado, é a bibliotecária etc. Mas, pra mim, é mais difícil sentar diante dela, com o coto à mostra, do que treinar com o uniforme de goleiro. Mais difícil ainda é assistir à intimidade com que trata Zejosé. Penteia o cabelo molhado dele, espreme cravo nas suas costas.[1] O que não daria pra ter aquelas unhas vermelhas nas minhas costas! Descobri que, de perto, o ciúme vira inveja — um sentimento pior que o ciúme. Ia me esquecendo: Lorena nada muito bem, respiração perfeita, braçadas longas, ritmadas. No cais, a duzentos metros da carcaça, junta gente pra nos olhar!

Um rio alegre à flor d'água e sombrio ao fundo, Dasdores volta a vestir luto, sangrar de tristeza e alegar cansaço, tonteiras e urgência de repouso pra retornar ao quarto, às velas e à cama que lembra um altar. Está viva, mas parece que preferia estar morta.

— Sabe Deus o que foi; qualquer coisa acaba comigo! — responde quando perguntam o que aconteceu, e suspira como se se despedisse. — Passa da hora de entregar a alma a Deus!

Zejosé chega suado e, ao saber que a mãe teve recaída, e voltou ao cárcere voluntário, vai ao seu quarto disposto a convencê-la, de uma vez por todas, a largar a ideia de atrair atenção cedendo aos achaques criados pela imaginação. A recaída confirma que é inútil atacar o problema afirmando a vida, mostrando que tem saúde e gosta de viver. Junto à porta, porém, ouve o arfar pesado e, pra não acordá-la, recua. Decepcionado, pega o livro e sobe no abacateiro. Vai ler no alto, onde pode ver quem entra e sai da biblioteca.

É de lá que vê entrar, pelos fundos, a bicicleta, misto de árvore de natal e pagode chinês, de Nicolau. Ele desmonta e, com um maço de cartas, anda oscilante, até o laboratório, onde bate. Embora curioso, desde que foi intimá-lo, Zejosé prefere continuar lendo.

---

[1]Às vezes, acho que tem mesmo qualquer coisa de maternal e filial nessa história!

— Entra! — grita Canuto ao ouvir as batidas.

Nicolau abre a porta amedrontado, sorrindo amarelo. Olham-se em silêncio.

— Boa tarde, seu Canuto.

— Boa tarde, Nicolau. Por que sumiu? Fiquei sem a correspondência.

— O senhor me chamou de criminoso e me expulsou daqui — diz Nicolau humilde.

— Criminoso é quem comete crimes. Como violar a privacidade alheia.

— Pelo amor de Deus, seu Canuto! O senhor não é meu amigo? Eu vim trazer a sua correspondência. — Ele entrega a correspondência. — Posso entrar?

Olhando os envelopes, faz gesto pra entrar, o carteiro senta-se. Ele joga os envelopes na mesa e mostra várias folhas manuscritas a Nicolau.

— A denúncia que vou entregar ao delegado. Digo aqui que você viola a privacidade dos cidadãos, sabe de ameaças de morte e nada faz pra evitar.

— Não faz uma desgraça dessas, seu Canuto. Sou muito sensível. Não durmo desde que vim aqui! Curiosidade é uma fraqueza humana. E não tiro vantagem nenhuma, nem do destinatário nem do remetente. Disse pro senhor que só leio pro bem das pessoas, e não deixo de entregar. Só adio se tiver notícia ruim! A ameaça de morte é verdade. Pedi pra me orientar, mas o senhor nem quis ler! Até trouxe a carta comigo. — Tira-a do bolso.[1]

— Guarda isso! — exige Canuto. — Não quero ver essa carta. Não vou repetir seu crime!

— Andei pensando nisso, sabe, seu Canuto — diz Nicolau, guardando a carta. — E se eu contar a carta pro senhor? Não vou ler, vou só me lembrar. O que o senhor acha?

A ideia surpreende Canuto, que olha Nicolau, em dúvida. Pensa. Parece concordar, mas não quer admitir. Afinal, passa a cogitar.

— Lembrar vagamente, bem por alto, sem nomes nem detalhes, não deve ser crime.

---

[1]Dos romances que li, um monte tinha carta na intriga. Acho que virou clichê. Por sorte, essas são anotações de fatos reais!

— E o senhor poderia me aconselhar; porque está muito difícil pensar nisso sozinho.

— Nesse caso, pode contar. Mas sem nomes nem detalhes. Vou aconselhar em tese.

Nicolau tira a carta do bolso e começa a abri-la. Canuto reage, enérgico:

— O que é isso? Guarda essa carta! O que vai fazer? Guarda logo!

— Preciso ler, seu Canuto. Pra poder contar direito.

— Aqui não. Nem na minha vista. Leia longe de mim. Vá lá pro quintal.

Nicolau sai. Do alto do abacateiro, Zejosé o vê lendo. Canuto espera, contagiado pela curiosidade. Nicolau acaba de ler, põe a carta no envelope e entra.

— Lembrei tudo. — Guarda o envelope no bolso. — Posso contar?

— Não esqueça: sem nomes nem detalhes! — Os dois sentam-se.

— A remetente escreve pro destinatário, que é ex-namorado, ex-marido ou ex-amante...

— Entendi. Vá em frente.

— Diz que continua desesperadamente apaixonada. Disse desesperadamente apaixonada por ele. E reclama que ele fugiu sem ter consideração pelo amor dela, e lembra os dias que ele não foi à casa dela etc. Bem, o cara fugiu pra Ventania. Não diz quando veio...

— Em frente, em frente!

— ...morar com o pai e o irmão casado. — Canuto fica em pé. — Então ela diz que...

— Para, Nicolau! Não leia mais. Espera. Me deixa pensar um pouco. — Angustiado, anda pelo laboratório. — Você, que roda essa cidade, fala com todas as pessoas, e lê as cartas delas, sabe de alguém que veio morar aqui com o pai e o irmão casado?

— É pra falar, seu Canuto? — pergunta Nicolau temeroso, depois de uma pausa.

— É claro, homem! Sabe de alguém? Pode falar.

— Sei.

— Quem? Diga o nome.

• 223 •

— Mas, seu Canuto, não era sem nome nem detalhes?

— Esquece o que eu disse, criatura! E diga o nome do cara.

— O Isauro, seu filho.

— Me dá a carta! — exige Canuto agitado. Mas muda de ideia. — Não, fecha a carta e entrega pela frente. — Volta a mudar de ideia. — Não, não, acaba de ler. Mas, antes, me diga: você teve a ousadia de contar essa história pra alguém?

— Não. Sou homem sério, seu Canuto. Não sou de contar pros outros as cartas que leio.

— Eu sei que é um homem sério, Nicolau.

— Agora o senhor entendeu por que eu precisava ouvir seus conselhos. E o senhor ainda ameaçava me denunciar ao delegado!

— Por favor, Nicolau, isso passou. Você vai prometer que ninguém vai saber dessa carta!

— Eu prometo.

— Então, leia o resto. Leia, não, conta o resto. Mais baixo, por favor.

— Então, pra resumir, ela sabe que ele se apaixonou pela cunhada. E diz que, se ele não voltar e assumir o filho dos dois, vem aqui matá-lo e fazer um escândalo com a cunhada.

— Meu Deus! Eu intuía, imaginava, tinha pesadelos com coisas assim. Pra ser sincero, não chega a ser novidade pra mim. Isauro é, nem sei dizer, desses filhos que caem na vida de alguns pais. Não são maus, são sinistros! Como é o nome da infeliz?

— A mulher? Ué... Não sei. Esqueci. Mas o nome não importa, não é, seu Canuto?

— Olha na carta, Nicolau! — Nicolau tira a carta do bolso. — Aliás, me dá essa carta. — Tira a carta da mão dele. — Vou ter uma conversa com aquele, aquele... Isauro!

— Vai com calma, seu Canuto.

— Não! — muda de ideia e devolve a carta. — Vou dar uma chance praquele, praquele... Isauro! Fecha o envelope, Nicolau, e entrega na porta da frente. Vamos ver a reação do, do, do... Isauro! Tem endereço do reme tente? — Nicolau olha. — Aproveita e vê o nome.

Nicolau lê o remetente:

— Lola Montez. Rua Corrientes, trezentos e quarenta e oito. Segundo andar. Buenos Aires. Argentina.

— Parece tango, Nicolau! Veja o carimbo do Correio, carteiro! E quem assina?

Nicolau lê o envelope, abre e lê a carta.

— São Paulo. Brasil. Sempre sua, Geni. — Nicolau contém o riso.

Silêncio. A curiosidade esfriou, a ansiedade acalmou. Canuto rasga os manuscritos da denúncia. Nicolau sorri com ironia. Canuto joga a papelada no lixo enquanto fala:

— Se ela o achou aqui, ele sabe achá-la em São Paulo, Buenos Aires, onde for. Entrega a carta quando sair. Quero esse vendaval longe daqui. — Ele vê sobre a mesa uma pilha de papéis, tabelas, gráficos e curvas. — Falar em vendaval, preciso de sua ajuda...

— A ventania! Sabe que sinto no ar quando ela vai chegando? Meu pai também sentia...

— Em quatro, cinco dias, estará aqui. Furiosa. Não deixe de avisar ninguém. Ano passado, houve queixas de falta de aviso, perdas e prejuízos. Você, que é carteiro, cabo eleitoral do prefeito e técnico do novo time, não pode falhar nessa missão. É nosso dever avisar.

Com a dificuldade habitual, Nicolau se levanta pra ir embora. Canuto estende-lhe a mão pra ajudar a erguer-se e também cumprimentá-lo. Olha-o nos olhos.

— Obrigado, Nicolau. E desculpe minhas ameaças. Mas, se souber que continua lendo cartas, denuncio! Agora entrega a carta pela frente, como devia ter feito quando ela chegou. Como se nada tivesse acontecido. Que ninguém saiba o que só nós sabemos.

— Ninguém, seu Canuto.

Despedem-se. Nicolau deixa o laboratório. Do alto, Zejosé o vê montar na bicicleta-árvore-de-Natal-pagode-chinês, sair pelo portão dos fundos, contornar a rua, parar na entrada da frente e bater palma. Durvalina recebe a carta. Nicolau sai, avisando:

— Atenção pro alerta! Em quatro ou cinco dias, a ventania chega furiosa. Atenção pro alerta! Em quatro ou cinco dias...

Nicolau desaparece, Zejosé olha o céu, sente o vento na pele e volta a ler. No trajeto até a biblioteca, Zejosé, de camisa recém-passada, cabelo rente à cabeça, rosto rosado, límpido e fresco,[1] pedala atento ao trabalho dos moradores de prevenção contra o vendaval. Reforço de portas e janelas, placas de madeira sobre os vidros, troca de telhas, poda de árvores etc. Postes e árvores escorados, placas de lojas reforçadas ou retiradas. No rio, barcos pequenos são retirados da água; e os grandes, amarrados aos cabeços do cais. Na biblioteca, as janelas envidraçadas estão sendo protegidas por tábuas[2] e o telhado é vistoriado. Lorena recebe Zejosé apreensiva.

— Será que o vendaval vem no dia do filme? O que faço, mantenho a data ou adio? — indaga Lorena mal Zejosé pisa na biblioteca, talvez por ser neto do meteorologista.[3] Não há certeza sobre fenômenos naturais, mas a pergunta vem de alguém responsável, que, pra se precaver e não ser surpreendida, sonda o futuro, o que a distingue do garoto, pra quem o futuro é amanhã, ou depois de amanhã, no máximo no próximo domingo! E não é limitação mental, mas natural desinteresse de quem, tendo pouco passado, carece de referências pra se lançar ao futuro. Até fisicamente, na anatomia em formação, o presente é tão extenso que inclui uma parte do passado e outra do futuro.[4]

Além disso, o filme alça Enzo ao centro da tela, e Zejosé não acha graça. Desde que a ajudou a escolher o galpão, Lorena tem comandado os homens que construíram a biblioteca e agora desentulham o cinema. Voltou a usar calça americana e botas, grita com uns, aplaude outros, anima a todos, que a respeitam e trabalham por amor à arte, como ela diz, mesmo sem nunca terem visto um filme. Por tudo isso, de uns tempos pra cá, basta

---

[1] Lá vai ele pra biblioteca! Virou uniforme.
[2] Mesmo desativada, vedei as portas e janelas da estação. É dever proteger o patrimônio público
[3] A quem uma mulher faria esse tipo de pergunta, senão ao seu amado, apesar dos seus 13 anos?
[4] Não sei pra que servem pensatas de quem não sabe pensar! Cortar. Devo me ater a relatar, o que já é muito pra mim!

falar em Enzo, filme etc., lhe vem a sensação que sentiu quando Carmela se abriu pro cara da capital — de um pro outro, Volks muda pra filme, mas o sentimento é igual. E ele não sabe mesmo a resposta.

Lorena conta que, depois de muita discussão por carta,[1] acertou com Enzo que *Casablanca* é o filme mais indicado pro público de Ventania. Mas o que Zejosé quer agora é um novo livro, pois acabou de ler *Robinson Crusoé*. Lorena sugere *Don Quixote de La Mancha*, do espanhol Miguel de Cervantes, de 1605, tido como o primeiro romance moderno — pouco importa, o importante é ser o livro mais divertido que já li.[2] Depois de longa conversa sobre o náufrago inglês, Zejosé vai pra casa ler a história do cavaleiro da triste figura e seu amigo Sancho Pança.

Em dias de céu azul, horas seguidas de leitura se revezam com visitas ao sombrio quarto da mãe, onde, de mãos dadas, conversam sobre o tempo, a saúde dela e as mudanças do pai. Pra Zejosé, é inútil lhe sugerir uma vida mais saudável diante dos seus abraços chorosos, das lágrimas involuntárias e de suas dramáticas renúncias. "Não tenho mais ânimo pra mudar de vida, meu querido." Ou visitas à biblioteca, que, às vezes, incluem passeios com Lorena à beira do rio, falando de livros e leitura, da vida e do fim da vida, das viagens do Dr. Conrado, da mineração do ouro, da vida na capital e da universidade. Tanto as visitas quanto os passeios, sempre observados com curiosidade crescente de portas, janelas, venezianas... E chega o dia do jantar pro Conselho Escolar.

— Acorda, Zejosé! — vozeia o papagaio.

O dia começa com a agitação de Calu e Durvalina na preparação do jantar. Meio apoiada, meio carregada, Dasdores é trazida pra sala de jantar e acomodada numa cadeira de balanço, os pés numa banqueta, entre travesseiros, lençóis e colchas. Mesmo sabendo que aquele jantar pode ser

---

[1]Certamente acompanhada por Nicolau.

[2]Pra criticar a mania de sua época, de ler livros de cavalaria, Cervantes criou um personagem, Don Quixote, tão maravilhoso, que se temeu pudesse qualificar os livros de cavalaria — o que não aconteceu. Dane-se a intenção do autor. O que existe é o livro que cada qual lê e entende como quer e como pode!

decisivo pra sua vida, Zejosé, mais cedo que de costume, mete na cintura o livro que está lendo e sai de bicicleta pelos fundos. O dia de céu sem nuvens e luz intensa o acaricia com deliciosa brisa, enquanto observa as casas, lojas e prédios públicos, quase escondidos pelas proteções contra o vendaval. Depois de uma volta pela beira do rio, chega à biblioteca, sua parada obrigatória quase diária.

Ao vê-lo encostar a bicicleta, Lorena vem recebê-lo na porta da biblioteca, que está de luzes acesas com as janelas vedadas. Enquanto comentam a ironia de dias tão lindos serem prenúncio de vendaval, ela acerta a gola da sua camisa e, como fez outras vezes, desfaz o penteado rente à cabeça, soltando-lhe os cabelos. Vão à mesa dela, no canto do salão, agora com estante que a protege do olhar dos que entram na biblioteca.

— Então, é hoje o jantar? — Lorena senta-se diante dele. — Sua mãe me convidou.

— Você vai?

— Melhor não ir. Não sou bem-vista por essa gente. Fazer uma biblioteca incita inveja e ciúme.[1] Posso prejudicar em vez de ajudar, meu querido.

— Acha que devo estar lá?

— Claro. Sua mãe quer que os conselheiros o vejam com outros olhos. Deve estar lá sim!

— Não queria. — Pesa um silêncio de pedra. — Acha que podem me expulsar?

— Tudo é possível. Não se iluda nem se engane. Você está lidando com pessoas reais.

— E se me expulsarem? — Vai tomando pé da situação. — O que vai acontecer comigo?

Ela abraça sua cabeça contra o peito, protegendo-o. Acaricia e beija seus cabelos.

— Eles vão me expulsar. — Sente-se ameaçado. — E o pai vai me mandar pro internato!

---

[1]Também porque é filha de Conrado Krull, um deus na época da mina, um demônio depois dela.

— Era o que você dizia. Mas seu pai mudou, talvez não mande mais. Seja como for, se for expulso, e quiser continuar a estudar, vai ter que se mudar de Ventania.

Zejosé chora baixinho no peito de Lorena. Suas costas estremecem. Ela o conforta.

— Que vergonha tudo isso. Não vou ao jantar. Vão me... Me ajuda, Lorena, por favor.

— Chora, querido. Eu estou com você. Aconteça o que acontecer, não vou te abandonar. Vou estar sempre do seu lado...[1]

Em silêncio, acaricia sua cabeça e o deixa chorar à vontade. Ele ergue a cabeça, o rosto molhado de lágrimas fica diante do dela, acolhedor e amoroso. As bocas se aproximam movidas por força própria, até os lábios se tocarem num beijo intenso, voraz e desejado.

Depois de lavar o rosto, Lorena penteia o cabelo, mais solto e natural. Ele se despede. Vai se preparar pro treino dessa tarde, quando Nicolau vai selecionar o novo plantel. Preparada desde ontem, Lorena vive a expectativa. Na saída, Zejosé insiste na decisão:

— Não vou ao jantar.

— Devia ir. Mas você é um rapaz sério, deve ter pensado bem no que vai fazer. Se estiver mesmo decidido a não ir, a não ficar em casa na hora do jantar, eu posso ficar com você.

Ele a olha por instantes e sai sem dizer nada. Ela fecha a porta, volta à mesa e se dá conta de que Zejosé se tornou uma luta surda entre o medo e o fascínio do fruto proibido. Adestrada em equilíbrios delicados, fica perdida num embate de extremos, como a paixão da sua mãe pelo jovem engenheiro, da paixão sublime à relação patética! Como se permitiu baixar a guarda a ponto de ser invadida por um garoto com idade pra ser seu filho! Sugeriu à mãe que fosse viver seu amor, mas não adere à própria sugestão. Adolescente é incerto como nuvem ao vento! Confiar tantas esperanças

---

[1]Curioso: Lorena fala quase a mesma coisa que Dasdores falou. Até as palavras; várias são as mesmas.

num ser que é uma promessa! Mas é a idade, com sua pureza fascinante, que torna irresistível a sua beleza. Oculto sob sete véus, o inconfessável desejo de moldar as feições do garoto ao amado ideal: belo sem vaidade, viril sem grosseria, educado sem soberba, refinado sem afetação, sedutor sem bravata, capaz de satisfazer os prazeres mais íntimos. Perdida em devaneios, Lorena se assusta com os estrondos na porta e corre a abrir. Diante dela, uma senhora de cabelos brancos e voz grave, salivando no canto dos lábios, estendendo-lhe um livro com as duas mãos.

— É pra você que devolvo essa indecência?

Lorena recua assustada, sem saber o que dizer, e abre mais a porta, por onde a mulher entra, empurrando a porta e quase esmagando a bibliotecária contra a parede.

— Então, essa é a tal biblioteca! Hum! E você deve ser a tal Lorena Krull!

— Sim, sou eu. Boa tarde. Em que posso ser útil à senhora?

— Reconhece isto? — Mostra o livro. Lorena confirma. Indignada, ela joga o livro sobre a mesa de leitura. — Devia ter jogado no lixo, mas fiz questão de vir devolver pra olhar na sua cara! Só um depravado chama uma devassa de madame! Madame Bovary, hum! E você emprestou esta porcaria pro meu neto de 15 anos! O que tem dentro dessa sua cabeça, Lorena Krull? Areia? Palha? Titica de galinha?

— Se a senhora se acalmar, nós podemos conversar.

— Não tenho nada pra conversar com você. E não me peça pra acalmar porque estou calma. Você não sabe com quem está falando e nunca me viu nervosa, Lorena Krull. Agradeça a Deus por isso! Mas, se esse antro continuar aberto, verá muitas vezes.

— A senhora não precisa gritar pra falar comigo.

— Quer evitar escândalo, pra ninguém saber o tipo de livro que empresta aos meninos e crianças! Mas eu grito porque as famílias da cidade precisam saber que este antro, que você chama de biblioteca, está deformando a mente das crianças, degradando os valores da família cristã! Li esta porcaria e fiquei de cabelo em pé. É pornografia grosseira.

— A senhora aceita uma água? Não quer sentar? Eu quero ouvir o que tem a dizer.

— Agradeço sua água e sua cadeira. Não vim aqui lhe dizer nada. Vim devolver esta porcaria e conhecer o covil. O que tenho a dizer, direi às autoridades que põem uma pessoa qualquer pra dirigir uma biblioteca! Passe bem, Lorena Krull.

A mulher sai e bate a porta. Trêmula, Lorena sua frio. Vai à mesa e toma água com açúcar. Leva o exemplar de *Madame Bovary* à estante. Mas, antes de pôr no lugar, abre-o num gesto trivial e lê a primeira página, talvez se perguntando onde a estupidez humana viu pornografia, ou talvez num mudo desagravo pessoal a Gustave Flaubert:

"Estávamos em aula, quando entrou o diretor, seguido de um novato, vestido modestamente, e um servente sobraçando uma grande carteira. Os que dormiam despertaram e puseram-se de pé como se os tivessem surpreendido no trabalho. O diretor fez sinal para sentarmo-nos; depois, voltando-se para o professor:

— Sr. Rogério — disse, a meia voz —, eis um aluno que lhe recomendo; vai para a quinta classe. Se a aplicação e o comportamento lhe forem bons, passará para os maiores, por causa da idade.

A um canto, atrás da porta, mal podíamos ver o novato. Era um rapaz do campo, de 15 anos mais ou menos, mais alto que qualquer de nós, os cabelos rentes sobre a testa, como um sacristão de aldeia, um aspecto compenetrado e acanhadíssimo. Embora não fosse espadaúdo, a jaqueta verde de botões pretos, muito apertada nas ombreiras, devia incomodá-lo bastante. Pela abertura das mangas, viam-se dois punhos vermelhos, acostumados à nudez. As pernas, enfiadas em meias azuis, saíam-lhe dumas calças amareladas muito repuxadas pelos suspensórios. Calçava uns sapatos grosseiros, mas engraxados, reforçados com pregos.

Começou-se a recitar a lição. Ele era todo ouvidos, atento como a um sermão, sem ousar mesmo cruzar as pernas ou apoiar-se no cotovelo. E, às 2 horas, com o toque da sineta, o professor teve de avisá-lo de que era preciso entrar em fila conosco."

Lorena vê que deixou a porta aberta e vai fechá-la. Na volta, recomeça linhas adiante:

"— Levante-se! — ordenou o professor.

Levantou-se, o boné (sobre o joelho) caiu. A classe inteira pôs-se a rir. Ele abaixou-se para erguê-lo. Um vizinho o fez cair com uma cotovelada, mas ele tornou a erguê-lo.

— Livre-se desse boné! — disse o professor, que era um homem espirituoso.

Houve uma explosão de riso entre os alunos, embaraçando o coitado de tal forma, que ele não sabia se segurava o boné, se o deixava no chão ou se o punha na cabeça. Afinal sentou-se, pondo-o sobre os joelhos.

— Levante-se! — repetiu o professor. — E diga-me o seu nome. — O novato articulou com voz trêmula um nome ininteligível. — Diga de novo!

— O mesmo murmúrio de sílabas, abafado pelas gargalhadas dos alunos.

— Mais alto! — gritou o professor. — Mais alto!

Tomando então uma resolução extrema, o novato abriu uma boca desmesurada e, como se chamasse alguém, lançou a plenos pulmões esta palavra: Carbovari.

Foi uma algazarra que explodiu de repente, num crescendo de gritos agudos (uivava-se, latia-se, sapateava-se, repetia-se: Carbovari! Carbovari!) que depois passou a ecoar em notas isoladas, dificilmente acalmadas; de vez em quando, subitamente, recomeçava numa fileira de bancos, reavivando-se aqui e ali, como uma bomba mal apagada.

Entretanto, sob uma chuva de castigos, pouco a pouco foi restabelecida a ordem na classe. O professor, tendo conseguido perceber o nome de Charles Bovary, fazendo-o ditar, soletrar e reler, ordenou em seguida ao coitado que se fosse sentar no banco dos preguiçosos..."

Lorena fecha o livro e, em vez de pensar na avó moralista e autoritária, pensa no que Zejosé deve ter sofrido de humilhações nas salas de aula. E, por misteriosa razão, se sente em débito com ele, como se tivesse alguma culpa ou estivesse comprometida com o seu futuro. E, ao se lembrar do que o jovem Charles Bovary se tornou na maturidade, médico medíocre,

• 232 •

homem fracassado e marido infeliz, sente que tem compromisso com o que Zejosé possa vir a ser.

Ao martelar dos homens vedando janelas e portas, se soma a agitação de preparar o jantar, que solicita opiniões e decisões de Dasdores, o que a cansa e irrita, mesmo quase imóvel na cadeira de balanço. Zejosé entra em casa e beija a mãe, que lhe desfaz o penteado e o manda pentear como ela o ensinou. Ele se afasta às risadas. No corredor, ouve sussurros atrás da porta, de Canuto e Durvalina. O avô virou um cão farejador das pegadas de Isauro: onde está, aonde foi, o que faz, o que disse, quer saber tudo do filho.

— Tem certeza de que entregou a carta na mão do Isauro?

— É claro, seu Canuto. Conheço seu Isauro. Foi na mão dele.

— E onde ele estava na hora?

— No quarto dele.

— Há quantos dias você entregou?

— Isso eu não sei ao certo. Eu não sei contar, seu Canuto. Mas entreguei.

— Ele leu na sua frente? Ou você o viu lendo?

— Não senhor, não senhor.

No quarto, Zejosé junta chuteiras, meias, calção etc. quando ouve o assovio de Sarará. Dasdores treme de raiva com o que chama sinal de índio por perto e pergunta a Durvalina por Zejosé, que, nesse momento, cruza a sala de jantar, indo pros fundos.

— Não vá, Zejosé! Volta pro quarto! Isso é a perdição! Que adianta jantar pro Conselho!

Zejosé chega ao portão antes que ela acabe de falar. Dasdores ainda resmunga:

— Pra onde vai, meu filho, acompanhando uma peste que, por deboche, se chama Bento?

Encostado no portão, Zejosé ouve Sarará, que, depois de ver uns marinheiros treinando boxe, pegou a mania de gingar o tronco e mover as pernas socando o ar de punhos fechados, ameaçando atingir quem está na sua frente.

• 233 •

— Vim convidar pro churrasco do novilho. Tem de ir, meu chapa. A curriola vai. É a despedida do Deco. E minha. Amanhã, a gente pode cair fora. Vou te esperar. Se quiser, leva a loura do livro. — E se afasta, socando o ar, gingando o tronco e trocando as pernas.

De volta à sala, Zejosé vê que Dasdores acaba de ler o bilhete que tem em mãos.

— É da Lorena. A empregada dela — que simpatia a Esmeralda! — veio trazer. O pai não está bem. Não vai poder vir ao jantar. Já viveu demais, esse Dr. Conrado! Cruzes!

Zejosé vai até a cozinha e pede que sirvam logo o almoço, está com fome de touro.

À tarde, no campo do Tarrafa, Nicolau, pronto pra iniciar o treino, vive a expectativa de formar uma equipe, ansioso pra saber o nível técnico dos que vão se apresentar. Os presentes, entre eles Lorena, Zejosé e Delfos, que sou eu, estão no aquecimento. Paira a expectativa de toda seleção: uns vão ser aproveitados e a maioria será dispensada. Por razões que não preciso dizer, sou o mais ansioso; não tenho sequer a condição mínima pra competir: as duas pernas! A maioria dos jogadores prefere jogar na linha, fazer gols e ser amado pela torcida. A competição é dura pra Zejosé e Lorena, que são atacantes. Pelos uniformes, não vejo outro goleiro por aqui.

Mas alguma coisa estava acontecendo. O tempo passava e Nicolau não começava o treino. Estávamos ali há mais de uma hora, e quem fez aquecimento se esbofou, parou e deitou no gramado. Não via as camisas a serem distribuídas, nem bola pra gente brincar. Sem dar explicações, Nicolau se limitava a andar de um lado pro outro, olhando pro portão de entrada. Zejosé e Lorena fizeram corrida cadenciada à volta do gramado. Primeiro a chegar, meia hora antes e uniformizado, pronto pra entrar em campo e com fome de bola, vi o tempo passar, sentei na arquibancada, me deitei e acabei dormindo.

Acordei com Zejosé me sacudindo e ainda ouvi Nicolau dizer que não haveria treino; só treze atletas atenderam à convocação, o que é um time completo e dois reservas. Sendo assim, todos os presentes estavam selecio-

• 234 •

nados pra nova equipe. A emoção foi tão grande, que quase tive um troço e caí duro. Depois de tanta preparação, treinamento e expectativa, me tornei goleiro titular de uma equipe de futebol — um sonho se realizava!

Claro que Lorena e Zejosé também estão no novo time e, no meu modo de ver, são os dois craques, as duas estrelas da nossa — já posso falar assim — equipe. Liberados pra festejar, Nicolau ficou de avisar o próximo treino. Lorena, Zejosé e eu fomos pra ilha de ferro velho dar uns mergulhos. A tarde estava luminosa, a água morna, a correnteza leve, e nós felizes. Nos divertimos como crianças, até começar a escurecer. Nadamos de volta ao cais, onde casais namoravam na balaustrada. Quando nos despedíamos, eles nos olharam de maneira hostil. Na passagem, um dos rapazes disse pra eu ouvir:

— Pouca-vergonha!

— Um escândalo, essa mulher com um menino! — completou a moça.

Esperei pela agressão a mim, que não veio. Depois, achei que atacariam a diferença de idade do casal — confesso que tenho fagulhas de esperança num insulto que me reabilite, mas achei a agressão tão execrável, que me senti contaminado pela maledicência. Mas estava tão feliz de ter sido selecionado, que fui pra casa e esqueci. Lorena e Zejosé, que não ouviram o que o casal disse, tomaram rumo oposto. Ao pegarem as bicicletas, Zejosé segurou o guidom dela e disse:

— Não vou ao jantar. Posso ficar com você?

Lorena o olhou nos olhos e sentiu tanta convicção e firmeza, que lhe pareceu estar diante de um homem seguro, que sabe o que quer, e uma onda de calor lhe subiu pelo corpo, numa emoção difusa de orgulho e cumplicidade. Apertar a mão dele sobre o guidom foi o bastante pra que a seguisse até o solar dos Krull.

Num elegante vestido preto, rosto corado de ruge, cabelo armado de laquê e sorriso de fotografia, Dasdores arranca das entranhas alegria pra receber os membros do Conselho de Ensino. Primeira a chegar, dona Florícia, secretária municipal de Educação, professora aposentada, vem acompanhada da única filha, Leleta, solteira aflita que quer passar por invicta convicta. De paletó sem gravata, Ataliba garante a retaguarda da mulher, solícito e risonho como convém aos anfitriões. Embora a aflita seja a filha, o decote de Florícia é mais ousado, a maquiagem mais colorida e as cores mais berrantes. Comparando, Leleta é discreta, porém objetiva e afoita. Pernas cruzadas no sofá, o assunto é o vendaval — novidade anual de uma cidade que tem vento até no nome. Mas, pra não afundar no pântano do dia a dia, e ressuscitar emoções raras, é saudável fantasiar riscos, imaginar ameaças e criar expectativas pra exorcizar o tédio. Logo chega Otília, diretora da escola, com o marido. O casal alça o vendaval a maior evento do gênero no país neste século, fagulha que atiça o fervor nativo e aquece o orgulho da importância de Ventania no cenário nacional. Em nome desse orgulho, Leleta quer que sejam mandados bombeiros da capital pra proteger as aflitas do vendaval. No seu entusiasmo, indaga de Dasdores:

— Onde está o seu cunhado Isauro?

— Sabe que não sei — responde Dasdores. — Não vi o Isauro hoje.

— Tão simpático, ele. Um tipão, né?

Recendendo a naftalina, o conselheiro Acácio esbanja sua elegância *démodé*, de gravata-borboleta de bolinhas, paletó curto, calça justa e bengala com castão de prata, pra dizer que, além de lacrar portas e janelas, mandou escorar a casa com vergalhões de aço. No ano passado, diz ele, quando o vento zunia a mil por hora, a casa tremia como a d'*Os três porquinhos*, e ele tremia mais, agarrado ao terço. Quase morre de medo antes de morrer soterrado. A essa altura, Ataliba mandou Durvalina passar com bandejas de bebidas. Foi quando entraram a supervisora Mercês — megera, miúda, míope, magra — e o marido, Alencar, alfaiate e bêbado folclórico que, de passagem, atacou o vinho e riu cínico ao olhar fulminante da mulher. Leleta pergunta em voz baixa a Durvalina:

— Viu o Isauro por aí?

— Não senhora. Aceita vinho?

— Obrigada, meu bem. Onde é o quarto dele?

— No corredor, primeira porta desse lado. — Sacode a mão esquerda, a bandeja quase cai.

Nessa hora, Vitorino e Estela entram pelos fundos, indo dar no laboratório onde Canuto os esperava de porta aberta, sem deixar de trabalhar

• 236 •

com afinco, fazendo e refazendo os cálculos que o levaram a prever o vendaval, perfeito pretexto pra não estar no jantar, de cujas dissimuladas intenções discorda. Sóbrio, Vitorino veste casaco preto sem gravata e olhos azuis faiscantes estriados de vermelho; Estela, toda de branco, olhar esgazeado, se abraça ao violino infantil. Canuto os faz sentar, e prossegue seu trabalho. De tempos em tempos, Estela range o violino, e Vitorino a censura com um olhar severo. Ao saber dos recém-chegados, Dasdores manda Durvalina oferecer-lhes bebidas e salgados e avisar que mandará buscá-los na hora certa. Ao voltar à sala, surpreende Leleta entrando no corredor que leva aos quartos.

— Posso te ajudar, Leleta?

— Que susto! — Vira-se Leleta. — Obrigada, estava só olhando! — E volta escabreada à sala.

No laboratório, Durvalina serve Vitorino e Estela e lhes dá o recado de Dasdores. Eles balançam a cabeça, cordatos. Atrevida, ela interrompe Canuto:

— O senhor sabe onde está o Isauro?

— Não. — Canuto para tudo, com a curiosidade acesa. — Por quê?

— A Leleta, filha de dona Florícia, perguntou por ele.

-- Não vi o Isauro hoje. E você, viu?

— Não senhor — responde Durvalina.

Canuto volta ao trabalho, Durvalina à casa. Vitorino e Estela comem e bebem calados.

No salão, Dasdores recebe o Dr. Gervásio, centenário advogado e latinista, busto vivo do saber jurídico local, especialista nas constituições de 1934 e 37, embora esteja em vigor a de 46. Com sua participação veemente e culta, fez-se a reconstituição histórica dos vendavais, não sem controvérsia sobre o mais arrasador. Eis que entra esbaforido o professor Ramiro, que se demitiu na transição da escola da mina pro Estado, após a interdição. Hoje, dono de armarinho, opõe-se a quase tudo o que se faz no educandário, daí a recepção pouco acolhedora de alguns presentes, como o ex-alfaiate Alencar, a essa altura mamado de vinho:

• 237 •

— Chegou Ramiro, o polemi... poli... Ramiro, o pomíli... Poxa! Ramiro, o pomêlico!

Com os convidados em casa, Dasdores e Ataliba se empenham em malabarismos verbais pra responder à pergunta que paira na cabeça de todos· por onde andará Zejosé?

Zejosé está na sala de Lorena, ouvindo-a ler pro Dr. Conrado, na cadeira de rodas, o romance *Vitória*, de Joseph Conrad, tendo por fundo a segunda sinfonia de Beethoven:

"Como sabe todo colegial nessa era científica, há uma relação química muito estreita entre carvão e diamantes. Creio que é por isso que algumas pessoas se referem ao carvão como 'diamante negro'. Os dois produtos representam riqueza; mas o carvão é uma forma de bem muito menos portátil. Desse ponto de vista, existe nele uma deplorável falta de concentração. Agora, se uma mina de carvão pudesse ser posta no bolso do colete... mas não pode! Ao mesmo tempo, há um certo fascínio no carvão, supremo bem da época em que estamos acampados, como viajantes perplexos, num hotel vistoso e agitado. E supondo que eram essas duas considerações, a prática e a mística, que impediam Heyst — Axel Heyst — de partir.

A Companhia de Carvão da Zona Tropical entrara em liquidação. O mundo das finanças é um mundo misterioso, no qual, por mais incrível que isso possa parecer, a evaporação antecede a liquidação. Primeiro, o capital se evapora, e depois a companhia entra em liquidação. Esta é uma física bastante antinatural, mas explica a persistente inércia de Heyst, da qual nós, 'lá fora', nos ríamos uns com os outros — não com inimizade, porém. Um corpo inerte não pode prejudicar ninguém, não provoca hostilidade e dificilmente merece desprezo. Na verdade, às vezes pode atrapalhar; mas não se podia dizer isso de Axel Heyst. Ele não se metia no caminho de ninguém, era como se estivesse trepado no mais alto pico dos Himalaias, e em certo sentido igualmente conspícuo. Todos naquela parte do mundo sabiam dele, morando em sua ilhazinha. E uma ilha não é mais que o topo de uma montanha. Axel Heyst, inabalavelmente encarapitado na sua, tinha em volta, em vez do imponderável oceano de ar tempestuoso e transpa-

• 238 •

rente fundindo-se no infinito, um mar tépido e raso; um calmo braço das grandes águas que envolvem os continentes deste globo. Seus visitantes mais frequentes eram sombras, as sombras das nuvens, que aliviavam a monotonia do inanimado e meditativo sol dos trópicos. O vizinho mais próximo — falo agora de coisas que demonstram alguma espécie de animação — era um indolente vulcão que fumegava debilmente o dia todo, com a cabeça pouco acima do horizonte, ao norte, e à noite enviava-lhe, do meio das límpidas estrelas, um mortiço fulgor rubro, que se expandia e morria espasmodicamente, como a ponta de um gigantesco charuto do qual se tirassem baforadas intermitentes na escuridão. Axel Heyst era também um fumante; e, quando se debruçava em sua varanda com seu charuto, última coisa que fazia antes de ir para a cama, produzia dentro da noite o mesmo tipo de fulgor, e do mesmo tamanho daquele outro a tantas milhas de distância...."

Dr. Conrado dorme. Lorena fecha o livro, beija-o e manda Esmeralda levá-lo pra cama. Ela muda o disco pra música popular. Esmeralda sai, empurrando a cadeira de rodas.

— Ele entende o que você diz? — pergunta Zejosé indo pro sofá.

— Tudo. Ele conhece bem os livros desse escritor, que é seu predileto. — Ela se joga no sofá com um suspiro que sugere cansaço, mas, ao contrário, está animada e alegre.

— Eu quero te agradecer por ter me convidado pra entrar no time. Estou feliz de voltar a jogar. Mas, sinceramente, preferia ter treinado pra valer.

— Se tivesse treino, seria selecionada do mesmo jeito.

— Pra mim seria melhor. Sou mulher, querido. Sem teste, vão dizer que foi pistolão.

— Dormiu — diz Esmeralda voltando do quarto.

— Então põe o jantar, Esmeralda. — No aparador, serve-se uísque com gelo. — Você não bebe, não é? — Ele nega. — Mas não vai se incomodar se eu beber um uisquinho, não é mesmo? — Volta a negar. Ela bebe um gole e senta-se. — A essa hora, na sua casa, o Conselho deve estar pensando se você vai ou não estudar. Como se sente?

— Mal. Acho que vão me expulsar. Tenho vergonha de mim.

Calam-se, pensativos. Lorena bebe, olhando-o. Parece concordar com ele, que abaixa a cabeça. Servindo a mesa, Esmeralda os olha com curio sidade cada vez que volta à sala.

Na casa de Sarará, músicos tocam e cantam num ritmo alegre e contagiante, que agita os convidados e levanta poeira do chão de terra batida do terreiro. Sozinhos, em pares, ou duplas de mulheres, dançam ao som de sanfona, violão, saxofone, pandeiro, surdo e bateria. Sob uma coberta de folhas de bananeiras, a fila do barril de chope — mudam os copos, mas a torneira não fecha —, enquanto a fumaça, com forte cheiro de carne assada, sobe da churrasqueira, onde pratos disputam espaço. Sarará dança com a mãe, Darlene, mulata robusta de cabelo alisado, sorriso radiante de grossos lábios vermelhos, seios fartos, que rebola, ancuda e calipígia, num vestido justo de cetim vermelho. Vez em quando, ouvem-se gritos eufóricos, respondidos por outros, que põem fogo na festa e incendeiam mulheres de vestidos coloridos e homens de corpo atléticos.

Num canto junto ao varal, de copo na mão, prato no colo e lasca de carne malpassada entre os dentes, Andorinha mata a fome ao lado de Buick e Piolho, tão ocupados em comes e bebes, que mal conversam, apreciam a música ou a dança. Parca de palavras, exuberante em dança, música, comes e bebes, a festa irradia alegria e sensualidade.

De pé à cabeceira da mesa, preparada e adornada com solenidade pro evento, Ataliba sentado modestamente ao lado, e os convidados de um lado e outro, Dasdores usa da palavra antes que a bebida e a comida desvaneçam o que resta de lucidez nos presentes:

— Agradeço a presença de vocês, que aceitaram o convite desta mãe aflita com o futuro do único filho único. Como sabem, Deus levou o meu mais velho; imagina como dói o coração da mãe e abala o pai e o irmão caçula. Zejosé perdeu, com a morte do irmão, seu único amigo, de toda hora e todo dia, que era seu modelo e seu herói. Que criança não sente o baque da morte do irmão querido? Não se sente abandonado, injustiçado, quem sabe revoltado — o que seria compreensível? Zejosé sofreu muito! Este golpe do destino, que pode atingir qualquer um de nós, prejudicou a educação do meu filho, que passou a ter dificuldades de se concentrar nos estudos e, sempre solitário, acabou atraído pelas más companhias. Posso garantir que essa não é a índole do meu filho, é apenas o resultado de circunstâncias a que nós, adultos, estamos sujeitos. Ele está abalado com a reprovação. Está arrependido e sente vergonha do que aconteceu. Foi essa saudável vergonha que o inibiu de estar aqui agora. É essa santa vergonha do meu filho que me faz esquecer a modéstia e o recato e enfrentar vocês. Zejosé é outro garoto! Nem parece ter os seus 13 anos! Tem frequentado a Biblioteca Municipal — a bibliotecária Lorena Krull, filha do Dr. Conrado Krull, pode confirmar. — Dona Otília e o conselheiro Acácio trocam olhares de censura a Lorena. Dona Florícia os observa. — Passou a ler um livro após o outro. Na semana que vem, começam as aulas de reforço com as professoras Ivone e Glória, que, como sabem, não se entendem, mas são respeitadas e têm carinho por ele. Um menino que se arrepende e se envergonha dos seus erros, e muda de atitude, não merece punição irreversível. Um menino que é amado pelo tio, eminente jornalista, e pelo avô, respeitado meteorologista, não pode ser excluído da educação. Um menino golpeado pelo destino, que lhe roubou o irmão querido, que se tornou um solitário e, apesar disso, não se revoltou não pode ser golpeado de novo com a expulsão da única escola da cidade onde vive, não por escolha pessoal, mas por limitações dos pais. Perder o direito de estudar depois de se recuperar pode transformar meu filho num revoltado. Como mãe, nem posso pensar nisso, porque vêm imagens terríveis de roubos, crimes, polícia, prisões e grades! Conheço o excelente trabalho das professoras Otília, Mercês, Genoveva e Selma, e vamos fazer esta avaliação chegar aos nossos amigos da Secretaria de Educação e ao governador. É pelo trabalho dessas professoras que nós, eu e meu marido, temos colaborado com a escola, fazendo doações pra obras urgentes. Por confiar no trabalho delas, estamos dispostos a seguir ajudando. Mais uma vez agradeço a presença de vocês, e tenham um bom apetite! — Dasdores é surpreendida por entusiasmada salva de palmas.

Ao som de um bolero, Lorena e Zejosé acabaram de jantar e trocam a mesa pelo sofá. No terceiro uísque, mais solta, alegre e falante, ela responde a uma pergunta dele enquanto Esmeralda, sempre atenta aos dois, tira a mesa.

— A certeza que tenho, meu querido, é a palavra do meu pai, geólogo, especialista em jazidas de ouro, que descobriu e explorou essa mina. Ele garante que metade do ouro ainda está dormindo debaixo da terra! E eu confirmei em plantas e anotações. O que falta é arrancá-lo de lá. — Ela dá risadas. — Pra isso, tem que resolver pendengas com sócios, reconstruir instalações avariadas, recontratar ex-mineiros ou contratar novos. E pescar o ouro pra fora da mina, como se pesca peixe no rio. — Ela volta a dar risadas, enquanto gira como um pião. Ao parar, cambaleia e quase cai. — Mas vamos mudar de assunto, não é hora pra falar de mina. — Ela começa a dançar com o copo de uísque na mão. — Sabe dançar, Zejosé? — Ele nega, sorrindo. Ela pega a mão dele e tenta levantá-lo do sofá. — Vem, eu te ensino. — Ele se levanta. Lorena livra-se do uísque, põe a mão direita dele na sua cintura e segura a esquerda com a sua direita. A esquerda ela põe no ombro dele. — São dois passos pra um lado e dois pro outro. É só me seguir. Vamos lá? — Ele assente. — Um, dois e já... — Ela vai pra um lado, ele pro outro. Os dois caem na risada. — De novo. Dois pra cada lado. Um, dois e... — Vão pro mesmo lado, mas ele dá um passo e para; ela dá dois e o ultrapassa. Seguem tentando, até darem, juntos, dois passos pra cada lado. Aos poucos começam a fazer algo parecido com uma dança. Até dançarem de fato. Lorena avança sua mão do ombro pro pescoço dele, em tímidos carinhos. Esmeralda arruma a mesa, apaga a luz da sala de jantar e desaparece.

Na casa de Sarará, a nuvem de poeira paira acima da cabeça dos convidados e abaixo dos fios de lâmpadas que cruzam no alto. A música está mais animada, a dança mais sensual, o chope corre solto e os gritos são mais frequentes. De repente, o sargento e quatro praças armados invadem o salão. Gritos e correrias espantam os convivas. Para a música, os policiais cercam rapidamente Sarará, que mal esboça trejeitos de boxeador, é imobilizado e algemado. Darlene se abraça ao filho, com uma expressão transtornada.

— Pelo amor de Deus, sargento! O que é isso? Larga meu filho!

— Ele está preso, Darlene — diz o sargento sem erguer a voz e mostra um papel escrito. — Este é o mandado. Você tem que conversar com o juiz.

— Ele não fez nada. — Chora Darlene — Estava quieto em casa, ajudando a fazer a festa.

— Não fez nada! — grita Andorinha; outros o apoiam e esboçam reação. Os praças sacam as armas, mantendo-as apontadas pro chão.

— Estamos cumprindo ordem judicial — explica o sargento. — Há acusações contra ele, e pode se defender. Agora, dá licença. Vamos sair sem violência. Estamos armados.

Abrem caminho entre os presentes, levando Sarará. Chorando, Darlene não larga a mão do filho. Andorinha, Buick e Piolho seguem atrás. Uma indignação perplexa desanima todo mundo. Sem música, sem dança e sem os donos da casa, a festa agoniza.

Findo o jantar, os convidados de Dasdores, ainda à mesa, falam ao mesmo tempo, enquanto Durvalina acaba de retirar pratos e talheres, deixando a mesa limpa.

— Puxa, o Isauro não apareceu. E eu vim só pra ver aquele tipão — reclama Leleta.

— Eu vim só pra beber... — reclama Alencar, boca mole de bêbado, alheio aos beliscões da mulher. — Mas esconderam o vinho... Logo agora que me animei.... é sacanagem!

Vitorino e Estela, segurando o violino, entram na sala, conduzidos por Durvalina. Ouve-se um "Oh!..." de espanto. Eles são colocados de pé junto à mesa, e ele segura a mão de Estela. Sem jamais ter falado em público, ele está nervoso, a testa molhada de suor e as mãos trêmulas. Os comensais esperam ansiosos. Vitorino fala baixo e devagar. Às vezes vacilante, às vezes gaguejante, mas sempre sincero.

— Eu primeiro quero agradecer a dona Dasdores o jantar. É a primeira vez que sou convidado pra uma festa da escola. Eu sei que a festa não é da escola, é da dona Dasdores, mas estão aqui pessoas que conheço da escola há muitos anos. Eu sempre quis ir a uma festa da escola pra explicar sobre a Estela. Eu sei que não é disso que eu devia falar, mas vou aproveitar pra dizer que eu sempre disse que a Estela é minha irmã. Acontece que a Estela não é minha irmã. Estela é minha mulher. Nós moramos na mesma casa e dormimos na mesma cama. Eu dizia que era irmã porque nós nunca tínhamos filhos, e eu não queria ser humilhado. Nós nunca casamos, mas ela é minha mulher e eu sou o marido dela. É isso que ninguém nunca ficou

• 243 •

sabendo, e agora estão sabendo. E eu agradeço poder falar isso, porque fiquei muitos anos querendo falar isso, e agora estou aliviado. Agora eu passo a falar de Zejosé. É o seguinte: o Zejosé é um aluno disciplinado, educado e respeitador. Flagrei ele em desobediência, traquinagem e molequeira, mas a vida é assim. Ele faz o papel dele, de menino e aluno da escola, e eu faço o meu, de chefe da disciplina. Mas ele nunca me desrespeitou, nem eu tive ódio dele. Na escola é assim, eles me atentam e eu atento eles, mas o tempo passa, eles saem pra vida, viram médico e juiz, e eu continuo lá, fazendo a mesma coisa. Um dia a gente se encontra e toma uma cerveja, e eles não são nem médico nem juiz, e eu não sou chefe de disciplina, e, na terceira cerveja, a gente ri de tudo isso. Daí eu acho que Zejosé não deve ser expulso, nem eu devo ser demitido. É o que tinha pra dizer, muito obrigado por me ouvirem e por aceitarem que Estela não é minha irmã, mas minha mulher, e eu não sou pior só porque não tenho filho. E muito obrigado a dona Dasdores pelo jantar. Agora a Estela vai apresentar um número de violino pra agradecer a parte dela.

A um sinal de Vitorino, Estela arranha o violino, criando sons desafinados, desafinados e sem ritmo, numa situação patética, que constrange a todos, menos Alencar, que aplaude e grita "Bravo!". Dasdores abaixa a cabeça.

Ao som de um bolero, Lorena dança de rosto colado com Zejosé, na sala à meia-luz. Ela está de pilequinho, e se beijam com paixão. Sempre dançando, o casal dá uma volta pelo salão, entra no corredor dos quartos e desaparece. Esmeralda vem da cozinha e, sem fazer ruído, avança pela penumbra do corredor, chega até o quarto e põe o ouvido na porta. Depois, retorna e desaparece na cozinha. A sala mergulha na escuridão.[1]

Dasdores e Ataliba se despedem dos convivas. Além de agradecimentos, ouvem, de cada um, palavras otimistas sobre a decisão do Conselho de

---

[1]Como sempre, em troca de algumas cervejas, Esmeralda me contou até onde ela viu. E mais não pude saber porque tanto Zejosé quanto Lorena se recusaram a falar qualquer coisa. Pra mim foi até um alívio não ter de ouvir nem escrever detalhes tão doloridos. Mas a imaginação é diabólica, e sofro ainda mais ao imaginar o que deve ter acontecido naquele quarto depois da dança de rosto colado e do beijo na boca.

Ensino, sobre suas palavras, a excelência do jantar, a qualidade da bebida e a beleza da noite. Na opinião de Ataliba, tudo correu melhor que o esperado, e Dasdores foi a estrela da noite. Ambos consideram que não ter aparecido na sala de jantar foi sensato da parte de Zejosé, honesto da parte de Canuto e estranho da parte de Isauro. Quando, mais tarde, Canuto vem esquentar o café que o acende pro trabalho noturno, lhe agradecem por ter entretido Zejosé no laboratório durante o jantar. Cansado, com sono e preocupado com o vendaval, Canuto não entende o agradecimento, mas não tem tempo pra discutir, nem quer dar atenção. Volta ao laboratório com a caneca de café quente. A casa silencia e dorme.

— Acorda, Zejosé! — O papagaio anuncia a manhã, mas Zejosé está longe, e não ouve.

Só mais tarde, Zejosé aparece na cadeia, que está com a luz acesa e as grades cobertas por tábuas. Entre os presos, a novidade é Sarará, sentado no chão, entre Marinheiro e Zejosé. Lorena espera o silêncio pra continuar a leitura de *Crime e castigo*.

— Vocês se lembram que Raskólnikov tirou o machado do capote, levantou-o com as duas mãos e deixou cair na cabeça da velha agiota Alióna Ivánovna. — Há risos e aplausos entre os presos. — Depois ele pegou as chaves do armário, foi ao quarto, achou uma bolsa com dinheiro e pôs no bolso. — Há palmas e gritos entre eles. — Foi ao baú, tirou um relógio de ouro, pulseiras e joias. — Mais palmas. — Então, ouviu um ruído, depois um gemido. Pegou o machado e foi pra sala. Vamos continuar daqui.

Ela lê:

"No meio da sala, Lizavéta, com um grande embrulho nas mãos, contemplava, estupefata, o cadáver da sua irmã. Estava pálida como cera e parecia não ter força para gritar. Vendo-o, pôs-se a tremer como uma folha, a expressão convulsa. Tentou levantar o braço, abrir a boca, mas não pôde articular um som e pôs-se a se afastar, vagarosamente, para o canto oposto, fixando-o, sempre em silêncio, como se lhe faltasse alento para gritar. Lançou-se contra ela, o machado nas mãos.['Vai matar mais uma!', protesta Meia-meia. Jiló reage: 'Tem que matar, ela viu a cara dele!'] Os lábios da desgraçada se contraíram num desses rictos infantis, quando uma coisa lhes faz medo e, fitando-a, de longe, querem gritar. Estava tão pasmada, esta infeliz Lizavéta, tão bestificada e tão aterrorizada ['Se borrando!', diz Pereba.], que não fez nem mesmo um gesto automático de proteção ao rosto. Somente levantou o braço esquerdo, estendendo-o, como que para afastá-lo. O machado penetrou-lhe, certeiro, no crânio, fendendo a parte superior do osso frontal e atingindo quase o occipital. Caiu redondamente. [Marinheiro enfia o rosto entre as duas mãos, como se lembrasse de algo que se arrepende. Jiló o observa e sorri.] Raskólnikov perdeu completamente a cabeça; tomou-lhe o embrulho, largou-o... em seguida precipitou-se para o vestíbulo. ['Endoidou!', reage Meia-meia. Pereba adverte: 'Nessa hora é que o cara faz cagada!'] Estava cada vez mais horrorizado, sobretudo após o segundo assassinato, que de modo algum premeditara; apressava-se para fugir. Se nesse momento fosse capaz de refletir melhor, de compreender as dificuldades de sua situação sem saída, seu horror, todo seu absurdo, e, de outro modo, considerar os obstáculos que ainda lhe restavam vencer — possíveis crimes a cometer para sair dessa casa e regressar à sua —, talvez tivesse abandonado a luta e ter-se-ia entregado, não por covardia, é claro, mas de horror pelo que acabava de cometer. ['Entregar bosta nenhuma! Entregar é pra otário!', reage Jiló.] Era a repugnância, sobretudo, que nele progredia, de minuto em minuto. Por nada deste mundo, depois disso, se aproximaria do cofre ou entraria no apartamento. Todavia seu espírito, pouco a pouco, deixava-se dominar por outros pensamentos. Chegou mesmo a entregar-se a uma espécie de devaneio: por momentos parecia esquecer-se ou, antes, esquecer mesmo as coisas essenciais para apegar-se a ninharias. Entretanto, olhando de relance a cozinha e descobrindo, em cima de um banco, um balde quase pela metade, teve a ideia de lavar as mãos e o machado. ['Tá certo', diz Homero. 'Mas tem de ser depressa', exige Jiló.] Aquelas estavam ensanguentadas, viscosas. Mergulhou, primeiro, a lâmina do machado no balde e, em seguida, pegou um pedaço de sabão que estava num prato rachado, no peitoril da janela, e lavou-se. Depois, tirou a lâmina de dentro d'água e gastou uns três minutos ['Acaba logo com isso,

• 246 •

homem!', torce Garrucha. 'Cai fora daí!', pede Pereba.] limpando o cabo, que também tinha se respingado de sangue. Afinal, embrulhou tudo num pedaço de pano, que secava na corda, estendida através da cozinha, e pôs-se a examinar o machado, atenciosamente, da janela. Os indícios acusadores tinham desaparecido, mas a madeira estava ainda úmida. Colocou-o cuidadosamente no laço movediço do capote. Após o que examinou a calça, o paletó, os sapatos, tão minuciosamente quanto lhe permitia a penumbra em que a cozinha estava mergulhada.

À primeira vista, suas roupas não ofereciam nada de suspeito. Somente as botinas estavam salpicadas de sangue. Encharcou um pano de água e limpou-as. Aliás, sabia que ali enxergava mal, não podendo, pois, notar as manchas menos acentuadas. Deixava-se ficar indeciso, no meio do quarto, presa de um pensamento angustiante. Dizia-se que, talvez, ficara louco, incapaz de refletir e de se defender, ocupado em coisas que o levavam à perdição. ['Cai fora, animal!', grita Pereba.]

— Senhor, meu Deus! É preciso fugir, fugir! — resmungou, precipitando-se no vestíbulo. Devia sentir, ali, um terror até então desconhecido. Ficou, um momento, imóvel, não querendo acreditar nem nos próprios olhos: a porta do apartamento, a porta exterior do vestíbulo, que dava para o patamar, a mesma na qual batera, ainda agora, e pela qual entrara, essa porta estava entreaberta! ['Se fodeu, seu burro!', grita Pereba.] Nem uma volta de chave, nem de ferrolho: aberta todo esse tempo, durante todo esse tempo aberta!"

— Por hoje é só — anuncia Lorena, fechando o livro. Repetem-se os protestos de sempre. Perguntam o que vai acontecer, se ele vai conseguir escapar, se alguém viu o crime da porta aberta, se algum vizinho chamou a polícia, e também querem saber se, na opinião dela, ele deve ou não escapar? Alheios à agitação, Sarará explica a Zejosé o motivo de sua prisão:

— O pai da menina que te deu o fora disse pro juiz que tentei matar o Gil, filho dele.

— Foi por isso? — Espanta-se Zejosé. — Porque revidou o que ele fez comigo?

• 247 •

— É... Mas eu fiz porque quis. Você não me pediu nada.

— Mas não é certo. E você é menor de idade. Vou te ajudar a sair daqui.

— Pena que não vou poder mais sumir no mundo com você.

— Vai sair daqui logo, Sarará. Eu vou fazer tudo o que puder.

— Sei. Mas não é isso. Por que você vai sumir no mundo comigo se tem a loura dos livros? — Zejosé enrubesce de vergonha, fica constrangido. — Todo mundo aqui sabe que namora ela. Olhei bem pra ela enquanto lia aquele livro. Poxa, ela é linda, Zejosé! Parece santa do catecismo. E tem o coração bom. Quando me viu, deu um abraço apertado, desses de mãe e vó. Quase chorei.

Meio sem jeito, Zejosé abraça Sarará, que retribui sem jeito.

— Venho te visitar. Se precisar de alguma coisa...

Depois de uns gritos anunciando que Lorena iria falar, faz-se silêncio, e ela diz:

— Pedi ao juiz pra vocês irem assistir ao filme. Ele disse que é impossível dar licença a todos. Mas autorizou a ida de dois, o mais velho e o mais novo: Homero e Meia-meia.

Gritos dos escolhidos, silêncio dos demais. Lorena faz um sinal, e Zejosé cruza a cela entreouvindo: "Pivete de sorte, que mulher pancadão!" "Nos cueiros, com um peixão!" "Sua mulher é uma teteia, pirralho!" Eles deixam a cela. Do corredor, Zejosé vê Sarará acenando de trás das grades e sussurra a Lorena:

— Sarará devia ir, é o mais novo de todos; é até de menor.

— Mas é prisão provisória. Pode até sair antes da sessão — explica Lorena. Mas este curto diálogo não consegue revelar o quanto, em ambos, mudou a maneira de um falar com o outro, o jeito de um olhar pro outro; parece ter surgido uma silenciosa confiança, como se compartilhassem um íntimo segredo, só dos dois, que não interessa a mais ninguém, como se tivesse surgido um casal.[1]

---

[1]Anoto essas palavras com lágrimas nos olhos. E as ouvi primeiro de Sarará. Depois os dois confirmaram.

Na deslumbrante manhã de céu azul, pedalando lado a lado com Lorena, depois de deixar a cadeia, Zejosé vê os moradores retirarem de suas fachadas a proteção contra o vendaval. Os reforços de portas e janelas são jogados no lixo ou amontoados no chão, as placas de madeira são recolhidas, e todo esse movimento acompanhado de palavras e gestos de alívio e alegria porque o vendaval não veio, nem virá mais: "Nem acredito que o vento deu sossego!" "Vamos mudar o maldito nome da cidade, que só atrai desgraça!" Na beira do rio, vê que os barcos pequenos voltaram pra água e os grandes estão livres das cordas de atracação. Zejosé se alegra com a notícia; mas, ao mesmo tempo, pensa que o avô deve estar abalado com o erro de previsão.

Mais tarde, quando o papagaio ficou rouco sem ouvir resposta, Isauro entra trôpego em casa, mal se mantém em pé. Roupas sujas, barba grande, cabelo desgrenhado, rosto pálido de quem virou a noite, avança pela sala tentando chegar ao seu quarto sem ser visto. Ao passar em frente da porta do quarto de Dasdores, para e ouve o forte arfar. Seu corpo balança com o resto da embriaguez e reproduz a indecisão que o invade: entrar ou não no santuário, onde nunca pôs os pés nem os olhos. Mas agora que vive a agonia de uma esperança, os instantes finais de um sonho, entrar e contemplá-la por um instante na intimidade do sono não seria justa recompensa a tanta dedicação silenciosa? O coração estronda no corpo todo, a casa gira ao seu redor, o irmão dorme até mais tarde depois da noitada do jantar, alguém pode surpreendê-lo diante da porta, não sabe há quanto tempo está parado ali, ouve o forte arfar, o coração estronda no corpo todo, a casa gira ao seu redor, e não consegue se decidir. Enfim, cria coragem e leva a mão à maçaneta. A mão treme. A testa sua. Ouve um barulho nos fundos. Olha pra porta do quintal e se depara com o olhar implacável do pai, o olhar poderoso do pai olhando-o do alto com ofegante indignação, os braços cruzados do pai subindo e descendo sobre o peito. O monumento de aço do pai, que não cede, não curva, não quebra. Seu corpo treme assustado, infantil, frágil, medroso, acovardado. De cabeça baixa, caminha trôpego e trêmulo, passa perto do silêncio assustador do pai, sente seu pesado arfar e balança como se fosse desabar, mas consegue dar mais um passo, balança, outro passo, balança, até desaparecer no corredor. Imóvel, vermelho e ofegante, Canuto fecha os olhos como se não quisesse ver de novo o que acabou de assistir. Depois, baixa a cabeça, dá meia-volta e vai pro laboratório.

Desolado, além de exausto e insone, Canuto datilografa uma carta na velha máquina de escrever, quando Zejosé o visita à tarde. Sabe que errar é comum a todo trabalho e toda profissão, a tudo que o homem faz, mas é implacável consigo mesmo. Acha que deveria ter estudado mais, ter feito medições mais exatas, ter aperfeiçoado os padrões de cálculos. A exigência que se impõe de melhorar sempre é uma punição penosa pra um profissional com a sua experiência e um homem da sua idade. É daí que surge a sua irritação com os avanços modestos e lentos da meteorologia.

— A carência — diz — é de tecnologia que possa acelerar a resolução das equações tridimensionais, com variáveis que mudam com o vento — e isso não é licença poética! — E grita, citando Arquimedes: — Dê-me uma alavanca e um ponto de apoio e moverei o mundo!", Arquimedes pedia, e eu suplico: dê-me medidores precisos e calculadores rápidos e lhe darei o tempo, no tempo que precisar! Meu consolo é pensar que virá o dia em que meus colegas meteorologistas vão prever o tempo em todo o planeta instantaneamente! E não vai demorar, Zejosé! A ciência e a tecnologia vão abrir as portas do tempo, o futuro ainda vai conviver com o passado, assim como eu abraço você, Zejosé! E você vai ter o privilégio de viver nesse tempo, que vai ser muito melhor do que hoje! — Emocionado, o avô abraça o neto, que beija sua cabeça branca.

A torcida ocupa todas as arquibancadas do campo do Tarrafa, pra assistir à estreia do time de Nicolau. Metade é torcedor do próprio Tarrafa, metade torcedor do Mina — time novo não tem torcida, tem apenas expectativa. E expectativa foi o que não faltou à estreia de um time que prometia grandes novidades, sendo a primeira acabar com o surrado duelo Tarrafa *versus* Mina. Outra expectativa era quanto ao nome do novo time, que o inesperado, acolhido com alegria pelo povo, acabou sugerindo a Nicolau, que não hesitou: Vendaval Futebol Clube! O adversário do Tarrafa nesta tarde ensolarada de domingo, varrida por leve brisa, criando o clima ideal pra prática do esporte bretão.[1]

O Tarrafa entra em campo com a tradicional camisa de listras azul e branco, sob morno aplauso de entediados torcedores. Alguns jogadores com barriguinha de grávida, outros de coluna curvada e vários de cabelo branco. Nicolau sai da porta do vestiário e, no seu passo lento e curto, inicia a longa caminhada até o banco, na lateral ao meio do campo, onde acena. E o Vendaval adentra, pela primeira vez, o gramado, sob a explosão de fogos, aplausos, gritos, no seu inesperado uniforme: camisa verde e azul em listras diagonais, calções amarelos, meias brancas. O escudo no peito representa uma palmeira curvada pelo vento à margem de um rio de onduladas águas claras, tudo cortado na diagonal por escarpado raio amarelo. O elenco surpreende pela juventude, apesar de dois madurões, e diversidade de gêneros e perfis físicos. Além de uma mulher, Lorena; um cego de um olho com tapa-olho, Mundico; um míope de óculos presos por elástico, Genival; um lateral que joga descalço porque nunca usou calçado, Napoleão; e um goleiro perneta, que joga de muleta, eu. Antes de iniciar o jogo, Lorena já tem torcida exclusiva, que grita em coro "Lo-re-na" a cada chute no bate-bola de aquecimento. O juiz, Nicanor, vindo de cidade vizinha pra garantir isenção, chama os capitães — Lorena, do Vendaval, e Pedreira, do Tarrafa — ao centro do campo. E começa a partida!

O Vendaval toca a bola mais rápido, na triangulação entre Zejosé, Lorena e Buruca, que envolve o meio de campo do Tarrafa e chega rapidamente ao ataque. Mas não consegue finalizar: a defesa do Tarrafa é fechada — seus zagueiros, Grosso e Tião, batem forte — e seu ataque, mais objetivo, chuta de qualquer distância. Mas não chega a ameaçar o gol de Delfos — eu; que, aliás, deixo de identificar e me trato pelo nome. Enquanto Zejosé carrega a bola nos pés, com facilidade pra driblar, Lorena é mais cerebral, faz longos lançamentos e enfiadas de bola de precisão cirúrgica, deixando sempre o centroavante, 109, cara a cara com o gol. 109 já perdeu duas boas

---

[1]Como diziam os narradores dos grandes jogos transmitidos pelo rádio.

• 251 •

oportunidades. Além de excelente arma de contra-ataque, os passes de Lorena estão cansando a defesa do Tarrafa — Tião e Grosso já estão com a língua de fora.

Por volta dos 15 minutos, o Tarrafa arma um ataque rápido, e Tolosco, zagueiro do Vendaval, já batido, faz falta, que o juiz marca. Lorena esboça uma reclamação, mas o juiz a ameaça de expulsão. A torcida vaia o juiz. Bocão vai bater, Delfos pede barreira de três homens. Bocão bate no ângulo, Delfos estica o braço e põe pra córner com a ponta da muleta. O Tarrafa inteiro parte pra cima do juiz, capitão Pedreira à frente, denunciando o uso da muleta. Está armada a confusão.

Pra Pedreira, a muleta não é parte do corpo do jogador, portanto não pode defender chutes. Pra Lorena, se o jogador não tem a perna, a muleta a substitui pra tudo, andar e defender chutes.[1] O juiz está confuso. A torcida grita: "Del-fos! Del-fos!"[2] O juiz marca o córner, aceitando que a muleta é parte do corpo do goleiro. A torcida aplaude.

Acaba a primeira etapa num empate sem gols, mas o jogo alegre do Vendaval arrebata a torcida — até torcedores do Tarrafa abandonam seu time cansado e preguiçoso. Até aqui, Lorena e Delfos são as estrelas do jogo, e Zejosé é o destaque.

No intervalo, Nicolau muda a estratégia do ataque e, no segundo tempo, Zejosé avança, joga mais perto de 109, Buruca fica na armação e Lorena na ponta de lança. Com os lançamentos e as enfiadas de bola de Lorena e Buruca, a dupla Zejosé e 109 inferniza a vida do goleiro adversário.[3] Mas o ataque do Tarrafa, sempre objetivo, faz o primeiro gol aos 21 minutos, numa falha da dupla de zaga — Mundico, que não viu a bola vinda pelo lado do olho cego, e Genival, que não viu mais nada depois que puxaram

---

[1]Vibrei com o argumento. Pela primeira vez na vida, tive vontade de beijar um jogador de futebol.

[2]Peço desculpas pela autopromoção.

[3]Como goleiro do Vendaval, trato o Tarrafa como adversário, o que compromete a isenção destas notas. Entrevistei o pessoal do Tarrafa, mas nada do que disseram coincide com a verdade dos fatos.

o elástico dos óculos. Mas a torcida se empolgou e incendiou o jogo com o time perdendo de 1 a 0.

Aos 32 minutos, num ataque rápido, Lorena enfia uma bola entre os dois zagueiros, que não conseguem mais correr, e Zejosé a pega na frente, corta pra trás, deixando os dois no chão, e chuta rasteiro, no canto: gol, gol, gol do Vendaval, Zé-jo-sé! Está empatada a partida! A torcida enlouquece. Ao comemorar, Lorena e Zejosé se abraçam, com mais emoção do que seria aconselhável pra jogadores de futebol.[1] Fim da partida. Os heróis do jogo foram Delfos, Lorena e Zejosé. Apesar do empate, todos acham que o jogo do Vendaval vai criar uma tempestade de renovação e que o futebol de Ventania jamais será o mesmo.

Na tarde de segunda-feira, dia seguinte à estreia do Vendaval e consagração do trio Delfos-Lorena-Zejosé, sai a decisão do Conselho de Ensino: Zejosé foi expulso por quatro votos a dois. A notícia doeu como morte por assassinato, com pesar, ódio e incompreensão. Dasdores não acreditou ao ouvir a notícia. Segurou no aparador pra não cair, e foi levada às pressas pro quarto, mal tinha saído pra tomar uma fresca no quintal. Lembrou-se das caras risonhas no jantar, das palavras otimistas na despedida e nos agradecimentos: falsidade, mentira, hipocrisia, concluiu. Tanta reunião, visita, conversa, pra acabar nisso! E o que vai ser do meu filho sem poder estudar? — as perguntas se repetiam, angustiando-a. O chá de camomila, abafado por Calu e servido por Durvalina, lhe concedeu a paz precária do sono.

Canuto vive dias de tristeza. Não bastassem a falha na previsão do tempo e a deplorável situação do filho, vem a expulsão do neto! Que fazer, se pergunta, quando tudo desaba de uma vez e esmaga reputações, conquistas e esperanças, sem deixar uma boia onde amarrar o dia de amanhã? A despeito de tudo, ele pensa, é preciso continuar vivendo um dia após o outro. Mesmo Ataliba, que, com o naufrágio, perdeu pompa e autoridade, e passa o dia correndo pra receber e correndo pra não pagar, depois de constatar que mais um voto a favor de Zejosé empataria a decisão, somar

---

[1]Esta exposição de intimidades num campo de futebol é um desrespeito à torcida e à cidade!

os prejuízos do jantar e destilar bílis pela traição da maioria dos comensais, resolveu pensar no futuro do seu herdeiro.

Zejosé recebeu a notícia depois dos outros. Com Sarará preso e Carlito viajando, quase não sai mais de casa, a não ser pra ir à biblioteca. A conversa com outros amigos não é tão interessante quanto a leitura e os encontros com Lorena. Prefere ficar até tarde lendo, ainda mais depois que herdou do tio Isauro a lâmpada de cabeceira, que acende à noite. Lia *Crime e castigo*, quando mandaram jogar na sua cabeça a bomba da expulsão.

Sentiu as pernas bambas e uma paralisante sensação de desamparo. Correu em busca do aconchego da mãe, e foi encontrá-la no quarto, dormindo. Pegou a bicicleta e saiu pedalando a toda velocidade, sem rumo certo, pelas franjas da cidade; angustiado, não teve olhos pra ver a imagem rediviva de um garimpeiro que puxa o jumento com pá, picareta, enxada, labanca, bateia, peneiras e outras ferramentas, além de tenda, enxerga, caldeirão e panelas. Sempre acelerado, volta ao centro da cidade e, na beira do rio, quase atropela outro garimpeiro, mais novo, que cai ao recuar à calçada, a mochila se abre com utensílios e ferramentas de garimpo. Zejosé vai em frente, deixando o homem xingando, e só para na porta da biblioteca, onde solta a bicicleta de qualquer maneira na parede, entra atormentado e cai nos braços abertos de Lorena, sem dizer nada. Ela diz:

— Já sei, querido. É triste, muito triste. — Continuam abraçados em silêncio. Lágrimas silenciosas descem pelo seu rosto e molham a camisa dele. Quando volta a falar, a voz tem o travo da revolta. — É maldade e ignorância tirarem o direito de alguém estudar. Essas mesmas pessoas expulsaram Sarará, que agora está numa cela de adultos. Essa é a escola que têm pra ele aprender, em tempo integral, como é o mundo e como viver nele. Tirar a escola por indisciplina é abrir a porta da delinquência. — Ela colhe o rosto dele entre as mãos, enxuga suas lágrimas e sugere que vá ao banheiro lavar o rosto.

Com a porta trancada, ao erguer os olhos do jato d'água e se entrever no espelho, Zejosé se lembra do desespero com que, trancado naquele banheiro na primeira vez que veio à biblioteca, viu o sangue brotar no corte da mão.

Furioso, os palavrões explodiam na sua cabeça, e teve o impulso de sair dando mordidas, cabeçadas, chutes, socos e porradas. Achou que a mãe o mandou à biblioteca porque não gostava dele. Disse a si mesmo que não iria ler livro algum pra não fazer a vontade dela; e iria, sim, estrangular quem viesse lhe falar de livro, inclusive Lorena, que acabava de conhecer, e iria, sim, tocar fogo na biblioteca, que chamou de depósito de papel velho. Lembra que deu uma bruta vontade de sumir no mundo: "Não dá mais pra mim, vou fugir de casa. Mas fugir pra onde?" Hoje, não pensa mais nada como pensava, mas a conclusão é a mesma: não dá pra mim, quero sumir, não sei pra onde. Mas, com Sarará preso, perdeu o companheiro de viagem, a não ser que o ajude a fugir da cadeia — é o que tem a fazer! E também convencer Lorena a ir com eles — sem ela, não vai! Como naquele dia, batidas na porta o trazem de volta ao banheiro; ele abre. É Lorena, querendo saber se ele está bem.

Notando que seria saudável pra Zejosé se distrair, Lorena o convida pra um mergulho. Em meia hora estão no cais, prontos pra se jogar n'água, e, após algumas braçadas, na ilha de ferro — a sós, o casal respira o ar puro, e a brisa alivia o calor do sol, com a terra e suas injustiças a duzentos metros de líquida distância. Com a cabeça no colo dela, Zejosé acompanha o plácido voo das nuvens. A amargura da expulsão não chega àquela ilha.

Eu comprava o de-comer nos armazéns da beira do rio quando vi a aglomeração na balaustrada, e me acheguei. Homens e mulheres de várias idades, e até crianças, olhavam pro casal na ilha de ferro, criticando o ostensivo lazer numa hora que todos trabalhavam. Gostei de estar naquele bolo, ouvindo de anônimos ditos espirituosos, jocosos e divertidos sobre pessoas com quem convivia. Mas, aos poucos, o bolo foi crescendo e o humor azedando. O maiô e o calção de repente ficaram indecentes, e o lazer virou provocação. Logo alguns chamaram de insulto o casal, agora quase nu, diante do coração da cidade. O que animou o grito "Leva pra comer em casa!". Um garoto jogou uma pedra, que caiu n'água, a meio curso da ilha. A ameaça se alastrou por contágio, multiplicando gritos e pedradas. Embora impressionado com a escalada, pensei que, como as pedras, os gritos não chegavam à ilha.

• 255 •

Estava enganado. Vendo a aglomeração da ilha de ferro, Lorena se sentiu insegura, e o casal nadou de volta ao cais. À medida que se aproximava, em vez de diminuir, as pedras e os gritos aumentavam, chegando perto das cabeças à flor d'água, quando não as acertavam. No meio do bolo, pedi calma, e me ignoraram. Lembrei que eram uma moça e um garoto inofensivos, e me hostilizaram. Senti o ódio nas caras suadas, nos olhos saltados e nos dentes à mostra. Em terra, o casal foi alvo fácil da chuva de pedras. Protestei contra a agressão a pessoas indefesas, e me empurraram. O casal correu pra suas bicicletas, perseguido por pedras e insultos, e escapou. Quando firmei a muleta e fiquei em pé, xingando-os de selvagens e bárbaros, viraram-se contra mim, e me defendi com muletadas a torto e a direito. Cinco me cercaram, me jogaram de volta ao chão, tomaram a muleta, jogaram pela balaustrada e foram embora. Só quando Nico barbeiro me viu, desceu à beira d'água e trouxe de volta a muleta, é que pude ir pra casa.

Sozinho na casa silenciosa, Isauro esgueira-se do seu quarto até a sala e confirma que não há ninguém que possa importunar ou bisbilhotar sua conversa com Dasdores. Sabe dos riscos, mas é urgente que, enfim, converse com ela. Depois da carta que recebeu, sua cabeça entrou numa ebulição que mistura revisão de vida e decisões inadiáveis. Caminha pro quarto da cunhada atento aos ruídos da casa. Diante da porta, ouve o arfar ofegante e hesita. Conclui que ela dorme pesado e volta pro quarto desapontado...

Ataliba vai pra casa mais cedo, direto ao quarto onde Dasdores, passado o efeito do chá, está acordada e respira ofegante. Mesmo de janelas fechadas, sem ver a luz do dia, estranha-o de volta tão cedo. Ele explica que a revolta contra o Conselho Escolar e a preocupação com Zejosé não o deixaram trabalhar. Admirada com a extensão das mudanças do marido, Dasdores diz que, embora indignada e preocupada, não tem mais ânimo pra lutar, a doença mina suas forças. Falando com dificuldade, passa o bastão.

— Chegou a hora de você assumir a educação de Zejosé.

— Eu, Dasdores? — Assusta-se Ataliba. — Está exagerando seu mal-estar. Não tem apreço pela saúde? — Furiosa com o descaso pela sua doença, ela quer reagir, mas a voz não sai, enrubesce com a falta de ar. — Logo vai vencer a canseira desses dias. — Ela se contorce na cama. — Faço o que posso na educação de Zejosé, mas não posso assumir essa responsabilidade sozinho. Ainda mais nesta situação. Voltei mais cedo pra que você não soubesse por outras pessoas. Aconteceu o que eu temia desde a paralisação da mina. A situação do Empório está insustentável. O faturamento cai, a dívida cresce, as cobranças se multiplicam. Não tenho mais onde me esconder...

— Tem piedade, Ataliba — Dasdores pede num fio de voz —, não vem se esconder aqui. Você não acredita em mim, e não tenho mais tempo pra discussões, nem energia pra te convencer. Eu só peço um pouco de paz... por caridade.

Resmungando e dando soco nos móveis, Ataliba sai irritado do quarto, batendo a porta.

A cidade estranha, mas, a cada dia, novos garimpeiros chegam a Ventania; por terra, quando animais carregam a carga, e pelo rio, eles carregam as pesadas mochilas. Pro barbeiro Nico, garimpeiro fareja ouro a mil léguas de distância. Mas, se têm bom olfato, falam pouco. Pro faiscador, o silêncio vale ouro. Se eles calam, a população não fala de outra coisa. Numa cidade que floresceu com a descoberta do ouro, a presença de garimpeiros aguça a curiosidade e alimenta secretas expectativas de um novo eldorado. E tem vaga semelhança com a invasão de prostitutas na época do Bar e Café São Jorge.

Lorena está lendo no escritório que foi do pai, e Esmeralda anuncia que Nicolau está na sala. Ela se alegra ao pensar no futebol, mas sua experiência sugere que não deve ser coisa boa. Falante e gesticulando feito polvo, o gordo carteiro diz que a torcida se encantou com ela, virou a musa dos torcedores. Mas — e aqui ele fez uma cara contrita, de amargurado com o que vai dizer — o prefeito e as mulheres em geral não gostaram tanto. Ele acha que é preconceito e limitação cultural entender o futebol como esporte masculino. Mas, apesar de ser contrário, e ter até discutido com o prefeito, o bom senso ensina que "manda quem pode, obedece quem tem juízo". Ele veio informar que Lorena está desligada do time. Ela se chateou, lamentou a submissão de Nicolau, e se irritou com o preconceito. Mas não foi novidade; a expulsão de Zejosé merece mais a sua revolta. Respirou fundo e voltou ao escritório do pai, e ao livro que estava lendo.

Dias depois, Lorena e Zejosé chegam à cadeia pra continuar a leitura de *Crime e castigo*, mas o cabo Nogueira, embora contrariado, diz que a entrada deles foi proibida pelo juiz. Decepcionada, Lorena quer saber o motivo.

— Não posso falar. Mas, cá entre nós, e que ninguém nos ouça, dizem que o juiz ficou uma arara quando soube que você ensinava os presos a assassinar velhinhas.

— Meu Deus! Não acredito que um juiz ache que um clássico universal ensine a matar!

— Pra você ver. E ainda ameaçou abrir inquérito pra investigar e punir quem autorizou.

— Ele não conhece um romance que devia ser de leitura obrigatória pra todo juiz. O autor conta o crime, é verdade, mas conta também o castigo, que é terrível! E parar a leitura agora é um erro: se aprenderam o crime, não vão aprender o castigo e o arrependimento.

— E ele não proibiu só esse romance; estão proibidas todas as leituras. É uma pena.

Desolada, Lorena busca apoio no olhar de Zejosé, também furioso. Ela tem uma ideia.

— Só nos resta despedir dos amigos presos. Podemos entrar?

— Infelizmente, não.

— Nem entrar, cabo Nogueira?

— Por favor, não sou eu. Gosto muito das leituras. Mas são ordens superiores.

— E eu, posso falar com o Sarará, meu amigo, que está preso? — pergunta Zejosé.

— Esquece! O juiz quer saber como um menor de idade entrava na cela com presos.

Despedem-se de Nogueira, esmagados pelo duro golpe, e deixam a cadeia em silêncio. Vão impotentes pela impossibilidade de dialogar com autoridades que se ocultam atrás de togas, sentenças, intimações e decisões em nome de leis intangíveis e inumanas.

Dias depois, a empoeirada Rural Willys da prefeitura para diante da biblioteca e desembarca um moreno alto, rosto viril, de óculos escuros e chapéu, coberto de poeira. Antes que pise na calçada, Lorena vem de dentro com os braços abertos.

— Enzo! Meu querido! Há quanto tempo! — Abraçam-se apertado, saudosos e felizes.

— Ei, Lora! Pois é, há quanto tempo! Mas você não mudou nada! Continua linda!

Abraçados, recuam o corpo pra se olharem saudosos, sorrindo, alegres. Ela reconhece o cheiro, o toque da barba espessa, e sente a mão grande na sua. Atraídos pelos olhares, um clima vai se instalando e um beijo se esboça, mas ambos recuam em tempo.

— Meu Deus, quanta poeira! — Lorena impressiona-se como o abraço a empoeirou.

— Como você consegue morar na periferia do mundo e se manter bonita e civilizada!

— O centro do mundo ainda é onde você está? Como foi a viagem, seu sedutor barato?

— Empoeirada e cansativa, mas valeu a pena ver você. — Entram abraçados na biblioteca.

— Até parece! Vai valer a pena exibir filme pra essa gente. Precisa ver. Estão ansiosos pra assistir a *Casablanca*. Muitos nunca viram um filme!

— Por acaso, descobriram outra mina de ouro por aqui?

— Aqui? Não. Pelo menos que eu saiba.

— Na estrada tem muito garimpeiro vindo pra cá. Parece a corrida do ouro na Califórnia.

Enzo se decepciona com a biblioteca, mal cruzou o salão até o banheiro, onde, de porta aberta, tira óculos e chapéu e lava o rosto. Lorena o observa de sua mesa de trabalho e reconhece o olhar franco, de olhos castanhos suaves.

— Tem novidades do presidente? — Ele quer saber.

— Do presidente? Não. Presidente da República? O que houve?

— O quê? Em que mundo está, Lora? Não sabe o que houve com o presidente?

— Não, Enzo! Não sei.

— O presidente renunciou, Lora! Re-nun-ci-ou. Sabe o que é isso?

— Sei muito bem, doutor Enzo! E re-nun-ci-ou sem mais nem menos, meu Deus?

— Sem mais nem menos. Ninguém entendeu. E o vice está fora do país. É a crise, Lora!

— Falar em doutor Enzo, como vai o hospital, seus pacientes, sua clínica e tudo o mais?

— Vai bem, vai bem... Eu é que não vou bem. A medicina é muito realista pro meu gosto. Prefiro a ilusão do cinema. Lembra o verso do Eliot? "Vai, vai, vai, disse o pássaro: o gênero humano não pode suportar tanta realidade."

— Põe o pé no chão, doutor Enzo! Isso aqui é Ventania. Só tem pássaro na mão, e nenhum voando! E que tal visitar o galpão pra ver onde vai instalar o projetor e os alto-falantes? Depois, vamos em casa pra você tomar banho e descansar um pouco da viagem.

Ela tranca a porta da biblioteca, eles entram na Rural Willys, o motorista dá a partida.

Muita gente que não conseguiu comprar ingresso se aglomera na entrada do galpão, à beira do rio, que ganhou iluminação na fachada e cartaz de *Casablanca*, com a foto dos dois atores principais.[1] Foi tão grande a curiosidade de ver a única exibição do filme que, nessa noite, as famílias não levaram cadeiras pra calçada, as coreias do norte e do sul ficaram às moscas e não houve *footing* no jardim. Pode-se dizer que a cidade parou pra ver o filme que Lorena promovia. Desentulhado, varrido, desinfetado,

---

[1]Os atores principais são Humphrey Bogart, como Rick; Ingrid Bergman, como Ilsa Laszlo; Cláude Rains, como capitão Renault; Conrad Veidt, como major Strasser; Sidney Greenstreet, como Ferrari; Peter Lorre, como Guilhermo Ugarte; Madeleine LeBeau, como Yvonne; e Dooley Wilson, como Sam.

caiado e iluminado, o galpão surpreendeu a todos, não parecia mais a antiga ruína. Houve quem cogitasse de preservá-lo como o cinema da cidade. Os buracos nas paredes e telhado foram tapados com panos pretos pra vedar a luz, menos no fundo, que ficou a céu aberto, deixando a tela, como brincou Lorena, rodeada pelo céu estrelado.

Nos melhores lugares estavam o prefeito, a esposa e filha, e o padre Pio. A secretária de Educação, a sempre decotada e maquiada dona Florícia, e sua recatada filha Leleta, o delegado, a diretora Otília, seu marido e os três filhos, o carteiro-treinador Nicolau, e os trabalhadores que construíram a biblioteca e arrumaram o galpão. Lado a lado numa mesma fila, estavam Canuto, Zejosé, Dasdores, que, apoiada nos braços do marido e do filho, chegou suada e arfando, e Ataliba, nervoso, tremendo a perna esquerda e incomodando a mulher. Filas atrás, estavam Esmeralda ao lado de um homem moreno com dente de ouro, Calu e Durvalina. Também presentes a supervisora Mercês e o marido Alencar, como sempre, de porre; a orientadora Genoveva, como sempre sozinha. Mais atrás, uma moça conduz dois homens e três mulheres cegos aos seus lugares, sentando entre eles. Estávamos na mesma fila eu, Carmela, os pais dela, o namorado da capital, dono do Volks, Manel Chororó e o Tomires, do Bazar. Lorena traz o pai na cadeira de rodas e a estaciona na lateral dessa fila, onde a ouvi autorizar a venda de cem meios ingressos a quem trouxesse cadeira ou tamborete de casa, e mais cinquenta no chão. O cinema estava cheio de não se poder nem mexer quando o cabo Nogueira entrou escoltando Homero, de óculos escuros, e Meia-meia. Uma toalha vermelha cobria a algema que os unia. Embora o público tenha estranhado, a dupla recebeu o solitário e eufórico aceno de Darlene,[1] mãe de Sarará, também na plateia, e responde com as mãos livres, numa simetria de bailarinos. Como só havia uma cadeira vazia, que Nogueira viu-se obrigado a ocupar, os presos ficaram em pé três passos atrás, junto à parede, grudados feito siameses e compartilhando a estranha toalha cor de sangue.

---

[1]Na manhã seguinte, Sarará foi solto, e Darlene sumiu com ele da cidade. Dizem que foram pra capital.

Na mesma beira do rio, a duzentos metros da iluminada e agitada entrada do cinema, Isauro avança na penumbra e entra furtivo nas ruínas de outro galpão. Logo Carneiro vai e vem diante da fachada semidestruída, atento à porta do cinema, e entra rapidamente. Dentro, paredes e telhado semidesabados, galpão entulhado, fedor de água podre. Velas acesas espetadas em garrafas iluminam Isauro e Jedeão, sentados num banco de tábua e tijolos. Eles se levantam ao verem que assoma a porta o secretário Carneiro, que os saúda:

— Viva a revolução!

— Viva a revolução — responde Isauro sem entusiasmo.

Jedeão bate continência.

— Não mais deveres sem direitos — diz Isauro.

— Não mais direitos sem deveres — responde Carneiro.

Jedeão move a cabeça, confirmando.

— E como avança o socialismo no mundo, camarada Carneiro? — indaga Isauro, solene.

— A passos largos até a vitória final, camarada Isauro!

Isauro senta-se. Carneiro e Jedeão o imitam.

— Podemos começar? — indaga Isauro frio e solene. Os dois confirmam. — Então, vamos à leitura da ata da última reunião. — Carneiro tira o livro da cintura e lê compenetrado.

No cinema, Zejosé parece sentado num formigueiro, tanto se mexe, olhando pra trás, pra um lado e outro, inquieto por não ver Lorena desde que chegou, sabendo que o tal Enzo está na área.[1] O moreno alto, com roupas da capital, que se move atrás do projetor, ele intui que é Enzo, aliviado de não ver Lorena por perto. Discreto, Canuto está ansioso pra ver Isauro ao seu lado, usufruindo o ingresso que ofereceu a todos, presente,

---

[1]Zejosé se morde de ciúme do "tal Enzo". E eu me mordo de ciúme dos dois. Mas o "tal Enzo" é tão arrogante e metido a besta, que, pra atacá-lo, virei cúmplice de Zejosé. Que ironia: cúmplice do rival!

aliás, que obrigou Dasdores a sair da cama por gratidão e estar agora desconfortavelmente ao lado de Ataliba.

Colados à parede, com ampla visão do recinto, Homero, senhor alto e magro, olhos vedados por lentes escuras, e Meia-meia, pequeno e franzino de olhar esperto, vasculharam entradas e saídas pela frente e os fundos, banheiros e bilheteria, e trocam informações sussurradas com o canto da boca.

— A porta atrás da tela dá na rua — diz Meia-meia.

— A bilheteria é um tabique sem fechadura — responde Homero.

A moça descreve o galpão pros cegos, que fazem perguntas sobre a tela e o projetor. O moreno com dente de ouro, que acompanha Esmeralda, conversa com os vizinhos, tipos grosseiros, que riem alto, cospem no chão, fumam e apagam a guimba com o pé. Um, de chapéu, ao lado de Durvalina, abre a perna e lhe roça a coxa, com a colaboração dela, apesar da vigilância da mãe, que, do outro lado, avança o tronco pra olhar, obrigando-os a se afastarem rápido.[1] Vi esses forasteiros pela cidade, têm toda pinta de garimpeiros.

A luz se apaga. O filme vai começar.

Suando, olhos míopes cansados, o secretário Carneiro acaba de ler a ata. Taciturno e distante, mas sem perder a solenidade, Isauro assume a presidência da reunião.

— Peço desculpas aos camaradas. Não era preciso ler a ata. Em reunião extraordinária, convocada numa emergência, como é o caso, o estatuto do Partido dispensa a leitura.

— Tem razão o presidente. Faço apenas um reparo: não é o estatuto, mas o regimento.

— Tem razão o camarada Carneiro. É o regimento, e não o estatuto, que dispensa a leitura da ata da reunião anterior quando se trata de reunião extraordinária convocada em situação de emergência. E a presente reunião foi convocada extraordinariamente graças à necessidade urgente de marcarmos posição em face da conjuntura política interna. E foi esta

---

[1]Será que Durvalina é uma virgem com furor uterino?, me pego pensando nesse absurdo!

• 263 •

urgência que nos obrigou a, contrariando recomendações de segurança, repetir o local do encontro. Na minha avaliação, a projeção do filme no entorno cria dispersão de foco e reduz os riscos. Mas, vamos aos fatos. Fomos surpreendidos pela renúncia do presidente da República na semana passada. E, como vimos na ata, lida e redigida pelo secretário Carneiro, o informe mais recente do Comitê Central, de três anos, refere-se apenas à conjuntura internacional, o que nos impõe a responsabilidade histórica de tirar a posição do diretório de Ventania. E, a juízo do plenário, enviar ao CC, como contribuição ao debate.

— Permita-me o presidente acrescentar sugestão de pauta por fato recente. O senador da nossa região, cujo nome me recuso a pronunciar, virá a Ventania proximamente, em data a ser marcada. Proponho debate sobre ato político que marque nosso repúdio às suas posições reacionárias.

— Sugestão aceita, camarada Carneiro. Nesse caso, além da posição em face da renúncia do presidente, devemos deliberar sobre eventual ação na presença do senador em Ventania.

— A minha pergunta, camarada presidente, é a de sempre: qual é a orientação do CC pra tais temas? Vamos deliberar a partir de que princípios doutrinários ou análises de conjuntura?

— E a minha resposta, camarada Carneiro, é a de sempre: se vamos tirar uma posição e realizar uma ação, e o CC não nos orienta com informes recentes, só nos resta buscar pistas em informes antigos e desatualizados ou tirar a posição do diretório de Ventania.

— O camarada presidente tem o meu apoio. Com reservas, porém. Dizia o mestre Lenin que a hierarquia está acima de tudo; a revolução exige unidade partidária, e a grandeza da militância está justamente na obediência, não na independência dispersiva fundada numa liberdade burguesa.

— Fico com o apoio do camarada secretário e fecho os olhos às reservas por falta de orientação da alta hierarquia. À luz dos princípios revolucionários, como se posiciona o camarada Jedeão?

Jedeão faz movimentos admirados de cabeça, mas não se sabe se concorda ou discorda. Na dúvida, Isauro pigarreia e conclama:

— Sejamos claros e objetivos, camaradas! É fundamental que os comunistas de Ventania decidam se apoiam ou não a renúncia do presidente. Encaminho proposta no sentido de dar um tempo de reflexão, e aproveitamos pro camarada Jedeão buscar umas bramas no Surubi de Ouro. Tema urgente e discussão árdua, a garganta seca: urge molhar a palavra!

— Aprovado — diz o camarada Carneiro. — Lembro ao camarada Jedeão as recomendações da segurança, tendo em vista a aglomeração na vizinhança.

Jedeão junta o dinheiro e sai. Carneiro mergulha na leitura de antigos informes e Isauro mergulha na silenciosa tristeza do seu abismo pessoal, distante da luta revolucionária.

No escuro do cinema, Homero, que já viu várias fitas, como ele diz, puxa Meia-meia pra porta dos fundos. Sem enxergar, atropelam espectadores sentados no chão, que gritam e protestam. Meia-meia hesita assustado, Homero o arrasta, e abrem a porta dos fundos no instante em que a tela acende e ouve-se um admirado "Ohhh..." da plateia maravilhada. Pela rua de trás, podem ver a tela pelo avesso, onde os lances de uma partida de futebol no Maracanã magnetizam Meia-meia. Os jogadores de perto, o suor na cara, as pernas no alto, o chute, a bola voando, e Meia-meia se sentindo dentro do campo, onde também se sentia Zejosé. Homero se rende à beleza do espetáculo e também assiste. O goleiro salta, a bola balança a rede, e na arquibancada o torcedor vibra, pula, ri desdentado. É futebol como ninguém na plateia jamais tinha visto. Zejosé assiste como num transe, provisoriamente esquecido de Lorena, Enzo e seus ciúmes. A voz do narrador se reveza com um samba animado e alegre.[1] Dos fundos, Meia-meia está em êxtase quando Homero se lembra do objetivo e volta a puxá-lo pela algema.

---

[1] Mais tarde, Enzo me explicou que se trata de um jornal da tela chamado Canal 100, apresentado antes de todo filme. E a música chama-se *Na cadência do samba*, que ele sabia de cor, e anotei: "Que bonito é/ Ver um samba no terreiro/ Assistir a um batuqueiro/ Numa roda improvisar/ Que bonito é/ A mulata requebrando/ Os tambores repicando/ Uma escola desfilar/ Que bonito é/ Pela noite enluarada/ Numa trova apaixonada/ Um cantor desabafar...".

O camarada Jedeão está de volta com garrafas de cerveja e copos na bandeja. Depois de brindar à revolução, o presidente Isauro, reanimado pela cerveja, retoma os debates.

— Com a palavra os camaradas Carneiro e Jedeão pra que, à luz dos princípios revolucionários, avaliem a correlação de forças políticas após a renúncia do presidente da República e expressem, com clareza e objetividade, a posição recomendável ao diretório do Partido Comunista de Ventania. O camarada Carneiro cede a vez ao camarada Jedeão, que a devolve com o mesmo gesto. O secretário Carneiro limpa os óculos, bebe um gole de cerveja e enxuga a boca.

— Apenas um registro histórico. Nas eleições presidenciais de nove meses atrás, o Diretório Central apoiou justamente o adversário do presidente que renunciou. Qualquer eventual cogitação de apoiá-lo agora deve incluir elaborado malabarismo dialético.

— Não necessariamente, camarada Carneiro — pondera o presidente Isauro. — Nos sete meses de presidência, ele fez gestos de aproximação que não podem ser ignorados.

— Estaria o presidente se referindo à proibição da briga de galo, do biquíni e do lança-perfume?

— O camarada Carneiro caçoa da ponderação desta presidência. Mas a responsabilidade histórica de uma liderança revolucionária exige seriedade e desprezo pela ironia. Eu me referia à condecoração de Che Guevara, secretário Carneiro. Um gesto de coragem e nobreza em apoio às forças progressistas que a história não pode ignorar.

— E que, no entanto — reage o secretário Carneiro —, pôs em pânico a direita reacionária e golpista, que o abandonou e pavimentou o caminho da renúncia. Sejamos dialéticos, camarada Isauro: embora se trate de anticomunista ferrenho, poderíamos eventualmente discutir nosso apoio a um presidente que esteja no poder, mesmo enquanto esteve abandonado, mas apoiá-lo depois que renunciou? Renúncia é uma palavra que não existe no vocabulário revolucionário. Se o presidente e o camarada

• 266 •

Jedeão me permitem, gostaria de consignar o meu voto contra o apoio ao presidente que renunciou.

— Se o secretário Carneiro e o camarada Jedeão me permitem, também gostaria de consignar o meu voto a favor do apoio político estratégico ao presidente que renunciou, em respeito aos 5,6 milhões de eleitores que lhe deram o voto — a maior votação da história do país —, e que venceu seu opositor, a quem apoiamos, com a arrasadora diferença de 2,2 milhões de votos. E como vota o camarada Jedeão?

Jedeão coça a cabeça com a mão esquerda, direita, com as duas. Olha pra Carneiro, pra Isauro, pra baixo, pra cima, balança a cabeça, e não dá pra inferir qual é o seu voto.

— Com o empate — conclui Isauro —, o diretório do Partido Comunista de Ventania se abstém de participar do debate político por não identificar, nos grupos em conflito, ideias progressistas que contribuam para o avanço das classes proletárias e abram caminho a uma sociedade democrática. Compromete-se, no entanto, a manter-se atento à cena política em constante avaliação da correlação de forças. Quando julgar oportuno, agirá. Secretário Carneiro, por favor, transcreva rigorosamente as palavras ditas.

Diante do galpão, mãos coladas pela toalha vermelha, Homero e Meia-meia convencem o público que não entrou a assistir ao filme pelos fundos, pagando metade do preço da bilheteria, com direito a ouvir o filme na voz de Homero, grande contador de história da região. É um alvoroço com empurrões e cotoveladas pra comprar ingresso na última chance da única exibição. Recebido o pagamento, conduzem o rebanho pela rua lateral até a de trás, em tempo de assistir às últimas imagens do jornal da tela, o que deixa o grupo extasiado. Embora desconheça o enredo do filme que vai ser exibido, Homero sabe histórias de cor, pode inventar outras na hora ou improvisar a partir de um mote. Por isso, ele comanda, e Meia-meia o imita:

— Vamos sentar, vamos sentar. Quando começar, tem que fazer silêncio, olhar pra tela e ouvir o que eu digo. Não liga pras letrinhas que vão aparecer no pé da tela; elas passam correndo, e, daqui, a gente vai ver pelo avesso, e ninguém entende. Nem quem sabe ler.

O filme começa com o nome dos artistas. Homero diz: "Os nomes na língua estrangeira são de gente de verdade que está nessa história." Na tela surge um globo terrestre girando nas nuvens, a voz do narrador diz em inglês, com tradução na legenda: "Com o início da Segunda Guerra Mundial, muitos, na Europa aprisionada, sonhavam, com ou sem esperança, com a liberdade nas Américas. Lisboa tornou-se o grande ponto de embarque. Mas nem todos podiam ir até Lisboa diretamente." Ao ver o globo girar, Homero começa a criar a sua história: "Um dia um cara acordou de ovo virado, olhou pro céu e viu uma bola rodando nas nuvens." O globo cresce na tela; surgem mapas de países, a voz diz: "E uma trilha tortuosa de refugiados surgiu cruzando o Mediterrâneo até Oran." Homero continua: "O cara esfrega o olho e acha que é a Lua. Não vê São Jorge, acha que é o Sol, mas suspeita que é a Terra." Na tela, mulheres e crianças em fuga. Do navio no mar sai a linha que vai até Oran. Diz a voz: "Lá, de trem, carro ou a pé pela costa africana, até Casablanca, no Marrocos francês." Homero: "O cara vai de navio pra cidade onde maridos vendem bagulho e mulheres levam os meninos pra roça." Do alto, vê-se Casablanca, e a voz segue: "Lá, os felizardos, com a ajuda do dinheiro, influência ou sorte, poderiam conseguir o visto de saída, e escapar para Lisboa. E de Lisboa para o novo mundo. Mas antes, esperam em Casablanca." Homero vê o oficial ao telefone: "Na cidade tem muito ladrão, e a polícia mata." No filme, o oficial avisa: "Dois mensageiros alemães com documentos oficiais mortos no trem vindo de Oran. Assassinos e possíveis cúmplices dirigem-se a Casablanca. Detenham e revistem todos os suspeitos para achar os documentos roubados." Finda a abertura, começa a ação.

Na reunião do Partido, Isauro, de pilequinho, põe o outro tema em discussão:

— Camaradas, outra questão exige deliberação. O senador da nossa região, cujo nome o secretário Carneiro não pronuncia, e eu o acompanho nesta birra, virá breve à cidade.

— Um esclarecimento, camarada presidente. Não se trata de birra pessoal. É dever do revolucionário lutar, com todas as armas, contra a direita

• 268 •

reacionária, autoritária e corrupta. Uma forma de luta é o silêncio, não lhe dar publicidade, esconder seus nomes, apagar sua memória. Mas, como somos dialéticos, quando se trata de denúncia, nosso dever é trombetear os fatos, expor os nomes, dar publicidade e revelar o passado.

— Agradeço o esperto esclarecimento do camarada Carneiro. Está em discussão a posição do diretório do Partido Comunista de Ventania sobre a presença do senador.

— Se não lhe revelamos o nome, não vamos perder tempo discutindo a obra. É conhecida pústula política, cancro social, verme humano. Sou por ato público de envergadura, com comícios, passeatas, pichações, panfletagem, agitação com a participação de operários, estudantes, camponeses e grande repercussão nacional. Quem sabe, não soltamos o grito preso na garganta, pegamos as armas e marchamos pra revolução do proletariado?

— A cerveja subiu à cabeça do secretário Carneiro! O camarada delira. Estamos em Ventania, e todos os nossos militantes estão nesta reunião. Também sou por um ato público contra o senador: pichaçõezinhas de muro, parede e pedra, e um panfletozinho.

— Nem um belo e vigoroso artigo no *Vitória*? — indaga Carneiro. — Pincei cada citação!

— Nunca! Vivo do meu jornal, que depende da direita reacionária, que apoia o senador. E minha vida já anda confusa demais pra eu querer mais encrenca.

— A minha também, camarada Isauro. Estou liquidado. A revolução maltrata a gente.

— E como vota o camarada Jedeão? — Isauro corta Carneiro.

— A favor.

— A favor de quê? — Isauro se impacienta.

— Disso que disseram.

— Das pichaçõezinhas e panfletozinhos ou do grito da revolução? — esclarece Carneiro.

— Das duas.

— Decidido: o diretório municipal do Partido Comunista de Ventania fará um modesto, mas contundente, ato público de protesto contra a presença do senador na cidade. Quando a data for anunciada, detalhamos o ato. O secretário Carneiro registrará em ata a discussão e enviará ao CC. Favor transcrever minhas palavras com todo o rigor.

— Assim será, camarada presidente — diz o camarada Carneiro.

— Viva a revolução! — diz o camarada Isauro.

— Viva a revolução! — repete o camarada Carneiro.

O camarada Jedeão balança a cabeça em aprovação. Carneiro parte primeiro; depois, Isauro. Primeiro a chegar e último a sair, Jedeão apaga as velas e sai com a bandeja.

No cinema, Zejosé não entendeu bem o início do filme, mas agora segue a história de olhos vidrados, embora, às vezes, procure Lorena, ocupada com o pai e acertos de bilheteria. Canuto assiste com atenção imóvel, e Ataliba dorme: seu arfar pesado irrita Dasdores, tão atenta, que nem enxuga o suor na testa; quando ele ronca, ela o cutuca. Com a mesma técnica, a supervisora Mercês acorda o marido Alencar, que logo volta a dormir, sem ver o filme. Aliás, poucos o veem. Perto de mim, Carmela não para de beijar o cara do Volks, apesar da vigilância dos pais. Esmeralda é uma selvagem com o moreno do dente de ouro. Calu dormiu, e Durvalina está no paraíso com o garimpeiro. Em volta, muitos resmungos. Acertando a franja com quatro dedos de unhas vermelhas, Manel Chororó assiste enlevado. E o cabo Nogueira olha, pela primeira vez, pro lado e não vê os presos que escolta. Dá um pulo e sai apavorado, atropelando os espectadores.

Na rua de trás, o rebanho assiste de olho vidrado no verso da tela. Deixando que apenas as imagens estimulem sua imaginação, Homero continua a narrar a sua história:

— Que lugar abafado, enfumaçado, sem janela e coalhado de grã-fino! O jeito foi pôr ventilador no teto! Se cair, decepa! Pudera, é bar, restaurante, tem cassino, orquestra e cantor, fora o que corre debaixo dos panos. É tanto milico com farda diferente, que parece folga de guerra mundial. Eita gente pra fumar, beber, jogar: que beleza! Olha a elegância do casal que vai entrando! Que jaquetão bem cortado, Meia-meia! Esse tem etiqueta, tirou o chapéu-panamá — nem um fio de cabelo buliu! E ela — eita mulher bonita! —, de branco, brinco, broche e bolsa brilhando, anda com a graça da garça. São os prinspes? Ela conhece o pianista! Aí tem treita! Olha como fica quando passa por ele — neguinho simpático, esse! Branca feito cera, até desfloriu. Olha ele, virando o pescoço pra espiar! Eita, que o neguinho sabe das treitas dela! O neguinho vai tomar a princesa do prinspe? Quem sabe? Simpático, toca piano e canta! Ou sabe o passado de crimes dela? Esse olhar tem mistério! Olha como ela senta com classe! Os milicos param pra olhar pra ela feito gavião. Ela fica nervosa, roda o anel do mindinho e baixa o olhar, graciosa e cativante. Levanta os olhos, princesa! Deixa a gente admirar suas pupilas, entrar na sua alma, entender seu coração! Quem é o narigudinho que chega à mesa e quer botar joia na pendura? Ela baixa o olhar, aperreada, e ele mostra a joia pro prinspe: é a cruz de Lorena, da união sem fronteiras! O prinspe se surpreende! Ela também! Que mulher linda, meu Deus![1] A joia é um símbolo secreto. O prinspe vai comprar. Não! Não faz isso! O milico de bigodinho está vindo dar o flagra! Que bom ela avisar a tempo! O narigudinho cai fora apavorado. Ela não olha pro bigodinho; assustada, desconfia dele. Será que o casal é do crime? Meu Deus, os olhos dela têm luz, brilham que nem estrela. E o broche também, o anel, a pele, o corpo! Ela é toda luz! Olha o sorriso, que dentes, meu Deus! O tarado do bigodinho senta com eles! Está louco por ela! Nunca vi mulher mais linda na vida, você já viu, Meia-meia? Dá vontade de voar na tela quando ela sorri e abaixa os olhos, numa timidez que pede ajuda! Agora é o milico altão que vem à mesa. Os machos ficam feito gavião. Olha: o prinspe não gosta do varapau! Os dois, cara a cara, quem pode mais é o varapau, arrogante como quê! Deus é pai, os milicos se foram. Agora, ela parece suplicar pra ele fazer, ou não fazer, alguma coisa, e ele discorda: o que será? Ele prefere ir ao bar falar com o narigudinho. E ela — meu Deus como pode ser linda

---

[1]Homero tem razão. Essa atriz, Ingrid Bergman, é a mais bela mulher que vi na vida, quer dizer na tela. E me impressiona como se parece com Lorena, esta sim, a mais bela que vi na vida!

assim! — despeja a luz do seu olhar no neguinho! Esse cara é poderoso, não disse? Será que tiveram um romance? Ele sabe os segredos dela? O que será que ela está dizendo pro garçom? Olha o neguinho, de terno brilhoso, trazendo o piano pra junto dela, que sorri, contente de ficar perto dele. Ela toma o primeiro gole da noite e cantarola uma música. O neguinho também se emociona e toca a música que ela cantarolou! Ela fica distante, parece lembrar de alguma coisa, vai chorar, vai chorar. Meu Deus, não deixa ela chorar, senão eu choro também, na vista do povo! O dono do bar ouviu a música e vem furioso. Esse cara é estiloso, posudo, franze a testa e nunca ri, deve ser infeliz como a peste. Desde o começo, não mudou o paletó branco e a gravata-borboleta, nem tira o cigarro da boca; agora manda parar a música! O neguinho diz que toca pra princesa.[1] O cara olha pra ela, e... Deus do céu! Ele está emocionado! E ela chora — meu Deus, até a lágrima é de luz! Ela ama o cara! E o cara ama ela! O neguinho cai fora com o piano! Por que ela está com o prinspe, e o dono do bar está sozinho? Agora, deve vir a explicação...

No galpão, a plateia está em transe com a cena de amor de Rick, que Homero chama de o dono do bar, e Ilsa Laszlo, a princesa. Lágrimas, soluços, narizes assoados, lenços úmidos, quando a projeção é interrompida, as luzes acendem e o cabo Nogueira avisa:

— Boa noite. Aqui é o cabo Nogueira. Desculpa parar a fita. É meu dever avisar que o rio está subindo depressa, como nas enchentes, apesar de não ser a época nem estar chovendo. Não é pra assustar, mas como não havia previsão, muitos podem ter saído de casa sem se precaver. Achei melhor avisar pra ninguém ter surpresa de madrugada.

Antes de Nogueira acabar o aviso, as pessoas já se levantavam assustadas e saíam às pressas, arrastando cadeiras, atropelando os outros, rezando,

---

[1] Já tinha ouvido essa canção no rádio, de madrugada. É linda. Enzo anotou pra mim. O nome é *As Time Goes By*, de Herman Hupfeld. Os versos dizem: "Você deve lembrar disso/ Um beijo é apenas um beijo/ Um suspiro é apenas um suspiro/ Coisas fundamentais que valem/ Com o passar do tempo/ E quando amantes suplicam/ Ainda dizem 'eu te amo'/ Nisso você pode confiar/ Não importa o que o futuro traga/ Com o passar do tempo."

praguejando, falando alto e gritando. Logo o galpão fica vazio. E quem fica está apreensivo. Dasdores sente-se mal, tem um quase desmaio. Vai pra casa apoiada em Ataliba e Calu. Lorena se apressa em levar o pai. Hospedado na casa dela, Enzo decide suspender a sessão.[1]

Os espectadores da rua de trás ouviram do aviso o bastante pra se dispersarem. Com a féria no bolso, Homero e Meia-meia tomam outro rumo — alguns ficaram intrigados com os dois grudados num pano vermelho durante a sessão, outros indignados com a história de Homero. Esquivando-se pelas ruas laterais, eles avaliam se levam a fuga adiante ou voltam à cadeia — têm penas curtas a cumprir.

Na beira do rio, cercado de moradores assustados, forasteiros atentos e um preocupado sargento Nogueira, Canuto olha perplexo o nível da água subir, sem ter outra explicação senão que deve ter chovido muito na cabeceira. Mas, por dentro, está arrasado. Não veio o vendaval que previu, e está diante de uma enchente que não previu. Inconsolável, pensa que a natureza debocha do homem. Zejosé, que o acompanha, se compadece da tristeza, impotência e vergonha que o avô transmite na conversa. De onde está, vê o cara alto e moreno com roupas da capital orientar uns rapazes a acomodar na Rural Willys da prefeitura o projetor, o tubo da tela enrolada, as caixas de som e rolos de fio. Quando o carro parte, levando o cara, Zejosé sente uma dor no peito e, com as imagens mais vivas da sua curta memória, se lembra da noite em que jantou com Lorena. O ciúme é dor sem alívio que se sente sozinho. Não demora, e a dupla siamesa, Homero e Meia-meia, se aproxima do cabo Nogueira festejando o reencontro.

— Cabo, o senhor por aqui! — ironiza Homero. — A gente pensou que tinha fugido!

A risada geral, incluindo Canuto, Zejosé e Nogueira, alivia a tensão da água subindo.

---

[1]Aproveitei a confusão e conversei com Enzo. Embora apressado, ele foi receptivo. O cineclube tem intenções didáticas. Falamos de cinema em geral, de *Casablanca*, de música etc. Aprendi muita coisa.

Na casa de Lorena, cumprido o ritual noturno do Dr. Conrado, banho, jantar, leitura e cama, ela é só lamento e tristeza pelo brusco desfecho da sessão de cinema tão sonhada e esperada. E a canção do filme não lhe sai da cabeça. Já se pegou cantarolando-a como fez a personagem. É a música que une o passado e o presente do casal na tela, e, com Enzo em casa, seu passado e seu presente se unem. Como a personagem se debate entre um amor do passado e outro do presente, a fantasia faz um filme entre Enzo e Zejosé.

Mas Enzo, na sua agitação, está longe do passado. Assustado com a possibilidade do rio transbordar e a cidade ficar ilhada, quer partir imediatamente. Entrega-lhe um impresso:

— Por favor, Lora, assina pra mim. Confirma que estive aqui e o filme foi exibido. Sem isso o cineclube não recebe o apoio do governo.

Ela assina e devolve. A intuição lhe diz que a pressa tem outra razão, além da enchente. Tenta em vão acalmá-lo. Só consegue quando diz que quer ouvi-lo sobre um assunto ao qual se dedicou no último ano da faculdade.

— Depois desses anos de profissão, você continua a favor da eutanásia?

— Mais convicto. Plantões, emergências e consultório confirmaram. Quando nada mais alivia a dor, é muito sofrimento do paciente pra satisfazer a família, que, aliás, também precisa de alívio. Cheguei à conclusão de que falta coragem pra decidir, porque todos querem. Até adivinho por que pergunta. É por isso que não somos marido e mulher.

A convicção de Enzo estremece Lorena, que sempre foi contra a eutanásia. No silêncio que se segue, apreende-se a dúvida que lhe tortura a consciência.

— Ele pediu — ela diz.

— Fosse meu pai — sussurra Enzo —, eu lhe daria essa paz final. Se precisar, sei o que usar. Vou te mandar; use quando se convencer de que é o melhor pra ele. E pra você também.

Lorena explode num choro convulso. Enzo a abraça e conforta. Quando ela se acalma, ele pega a bolsa de viagem e beija-lhe os cabelos.

— Ele viveu tudo. Agora é você. Adeus, Lora.

Enzo vai pra Rural Willys, que liga o motor. Ele embarca. Lorena acena, aos prantos.

Canuto se refugia no laboratório desapontado consigo mesmo e inconformado com as limitações da meteorologia, que, ele acredita, ainda será indispensável ao homem, tal a amplitude e diversidade de suas aplicações. Prever o tempo é urgência da era moderna. Apesar da tristeza, é maior o respeito e a admiração pela natureza, que ignora o homem, não se rende à sua curiosidade ou à sua ciência, preservando-se misteriosa, enigmática, distante, mas poderosa, e até sinistra. Essa indiferença altiva instiga Canuto, questiona seu conhecimento, desafia sua inteligência, provoca seu papel no mundo, fazendo crescer a vontade de estudar e de aprender pra desvendá-la, desnudá-la e dominá-la. E repete *dominá-la*! Surpreso, tateia o sentido da palavra e se espanta com o presunçoso impulso de querer domar a natureza, a soberba de querer escravizá-la e a soberba de ser o deus do que não criou. E se pergunta a quem de fato servirá essa dominação. Como ocorre sempre que envereda por essas questões, conclui que a ciência é pragmática e objetiva, não tem relação com política, moral ou fé; seu compromisso é desvendar a verdade da natureza, inclusive da natureza humana — sua utilização é que exige um homem responsável e respeitoso com os valores maiores da vida e do próprio homem.

Madrugada, Canuto ainda pensava nesses assuntos, quando ouviu pingos de chuva. Era o que temia, talvez por isso não tenha dormido — chuva com enchente é um problema. Foi à cozinha, esquentou a caneca de café, agasalhou-se, pegou o guarda-chuva e saiu.

Na cama, ao lado de Ataliba, num sono pesado, Dasdores, terço na mão, rezava com medo da enchente e parou ao ouvir passos. Anda assustada com a ronda que Isauro lhe tem feito e se apavora ao ouvir passos nos silêncios na casa. Mas reconheceu aliviada os passos do sogro. Não sabe o que Isauro pretende, mas pode intuir. Não é que tenha medo dele, talvez até desejasse uma conversa, mas entra em pânico só de pensar na ideia. A seu lado, Ataliba se coça, ela estremece. Coração acelerado, reza pro marido voltar a dormir. Pra ela, é inimaginável, inconcebível, inadmissível qualquer conversa pessoal com o cunhado na casa onde vive com o marido, o sogro e o filho! Pela criação que teve e pelos próprios princípios, o que quer que, eventualmente, possa acontecer ela só pensaria se seu casamento se esgotasse. Seus compromissos vão às vísceras. Um trovão estrondou, parece ter sido no telhado do quarto. Ataliba acorda assustado, e Dasdores se apega ao terço. Aumenta o barulho da chuva sobre as telhas.

— Seu pai saiu debaixo de chuva — ela sussurra.

— A essa hora? Como sabe que era ele?

— Conheço os passos. — Ela conclui uma conta do terço. — Pra onde ele pode ter ido?

— Pro rio. Não pregou os olhos. — Ataliba salta da cama. — Eu também devia estar lá!

— Está louco? Sair nessa tempestade?

— O Empório fica a dez metros do rio, Dasdores. Se o rio sai do leito, estou falido.

Ele acende a luz. Trovões ribombam perto e ecoam longe. A chuva cobre as vozes.

— Pelo amor de Deus, não me deixa sozinha nesse temporal.

— Isauro está em casa. — Ele veste agasalho, capa de chuva, chapéu, bota de cano longo e guarda-chuva. — Devia ter ficado por lá depois do filme. Vigiando o que me resta.

— Não estou bem. A febre subiu, mal consigo respirar. Fica comigo até a chuva passar.

— Se ficar em casa toda vez que estiver doente, não trabalho. Acha que não preferia ficar debaixo das cobertas em vez de sair nesse temporal?

Ele apaga a luz e sai do quarto. No escuro, ela agarra o terço. Os trovões se replicam.

Lorena abre os olhos no escuro e ouve o baque repetitivo de janela açoitada pelo vento. Vai à cama do pai, avalia seu sono e cobre-o. Veste um penhoar e anda pela casa à procura da janela aberta. Trovões explodem e relâmpagos acendem os cômodos. Fecha a janela da sala de jantar — a chuva forte molhou o aparador e o piso ladrilhado. Vai à cozinha buscar o pano pra secar e, na passagem, vê que está acesa a luz do quarto que havia mandado Esmeralda arrumar pra Enzo. Sem entrar, abre a porta pra apagar a luz e se espanta com o inesperado: Esmeralda está deitada na cama, ao lado do garimpeiro do dente de ouro. Lívida, fecha a porta sem ruído e corre na ponta dos pés, entre relâmpagos e trovões. Tranca-se no quarto e suspira atordoada. Agitada, não consegue pensar, assustada, com medo e raiva de Esmeralda. Desaforo trazer homem pra sua casa! Ela, que exige dormir toda noite na própria casa! Pensa que é a casa da mãe joana, sem dona, nem patroa, e pode fazer o que quiser? Tem ímpeto de botar os dois na rua imediatamente. Mas, pondera, e se ele reagir? Não sabe responder. E pra onde iriam numa noite como essa? Desiste. Senta-se na cama, sem saber o que fazer. Lembra que ela lhe pediu convite pro cara do dente de ouro ver o filme! Ódio de Esmeralda. Abusou da sua crença na cumplicidade entre mulheres. E lembrou que, entre estudantes que compartilhavam as repúblicas da capital, homem no quarto rompia o pacto: desterro sumário!

O pai se mexe, ela vai cobri-lo. Seu sono sereno não se abala com relâmpagos, trovões ou estranhos em casa. O tempo lhe desenhou rugas e marcas no rosto, a cor sanguínea lembra uma saúde que acabou. Mas rugas, marcas e cor pertencem a uma pessoa viva, e Lorena não se vê agindo pra deter essa vida, por mais que ela peça pra abreviar seus dias e aliviar sua dor. Falta coragem onde sobra amor. Ainda está chocada de Enzo dizer que, se fosse seu pai, lhe daria a paz final. Como Enzo mudou, decepciona-se. Largar a medicina, não fazer a apresentação do filme por não saber falar a plateias populares! Evitou conversas pessoais e voltou apressado usando a enchente como pretexto! É natural, pensa Lorena, que tenha outra pessoa depois de tanto tempo! Mas não foi gentil ao sugerir que ela é parte de um passado que morreu. Não que pensasse em reatamentos e reconciliações, mas não gostou de ser extirpada da vida de alguém a quem amou e que dizia amá-la. A tempestade enfurece, trovões explodem em sucessão, ecoam a distância.

Agora, está sentindo saudade de Zejosé. Não deu pra lhe falar no cinema — evita a família dele sem ser ostensiva. Mas não aguenta passar dias sem vê-lo. Consola-se lembrando imagens: ela, colhendo o rosto dele entre as mãos, enxugando as lágrimas. Ao acertar a gola de sua camisa e desmanchar o penteado. Ele chora no seu peito e diz: "Tenho vergonha de tudo isso. Não vou a esse jantar. Me ajuda, Lorena." Ele ergue a cabeça, rosto molhado de lágrimas diante do dela, acolhedor e amoroso. Suas bocas se aproximam, movidas por força própria, o beijo intenso e voraz. De volta ao quarto de refém, Lorena sente sono. Confirma que a porta está trancada e deita-se na sua cama.

Nas ruas escuras, ao pavor dos relâmpagos segue o medo dos trovões sob a implacável tensão da chuva invisível. Só junto das lâmpadas públicas se veem os pingos riscando os fios de luz numa espessa cortina de miçangas. O céu azul-escuro, quase preto, parteja vestígios de um dia que ameaça ser tenebroso. Numa transversal à beira do rio, um aflito Canuto, de óculos úmidos sob o guarda-chuva, roupas encharcadas, calças arregaçadas, bate numa janela, com ansiosa insistência, aos gritos: "Acorda! Acorda!" Ofegante, a voz rouca, avisa que o rio transbordou: "É a enchente!" E pede pra salvar o que der. E, se não for já, corre o risco de se afogar. Portas e janelas se abrem, luzes se acendem, e começa o corre-corre. "Ajuda a avisar os outros!", ele pede, correndo à casa seguinte.

Eu, que moro a poucos metros do rio, acordei com o estrondo de um raio que caiu numa árvore perto de casa. O barulho da chuva no telhado era assustador. Quando procurei a muleta estendida junto à cama, senti a água fria a um palmo do chão. Acendi a luz, o quarto estava alagado. Na sala, a água se enfiava debaixo das portas. Inútil vedar com panos, ela penetra por baixo do pano e através do pano. Em pouco tempo, estava com palmo e meio de altura. Na cozinha, onde a fresta da porta ao chão é maior, a água entrava em ondas. Peguei a lanterna e olhei pela janela, pensando em me refugiar na estação. A rampa que sobe da minha casa à rua era quiabo ao sabão — não há muleta que fique em pé! Sem poder ver a rua, calculei que devia estar pura lama. Na sala, a água beirava dois palmos. Avaliei que, se o rio continuasse subindo, teria que abandonar a casa que foi de meus pais e deixar que fosse inundada. Revoltado e deprimido, mas ainda vivo, constatei que, se não caísse fora logo, depois não teria como sair. Então, me fiz a surrada pergunta do que levar pra ilha deserta. Com um braço pra carga, o outro é de locomoção, o que considero indispensável pra seguir vivendo? O que fosse escolhido teria que resistir à patinação na lama que aconteceria no trajeto. Enquanto isso, a água batia o meio metro, e a muleta virava remo nas andanças pela casa, a fim de selecionar o essencial indispensável. Aos poucos, uma lista foi surgindo: a foto de meu pai e minha mãe, única que restou. Outra de meu pai, com um surubi maior que eu — e lá estou eu, aos 8 anos. Eu, na primeira comunhão. Eu e minhas irmãs, adolescentes. A família reunida: eu, com as duas pernas e cabelo na cabeça. Eu, na capital, depois da cirurgia, treinando com muleta. Eu, uniformizado, chefe de estação. Minha irmã, grávida. Eu e meus sobrinhos. Eu, um dos primeiros leitores, e a diretora, Lorena Krull, na festa de inauguração da biblioteca. E a foto, tão especial pra mim, que mandei colorizar e emoldurar: eu e Lorena, sorridente e feliz, quando completei cem títulos lidos, o primeiro a alcançar esta marca na biblioteca! Ela nunca soube disso, mas acabava de se tornar a única paixão da minha vida. Bom, e o que mais levar? Não sei. A gente se queixa da escolha se restringir ao indispensável, reclama por não ter braço pra levar tudo, mas, na hora agá, não há tanta coisa indispensável assim! Meu Deus! Ia me esquecendo do mais indispensável dos indispensáveis: essas anotações! Elas têm que ir comigo! Sem elas, o que vai ser da minha vida? O que vou fazer dos meus dias compridos, quietos e silenciosos? Na verdade, esta é a única coisa que posso dizer que é verdadeiramente minha! Nem filho, que todo mundo tem, eu tive. É aqui que estou na plenitude da minha vida, aqui sou uma pessoa brilhante e iluminada, que, na verdade, não sou e nunca fui. Mas, como fui eu que escrevi, me permiti essa liberdade poética.

A água bate na cintura. A muleta está pesada e escorregadia. Se não for agora, só vou sair daqui a nado, ou seja, sem levar nada, o que vai ser uma espécie de suicídio. Sem falar que não ia passar da rampa quiabo ao sabão. Então, na maior rapidez que pude, empilhei uns móveis sobre os outros, deixando os pontos mais altos pras coisas mais importantes. Prato, panela e talher em cima da pia; cobertor, lençol, colcha, fronha, toalha em cima da mesa de refeição; roupa e sapato — o pé esquerdo, o direito fica sempre no armário — em cima do fogão; relógio, rádio e liquidificador em cima da geladeira; livro e fotografia em cima do guarda-roupa. Embrulhei os indispensáveis num plástico, tranquei portas e janelas e pisei na lama com um céu cinza liquefazendo na minha cabeça — me faltou a terceira mão pra ter o privilégio de usar um guarda-chuva!

Sob um céu que não quer amanhecer, não se vê o outro lado do rio, que se tornou um espelho embaçado, turbulento no fundo, perfurado por pingentes que caem do teto de chumbo. A água cobre o pé da balaustrada, a calçada, a rua, e invade os galpões do outro lado — o Empório é dos poucos abertos. Com lama até a cabeça, Ataliba arrasta pelo chão alagado, até o estrado no fundo do galpão, sacos de mantimentos, fardos de algodão, mantas de toucinho, peças de couro, paus de fumo de rolo etc. Agitado e sôfrego, não vê que a água entra e inunda a área onde movimenta cargas encharcadas e até submersas. Cabelos molhados, sujos e desgrenhados, ombros e mãos em carne viva sugerem que andou carregando tudo na cabeça e no ombro. Ao voltar dos fundos, mãos vazias e olhar esgazeado, gesticula, resmunga, esbraveja e cospe no chão. À sua revelia, o pescoço dá torcidos arrancos, bruscos e rápidos, fazendo a cabeça sacudir como se espantasse um inseto sem ajuda das mãos. Quando, finalmente, percebe a inutilidade daquele esforço, dá um urro animalesco e, sem parar de falar e gesticular, abre um saco, vira-o pelos fundos e entorna todo o açúcar na água. Em desespero crescente, vira sacos de milho, arroz, feijão... ao sentir a água no joelho, vai pro fundo, sobe na sacaria sobre o estrado e, do alto, continua a vociferar e gesticular, até exaurir as forças e tombar sobre os sacos, enquanto a água sobe pelas paredes do galpão.

— Acorda, Zejosé! — vozeia com atraso o papagaio, sem a luz do sol pra se orientar. Mas é ele que acorda o garoto, apesar dos trovões. Desperto, se espanta com a chuva. Depois do banho, ao entrar na sala, surpreende o tio Isauro espreitando o quarto dos pais.

— Bom dia, tio!

Isauro disfarça, encabulado.

— Ouvi a respiração de sua mãe. Ofegante. Ela precisa ir ao médico ver isso.

Olham-se. Isauro baixa o olhar, vai à janela e abre. Zejosé o segue com o olhar. Lá fora o céu continua sombrio de nuvens imóveis, e a chuva cai fina, cinzenta e monótona.

— Viu a tempestade? — pergunta Isauro, sem esperar resposta. — A noite inteira.

Zejosé tem pelo tio um sentimento confuso de repulsa e piedade. Fala pra se aliviar:

— Calu e Durvalina não vieram trabalhar?

— Deve estar tudo inundado praqueles lados. Vou fazer um café pra nós. Vá ver sua mãe.

Isauro vai pra cozinha. Zejosé bate na porta do quarto. A mãe diz um "Entra" sufocado. Ele entra. A aparência dela o impressiona. Magra, pálida, com dificuldade pra respirar e quase sem voz. Fala pausado, com tempos de silêncios ofegantes:

— Me dá um beijo, querido. — Ele senta na cama e beija-a na testa. — Dormiu bem, filho? Teve medo dos trovões? Quase morro de medo! Seu pai me deixou sozinha de madrugada. — Em brusca mudança, pergunta preocupada: — Viu alguém na porta do quarto? — Zejosé a olha num silêncio enigmático. Ela evita o seu olhar e tenta mudar de assunto: — Choveu a noite inteira, você viu? — Só então ele diz:

— O tio Isauro. — E aguarda a reação dela, que o abraça e beija.

— Vai ficar comigo enquanto estiver chovendo, não vai, querido? — Ele se deixa abraçar, sem reação. Ela continua, após rápido silêncio: — Seu avô também saiu de madrugada!

— Aonde foi?

— Só Deus sabe. Não falei com ele depois do cinema. Você gostou do filme?

— Começou confuso. Quando achei que ia entender, parou.

• 281 •

— Uma proeza da Lorena! Que moça, essa! Linda, inteligente, ativa! Que desperdício, ela ficar em Ventania! Soube que ficou amigo dela. O que está lendo agora?

— *Crime e castigo.*

— Deus do céu! — Ela leva as mãos ao rosto. — Muito pesado, filho. Não está horrorizado?

— Não. Eu gosto. Não sou criança, mãe.

Ela vira-se pra ele admirada. Olha-o calada, como quem avalia a aparência e o corpo.

— Sua expulsão me revolta! Seu pai parece conformado depois que o viu jogar futebol.

— Ele viu o jogo? — O sorriso de Zejosé é revelador. Ela confirma espantada.

— Viu. E gostou. — Fala com certo desdém pra agradá-lo. — Não lhe disse?

Zejosé nega com a cabeça. E acrescenta:

— Fosse o Zé-elias, ele fazia até festa.

— Não diga isso, querido. O pai te ama. Se não é criança, tenta entender. Ele anda numa fase difícil. Não ia bem, e o prejuízo do barco o arruinou. Não tem dormido bem, se alimenta mal, nervos à flor da pele. E a minha saúde não ajuda.

Batem na porta. Dasdores se assusta; ajeita o cabelo, o decote, a colcha e sussurra;

— Ninguém pode entrar aqui. Estou dormindo. Ninguém, ninguém!

Ela finge dormir. Zejosé abre a porta. Isauro entrega uma bandeja de café. Sussurra:

— Pra sua mãe. Fiz café. Vem tomar comigo na cozinha. A casa está tão fria e vazia!

Zejosé sorri sem dizer nada. Isauro tenta ver o interior do quarto, ele fecha a porta. Aspira o aroma de café e oferece à mãe, que recusa e manda que ele se sirva. Ele come com voracidade. Trovões estrondam, assustadores. Ela reza o terço de olhos fechados.

O pescador Jão Lança, de chapéu e encerado nas costas, conduz a canoa pelo riacho surgido entre as casas. Sentado no banco do meio, Canuto segura o guarda-chuva aberto e, com uma lata na outra mão, tira a água da chuva. Com água pouco abaixo da janela, as famílias empilham móveis, dobram roupas e acomodam crianças e idosos nas canoas, completando a carga com trouxas, caixas e sacos. Canuto avisava o avanço das águas de casa em casa quando soube que Ataliba tinha se jogado no rio. Pediu ajuda a Jão Lança, com quem costuma dividir a pesca, o peixe, a fogueira e os causos. Ao dobrar a esquina, chegam à vasta área alagada, que só se reconhece pelas linhas que passam no cume das árvores e postes de luz, e do parapeito da balaustrada, ainda à flor d'água, além do qual é o espelho embaçado que virou o leito do rio, onde o vento açoita os barcos atracados.

No trajeto até o Empório, Canuto ouve pedidos de ajuda vindos de bares, armazéns, depósitos, açougues, sacadas, janelas, portas, marquises e de alguns expostos ao tempo. Uns mostram a mulher grávida, ou o idoso encolhido, ou erguem crianças, em súplicas que o comovem e o fazem pensar ainda mais no alcance da sua profissão. Se o rio transborda pelo estouro de uma represa, a inundação pode ser extensa, mas reflui quando se esgota a água que estava represada; quando se origina do excesso de chuva na cabeceira, o rio enche devagar, há tempo pra agir, e, em geral, não se alastra muito; mas, se o excedente que vem pelo rio se soma ao excesso de chuva local, dá nesse dilúvio. Só Noé, o único meteorologista informado por Deus, pode salvar Ventania!

Na esquina do Empório, negociantes vizinhos indicam a Canuto onde está seu filho. Em frente ao seu galpão, numa árvore de tronco quase submerso, Ataliba, de cueca num dos galhos, prepara mais um salto. O pai fecha o guarda-chuva ao mesmo tempo em que orienta Jão Lança pra manobra da canoa e anima o filho a saltar. Ele se atira, sorridente. Mal emerge, Canuto o sustém na água barrenta, segura suas mãos e, com voz mansa e paternal, começa a contar uma história infantil. Ataliba se agita, esperneia e espalha água; mas Canuto, imperturbável e determinado, o retém e fala ao seu ouvido. À medida que o filho se acalma, se cansa e se

• 283 •

rende, ele passa a murmurar uma canção e, com ajuda de Jão Lança, o alça à canoa. Senta-se na proa, o filho ao comprido, cabeça no seu colo. Cobre-o com o agasalho encharcado. Abre o guarda-chuva e sussurra a Jão Lança:

— Pro hospital.

Sob a chuva fina, os vizinhos veem a canoa passar: na proa, um remador de chapéu e encerado às costas, e na popa um senhor de guarda-chuva aberto, que murmura uma canção infantil, tendo no colo a cabeça calva de um homem.

Quando Lorena acorda, tudo está silencioso e seu pai não está na cama. Supõe que tenha sido levado pro passeio matinal, mas lembra-se dos trovões e abre a janela: a monótona chuva fina num céu cinza sinistro. E, como se caísse num abismo, vem-lhe à cabeça o cara do dente de ouro, de Esmeralda, o pavor da noite... Abre a porta e sai do quarto.

Com a cadeira de rodas voltada pra janela, Esmeralda corta as unhas do Dr. Conrado cantando, feliz. Tocada pelo clima de paz, tranquilidade e conforto pro seu pai, Lorena refreia o impulso. Num único segundo se lembra da luta que foi encontrar uma pessoa em condições de cuidar dele em Ventania, cidades vizinhas e até na capital. Não há enfermeiros, e são raras as pessoas com aptidão, paciência e disposição pra este trabalho. Sem falar de desprendimento, tolerância e respeito no trato pessoal, inclusive na higiene íntima de um idoso inválido. Também é preciso ser pessoa de confiança, carinhosa, bem-humorada e que saiba ler, essencial pra quem consulta bulas, receitas, recados e repassa notícias de jornal em voz alta. Intuitiva e espontânea, Esmeralda atende a quase todas as necessidades. Mas, como todo mortal, tem limitações e defeitos. Bastou esse único segundo pra Lorena mudar completamente de ideia.

— Bom dia, Esmeralda! — Achega-se sorridente, põe-se à frente do pai, faz-lhe carinhos e festas. Pergunta sobre chuva, trovões, sono, frio, examina as unhas, comenta o filme e o galpão e se cala sobre enchente, assunto proibido pra não excitá-lo. Cumprido o ritual, do qual Esmeralda faz parte, Lorena senta-se à mesa pro café da manhã. — E você, Esmeralda, gostou do filme?

• 284 •

— Ia gostando, acabou! Fiquei besta foi com a beleza da artista. Coisa mais linda do mundo de Deus, dona Lorena! E sabe que ela tem, assim, um quê da senhora? E o outro, o moreno, é um tipão! Que homem! Chega dá arrepio!

— E o seu amigo, o do convite, gostou?

— E eu sei? Diz que gostou. Mas homem, a senhora sabe, gosta de tudo quando tem o olho noutra coisa. Depois, quem vai saber se, na sinceridade, gostou ou não gostou?

— Ele é daqui, ou de fora?

— E aqui tem homem, dona Lorena? Homem aqui é casado ou não presta. Ele é de fora.

— De onde, você sabe? De que cidade?

— Quem sabe de onde essa gente vem! E garimpeiro tem lá cidade? É praga do mundo! Vêm de onde acabou o ouro, vão pra onde apareceu ouro. A senhora deve saber. Dr. Conrado não era garimpeiro? Bem que ele gosta de uma história safada! Garimpeiro é que nem marinheiro: cada mina, uma mulher. Aqui em Ventania, o menos ruim, se não é marinheiro, é garimpeiro!

— Qual é o nome dele?

— O nome é Eduardo, mas, por causa do dente de ouro, virou Du-do-ouro.

— Mas o que ele faz por aqui? Será que veio de onde tinha ouro pra onde não tem mais?

Esmeralda fica embaraçada. Percebe que falou demais. Gagueja e vacila:

— É... Pois é... Vai saber? Pra senhora ver como essa gente é... Vive na mentira...[1]

— Ou será que veio pedir você em casamento?

Talvez por se sentir, mais uma vez, enganada e magoada, por se sentir culpada de algo que fez e se arrependeu, por ter sido contagiada pela

---

[1]Soube de outros garimpeiros que ela disse a Du-do-ouro que tinha ouvido Lorena falar que metade do ouro ainda está enterrada no fundo da mina.

• 285 •

melancolia cinzenta da chuva infindável, talvez por se sentir macambúzia com a aproximação do seu aniversário, enfim, por sentir tudo isso junto, Esmeralda se sinta suscetível e se contém pra não chorar.

— Nem me fala em casamento... eu... a gente acredita, se entrega, espera, e... não sei, eu... fico pensando naquela artista do filme... tão linda, aqueles olhos, aqueles dentes... e eu, por que eu... não sei... os homens mais lindos devem amar ela... e eu... não sei... E a senhora também... bonita, rica... vai ter namorados maravilhosos, vai se casar, ter filho... e eu... não sei... eu olho pro Dr. Conrado: viveu, divertiu, e agora... desse jeito... A vida é alegre, mas é triste... é boa, mas é ruim... Gosto tanto do seu pai, dona Lorena!... É o meu melhor amigo, conto tudo pra ele... Hoje cedo, fiquei olhando a tristeza dessa chuva, o silêncio dele, o tempo passando, e eu aqui... contando minha vida pro Dr. Conrado...

Esmeralda não contém mais, e as lágrimas rolam. Comovida, Lorena segura suas mãos, ergue-a pelos braços e a conforta com um abraço.

Na cama da mãe, Zejosé lê *Crime e castigo* em voz alta. Emocionada, mais de ouvir o filho ler do que pela arte de Dostoievski, Dasdores enxuga a involuntária lágrima com a ponta do lenço, como fazem as personagens do russo. O momento parece realizar, de alguma forma, um sonho da mãe. Foi o que levou Zejosé a atender ao pedido dela, e o anima agora a continuar, apesar de conhecer a história, estar com a garganta arranhando e com a cabeça voltada pra Lorena, a quem ainda não viu hoje, com quem não falou na noite de ontem. Na sua fragilidade, Dasdores também precisa se esforçar pra ouvir, mas ela não mede esforços pra que o filho se torne leitor, como forma de amadurecer quando a escola claudica, os pais falham e a vida não colabora. Enquanto lá fora chove sem parar, Zejosé continua a ler, até que ouvem batidas na porta. Ele vai abrir.

Canuto e Jão Lança entram com a maca. Deitado, Ataliba está coberto até a cabeça.

— Com licença. Não se assustem nem façam drama — pede Canuto.

Dasdores grita de susto, Zejosé fica paralisado com o livro na mão.

— O que aconteceu, meu Deus? — Dasdores sai da cama e puxa o filho.

— Ele está dormindo — explica Canuto. — Cobri a cabeça por causa da chuva.

— Dormindo, por quê? O que estão escondendo de mim? O que houve? Foi coração?

— Está medicado. Só precisa de roupa seca — diz Canuto acomodando Ataliba na cama. — Podem ir tomar um café na cozinha, nós cuidamos disso.

— Mas o que foi que ele teve, seu Canuto? O senhor pode me dizer o que aconteceu com o meu marido, o que o médico disse? — Irrita-se Dasdores, passando as roupas a Zejosé.

— Calma, Dasdores! Olha que o tratamento pode servir pra você também — adverte Canuto, vestindo Ataliba com ajuda de Jão Lança. — O médico falou primeiro em esgotamento nervoso, depois em fadiga. Os sintomas são perda de interesse de fazer as coisas, perda do prazer de viver, desânimo, tristeza, isolamento, passar o dia na cama, falta de apetite e de sono. É de tanto que a pessoa acumula responsabilidade no trabalho, preocupação, cansaço, tensão, problemas de família. A cabeça ferve, feito panela de pressão, e explode. Seu marido, seu pai, meu filho e o dono do Empório foram pelos ares, de tanto que você, você e eu enchemos o saco dele. Foi o que o médico disse.

Mãos cruzadas sobre o peito, Dasdores está lívida, paralisada, olhos arregalados de incredulidade. Ataliba dorme estirado de pijama na cama. Zejosé pega o pente na mesa e penteia o ralo cabelo do pai. Pra aliviar o clima, Canuto assume um tom jocoso.

— Agora que ele dorme limpo e penteado, posso dizer que Ataliba fez o que um bom meteorologista deve fazer. Não adianta usar lupa, microscópio ou telescópio se não souber olhar. Ele avisa o que pode acontecer a qualquer um. Da minha parte, vou espantar o esgotamento nervoso e a fadiga. Meteorologia é só responsabilidade, preocupação, cansaço, tensão. Às vezes, em vão. A natureza faz o que bem entende: se o vendaval não pôde vir, a enchente vem no seu lugar. Mas quem sabe ler os fatos sabe planejar: enquanto eu estiver tomando um banho quente e trocando este trapo fedendo a esgoto por uma roupa limpa e quente, o meu amigo Jão Lança, que cozinha com o coração, vai preparar o surubi — ele ergue o peixe, que tira de um saco ao pé da maca — que viu na enxurrada e pescou com uma remada na cabeça. Se Ataliba acordar em tempo, inicia o tratamento, que é, basicamente, comer, dormir e descansar, em qualquer ordem.

Ele sai do quarto às risadas, com o peixe na mão, seguido por Jão Lança, com a maca, e Zejosé, que fecha a porta. Sem rir, Dasdores senta na cama e olha intrigada pro marido.

Zejosé observa Jão Lança limpar o peixe e, em voz baixa, pede a canoa emprestada pra buscar Calu e Durvalina, ilhadas em casa. O pescador pergunta se sabe remar, ele confirma. Jão Lança diz que a água na rua é rasa, a correnteza leve, mas na beira do rio as águas juntaram, é perigoso. Pegou o remo, que estava na entrada da cozinha, e lhe deu.

Zejosé pode ter remado bastante na vida, mas quem viu a maneira estouvada e desequilibrada como entrou na canoa não confirma. A embarcação balançou pros lados, por pouco não virou, mas entrou água, e ele teve que largar o remo e o guarda-chuva pra não cair, se acocorar e segurar nas bordas da canoa. Por sorte, remo e guarda-chuva ficaram ao alcance da mão, e ele recuperou. Pra ir pra popa, andou de quatro no fundo da canoa. E quando soltou as amarras não foi melhor. Uma remada à esquerda, roda a canoa e a proa bate na parede; uma remada à direita, a canoa roda e a popa bate no poste. Remou, rodou e bateu tanto que aprendeu a ir em frente, com a roupa molhada de chuva e da água espadanada nas remadas que espirraram. Logo sentiu o cheiro de esgoto na água barrenta e viu, flutuando ao redor, às vezes rente ao casco ou atingidos pelo remo, excrementos, alimentos podres, bosta de vaca, corpos de aves, peixes e animais — um cachorro, preto, de olho duro! —, todo tipo de lixo, destroço, escombro, tábua, pau e galho. Em canoas e botes, mães davam de mamar, e idosos dormiam com cachorro, gato, galinha, papagaio ou amontoados com mobílias e utensílios. Enfim, chega à cadeia. Abre a japona e tira um agasalho dobrado e, do bolso, o barquinho de papel que ganhou do Marinheiro. Dá ao cabo Nogueira, pra ser entregue a Sarará. E volta a remar.

Chega, enfim, a roupa encharcada e cabelo de cachorro molhado, por não ter usado o guarda-chuva, além de malcheiroso. Mas não chegou à casa de Calu e Durvalina, aonde nunca pretendeu ir, mas à de Lorena, que o acolheu surpresa e lisonjeada. A retribuição com carinhos, abraços, beijos e breve almoço premiou a ousadia e o esforço do canoeiro, e matou a saudade da bibliotecária. Agora, pra voltar, o casal tem que enfiar o pé na lama pra chegar aonde a canoa foi atracada — afastado do rio, o solar dos Krull, como a casa de Zejosé, foi poupado da inundação mas não da chuva.

Com Lorena de guarda-chuva aberto na proa, e Zejosé na popa, a canoa avança a impulsos de um remo mais ágil e seguro no controle do rumo. Logo a chuva engrossa, os trovões, que tinham calado, voltam a ribombar. Lorena olha pra trás com expressão de medo, Zejosé acelera as remadas. Não demora, veem um flagrante terrível: numa casa em que a parede lateral desabou, adultos e crianças arrancam móveis, utensílios, portas, janelas, tijolos, telhas e madeirame, deixando apenas o esqueleto. Levam correndo e voltam pra arrancar mais. A expressão de Lorena é de repulsa. Adiante, a tensão alivia. Três homens tentam embarcar um bode de pernas amarradas numa canoa cheia de galinhas e um porco, que guincha como se fosse morrer. Uma vaca de tetas inchadas espera paciente sua vez, amarrada a um tronco. O bode sacode, esperneia, dá chifrada, cabeçada e faz tal pandemônio, que um dos homens cai n'água e a canoa quase vira. Ela dá risadas. Ele nota que a água da chuva se acumula na canoa, e acelera as remadas. Se a chuva forte turva a visão, água nos olhos arde a vista. Mas dá pra deduzir que a enxurrada que passa sobre a ponte vem na perpendicular à que desce a rua, criando um redemoinho, onde a canoa pode girar e tombar. Zejosé grita pra Lorena se segurar e rema com vigor. A canoa passa embalada, depois bandeia e quase entra no posto de gasolina, submerso até a altura da placa Esso. Mais à frente, é de tristeza o olhar que trocam. Caiu a acolhedora casinha branca com janelas azuis que admiravam. Uma mulher avança pelo jardim com duas crianças escanchadas na cintura, a água cobrindo as perninhas enquanto um cachorro nada à volta delas. Até

• 289 •

que, enfim, chegam à praça da estação. A visão é aterradora. O nível da água está acima das janelas da biblioteca.

Apesar da chuva, pude vê-los chegar, daqui da plataforma, onde estou desde uma hora depois que saí de casa, ao amanhecer. Como eu esperava, foi penoso o percurso. Mal fechei a porta de casa, senti na cabeça e nas costas a força dos pingos da chuva e apertei no sovaco o plástico dos indispensáveis. Ao primeiro passo, quando cravei a muleta na rampa, senti certa firmeza. Encorajado, avancei o pé calçado e o plantei no chão. Ao puxar a muleta pra avançar outro passo, ele começou a escorregar, e meu corpo foi descendo rampa abaixo. E tive que mudar no ar a direção da muleta, fazendo-a voltar, e cravá-la, sem olhar, em algum lugar às minhas costas. Dura um átimo, mas a sensação é de cair num abismo — de costas! Por sorte, a ponta emborrachada da muleta bateu numa pedra. E foi assim, medindo cada passo, tateando com a muleta a firmeza do terreno, que vim até aqui. Por várias vezes caí e me levantei. Feri o joelho e o cotovelo; numa queda pra frente, um dente afrouxou. Depois veio o alagamento. Com água pela cintura, a muleta avança dentro d'água, fica pesada e cansa muito. Num descuido, a enfiei num buraco, perdi o equilíbrio, afundei, a muleta me escapou da mão e afundou também. Imagina, no sufoco, levantar com uma perna! Um saci-pererê submerso! E, mais difícil, manter-se em pé dentro d'água, sem apoio! Foi difícil, mas consegui. A primeira preocupação foi o plástico dos indispensáveis: não estava no sovaco! Que desespero! Mas lembrei que, pouco antes, o havia metido no cós da calça. Invenção maravilhosa, o plástico! Não pude desembrulhar porque chovia pesado, mas deu pra ver que as anotações estavam secas, limpas, intocadas. Guardei-as de volta no mesmo lugar. E tudo isso, me equilibrando feito um saci submerso. Foi então que comecei a procurar a muleta. Impossível tatear só com um dos pés! Agachei e subi várias vezes pra tatear com a mão. Mil vezes, mandei ao inferno aquela muleta e me preparei pra sair daquele aguaceiro infecto. Até que, de repente, bati a mão na minha doce e querida muleta! Foi tanta a emoção, que gritei pra mim mesmo que a vida com muleta tem mais encanto! Depois disso, andar com água na cintura ficou apenas bizarro.

Muito antes de subir a rampa, ainda dentro d'água, previ que a estação estaria cheia de gente — a plataforma é o lugar mais alto da cidade, por isso virou meu escritório. Mas, minha previsão foi aquém. É tanta gente arranchada aqui, que me lembrei da época do fechamento da mina, quando os desempregados entupiam os vagões de todos os trens. A diferença é que hoje não tem bagagem, apenas o que foi salvo com a precipitação das águas. Apesar de tudo, me consola ver a estação sendo utilizada, pessoas andando, conversando, chorando, rezando, reclamando etc. Não importa que eu tenha perdido o sossego pra fazer estas anotações, isso é um lugar público. Cansei de sugerir ao prefeito fazer uma escola, um mercado municipal, um frigorífico, mas ele argumenta que galpão abandonado é o que não falta na cidade, mas cadê o dinheiro pra contratar, manter etc.?

Mal cheguei, antes mesmo de tomar um banho e trocar a roupa, me envolvi com tantos pedidos e súplicas, que não fiz outra coisa. Abri as salas, reuni cada família num mesmo lugar, dando mais atenção às crianças, preparei banheiros, bebedouros, cozinha etc., a fim de propiciar um mínimo de higiene, ordem e calor humano. Mas eles gostam mesmo é de ficar aqui na plataforma, comentando atônitos como a chuva e o rio podem inundar uma cidade! Foi quando, desde que cheguei, tive tempo pra olhar a biblioteca. A visão é aterradora. O nível da água está cima das janelas da biblioteca. Era o que pensava quando vi Lorena e Zejosé chegando numa canoa.

Zejosé desembarca e, com água acima da cintura, conduz a canoa à porta da biblioteca. Aceno da plataforma, mas eles não me veem. Não dá pra Lorena sair da canoa sem se molhar. Ela dá a chave a Zejosé, que tem dificuldade de abrir a porta, com água dentro e fora. Ele força até abrir uma das bandas. Faz o mesmo na outra e conduz a canoa pra dentro. As quatro primeiras prateleiras, de todas as estantes, estão submersas na água barrenta. Sentada na canoa, Lorena vê as que estão acima do nível da água e sente o provisório alívio de que podia ser pior, mas, ao divisar a prateleira de permeio, com as lombadas semissubmersas, sente o impacto dos volumes naufragados e antevê a destruição dali pra baixo. Não se contém e chora. Fora da canoa, Zejosé abraca-a, acaricia e beija seus cabelos, depois diz, numa disposição juvenil:

— Não chora não! Ainda dá pra salvar. Vamos tentar! A gente consegue! Vamos!

Comovida pela cumplicidade, Lorena arrancou ânimo de onde não havia e, num abraço carinhoso, respondeu que sim. Esboçou intenção de desembarcar, e ele não deixou.

— Não desce não. Eu tive uma ideia. Fica aí. Uma ótima ideia!

Ela senta-se e deixa que aquela energia decida. Ele empurra a canoa pra fora da biblioteca, embarca e se põe a remar nas águas que cobrem a praça. E anuncia feliz:

— Está vendo, parou de chover! A gente vai conseguir! Não precisa chorar!

Entusiasmado, rema pra estação, certo de que encontraria um amigo pra ajudá-los.[1] Ao ver os desabrigados, ela, que tinha intuído a ideia, quis desistir e retornar à biblioteca. Mas ele não perdeu a esperança. No pé da rampa, sem desembarcar, perguntou se eu podia guardar os livros que se salvaram até a água baixar na biblioteca. Nem pensei: mandei trazer, sem saber como iria acomodar livros no mesmo lugar onde tinha abrigado pessoas. Eles queriam iniciar logo a travessia, mas pedi que esperassem um instante. Chamei à parte o Du-do-ouro, líder dos garimpeiros, expliquei a situação e perguntei se poderia ajudar. Ele também nem pensou.

— No remo, capaz qu'eu afundo. Mas nadando carrego livros sem uma gota molhar eles!

Agradeci e expliquei que não precisava tanto, bastava pôr na canoa. Ele chamou um amigo, enquanto eu pegava um retalho de encerado pro caso de voltar a chover, e entraram na canoa. Mal o viu, Lorena reconheceu Du-do-ouro, mas preferiu silenciar, talvez pela presteza com que se dispôs

---

[1]Quando me contaram, fiquei emocionado de se lembrarem de mim. E agora, ao redigir, fico outra vez.

a ajudar. Parece que ele também a reconheceu, mas na dúvida ficou calado, olhando-a, curioso. Logo os quatro voltaram à biblioteca.

Não precisou muita explicação pra que os alojados criassem espaços na plataforma e nas salas. Quando Zejosé chegou com a primeira leva, homens, mulheres e até crianças carregaram os volumes rampa acima, onde eu orientava como empilhar.[1] Que trabalho penoso! Nem sei quantas idas e vindas da biblioteca à estação. Zejosé tem resistência física de elefante, de leão, sei lá. É uma determinação que impressionou todo mundo. Cada leva de livro juntava gente na plataforma pra admirar sua beleza, os músculos, o esforço e o cuidado com os livros. Teve garota que carregou livro só pra dar bola pra ele. Um garoto descuidou e deixou cair dois volumes n'água. Zejosé saiu da canoa, agachou-se na água e, tateando, ergueu os livros. Na plataforma, os abrigados aplaudiram.

Na biblioteca, Lorena orientava os dois ajudantes sentada na cadeira que Du-do-ouro lavou, secou com a própria camisa e instalou, como um trono, em cima da mesa de trabalho. Ela já tinha se tranquilizado sobre o homem que passou a noite na sua casa, mas estava surpresa com a ingenuidade de Esmeralda, que o idealizou como um pretendente. Nesse breve contato, Lorena conclui que ela acerta ao dizer que garimpeiro é como marinheiro, embora alguns, como aqueles dois, sejam prestativos e até gentis.

Numa das voltas, Zejosé viu que o céu sombrio começava a escurecer e, finalmente, se deu conta e avisou que era hora de devolver a canoa de Jão Lança. Ao ouvir o nome do pescador, Du-do-ouro disse, indicando a canoa:

— É do Jão Lança? Pesquei nela anteontem. Como cozinha, esse homem!

Fechada a biblioteca, eles atravessam os garimpeiros até a estação. Fui recebê-los no pé da rampa e pude afinal ver Lorena por instantes. Fiquei impressionado. Nunca a tinha visto naquele estado. Exausta, roupa úmida e suja de lama; os olhos claros pareciam mortos no fundo das olheiras roxas e se fechavam contra a vontade dela. A cabeça pendia pra frente de repente e só não caía porque o pescoço segurava com um tranco. Não gosto de

---

[1] É curiosa essa atitude respeitosa com o livro de quem, certamente, nunca leu um.

• 293 •

dizer isso, mas ela estava feia. Foi um impacto ver a beleza se transfigurar no seu oposto. Nunca tinha pensado nisso antes, nem sabia que acontecia. Zejosé, que dava a impressão de ter se desgastado muito mais, não parecia tão exaurido, embora o cansaço estivesse estampado no rosto e no corpo — seu semblante e atitudes lembravam um rapaz mais velho e mais forte. Tudo isso encurtou a conversa, e nos despedimos. No caminho do solar, ele percebeu que o nível da água estava um pouco abaixo das marcas de lama nas paredes. Lorena desceu, despediram com poucas palavras, e os lábios mal se tocaram. Chegou em casa à noite, com bem-vindas estrelas no céu. Lá dentro, cantavam.

Atracada a canoa, e vencido o trecho enlameado, maior com a água baixando, Zejosé entrou pelos fundos, remo na mão. E reconheceu que um dos cantores era o avô, com voz engrolada de bêbado, tentando, sem êxito, se harmonizar com a de Carlos Gardel numa velha gravação de *El dia que mi quieras*. Pela porta aberta do laboratório, Zejosé viu Canuto agarrado ao pescoço de Jão Lança, também bêbado, que o enlaçava pela cintura. Como se dançassem, amparavam-se mutuamente nos passos incertos, à beira de irem a pique. Sem saber a música, nem a letra, Jão Lança imita o amigo só na sílaba tônica dos versos "...fieeeeeeesta! ...mejoooor! ...cantaráááaan!" Sobre a mesa de trabalho, arrumada pra refeição, travessas, pratos e incontáveis garrafas de cerveja provam que o peixe ficou ótimo, que comeram há muito tempo e continuam bebendo. Canuto se aquieta. Mal se equilibra, apoiando-se no amigo, e diz aos solavancos:

— Jão Lança, diga uma coisa. Você está bêbado? Sin-ce-ri-da-de!...

— Eu? — Jão Lança balança. — Ma-is ou me-nos. Que nem canoa no vento... E você?

— Nunca fico bêbado. Di-ga-mos que não estou em estado de de-li-be-rar. Se está bem, vou te contar um segredo. Você é de con-fi-an-ça...

— Conta sim, conta. Você vai ficar bem. E eu vou esquecer.

Depois de uma pausa, Canuto parece recuperar algo da lucidez, o que diz ganha paixão e sinceridade, embora continue escandindo as palavras ou fazendo pausas longas.

— Sabe de uma coisa, Jão Lança? Eu não sei bulhufas de Me-te-o-ro-lo-gi-a.

— Eu também não.

— Você sabe pescar, é sua profis-são, e cozinhar, sua dis-tração. O que você faz todo dia, olhar pro céu e ver se vai ou não pescar, é a minha profis-são. Só pra olhar pro céu, você não precisa de mim. Não sou pescador, não sei o que sabe; pra mim, não adianta olhar...

— É, adianta pouco olhar se vem chuva... mas, se tiver que vir, vem!... Ou não vem.

— Preciso ir além das nuvens, amigo. Saber mate-mática, es-ta-tís-tica, pro-ba-bilidade. É conta a dar com o pau!

— Além das nuvens, amigo? Pau no surubi? Não foi pau, não; foi o remo!

— Quero saber prever o tempo. Tenho vergonha na cara, preciso saber pescar meu peixe!

— O peixe é seu... matei a pau e dei pra você... nós não comemos ele? Comemos sim!

— Presta atenção, Jão. Vai ver que a meteorologia é importante feito pescar e cozinhar!

— Meteo... teo... meteo... meteo...

— Ouça, Jão! Os meteorologistas da Alemanha disseram ao marechal Rommel pra se despreocupar com a invasão da Normandia porque o tempo estava péssimo. Rommel foi pra casa festejar o aniversário da mulher. Era cinco de junho, dezessete anos atrás. Acontece que os meteorologistas aliados previram tempo bom. Você sabe o que aconteceu?

— Choveu!

— Invadiram a Normandia, Jão! Hitler se danou. A previsão do tempo salvou o mundo!

— Mas choveu ou não choveu? Isso é que interessa!...

Canuto fica sombrio, Jão Lança percebe a mudança do amigo, que fala pra si mesmo:

— Se eu não errasse, Ventania não estaria inundada, nem meu filho doente e falido. Eu, que não sou pescador, não ouço o vento nem falo com o rio, não posso ficar quieto, vendo a chuva cair, o frio chegar, voltar o calor, cidades inundadas, lavouras perdidas! Eu preciso entender o enigma da mudança do tempo! Quando a Terra gira e orbita, quente e fria, o que acontece com a água que evapora e chove, e os ventos, que se agitam ou se acalmam, úmidos ou secos, com a pressão da atmosfera? Eu quero, eu preciso saber o que está por trás do que você vê quando olha pro céu!

— Só Deus sabe, amigo. É assunto do céu.

Canuto segura o pescoço do amigo e o traz pra junto do seu rosto. Fala mais baixo:

— Vou te contar outro segredo. Ninguém pode saber! Escrevi ao Ministério e assumi a responsabilidade pelo vendaval que não veio. E disse que preciso estudar meteorologia nos Estados Unidos. Fiz o que devia, sem ilusão: ciência é coisa de Estado; e aqui não tem Estado, só governos. Sabe o que aconteceu?

— Nada.

— Aprovaram a minha ida! Imagina, Jão Lança, um velho dos grotões de Ventania, aluno do grande Jule Charney e estagiário do Weather Bureau! Esses caras jogam o anzol no céu e pegam baleia! Enquanto faço contas na unha, eles inventaram uma máquina fantástica, que só falta pensar! É como a rede, um meio rápido de pegar muito peixe. Desde 55, há seis anos, usam o Eniac,[1] que chamam cérebro eletrônico. Com ele, uma previsão que me levaria oito anos de trabalho fica pronta em horas! E querem diminuir o tempo! Não demora, vão saber tudo sobre o céu.

— Parabéns, meu amigo! — Jão Lança estende-lhe a mão.

— Obrigado. — Canuto o abraça. — Tudo isso é segredo, Jão Lança. Se a família souber, vai dizer que estou velho pra estudar. Não sabem que, pra mim, aprender é rejuvenescer.

Brindam com copos de cerveja e voltam a cantar. Zejosé se afasta sem ser visto. Deixa o remo na entrada da cozinha e vai direto ao quarto dos

---

[1]Canuto me explicou que Eniac são as iniciais de Electronic Numerical Intregrator and Calculator.

pais. Dasdores, que rezava recostada na cabeceira, se horroriza de cobrir os olhos quando Zejosé entra enlameado, encharcado e desgrenhado. Ele dribla as reprimendas maternas, que lhe soam infantis, e quer saber do pai, que dorme ao lado de Dasdores: apenas dorme desde que chegou. A pedido da mãe, cada vez mais assustada, conta o que viu da cidade submersa, exagerando a dramaticidade pelo prazer sádico de vê-la apavorada. Está comentando o que viu na estação quando a porta do quarto se abre devagar. É Isauro.

— Posso ver o mano? — diz, fechando a porta atrás de si. Zejosé olha pra mãe, que assente.

— Claro, tio. Entra.

Isauro vai à cabeceira, enquanto Dasdores sai rapidamente da cama, puxando lençóis e colchas pra se cobrir, enfia-se num penhoar e sai do quarto, dizendo ao filho:

— Preciso falar com você.

Zejosé a segue. Desapontado, Isauro fica sozinho no quarto com o irmão, que dorme. Em silêncio, ajeita-lhe o cabelo com amor fraterno e o contempla com semblante leve, semissorrindo, como se lembrasse da infância, devaneasse sobre o futuro ou se desculpasse pela ironia que, além dos pais e do teto, os uniu à mesma mulher. Vai ao outro lado da cama, onde estava Dasdores, e acaricia, amoroso, os lençóis e travesseiros, depois os estica e arruma. Não resiste e toca os lábios de leve na fronha, sente o perfume e vê, sobre o tecido branco, um fio negro e longo. Estende, observa--o, depois enrola no dedo e guarda no lenço que tira do bolso.

Deitado na cama, enrolado na toalha de banho, Zejosé faz força pra manter os olhos abertos, enquanto ouve a mãe, deitada ao seu lado:

— Não há certeza sobre nada, querido. Ele pode se recuperar em pouco tempo, num prazo médio ou nunca mais. Minha ideia é levá-lo o quanto antes pra capital. E fazer o que for preciso pra se recuperar. Conversei com seu avô, que me apoiou e agradeceu minha disposição. Não sei se sou capaz, nem era o que queria pra mim a essa altura da vida. Mas não há escolha.

• 297 •

Ou eu assumo o Empório logo ou vão roubar tudo que a água não destruiu. Sei que está exausto, mas preciso explicar tudo pra saber: o que acha? Sem ouvir a resposta, Dasdores olha pro lado e vê o filho dormir profundamente. Ela se ajeita na cama, fecha os olhos, logo ressona. Zejosé abre um olho, espia, volta a dormir.

Dia seguinte, Zejosé sai com a canoa de Jão Lança, que ainda dormia no laboratório. O sol também sai tímido, pálido e frio num céu entre o azul lavado e o branco de nuvens desfiadas. A água baixou bastante, estando na situação em que é difícil andar de canoa, mas não dá pra usar a bicicleta ou sair a pé. Pra onde se olha, tudo tem lama. Nas áreas onde o nível da água desceu menos, homens embarcados avaliam a fundura com varas e galhos. A família que se refugiou na canoa continua de cócoras, enrolada em cobertas, bebendo café feito na trempe suspensa fora da canoa. Moradores das áreas afastadas do rio limpam as calçadas enlameadas e cobertas do lixo trazido pela água. Um galinheiro emergiu com aves mortas presas à tela de arame. Onde a água baixou mais, homens descalços abrem passagem na lama com pás e picaretas. Com trouxas e sacos, famílias voltam pra casa apreensivas e esperançosas. Ventania começa a emergir do naufrágio.

Lorena recebe Zejosé com o ânimo de quem teve um sono reparador. De olhos meio inchados e cabelos molhados, tira o que resta de esmalte nas unhas. De botas longas e limpas, calça comprida e blusa leve, beijam-se, trocam algumas palavras sobre a véspera e a noite. Zejosé conta as novidades. Antes de sair, ela corre ao jardim, beija o pai, e partem animados com o sol.

Descalço e de calças arregaçadas, Zejosé abre a porta da biblioteca. Lorena se agarra ao braço dele pra não escorregar na lama. O nível da água está a um terço do que estava ontem, mas com o impacto ela perde a animação que tinha antes. Os livros não estão apenas encharcados, mas enlameados, sujos, lombadas ilegíveis. O desalento vira lágrimas, que pedem o ombro de Zejosé pra consolar. Ao girar os olhos pelo salão, estão visíveis a mesa de trabalho, sobre a qual ainda está a cadeira onde se sentou ontem, e a pequena mesa com água e café, agora irreconhecíveis, contra a qual Zejosé se bateu na primeira vez que entrou ali, jogando-as no submerso cimento-vermelhão, onde se espatifaram. Até hoje ainda se lembra do pires girando no chão.

Lorena desiste de levá-los pra estação, como foi feito com os salvados. A canoa encalha com água nas canelas, e a pé atola-se na lama. E sua ansiedade não espera a água baixar. Pra começar, Zejosé se incumbe de tirar a lama das mesas, utensílios e banheiro, enquanto ela limpa as prateleiras que ficaram vazias. Até que lhe ocorre alçar às prateleiras recém-limpas os volumes encharcados das de baixo. Com o cuidado de apertar cada exemplar pra expelir o excesso de água, limpar a capa e a lombada sem abrir o livro — intuições de emergência que têm lógica, mas não têm toda a explicação, ela torce pra dar certo. Os dois se ocupam dessa operação em todas as estantes, até que Zejosé precisa devolver a canoa de Jão Lança, a essa altura um trambolho dispensável.

A novidade da manhã, além do sol nascer e a água baixar, é o inesperado surgimento de Dasdores no Empório, pra espanto de Marisa Boca-mole e dos outros empregados, que nunca a viram por ali. Estão na calçada enlameada do galpão, ainda fechado. De calça americana,[1] botas de cano longo, cabelos presos e pasta de couro, Dasdores está completamente diferente da mulher frágil e doente, que não sai da cama nem de casa. Empertigada e altiva, se apresenta e informa que Ataliba não virá nos próximos dias, e doravante ela conduzirá os negócios. Muita coisa deve mudar, mas vai conversar com cada um a seu tempo. Pede a Marisa, que a ouvia de boca aberta, que abra o galpão.

A primeira impressão é de completa desolação. Parece que nada vai se salvar. Dasdores, no entanto, não demonstra surpresa ou abatimento. Avança firme pelo galpão, avaliando, com olho clínico, a sacaria encharcada, as pilhas de engradados, latas, tonéis, barris etc. Os empregados a seguem penalizados. Antes de ir pro escritório ao fundo, dá ordens pra

---

[1] Já vi homem usar, mulher é a primeira vez. É de brim grosso, resistente e desconfortável, feita pra operário americano porque suja pouco, lava menos e dura muito.

• 299 •

limpar o galpão, separando o que não puder ser salvo, a fim de que possa fazer uma avaliação final. Os empregados da estiva tratam de obedecer imediatamente.

No escritório, ela senta-se à mesa que era de Ataliba e pede a Marisa que traga o livro-caixa. Enquanto espera, lê papéis que estão sobre a mesa, vasculha a agenda, vistoria gavetas, separando o que pretende examinar mais tarde, com atenção. Quando Marisa traz o livro-caixa, ela convoca Rodrigues, que era o braço direito de Ataliba, pra tomar pé das finanças. O Empório é virado ao avesso pra ser avaliado pela nova administradora.

É na ausência de Zejosé que Lorena recebe na biblioteca a inesperada visita de dona Florícia, secretária municipal de Educação, sempre maquiada e decotada de dia e de noite, e sua filha Leleta. Surpreendendo Lorena com lama até os cabelos, Florícia entra apressada, agitada e assustada, falando num tom mais baixo com a filha, que a segue:

— Alguém nos viu?

— Não — responde Leleta, entediada e econômica de palavras.

— Tem certeza? Olhou a praça toda? — insiste Florícia, ajeitando o cabelo.

— Olhei — resmunga Leleta.

— Ótima a sua ideia de vir num dia que a cidade está ocupada e nos deixa em paz. Mas fica de olho na janela! Se vier alguém, me avisa. — Só agora Florícia dirige-se a Lorena, que a esperava de pé, atônita. — Não sei quantas vezes prometi vir aqui e nunca apareci! Agora, venho às pressas num dia impróprio! Como vai você, Lorena querida?

— Nessa lama, não muito bem. Nós naufragamos! Não reparem se não me aproximo. Estou imunda. E essas águas podem estar contaminadas. Como vai, Leleta?

— Que coragem, fazer uma biblioteca aqui! — Leleta olha os livros sem tocar.

— Não se preocupe conosco. — Florícia anda pelo salão, ajeitando a saia e o decote. — Pode continuar sua faxina. Que horror, essa enchente! Sem lama, sua biblioteca deve ser um encanto. Você sabe que admiro o seu trabalho, não é verdade, Leleta? Vivo falando da sua importância pra cidade. Lembro do ex-prefeito não querer contratar sua equipe!

— Desculpe não ter uma cadeira em condições de vocês sentarem.

— Nem pense nisso! Nós é que não devíamos visitá-la neste dia. Mas vai ser rápida, e vai entender, até me agradecer. Depois volto com calma pra conhecer o acervo.

— Sempre espero a visita da Secretaria de Educação; elas nunca vieram.

— Eu estou aqui e vou voltar! Não liga pras outras. Não sabem o valor do seu trabalho.

— Mas, então, a que devo a honra da visita?

— Oh, querida, a honra é nossa, não é, Leleta? — Faz uma pausa brusca, parece perdida. — Difícil começar. Bem, é o seguinte, querida. Eu estou aqui de boa-fé e alma limpa. Você deve saber que sou mãe solteira, e fui massacrada por essa cidade. Mas estudei, formei e me saí bem. Aliás, convivi com sua mãe, e a apoiei e defendi quando foi com o homem que amava. Não sou bem-vista, criticam minha maneira de vestir, cabelo pintado, decotes e maquiagem. Só virei secretária de Educação por falta de gente formada. Espero que me entenda e não me leve a mal. Leleta tem a sua idade e...

— Fala logo, mãe! — reclama Leleta, vigiando a rua e a praça pela janela.

— Bem, Lorena, numa cidade pequena, e ocupando cargo público, a gente sabe de muitas coisas. Ruins ou boas, elas me chegam. Tempos atrás, participei da reunião do Conselho Escolar que discutiu a situação do filho da Dasdores. Aliás, ela ofereceu um belo jantar, e deve estar arrasada, com raiva de todo mundo, porque o Conselho expulsou o menino por indisciplina, não ir às aulas e não saber ler cursando o Admissão. Faz um tempo, surgiu o boato de que ele vem à biblioteca não pra ler ou emprestar livros, mas porque...

— Porque...?

— Você viveu muito tempo na capital, talvez tenha se esquecido de como são as coisas por aqui. Talvez tenha esquecido o que é ser filha do Dr. Conrado Krull, o homem mais amado, mais odiado, mais poderoso e mais temido da cidade. Talvez tenha se esquecido de que é uma mulher

• 301 •

bonita, educada, formada e livre, como não há por aqui. Se esqueceu quem é você, as línguas viperinas querem te lembrar. Elas sopram ao vento que o menino vem aqui todo dia e passa horas com você nesta biblioteca, aonde ninguém vem. Quando não estão aqui, se metem em galpões abandonados, passeiam de bicicleta na beira do rio, na praça da cadeia, no hospital, com intimidades na via pública. Nadam quase nus em frente à avenida, às vezes, de noite, diante das famílias que passeiam ali. Que há algo errado com você, que, pra não se afastar do menino, é capaz de jogar futebol com homens. E o menino, que é de menoridade, tem dormido na sua casa. E as pessoas ficam indignadas de ter idade pra ser mãe dele!

Florícia se cala. Lorena está paralisada, nem pisca. Olhos arregalados, boca entreaberta, não se nota sua respiração, como se estivesse num transe. A mão esmaga o pano com que limpava os livros.

— Lá vem o Zejosé — anuncia Leleta.

— Vamos embora! — decide Florícia, caminhando pra porta.

Lorena se move aérea. Esboça um sorriso artificial. Florícia para diante dela.

— Desculpa, querida. Você precisava saber. Sei como dói a maldade do mundo. Agora, seja forte. E se cuide. Essa gente destrói as pessoas certa de que está ajudando. Você, com tantos predicados, se prepare pra chumbo grosso. Se quiser conversar, me procura.

— Depois que vocês limparem, venho tirar um livro que vi ali.

Florícia sai. Leleta a segue. Lorena continua imóvel como bela estátua enlameada. As mãos movem-se primeiro e torcem o pano úmido. O fio de água barrenta desce ao chão. Zejosé entra e vai até ela, que se atira sobre ele, abraça-o apertado, repetindo sem parar:

— Eu te amo! Eu te amo! Eu te amo!...

Ao se declarar com todas as letras, e repetidas vezes, Lorena ouve a própria voz lhe dar a consciência desse amor que, no fundo, temia, evitando declarar pra não dar nome, cara e peso ao sentimento que a tomou por inteira. Ela sabe que, anunciado, esse amor deve ser assumido, com riscos, compromissos e responsabilidades, que fugiu a vida toda. A beleza, com seu incansável séquito de admiradores, e a liberdade que sempre desfrutou de escolher onde e como viver a poupavam do desgaste das regras e obrigações, sem dar chance pra solidão e o tédio. Ao se render ao amor, sabe que ele não vem sozinho. Os sonhos passam a incluir a outra pessoa, o dia a dia passa a depender de outra pessoa, como se uma vida pudesse ser vivida a dois. Se pode ou não, só amando poderá saber. No entanto, não querem deixar que ela viva seu amor.

Dasdores chega em casa depois do primeiro dia de trabalho, se informa com Calu sobre a alimentação e o repouso do marido e vai conferir. No quarto austero, iluminado pela trêmula chama das velas de dois castiçais dourados, Ataliba está deitado, sob o crucifixo de raios dourados, na cama alta e solene, que lembra o túmulo honorário de algum herói. Ela se aproxima de pasta na mão e confirma que está dormindo. E vem-lhe a ideia de que se inverteram as posições: agora é ela quem sai pra cuidar da casa e dos negócios. Na sala, pergunta a Durvalina onde estão todos, talvez com vontade de falar da experiência no Empório. E fica sabendo que Canuto e Isauro estão há horas no laboratório, e Zejosé, que chegou esfomeado, está no quarto. Ela passa pela cozinha, examina a preparação do jantar e vai pro quarto do filho.

Sentado na sua cadeira de leitura, Canuto limpa os óculos em silêncio. Diante dele, está Isauro, cabisbaixo, queixo apoiado na mão. O clima é de tristeza, com expectativa no ar.

— Eu te entendo, mas não te dou razão. Se o filho não é seu, então é golpe dela, e deve ser denunciado. Mas, se é seu, a mãe pode ser a mais baixa das rameiras que nada muda: você é o pai. Estamos conversando porque sou seu pai, e me orgulho da sua decisão de cuidar do seu filho — se não fosse, eu iria, porque é meu neto! Outra cidade, outros ares, outras pessoas vão lhe fazer bem por outras razões. — Põe os óculos e olha o filho, sondando o efeito do que diz. — Uma vez me apaixonei pela namorada de um amigo. Vivi aquilo sozinho, como um sonho. Depois percebi que era atraído pelo fruto proibido, pelo ciúme e inveja dele. Por sorte não disse nada a ninguém. O fogo apagou, e não perdi o amigo. — Cala-se, espe-

• 303 •

rando a reação do filho, abatido, derrotado. Canuto tenta animá-lo. — A gente tem direito de lutar pelos sonhos. Mas sonhos envelhecem, acabam ou outros os levam. É uma felicidade realizar um sonho, mas isso implica compromissos e obrigações, que podem virar pesadelo. Acho que você chegou tarde a um sonho, o outro envelheceu e o outro virou pesadelo. É hora de começar a sonhar sonhos novos!

— Qual foi o que envelheceu, pai?

— O jornal, os estudos e a política envelheceram pra você. Ou você pra eles.

— Eu envelheci pra eles, e eles envelheceram pra mim. Mas estou vendendo o jornal.

— Faz bem. Pra quem?

— Pro grupo político do senador e do prefeito. Aliás, o senador vem fechar o negócio.

— Isso aqui vai virar uma monarquia medieval.

Eles riem. Canuto segura a mão direita de Isauro.

— Você está certo, filho. A vida é só uma, mas tem muitas fases. Vá começar vida nova, com outra profissão, outros amigos e outros amores. Não tenha medo, vá de peito aberto, você ainda pode ser muito feliz.

Isauro beija a mão do pai, que vai até a mesa, tira uma carta da gaveta e dá pro filho ler. Após a leitura, Isauro olha surpreso pro pai, que responde com um largo sorriso:

— Vida nova, sonho novo! — diz Canuto, e os dois se abraçam.

De banho tomado, Zejosé calça o sapato e escolhe uma camisa, empolgado com as mudanças da mãe — da roupa à disposição, das atitudes às ideias —, a quem ouve atento. Ela própria fala com tal excitação, que não aguenta ficar sentada. Anda pelo quarto, pasta aberta sobre a mesa e, enquanto fala, tira um ou outro papel.

— Salvou pouca coisa. O que vem em barris, tonéis, latas e galões. Gasolina, querosene, *diesel*, lubrificantes, latas de banha, tonéis de cachaça, essas coisas. — Zejosé separa uma camisa. — Quase tudo que estava ensacado se perdeu. Pra recuperar o Empório, não basta mudar os produtos, tem que mudar a maneira de negociar. Minha ideia é procurar os credores e dizer: "Devo, não nego, pago quando puder." Se preciso deles, eles precisam de mim. E quero acabar com as trocas que seu pai fazia: saca de arroz por gado, fumo de rolo por querosene, carga de milho por açúcar. — Põe papéis na pasta e tira outros. — Escambo não é compra e venda, e isso fez ele perder o controle. Vou comprar com dinheiro e vender por dinheiro. Mas quero manter a ideia dele de achar a quem vender antes de comprar, e levar a mercadoria de um pro outro sem ocupar lugar no galpão. — Ela guarda todos os papéis na pasta. — E acho que tive uma boa ideia: depois da enchente, muita gente vai reformar a casa, e a Prefeitura, prédios, praças e ruas. Vamos vender material de construção. O que acha do meu plano de salvação do Empório?

— Nem acredito! Tô besta! Tudo isso num dia, mãe? Parece que nasceu pra negociar!

— Você vai ver o que vou fazer daquele Empório! Só espero que me deixem trabalhar! — Ela vai saindo, Zejosé a acompanha. — Vou precisar de você como o meu aliado.

— Pode contar comigo, mãe.

Ela sorri pro filho confiante, segura e contente como nunca esteve. Saem do quarto.

Depois do recolhimento obrigatório por causa da inundação, o Surubi de Ouro está duro de gente. Todos falam alto, alguns gritam, como se quisessem extravasar a alegria sufocada pelo susto e o medo. Até eu estava lá pra espairecer, depois do pesadelo de fugir da inundação em casa, nas ruas e na estação, e depois de tirar a lama da casa, dos móveis, roupas e utensílios, somar as perdas, limpar o corpo, lavar a alma e agradecer por estar vivo. Enquanto esperava uma mesa, sentei provisoriamente na do Nicolau, queixoso da destruição do gramado dos campos do Tarrafa e do Mina, que adia pra sabe Deus quando o futebol na cidade, e furioso de entregar cartas numa cidade atolada na lama.

Íamos nessa ladainha quando entra Zejosé e vem direto à mesa. Segue lembrando um rapaz mais velho, quase um jovem adulto, forte, elegante,

• 305 •

bonito e viril, que encantou as garotas da estação. Depois de nos cumprimentar, efusivo comigo, polido com Nicolau, não quis sentar, desculpou-se com Nicolau por procurá-lo ali, agradeceu o convite pra jogar no Vendaval e disse que não continuaria mais no time. Surpreso, Nicolau o elogiou como pessoa e como jogador, quem sabe em excesso, e quis saber o motivo. Zejosé se esquivou várias vezes. Tanto insistiu Nicolau, que ele acabou confessando que não gostaria de defender as cores de um time que tinha dispensado Lorena. Diante disso, Nicolau se limitou a lamentar, sugerindo sua impotência diante de ordens superiores. Ele se despediu, sempre me distinguindo com um sorriso ou uma palavra a mais, e foi embora. Foi o terceiro motivo pra Nicolau se queixar. Por sorte, logo vagou uma mesa, e o deixei chorando suas lágrimas de crocodilo, e fui comer meu peixe frito com cerveja.

Mas a atitude de Zejosé não foi embora com ele. Ficou cutucando minha consciência, atazanando o prazer do peixe frito com cerveja, maltratando a minha ideia de lealdade. Claro que, se não fosse Zejosé, e depois Lorena, eu nunca seria selecionado pra time nenhum. Devo a eles ser goleiro titular, único no mundo com as minhas características e estilo próprio. Mas, me pergunto, essa dívida me obriga a sair do Vendaval quando eles saem, em solidariedade? Não sei responder à minha própria pergunta, mas vou tateando.

A princípio, eles podem jogar em outro time; eu, dificilmente. Eles têm as duas pernas, e eu... Não, esse argumento é anterior à questão, nada tem a ver com os dois, e não quero jogar por piedade. Sou o goleiro titular porque pego bem. Eles têm outras formas de se divertir, digamos, gostam de ler. Ora, eu também! E, mais que eles, gosto de escrever, prazer que eles não têm. Eles se têm um ao outro, e eu... Não, esse argumento é estranho à questão. Não quero jogar pra me consolar de não ter namorada. Não foi Lorena quem escolheu sair, Zejosé sim. E saiu por um orgulho ferido, que não tenho; ao contrário, meu orgulho de jogar no Vendaval é saudável, me faz bem, as pessoas me aplaudem, me admiram. Quer saber, vou ficar e ponto final. Agora vou me dedicar ao peixe frito e à cerveja. Sei que vou ser goleiro por um tempo, até aparecer um melhor que eu, e vou ser dispensado. Ora, Philadelpho, tudo na vida é provisório; então, é gozar enquanto há!

Lorena dá a sopa na boca do pai, na cadeira de rodas, ao som da sétima sinfonia de Beethoven. As palavras de dona Florícia não lhe saem da cabeça. Vão e voltam em partes, ou inteiras, repetem-se, remoendo, repisando, torturando. Às vezes, se alivia pensando que tudo pode ser invenção dela, mas lembra os fatos que ela arrolou e admite que possam ter o entendimento que ela dá. Ou que ela diz que as pessoas dão. Lorena desqualifica essas pessoas — quem são, o que sabem dela e da vida, gente sem o que fazer, ignorante, falsa moralista, preconceituosa, estou me lixando —, não reconhece a opinião dessas pessoas — quem lhe pediu opinião, com que direito, não se enxerga, cuida da sua vida, estou me lixando —, porém, por mais que esperneie, a verdade é que está abalada com o que dizem dela, assustada e insegura. Enquanto vive esse redemoinho por dentro, Lorena dá a sopa na boca do pai.

— Não está uma delícia, querido? Mais uma colher, e lhe conto que a nossa biblioteca é um sucesso, cheia de gente de todo tipo que vai lá pra ler, fazer consultas, emprestar livros. As coisas estão mudando, pessoas humildes leem Cervantes, Balzac, Conrad, Machado de Assis; jovens leem Dostoievski, Proust, Hemingway, Graciliano Ramos, Guimarães Rosa; cresce o interesse por filósofos como Platão, Kant, Nietzsche, por poetas como Homero, Dante, Fernando Pessoa, Neruda. À noite, organizamos palestras com debates calorosos, que agitam a plateia. Nos bares em volta, a discussão segue até tarde. As pessoas mais simples têm se interessado por educação, política, artes... — Zejosé entra conduzido por Esmeralda, Lorena joga um beijinho e continua o que vinha fazendo. — E não precisa mais se preocupar com minha vida pessoal. Eu estou amando um príncipe encantado, chamado Zejosé, que também me ama. — Uma lágrima desce pelo canto do olho do Dr. Conrado. — Eu sabia que ficaria feliz. — Esmeralda vai saindo, ela ordena. — Quando o jantar estiver pronto, pode servir. — Sem olhar pra Zejosé, lhe diz: — O prefeito mandou avisar que o senador chega amanhã pra inaugurar as estantes dos livros que doou. Disse pra não me preocupar, os funcionários vão limpar a biblioteca e trazer de volta os volumes que foram pra estação. — De repente, Lorena se levanta de uma vez, o prato de sopa se espatifa no chão, abaixa-se sobre o pai, põe o ouvido na boca dele e após um segundo de silêncio, sussurra: — Papai morreu. Ajoelhada no chão, se abraça a ele, num choro silencioso, profundo, resignado. Zejosé fica em pé, assustado e sem ação. A sinfonia de Beethoven é tudo o que se ouve. Esmeralda vem da cozinha com uma travessa quente e adivinha o que aconteceu. Põe a travessa no chão, ajoelha-se e reza. A fumaça e o aroma da travessa envolvem o ambiente.

Na manhã de sol quente, o cortejo segue por ruas sem calçamento. A lama seca virou pó que, na brisa, os pés fazem poeira. Lorena fez questão de levar uma alça do caixão: nas outras, Canuto, o prefeito, o delegado, e o conselheiro Acácio, que reveza com outros, inclusive Zejosé. Seguem o caixão Isauro, o centenário Dr. Gervásio, professor Ramiro, o carteiro Nicolau, esbofando-se ao sol, Dasdores, conduzindo pelo braço Ataliba, que dá arrancos de cabeça e, às vezes, marcha pra fora da fila, a supervisora Mercês e Alencar, a decotada e pintada Florícia, com Leleta, Esmeralda, Vitorino e Estela, eu e muita gente, que, em Ventania, equivale a 80 pessoas, entre vereadores, funcionários, anônimos e, pra minha surpresa, Du-do-ouro e vários outros garimpeiros.

O cortejo cruza o portão da mineradora — aberto, pra meu pasmo — e ruma pra boca da mina. O caixão é posto numa caçamba, as pessoas ocupam as demais, que descem. No fundo da mina, há lampiões acesos, respiradouros com ar fresco. A sepultura foi aberta, e, reunido o cortejo, o caixão desce. A cerimônia é simples, silenciosa e breve. Na volta, subi com Du-do-ouro e outros garimpeiros, todos decepcionados. Diziam que aquele ouro, na pedra e no fundo, não era pra eles, mas pra quem tem máquina e muito dinheiro. De volta à superfície, apenas cumprimentos ligeiros e dispersão rápida.

Em casa, com Zejosé na sala, e Esmeralda na cozinha, Lorena continua ouvindo a sétima sinfonia de Beethoven. Tem saudade do pai, mas não quer se afundar na tristeza. Pra quem não queria mais viver, deve ter sido um alívio. Ela se abre com Zejosé:

— Eu, que pensei em eutanásia! Papai sabia que eu não tinha coragem e decidiu sozinho.

Mais tarde, tira da estante os livros de Joseph Conrad e entrega a pilha a Zejosé.

— Ele ia ficar feliz de saber que um jovem lê o autor que ele amava.

Na hora marcada pra cerimônia na biblioteca, Lorena hesita se deve ir. E se lembra do seu desgosto quando o senador exigiu que a biblioteca tivesse seu nome, placa de bronze descerrada por ele, com discurso, banda de música e plateia arrebanhada pelo prato feito, passeio de ônibus e bandeirola. Hoje, sente-se bem de não ter ido, talvez se orgulhe. Agora que a biblioteca existe, não seria conveniente participar da cerimônia pra abrir portas a eventuais pleitos da biblioteca? Depender do poder quer dizer curvar-se à sua lógica de troca eleitoral. Se ao menos a biblioteca se beneficiasse com essa nova inauguração! Mas o senador doou velhas publicações do Senado Federal, prestes a ir pro lixo, com discursos que nem eram dele. E quer descerrar a mesma placa, com discurso e banda de música pra uma plateia arrebanhada pelo prato feito, passeio de ônibus e bandeirola! Não, ela conclui, é muita indignidade, não irá!

Ela não foi, mas eu fui. O chefe da estação ainda é convidado pra alguns eventos. Lá estava o senador, gordo, risonho, cumprimentando a todos, sussurrando no ouvido dos homens, curvando-se pras mulheres, beijando as crianças, acenando ao povo. A biblioteca estava limpa, as paredes, pintadas na madrugada, recendiam a tinta fresca, os livros lustrosos na estante arrumada. Nos vidros das janelas, caras esmagadas saciavam a curiosidade. Havia mais pessoas lá dentro que a soma dos que a visitaram desde a inauguração. Na praça, a multidão agitava bandeirolas. O senador, o prefeito e políticos da região postaram-se à frente da bandeira nacional, presa sobre a velha placa de bronze, agora reluzente, usada na outra inauguração. O prefeito abriu a cerimônia falando da importância dos livros na sua vida, ae onde sugou todo o conhecimento da ciência e das artes que hoje é a base da sua vida política, centrada na ética do bem comum. Depois falou o senador, lembrando que nos livros doados estão os discursos que proferiu no Senado Federal em homenagem ao Dia das Mães, do Descobrimento, da Independência, entre outros. E descerrou a placa, deixando o pavilhão nacional pendurado. Foi aplaudido.

A plataforma serviu de palanque pro comício da tarde, e me envolvi no evento. Apressei a partida dos garimpeiros, que tinham decidido ir embora, mas se alongavam jogando truco. Numa das salas onde tinha alojado os desabrigados, agora estavam a mesa da merenda, com salgados, doces, frutas, refrescos, cervejas, uísque, e poltronas e sofás vindos da casa do prefeito. Houve uma cena intrigante nessa sala quando trouxeram o Isauro pra assinar uma papelada junto com o senador e o prefeito, e um cara lhe entregou um saco de dinheiro, que ele conferiu e foi embora. Outra foi ao descobrir, atrás da estação, a fila de ônibus que trouxe a multidão e a de pessoas que recebiam sanduíche e dinheiro. Depois, elas contornavam a estação e se juntavam na praça, onde a banda de música animava a festa.

Quando a banda parou, o locutor anunciou o primeiro orador. Teve palmas, vivas etc. Depois, falou outro e outro, até que chegou a vez do senador, que foi ovacionado. Nesse tempo, levei mulheres ao toalete e arrastei bêbados ao banheiro. Não pude acompanhar o que disse, mas acho que pediu que votassem não, no plebiscito. Ou sim, não me lembro. Então, aconteceu o inesperado. Surgidos não se sabe de onde, o palanque viu, no fundo da praça, Isauro, Carneiro e Jedeão erguendo cartazes como "Trabalhadores do mundo, uni-vos! Viva a ditadura do proletariado! Socialismo ou morte!". Ao lado deles, Lorena e Zejosé exigiam "Educação para todos!" e "Cultura para todos!". Ao ver erguerem-se juntos, o senador emudeceu, e o palanque se alvoroçou, olhando e apontando pro fundo. O público se virou. Foi quando alguém gritou no microfone "pega! Pega os comunistas!" Aos gritos, policiais correram no meio do público. Ouviu-se um tiro. E foi o estouro da boiada. A massa se agitou desarvorada, fugindo pra todo lado, confundida pela poeira, assustada pelos gritos, empurrada, pisada, apavorada. Num átimo a praça esvaziou, e a correria invadiu as ruas. Da posição em que estavam, os contestadores saíram na frente.

• 310 •

A fúria se apossou das autoridades — vestido de chefe de estação, eu parecia uma delas. Fechadas as portas, choveram ameaças e promessas de vingança pra Isauro, o cabeça, o traidor, o mais odiado. Prisão com bolachadas pros obstinados Carneiro e Jedeão. Pra Lorena, a ameaça do fim da biblioteca, e um tranco nos pais de Zejosé. Aliviada a fúria, começou a festa nos salões da estação. Comida, bebida e mulheres entre piadas, ostentações de poder, surtos de vaidade, bravatas eróticas — nada sobre o tal plebiscito!

Finda a correria, Zejosé e Lorena foram pra suas casas. Depois da noite de velório, do desgaste emocional do enterro, da poeira e calor da praça, tudo que queriam era um banho seguido de longo e profundo sono pra restaurar energias e pôr a cabeça no lugar.

Isauro planejou viajar logo após o comício. Deixou prontas a mala e a pilha de livros que deu a Zejosé: ficção, poesia, história, sociologia, política. Ao se despedir dele, disse que, depois daquela tarde, passou a se orgulhar do sobrinho. Na sala, abraçou o pai, que lhe sussurrou "Boa sorte! Não esqueça: sonhos novos!". Abraçou o irmão, de olhar esgazeado e olhos úmidos de quem sente e não entende, e lhe disse: "Obrigado por tudo, mano. Desculpa seu irmão errante. Um dia volto pra te ver feliz." Deu dois passos até Dasdores e olhou-a nos olhos. Assustada, ela criou coragem e retribuiu. Abraçou-a forte, sentiu o perfume e o arfar do seu corpo, e soprou-lhe no ouvido: "Vou te amar pra sempre." Pegou a mala e saiu de casa. Ataliba acenou da janela, ele não olhou pra trás.

À noite, Carneiro e Jedeão foram presos de pijama em casa e levados a pé — a viatura estava a serviço do delegado, na escolta do senador — à delegacia pra prestar esclarecimentos. Calejado nessa rotina, Carneiro leva no bolso escova de dente, pasta dental, baralho e surrada edição do *Manifesto do Partido Comunista*, de Marx e Engels.

No dia seguinte, após o senador deixar a cidade, Lorena foi convidada a comparecer[1] à delegacia. Tentando ser simpático, o delegado diz que assistiu

---

[1] A expressão "convidada a comparecer" foi ressaltada a todo momento pra distinguir de intimada.

• 311 •

ao filme *Casablanca* e elogiou seu esforço de promover a cultura na cidade. Mas disse que se sentiu injustiçado pelo filme mostrar o chefe de polícia como um corrupto cínico. Lorena sorriu calada. Então, ele explicou que ela estava sendo acusada de perturbação da ordem social e fez perguntas sobre a sua participação no episódio. Ela respondeu que agiu por vontade própria, assumiu a responsabilidade pelo seu ato e negou pertencer a partido político, clandestino ou não, facções, seitas ou quadrilhas. Sem ter mais o que perguntar, o delegado explicou que ela não seria presa em respeito ao falecimento do seu pai.[1] Mas estava proibida de deixar a cidade sem a sua autorização ou do juiz. Antes de se despedir, fez uma pergunta cavilosa: "A criança que participou da agitação trabalha pra senhora na biblioteca ou em casa?" Lorena disse um "Não" seco, levantou e foi embora.

Ao sair da delegacia, foi direto pra biblioteca e se deparou com a realização da ameaça feita pelas autoridades. A porta estava sendo lacrada por funcionários do município, que não permitiram a sua entrada nem pra retirar pertences pessoais. Ela espiou pela janela e viu o salão limpo, as paredes pintadas, os livros limpos, mas ordenados pela aparência da lombada, numa arrumação de vitrine. Seu trabalho de anos tratado pela conveniência venal dos poderosos. A indignação lhe esquenta o sangue, e seu rosto fica vermelho de raiva. Findo o lacre, funcionários afixaram um aviso com timbre da prefeitura: "Fechado para reformas devido a danos causados pela enchente." Lorena foi se afastando devagar.

Atordoada, anda sem rumo pela beira do rio; olha a água mansa e pisa no pó da rua, sentindo-se impotente e desamparada, com um oco dolorido no peito. Lembra que a longa agonia do pai era um ritual, um objetivo e um dever que aliviavam o coração e preenchiam o tempo. Sua morte não vai ter consolo, é um buraco eterno no seu peito, como a mina, onde vai virar ouro. Por um momento no velório, ela diz, enquanto olhava pro seu rosto vermelho e marcado, que sentiu um peso desabar na sua cabeça: não é mais uma mocinha linda e bem-nascida. É uma mulher sozinha no

---

[1] Nesse momento, levantou-se, estendeu a mão e deu-lhe os pêsames.

mundo, o que a deixa desnorteada, sem rumo, andando a esmo. Sua vida, que foi aberta e luminosa, as mãos cheias de esperanças e sonhos, que agora escapam entre os dedos, segue por um beco estreito e sombrio. Não sabe o que vai fazer amanhã, ou depois de amanhã, ou mesmo agora! Nesse momento, talvez seja uma das pessoas mais livres do mundo e não sabe o que fazer da vida. Achava que sabia viver; e vê agora que não se aprende a viver. A vida rola aos trambolhões, como a água desse rio, que não para de mudar; nada é seguro na vida, nada é sólido. Nem a eternidade de seu pai enterrado na rocha é sólida.

Lorena acha que viveu a melhor metade da vida: a bela estudante da capital, inteligente e livre, hoje se sente uma balzaquiana do interior. Não exerce a profissão, não tem emprego, a beleza está ruindo, não se casou, nem tem filho. Resta-lhe o amor de Zejosé, a quem ama com toda a pureza e toda a força da paixão. Mas não se sente segura. Tem medo de que seja uma paixão inventada, como a biblioteca, que a arrebatou ao voltar pra cuidar do pai, quando estava vazia de sonho. O amor pela biblioteca surgiu no dia a dia.

Logo se corrige: por Zejosé não é paixão inventada; apaixonou-se perdidamente — agora mesmo sente a dor da sua ausência no oco do peito. Mas é uma paixão sem asas, que mergulha, mas não voa, aprofunda e não sai do lugar, e, sem plano de voo, atola em si mesma. Enquanto ela tem toda a liberdade do mundo, ele mal escolhe a roupa que veste e a comida que come. Difícil pensar numa vida com Zejosé. Não pela idade, que pesa mas não é decisiva, mas por não ter ainda intuído um sentido pra vida, e misturar desejo com vontade, não ter estudado, não ter profissão nem o costume de trabalhar. Lorena não imagina como Zejosé poderia atender as suas expectativas de um companheiro, que, no seu entender, deve estar com ela não porque aconteceu, mas porque a escolheu, ainda que o acaso colabore. Deve amá-la e ser carinhoso, é claro, mas também deve ter ideias próprias, saber o que quer, ser responsável e saber cuidar dela, que quer ter filhos — está com os dias contados na contagem regressiva! —, viver com o pai e os filhos numa casa, ter a sua família. Como diz o amigo Delfos: "Uma

• 313 •

muleta ajuda a dar um passo, não resolve a vida."[1] Embora livre pra viver qualquer aventura, não é o que precisa, nem quer agora. Porém, na condição de órfã apaixonada, insegura e sem rumo, não tem certeza de nada. Sem ter notado o percurso, Lorena se dá conta de que chegou à sua casa.

Durvalina tenta acordar Zejosé, batendo na porta e chamando seu nome. Em vão. Abre a porta devagar e entra no quarto. Chama-o num tom mais baixo. Inútil. Acaricia-lhe levemente os cabelos, ele se mexe, mas não acorda. Ela beija-lhe os cabelos, depois desce à nuca, ele se arrepia, se contorce e se vira pra ela, que fala sério:

— Levanta pra despedir do seu avô. — Ele senta num impulso. — Sua mãe que mandou.

— Pra quê? — Ele esfrega os olhos com os indicadores.

— Seu avô vai viajar. Pra despedir dele. — Ele senta enrolado no lençol. — Tá namorando a loura dos livros? — Ele a olha, bocejando. — Seu burro, me trocar por uma velha!

Ele fica em pé num arranco e deixa o lençol cair. Assustada, ela sai correndo do quarto.

Na porta, mala no chão, Canuto acolhe Zejosé de braços abertos e olhos úmidos, num abraço terno e afetuoso. Ao seu lado, Dasdores e Ataliba. Ele beija o rosto do neto:

— Vou dar um mergulho no céu e volto. Quando chegar, quero ver você na capital, estudando alguma coisa. Já combinei tudo com sua mãe.

— Eu te amo, vô — sussurra Zejosé. — Boa viagem.

— Te amo, pai — diz, gaguejando, Ataliba.

Canuto volta e beija a testa do filho. Acena a todos e sai, sem olhar pra trás. Comovido, Zejosé corre pro quarto. Dasdores fecha a porta e leva o marido pra cama. Depois vai pro quarto de Zejosé, ele enxuga lágrimas.

— Tem razão de chorar. Seu avô te ama muito. Ele me convenceu a te mandar estudar na capital. E deu o dinheiro. Você quer ir?

---

[1] Ela me citou! Fiquei orgulhoso. Ser lembrado por quem leu tantos pensadores me tira do anonimato.

Zejosé não responde, abraça a mãe, levanta-a, roda com ela nos braços, rosto lavado de lágrimas. Depois de cobrir a mãe de beijos, sai de casa às pressas e ganha a rua numa correria desenfreada. Pisa na poça, tromba nos passantes, salta das calçadas, pula carga do armazém, carros freiam e xingam, bicicletas desviam, chega ofegante ao cais do porto e, quase sem fôlego, grita pra lancha que está de saída:

— Eu te amo, vô! Eu te amo, vô!

Depois de repetir várias vezes, cansado, decepcionado e com a voz rouca, vê Canuto aparecer acenando e, reanimado, grita mais alto, enquanto a lancha se afasta. Enxuga o rosto, nota que à sua volta juntaram pessoas, que o olham. Ele dá as costas e senta na balaustrada, de frente pro rio, rosto enfiado entre as mãos, as pernas dependuradas.

Quando desce, vê que suas roupas e o sapato estão imundos. Bate o pé no chão e a mão na roupa — e a poeira envolve seu corpo. Aliviado e contente, resolve contar a novidade a Lorena. No percurso, sua cabeça é um turbilhão. A empolgação de frequentar uma boa escola, ter aulas com professores que saibam ensinar, a alegria de aprender, o prazer de ler, a novidade de pensar numa profissão a escolher. Repetia em silêncio: Eu te amo, vô.

Na porta da biblioteca, Zejosé fica atônito com o aviso de fechamento. De novo, dispara a correria desenfreada pra casa de Lorena. Não acredita na desculpa da reforma e não sabe o real motivo da interdição. Quanto mais revoltado, mais corre. Por falta de fôlego, passa a andar. Assim que volta a respirar, retoma a correria. Chega à casa de Lorena com as pernas doendo, ofegante e meio tonto. Antes de dizer alguma coisa, ela corre a buscar um copo d'água. A custo ele pronuncia a palavra biblioteca. Enquanto ele bebe a água, ela, que tem informações obtidas por Esmeralda, explica que foi vingança pelo protesto. Conta que prestou depoimento na delegacia, não pode sair da cidade sem o delegado autorizar, e a biblioteca não será reaberta. Revoltado, ele quer fazer alguma coisa, mas ela explica que nada podem fazer contra os que têm poder obtido pelo voto.

• 315 •

— Ventania não me quer aqui. Censura o acervo da biblioteca, me acusa de seduzir criança, me proíbe ler pros presos, e, basta eu perder a proteção do nome do meu pai, a polícia me intima e a Prefeitura fecha a biblioteca. Estou sendo expulsa, meu amor.

— Não é isso. Tem muita gente que gosta da biblioteca e gosta de você...

— Não fica triste, querido, não é fácil dizer isso, mas está chegando a hora de voltar à capital. A difícil hora de nos despedirmos. Ai, que eu não aguento mais me despedir!

— Nós não vamos nos despedir nunca! Eu também vou pra capital — afirma Zejosé.

— Por favor, querido, esqueça os arroubos românticos de fugir de casa pra ficar com a mulher amada. Não faça essa tolice! Eu não vou reconhecer nenhum fujão na capital.

— Eu vou estudar na capital. Meu vô vai pagar as despesas. Acertou tudo com a mãe.

Lorena encara Zejosé. Seu semblante se transfigura, da tensa amargura à euforia.

— Seu avô fez isso? Que homem santo! Se você for, volto pra capital de coração alegre!

— Vamos morar juntos. — Ele se anima e recua. — Se você quiser.

— Está pedindo minha mão em casamento, meu amor? — ela pergunta às risadas.

— Estou. — Ele também se diverte. — Você aceita?

— Aceito, querido. — Ela lhe dá o braço e o conduz solene, solfejando a marcha nupcial, que acaba em gargalhadas.

— Sua mãe nunca deixaria — ela diz séria.

— E ela precisa saber... de nós?

— Escuta aqui. — Lorena põe as mãos na cintura. — Acha que esconderia uma coisa dessas?

— Então, não quer viver junto comigo.

— É... — Ela faz uma pausa. — Não sei se quero. Mas, se não for às claras, não quero.

Recostados no sofá, eles se voltam pra si, e o silêncio baixa suave. Com o pescoço entre as mãos, Zejosé fala, olhando pro teto:

— Ela só me deixa ir pra capital se for pro internato. Ou pra morar com algum adulto.

— Ela está certa. Você nem imagina os riscos da capital.

Ele fica incomodado quando insinuam que ignora ou não imagina algo. E fica irônico.

— Você, aos 31 anos, é adulta?

— Aos 16 eu era adulta, vivia sozinha na capital, e a natureza todo mês me sugeria que, se quisesse, poderia ser mãe.

— Tive uma ideia! — Levanta-se num pulo. — Me espera aqui. Não saia daqui. Eu volto já.

Zejosé sai apressado. De novo corre pelas ruas da cidade, coração acelerado, cabeça cheia de expectativas, pulmão pulsando rápido, pernas doloridas. Ao chegar ao Empório, mal reconhece o depósito: paredes pintadas, piso limpo, iluminado, estoque organizado em pilhas retas, pessoas comprando e vendendo. No escritório ao fundo, Dasdores, que está debruçada sobre uma papelada, se alegra ao ver o filho.

— Que surpresa agradável! Veio ver uma mulher de negócios trabalhar? Senta, querido. Chegou em boa hora: acabo de ganhar uma batalha! Reduzi a dívida daquele naufrágio, lembra? Argumentei que comprar a carga de um barco afundando não é um negócio, é um jogo viciado. Comércio não é cassino, é um serviço público! Nessa roleta, as famílias são prejudicadas. E convenci os marmanjos. Vamos pagar apenas quarenta por cento do total.

— Bacana, mãe. Parabéns!

— Mas você não viria aqui pra me visitar. O que quer o meu menino? Diga, querido.

— Não quero ir pro internato, na capital. Quando o pai quis me mandar, a senhora disse que lá se castiga por qualquer falta, que eu ia penar. Eu disse que fugia se o pai decidisse. Se o vô quer que vá pro internato, agradeço os estudos que me deu. Não vou.

— E eu lhe digo: pra morar sozinho, você não vai mesmo. Não sou louca.

• 317 •

— Vou pra onde, então? Eu preciso estudar, mãe. Já perdi tempo demais aqui!

— Oh, meu Deus! É muita coisa pra eu resolver sozinha. Eu vou pensar, filho...

Zejosé faz uma pausa. Ao falar, faz crer que mudou de assunto.

— A senhora viu que fecharam a biblioteca?

— Um absurdo! Como diz seu vô, é uma monarquia medieval. É péssimo pros negócios!

— E a Lorena foi chamada na delegacia.

— Soube que se saiu bem. Coitada! Sem o pai e a biblioteca, não tem por que ficar aqui.

— Eu também fiquei sem a biblioteca. Capaz que fique sem a Lorena pra me orientar.

Dasdores olha nos olhos de Zejosé e sorri. Ele tenta ficar sério.

— Você é muito esperto, Zejosé. Se estudar, você vai longe, seu danado! Agora, preciso trabalhar. Vou pensar no que disse. Conversamos em casa.

Ele se despede com um sorriso maroto e sai apressado do Empório. Assim que sai, Dasdores recebe os homens que vão reformar seu quarto, que terá paredes brancas, sem crucifixo nem velas, móveis de madeira natural, clara e leve, cortinas cor de areia. E Ataliba vai ser instalado no quarto que foi de Isauro.

Noite seguinte, Esmeralda atende a porta e se depara com a sorridente família: Dasdores, Ataliba e Zejosé. Confusa com a surpresa, acaba de abrir a porta, e eles entram. Lorena é flagrada cruzando a sala contígua em roupas caseiras, toalha enrolada na cabeça, algodão entre os dedos dos pés e mãos. Foge apressada, pedindo que fiquem à vontade, que volta logo. Com olhares, Dasdores reprova Zejosé pela visita inoportuna. Esmeralda liga a sétima de Beethoven, esquecida no toca-discos, e oferece bebidas, que eles agradecem.

Enfim, Lorena entra com um sorriso de luz, cabelos molhados, unhas pintadas, calça americana e sandália, contente com a visita e se desculpando pela demora. Agradece o prazer da visita e pede licença pra mudar o disco — a música lembra a morte do pai. A conversa gira pelos temas que agitam a cidade, até que Dasdores pergunta:

— E depois disso tudo, Lorena, você vai continuar em Ventania?

— Bem... — Ela hesita. — Eu perdi os laços com a cidade. Devo voltar pra capital.

— Ah, ainda não está certa se vai. — Dasdores assume estranho tom de cobrança.

— Certo está. Mas... — Lorena se constrange. — Estou proibida de sair da cidade. — O silêncio sugere expectativa. Ela continua: — Aqui entre nós, acho que viajo em dois dias.

— Vou aproveitar pra fazer uma consulta. Espero não incomodar. Você, que conhece as escolas da capital e a situação escolar do Zejosé, acha que ele deveria ir pra lá estudar?

— Claro. Até porque ele não tem alternativa. Aqui, Zejosé está excluído da educação!

— E da cultura também, com o fim da biblioteca. E vai perder a orientadora de leitura.

— Isso não. — Olha nos olhos dele. — Ele pode me procurar lá. Vai ser um prazer.

— Você tem sido importante pro Zejosé. Ele suportou a expulsão e tem lido o que sugere. O que acha de ser uma, como diria meu pai, preceptora de Zejosé? Falo profissionalmente; o avô dele deixou recursos, e eu ficaria mais tranquila.

— Profissionalmente não; nem sou habilitada pra isso. Mas, como amiga, nas horas vagas, poderia sim orientar as leituras dele.

— Não se limite às leituras! Você sabe os riscos da capital. Aliás, acho que está na hora de fazer a matrícula pro próximo semestre. Mas, Lorena, se for o caso, ele poderia viajar com você, dentro de dois dias?

— Claro. Mas vou de barco, e à noite. Me recuso a pedir à polícia licença pra viajar.

— Então, vamos tratar disso. — Levantam-se, Zejosé vai com o pai pra porta. — Além da visita fora de hora, tomamos seu tempo e pedimos favores. Desculpe, e muito obrigado.

Lorena segura o braço de Dasdores, que ficou mais atrás. Trêmula e pálida, fala baixo:

— Preciso lhe dizer uma coisa. Ficar calada me sufoca. É uma confissão. Eu amo seu filho. Isso mesmo: amo! Como nunca amei ninguém. Eu tenho 31 anos, e ele 13. Não era pra ser assim, resisti o quanto pude, mas é mais forte que eu. E ele também me ama. — Suspira. — Agora, fica à vontade, pra mudar os planos. Mas, por favor, manda ele estudar na capital. Se for preciso, posso nem vê-lo mais, mesmo certa de que vou sofrer como nunca sofri. — Olham-se. — Ficou tão estarrecida que não vai dizer nada?

— Eu já sabia — responde Dasdores. — Mãe sente no ar. O vento traz o resto. Mas agradeço sua confissão, me fez confiar mais em você. No começo, torci pra não dar certo, chorei e sofri de cair de cama. Depois, passei a observá-lo e parei de lutar contra. Ainda não sou a favor, mas não sou contra. Seu amor fez bem a ele. Está mais sereno e seguro. Mente menos, cuida da aparência e melhorou o português. A leitura o ensinou a ver as outras pessoas e a se descobrir. Deixou de se comparar com o irmão, fugiu das más companhias, ficou amigo do avô e fala em estudar. Sobre o amor... bem, não sou a pessoa indicada pra falar desse assunto. De amor você sabe mais que eu. Por isso lhe peço pra não maltratar o amor que o meu menino está descobrindo. E, por favor, não engravide dele nem fale em casamento. Com você, ele pode se tornar uma pessoa sensível, amorosa, honesta, altiva, culta e responsável — um bom homem, enfim. É tudo que meu coração quer pro meu filho. Por isso, não vou mudar os planos.

Dasdores se afasta rapidamente, indo ao encontro de Ataliba e Zejosé, deixando Lorena paralisada, surpresa e emocionada. Só após longo suspiro, ela acaba de fechar a porta.

Lorena,

Soube que viaja hoje à noite com Zejosé pra capital. Vim me despedir, não a encontrei. Daqui, vejo as malas arrumadas. Deixo este bilhete e o envelope com a Esmeralda, que me emprestou o lápis. Espero que chegue às suas mãos. Escrevi estas anotações porque me apaixonei por você. Pensei que, se me tornasse escritor, você notaria que existo. Mas não pude concluir porque não falei mais com vocês. Dasdores foi a última pessoa que ouvi. Como decidi anotar a vida de vocês, não poderia continuar se meus personagens me abandonam. Por isso estas anotações não têm um fim. Mesmo tendo escrito até onde parei, não consegui ser o escritor que queria, aquele que você notaria.

Estou sofrendo muito por nunca ter merecido um olhar amoroso seu. Um dia ainda vou entender como é possível tanto amor ser tão ignorado. Mas torço, sinceramente, pra que tudo dê certo, que Zejosé estude, como Dasdores sonha, e que sejam felizes. Vocês foram os únicos amigos que tive — talvez não tenham notado; as pessoas quando olham pra mim só veem a muleta. Aprendi a gostar de vocês não pela convivência, convivemos pouco na verdade, mas ao escrever estas anotações. É engraçado, mas foi escrevendo e pensando em vocês que descobri o quanto são encantadores. E me refiro aos dois!

Você não imagina como foi difícil escrever sem talento, sem leitura, sem cultura e sem conhecer o idioma. Muitas vezes, irado por não saber a grafia de uma palavra, gritei que não saber escrever faz mais falta que uma perna! Você não imagina o quanto aprendi. Não posso me alongar, a Esmeralda está impaciente de esperar com a porta aberta. Pra resumir, acho que aprendi a entender as pessoas, a aceitar que a vida não é justa e a felicidade não é pra todos. Sou outro homem!

Escritas ardendo de paixão por você, estas anotações são suas. Vão manuscritas e não tirei cópia. Faça delas o que achar melhor. Leve a minha gratidão, Delfos.

Este livro foi composto na tipologia Minion Pro
Regular, em corpo 11,5/16, e impresso em papel
off-white 80g/m² no Sistema Cameron da
Divisão Gráfica da Distribuidora Record.